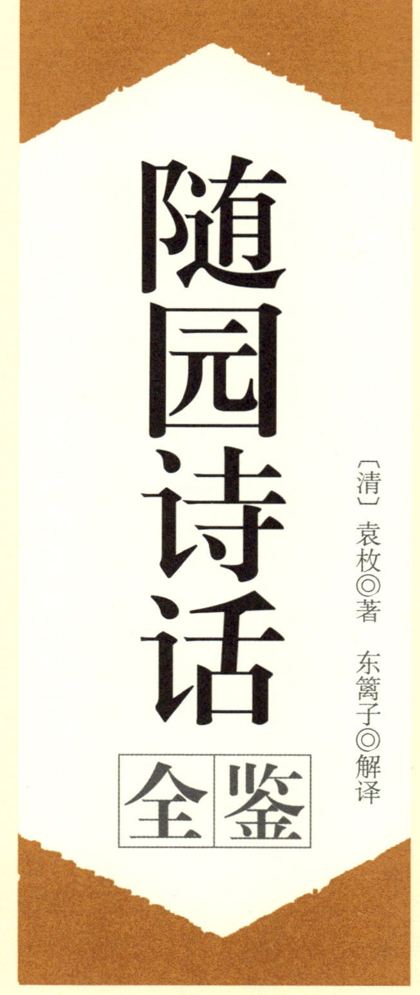

〔清〕袁枚◎著
东篱子◎解译

中国纺织出版社有限公司
国家一级出版社
全国百佳图书出版单位

内 容 提 要

《随园诗话》是清朝最具影响力的论诗力作，内容涉猎广泛，叙述详实，品评精准到位。本书所谈及的内容，从诗人的先天资质，到后天的品德修养，再到读书学习以及社会实践等，无所不有。《随园诗话全鉴：珍藏版》一书装帧精美，在原典的基础上进行了精准的注释和解译，便于广大读者轻松阅读。

图书在版编目（CIP）数据

随园诗话全鉴：珍藏版 /（清）袁枚著；东篱子解译. —北京：中国纺织出版社有限公司，2019. 11

ISBN 978-7-5180-6722-0

Ⅰ. ①随… Ⅱ. ①袁… ②东… Ⅲ. ①诗话—中国—古代②《随园诗话》—注释③《随园诗话》—译文 Ⅳ. ① I207.22

中国版本图书馆 CIP 数据核字（2019）第 202077 号

策划编辑：陈希尔　　特约编辑：赵埜均

责任校对：韩雪丽　　责任印制：储志伟

中国纺织出版社有限公司出版发行

地址：北京市朝阳区百子湾东里A407号楼　邮政编码：100124

销售电话：010—67004422　传真：010—87155801

http://www.c-textilep.com

中国纺织出版社天猫旗舰店

官方微博 http://weibo.com/2119887771

北京华联印刷有限公司印刷　各地新华书店经销

2019年11月第1版第1次印刷

开本：710×1000　1/16　印张：20

字数：226千字　定价：68.00元

凡购本书，如有缺页、倒页、脱页，由本社图书营销中心调换

前言

“诗话”是指品评诗歌、记录诗人趣闻逸事的一类著作。《随园诗话》是诗话类书籍中的经典代表作之一，被誉为清朝影响最大的一部诗话。

作者袁枚，字子才，号简斋，被世人称为随园先生。先生晚年自号仓山居士、随缘老人等，为人豁达，不拘小节，能诗善文，其诗作与诗论在当时的诗坛上有着重要的影响力，而《随园诗话》正是他的代表作之一。该书是作者辞官后开始编撰，于乾隆五十五年(1790)成书，由毕沅等资助付梓。

作者袁枚采取了分条排列的方法，叙述方法不拘一格，每条或发表一些看法和评论，或者记录一些寻常琐事，或者只是摘录一些诗句，看似毫无章法，却鲜明地体现了作者提倡的以性灵说诗的创作原则，以求与刻板的教条和行诗风气相抵抗。

“性灵”并非源自袁枚，而是明朝公安派所创，不过袁枚汲取了他们的主张并进行了补充和发展。袁枚所主张的性灵说诗论，简单来讲就是强调创作者要从创作的主观条件出发，主张行文作诗要自然流露个性，语言不必太过雕琢，但是要清灵干净；所创作的主题，要有真情、个性、性灵这三方面的要素。

要素之一的真情，在书中得到了充分的表现。在袁枚看来，真情乃是诗人创作首当其冲且必要的条件，只有在诗歌中表现出真性情才能引起读者的共鸣。比起生搬硬套，没有比真情更能打动人的了。另外，触动内心的真性情能够激发读者的审美能力，起到陶冶情操的作用。而个性，则更偏重于诗人本身所具备的个性，并且要有一定的独创性，不屈从于古人，也不追随世俗，是独立且具有思考性的。

袁枚所认为的性灵是诗人创作必须具备的特殊才能。在论诗上，袁枚将诗人分为了“笔性灵”“笔性笨”两种。他认为“笔性灵”则有诗才，这是针对翁方纲以考据为诗所阐述的。另外，袁枚还认为诗人在创作时产生灵感的现象，也是性灵的体现。因为灵感降临，诗人才能处于艺术思维的高潮中，不过灵感持续的时间通常都比较短，不容易抓住，而灵感的偶然性与必要性是相统一的。最后，袁枚认为艺术表现必须是浑然天成的，诗歌形象是要生动、灵活、有趣的。

游国恩先生曾经总结说：“清中叶的诗歌领域中，王士禛的‘神韵’说影响依然很大。主张‘温柔敦厚’的沈德潜，更是典型的台阁体诗人。稍后，翁方纲的‘肌理’说，表现出了考据学对诗歌的影响。只有袁枚反对复古、主张性灵的立论，继承了明末公安派的传统而有所发展，他的‘性灵’说不像公安派那样玄虚抽象，而是从实际出发，在当时比较有进步意义。”正像先生总结的这般，袁枚在书中再三强调了诗歌要有一定的独创性，要能够反对“宗盛唐”“学七子”“分唐宋”“讲家教”……对拟古倾向和儒家所倡导的温柔敦厚的诗教进行了抨击。在本书中，作者所赞誉的大部分都是一些闲情逸致之作，也有一些不满封建礼教和程朱理学的作品，这体现了诗人的思想与文学主张。

《随园诗话全鉴：珍藏版》为精编选译版本，不包括《补遗》，由原文、注释、译文三部分组成。译文多采取直译，因为考虑到“诗话”的特殊性，对所涉及的诗文并没有翻译。不过对于难懂的词句进行了详细的注音和解释，方便读者阅读和理解。由于编者能力有限，书中难免会有错讹疏漏，祈望读者批评指正。

本书平装本自出版以来，广受读者欢迎和喜爱。为满足大家的收藏、馈赠需要，现特以精装形式推出，敬请品鉴。

衷心希望本书能成为您全方位感受和理解《随园诗话》这部传世名作的良师益友！

解译者

2019年5月

目录

卷一

卷二

卷
三

卷
四

卷五

卷六

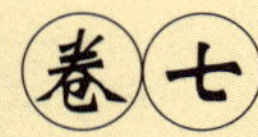

卷七

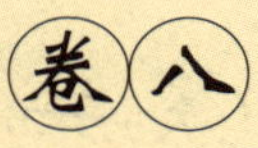

卷八

卷九

卷一〇

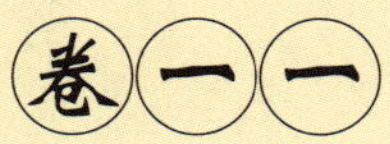

卷一一

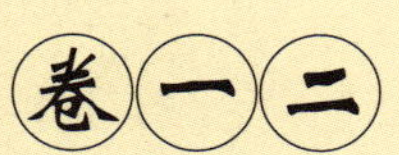

卷一二

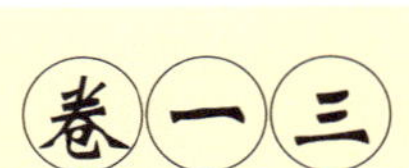

卷一三

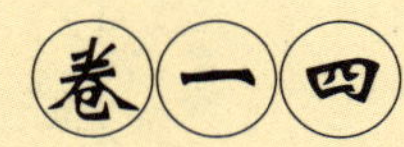

卷一四

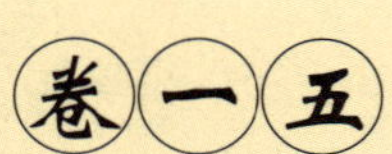

卷一五

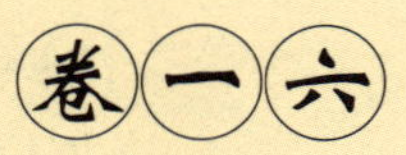

卷一六

卷一

一　英雄未遇时

【原文】

古英雄未遇时，都无大志，非止邓禹[①]希文学、马武[②]望督邮也。晋文公有妻有马，不肯去齐。光武贫时，与李通讼逋租于严尤。尤奇而目之。光武归谓李通曰："严公宁目君耶？"窥其意，以得严君一盼为荣。韩蕲王[③]为小卒时，相士言其日后封王。韩大怒，以为侮己，奋拳殴之。都是一般见解。鄂西林相公《辛丑元日》云："揽镜人将老，开门草未生。"《咏怀》云："看来四十犹如此，便到百年已可知。"皆作郎中时诗也。玩其词，若不料此后之出将入相者。及其为七省经略[④]，《在金中丞席上》云："问心都是酬恩客，屈指谁为济世才？"《登甲秀楼》绝句云："炊烟卓午散轻丝，十万人家饭熟时。问讯何年招济火？斜阳满树武乡祠。"居然以武侯自命，皆与未得志时气象迥异。张桐城相公[⑤]则自翰林至作首相，诗皆一格。最清妙者："柳阴春水曲，花外暮山多。""叶底花开人不见，一双蝴蝶已先知。""临水种花知有意，一枝化作两枝看。"《扈跸》云："谁怜七十龙钟叟，骑马踏冰星满天？"《和皇上〈风筝〉》云："九霄日近增华色，四野风多仗宝绳。"押"绳"字韵，寄托遥深。

【注释】

①邓禹：字仲华，云台二十八家之首，东汉初期的军事家，南阳新野人。②马武：字子张，东汉初期将领，南阳湖阳（今河南唐河湖阳镇）人。③韩蕲（qí）王：即韩世忠，南宋著名将领，民族英雄。④经略：官职名，明、清时有重要军事行动时会设经略，掌管军政事务。⑤张桐城相公：即张廷玉、清初名臣。

【译文】

古时英雄在尚未被重用的时候，大多没有什么远大的志向。（这样的例子）不止一个，邓禹（在早年）只想要当上文学那样的官，马武只想当一个区区的督邮官。晋文公因为有妻有马，不愿离开齐国。光武帝在贫困潦倒时，曾经和李通因为拖延税款的事情到严尤那里打官司。严尤因为觉得蹊跷就瞄了他几眼，光武帝回去之后对李通说："严公看你了吗？"他话中的意思是，被严尤看上一眼是一件十分光荣的事情。韩世忠在当小卒的时候，一名看相的人曾断言他日后必能封王。韩世忠（听后）大怒，觉得看相的人在侮辱自己，就激愤地挥拳殴打对方。这些都是一样的见解，都没有料到日后自己会有大的作为。鄂西林相公曾经在《辛丑元日》中说："揽镜人将老，开门草未生。"他还在《咏怀》中写道："看来四十犹如此，便到百年已可知。"这两首都是他在担任郎中时写的诗句。品味这些诗词，无论如何也想不到他日后会出将入相。他在当七省的经略之职后，在《在金中丞席上》写道："摸着胸口自问，我们都应该感谢上司的知遇之恩，掐指算算，又有谁是真正的旷世奇才呢？"在《登甲秀楼》绝句中写道："炊烟卓午散轻丝，十万人家饭熟时。问讯何年招济火？斜阳满树武乡祠。"（这里）他竟然自比武侯，（诗歌风格）已经与尚未得志时迥然相异了。而张廷玉自翰林之后官至宰相，他所著的诗歌则都还与原来保持着一样的风格。他最清新绝妙的诗句有："柳阴春水曲，花外暮山多。""临水种花知有意，一枝化作两枝看。"《扈跸》云："谁怜七十龙钟叟，骑马踏冰星满天？"《和皇上〈风筝〉》云："九霄日近增华色，四野风多仗宝绳。"这里押"绳"字的韵脚，同时也寄托了作者内心远大的理想和抱负。

二　诗在骨不在格

【原文】

杨诚斋[①]曰："从来天分低拙之人，好谈格调，而不解风趣。何也？格调是空架子，有腔口易描；风趣专写性灵，非天才不办。"余深爱其言。须知有性情，便有格律，格律不在性情外。《三百篇》半是劳人思妇率真言情之事，谁为之格？谁为之律？而今之谈格调者，能出其范围否？况皋[②]、禹之歌，不同乎《三百篇》；《国风》之格，不同乎《雅》《颂》。格岂有一定哉？许浑云："吟诗好似成仙骨，骨里无诗莫浪吟。"诗在骨不在格也。

【注释】

①杨诚斋：即杨万里，南宋著名爱国诗人。②皋（gāo）：皋陶，传说中尧、舜时的名臣。

【译文】

杨万里说："从古至今，天资愚笨的人，都喜欢探讨诗歌的格调，却不明白其中的风情趣味。为什么会如此呢？因为格调本身就是空架子，只要有嘴就能轻易描绘出来；而风趣却专门描写性灵，不是天才不能办到。”我深爱这句话。要知道有了性情便有了格律，格律不会在性情之外出现。《三百篇》中有近半是由劳动之人和思念丈夫的妇人的坦率直言构成的。谁又为他们定过韵律呢？而如今谈格调的人，能够超出这个范围吗？况且，皋、禹时期的歌谣，不同于《三百篇》；《国风》的格调与《雅》《颂》又有不同。难道格调可以用来规矩来制约吗？许浑说过：“吟诗就如同修成仙骨，骨子里如果没有诗根就不要乱吟。”由此可见，诗歌最宝贵的地方在于风骨，而不在于格调。

六　忘韵，诗之适

【原文】

余作诗，雅不喜叠韵、和韵及用古人韵。以为诗写性情，惟吾所适。一韵中有千百字，凭吾所选，尚有用定后不慊意而别改者；何得以一二韵约束为之？既约束，则不得不凑拍①；既凑拍，安得有性情哉？《庄子》曰：“忘足，履之适也。”余亦曰：“忘韵，诗之适也。”

【注释】

①凑拍：凑合，拼凑。

【译文】

我写诗的时候，最不喜欢使用叠韵、和韵，以及用古人的韵。我认为诗就是用来抒发性情的，只有自己知道怎么是合适的。一个韵里面有千百个字，任凭自己来选取，还有用完之后又觉得不合适而改成别的，怎么能用一两个韵来把自己约束起来呢？既然要被它所约束，就不得不凑拍；既然已经凑拍，怎么可能有性情可言呢？《庄子》中说：“忘了脚，是因为鞋子合适。”余也想说：“忘了韵，是因为诗歌恰当。”

九　抚军金震方

【原文】

乾隆丙辰，余二十一岁，起居叔父于广西。抚军金震方[①]先生一见，有国士之目，特疏荐博学宏词：首叙年齿[②]，再夸文学，并云："臣朝夕观其为人，性情恬淡，举止安详。国家应运生才，必为大成之器。"一时司道争来探问。公每见属吏，谈公事外，必及余之某诗某句，津津道之，并及其容止动作。余在屏后闻之窃喜。探公见客，必随而窃听焉。呈七排一首，有句云："万里阙前修荐表，百官座上叹文章。"盖实事也。公有诗集数卷，殁后无从编辑，仅记其《答幕友祝寿》云："浮生虚逐黄云度，高士群歌《白雪》来。"《题八桂堂》云："尽日天香生画戟，有时鹤舞到匡床。"想见抚粤九年，政简刑清光景。

【注释】

①金震方：金鉷，汉军镶白旗人，于边疆治理多有建树。②年齿：年纪，年龄。

【译文】

乾隆丙辰年，我二十一岁，到广西去拜访叔父。巡抚金鉷先生一与我见面，就觉得我可能会成为国家的栋梁之才，特别将我推荐进入博学宏词科：他先说了我的年龄，然后又赞扬了我的文学才华，并说："我日日夜夜对这个人的为人进行观察，（发现他）

性情恬淡，举止安静稳重。国家应该顺应时世培养人才，将来一定能够成为大器。”一时间司道争先来试探询问。金震方公每次接见自己的属下时，除了谈公事之外，一定会谈到我的某首诗中的某句，津津有味地称赞，还会配上表情和动作。我在屏风后面听到心里暗自欢喜。一听到金震方公要见客，一定会跟在他身后偷听。我曾经写过一首七言律诗，上面有句是这样写的：“万里阙前修荐表，百官座上叹文章。”所说的都是事实。金震方公有多卷诗集，他去世之后没人进行编辑；只记得他在《答幕友祝寿》中写道：“浮生虚逐黄云度，高士群歌《白雪》来。”在《题八桂堂》中写道：“尽日天香生画戟，有时鹤舞到匡床。”从这里可以看出他在广西做官九年，政治简练，刑罚清明的光景。

一〇　琴爨已成焦尾断

【原文】

己未朝，考题是《赋得“因风想玉珂”》。余欲刻画“想”字，有句云：“声疑来禁院，人似隔天河。”诸总裁以为语涉不庄，将置之孙山。大司寇尹公[①]与诸公力争曰：“此人肯用心思，必年少有才者；尚未解应制体裁耳。此庶吉士之所以需教习也。倘进呈时，上有驳问，我当独奏。”群议始息。余之得与馆选，受尹公知，从此始。未几，上命公教习庶吉士。余献诗云：“琴爨已成焦尾断[②]，风高重转落花红。”

【注释】

①大司寇尹公：即尹继善，雍、乾之际的官场领袖人物，下一篇中的“尹文端公”为其谥号。②琴爨（cuàn）已成焦尾断：典故出自《后汉书·蔡邕传》，相传有人烧梧桐木做饭，蔡邕听到木柴发出的巨大响声，断定那是一块好木材，因此讨来了这块木头做成一把琴，果然声音很好听，不过木头的尾部却被烧焦了，所以人们把这把琴叫作焦尾琴。袁枚用这个典故来说自己本来已经被主考官判定为落榜，却被尹司寇“救活”，表达了对尹司寇的感激之情。

【译文】

己未朝的考试题目是《赋得“因风想玉珂”》。我想要极力刻画“想”这个字，于是写诗说：“声疑来禁院，人似隔天河。”当时多位主考官认为我的这句话有些不庄重，应该落榜。刑部尚书尹继善据理力争说：“这个人愿意花心思，一定是年纪轻轻却很有才华的人；只是他还没有了解制体诗文的具体做法罢了。这正是庶吉士需要施教学习的地方。如果给陛下看的时候，陛下有所疑惑驳斥，我会独自奏明。”众人的议论这才得以平息。我这才能够进入馆选，被尹公看上，从此开始了仕途生涯。没过几年，皇上命令尹公教授庶吉士。我写了一首诗献上去：“琴爨已成焦尾断，风高重转落花红。”

一一 尹公好和韵

【原文】

尹文端公总督江南，年才三十，人呼“小尹”。海宁诗人杨守知，字次也，康熙庚辰进士。以道员诖误[①]，候补南河，年七十矣。尹知为老名士，所以奖慰之者甚厚。杨喜，自指其鬓叹曰：“蒙公盛意，惜守知老矣！‘夕阳无限好，只是近黄昏。’”公应声曰：“不然！君独不闻，‘天意怜幽草，人间重晚晴’乎？”杨骇然，出语人曰：“不渭小尹少年科甲，竟能吐属风流。”

尹文端公好和韵，尤好叠韵。每与人角胜，多多益善。庚辰十月，为勾当公事，与嘉兴钱香树尚书相遇苏州，和诗至十余次。一时材官傔从，为送两家诗，至于马疲人倦。尚书还嘉禾，而尹公又追寄一首，挑之于吴江。尚书覆札云：“岁事匆匆，实不能再和矣。愿公遍告同人，说香树老子，战败于吴江道上。何如？”适枚过苏，见此札，遂献七律一章，第五六云：“秋容老圃无衰色，诗律吴江有败兵。”公喜。从此又与枚叠和不休。押“兵”字，有“消寒须用美人兵”“莫向床头笑曳兵”之句，盖探枚方娶妾故也。其好谐谑如此。己卯八月，枚江北获稻归，饮于公所。酒毕，与诸公子夜谈。公从后堂札示云：“山人在外初回，家姬必多相忆。盍早归乎？”余题札后云：“夜深手札出深闺，劝我新归应早回。自笑公门懒桃李，五更结子要风催。”除夕，公赐食物。枚以诗谢，末首云：“知公得韵便传笺，倚马才高不让先。今日教公输一着，新诗和到是明年。”公见之，大笑。

【注释】

①诖（guà）误：官吏因过失受谴责或失官。

【译文】

尹继善在江南担任总督的时候，年纪只有三十岁，人们都把他叫做“小尹”。海宁诗人杨守知，字次也，是康熙庚辰年的进士。因为过失丢掉了道员的官职，在南河候补，年纪已经七十岁了。尹文端公知道他是老名士，所以对他的奖赏抚慰都十分丰厚。杨守知特别高兴，指着自己的鬓须感叹说：“承蒙您的盛情好意，只可惜我已经垂垂老矣！‘夕阳无限好，只是近黄昏。’”公回答说：“并不是这样的，您难道没有听说过‘天意怜幽草，人间重晚晴’吗？”杨守知惊恐万分，出来对别人说：“怪不得小尹年纪轻轻便登上科举，谈吐竟然能够如此风流潇洒。”

尹继善特别喜欢和韵，特别是喜欢叠韵。每次和人一起比着作诗，总觉得越多越好。庚辰十月，尹公因为要处理一件公事，在苏州与嘉兴的钱香树尚书相遇，两人相互和诗十多次。一时间，属官随从，为两家来来回回送诗，以至于累得马疲人倦。尚书回到嘉禾，而尹公又追着寄了一首过去，在吴江向他挑战。尚书回复信件说：“今年的事情太多，实在是不能再跟您和诗了。希望您能够告诉众人，说香树这个老头子，在吴江的途中战败了。您看怎么样？”当时恰好我途经苏州，看到这封信，于是献了七律一章，第五六行是这样写的：“秋容老圃无衰色，诗律吴江有败兵。”尹公看完之后十分高兴。从此又开始和我叠韵和诗纠缠不休。押“兵”字，写出了“消寒须用美人兵”“莫向床头笑曳兵”这样的句子，大概是尹公知道我刚刚娶了妾的缘故吧。他就是如此喜欢戏虐调笑。己卯年八月，我到江北收割稻米回来之后，在尹公家饮酒。酒宴完毕，和当时在座的公子夜谈。尹公从后堂写了一封纸条给我说：“你刚刚从外面回来，家中的妻妾必然很是想念，为什么不早一点回家去呢？”我提笔在纸条的后面写了一首诗：“夜深手札出深闺，劝我新归应早回。自笑公门懒桃李，五更结子要风催。”除夕的时候，尹公送给我很多食物。我写诗道谢，最后一句是：“知公得韵便传笺，倚马才高不让先。今日教公输一着，新诗和到是明年。”尹公看到之后，大笑。

一五　洛阳纸贵之因

【原文】

古无类书[①]，无志书[②]，又无字汇；故《三都》《两京》赋，言木则若干，言鸟则若干，必待搜辑群书，广采风土，然后成文。果能才藻富艳，便倾动一时。洛阳所以纸贵者，直是家置一本，当类书、郡志读耳；故成之亦须十年五年。今类书、字汇，无所不备；使左思生于今日，必不作此种赋。即作之，不过翻摘故纸，一二日可成。而抄诵之者，亦无有也。今人作诗赋，而好用杂事僻韵，以多为贵者，误矣！

【注释】

①类书：大型资料类图书。②志书：地方志之类的图书。

【译文】

古时没有大型资料图书，也没有地方志这类的书，更没有字典，所以在《三都赋》《两京赋》这两篇文章中，谈到花草树木有很多种，谈到飞鸟也有很多种，（作者）一定是查遍了群书，广泛地采集各地的风土人情，才能写出这样的文章。如果能够做到富有才华文采，便能够倾倒众人，轰动一时。（左思所著的《三都赋》）之所以能够让洛阳纸贵，只是因为家中置办了这样一本书，既可以当类书，也可以当郡志来读。因此写成这样一本书就需要五年、十年。如今类书、字典，都十分完备。如果左思出生在今天，想必也不用做出那样的辞赋了。即便是做，也不过是翻抄以前的文章罢了，一两天便可以写成。而抄诵的人，也就没有了。现在的人作诗写赋，都喜欢用繁杂琐事以及一些冷僻的韵律，认为篇幅越多越好，这其实是一种错误。

一六　乐府舛误

【原文】

“乐府”二字，是官监之名，见霍光、张放两传。其《君马黄》《临高台》等乐章，久矣失传。盖因乐府传写，大字为辞，细字为声，声词合写，易至舛误①。是以曹魏改《将进酒》为《平关中》《上之回》为《克官渡》，共十二曲，并不袭汉。晋人改《思悲翁》为《宣受命》《朱鹭》为《灵之祥》，共十二曲，亦不袭魏。唐太白、长吉知之，故仍其本名，而自作己诗。少陵、张、王、元、白知之，故自作己诗，而创为新乐府。元稹序杜诗，言之甚详。郑樵亦言：“今之乐府，崔豹以义说名，吴兢以事解目，与诗之失传一也。《将进酒》而李余乃序烈女，《出门行》而刘猛不言别离，《秋胡行》而武帝云‘晨上散关山，此道当何难’：皆与题无涉。”今人犹贸贸然②抱《乐府解题》为秘本，而字摹句仿之，如画鬼魅，凿空无据；且必置之卷首，以撑门面，犹之自标门阀，称乃祖乃宗绝大官衔，而不知其与己无干也。

【注释】

①舛（chuǎn）误：差错，谬误。②贸贸然：轻率不加考虑的样子。

【译文】

“乐府”这两个字，原本是对官府的称呼，在霍光、张放两人的传记中都能够知晓。其中的《君马黄》《临高台》等乐章，因为年代久远已经失传。大概是因为乐府歌辞的传写，大的字是辞，小的字是声，声词合在一起写，特别容易导致出现差错。因此曹魏将《将进酒》改为了《平关中》、将《上之回》改为了《克官渡》，共十二曲，并没有沿袭汉朝的做法。晋朝人将《思悲翁》改为了《宣受命》、将《朱鹭》改为了《灵之祥》，共十二曲，也没有沿袭魏朝的做法。唐朝的李白、李贺知道这种情况，因此继续沿用其本名，而自己来作诗。杜甫、张籍、王建、元稹、白居易也知晓这种情况，所以自己写诗，并且创造了新乐府。元稹给杜甫的诗作序的时候，说得十分详尽明了。郑樵也说：“现在的乐府，崔豹用字义来解释题名，吴兢用事件来阐述章目。李余用《将进酒》给烈女作序，在《出门行》中刘猛并没有说到离别之意，在《秋胡行》中，武帝说‘晨上散关山，此道当何难'：这些都跟题目没有关系。"如今的人草率地抱着《乐府解题》当成秘本，而字和句都在仿效前人，就像是在画鬼魅，毫无根据可言；而且一定会放在卷首，以此来撑门面，就好比是自标门阀，说祖宗是绝对的高官，却不知道这和自己没有一点关系。

二四　神庙扁对

【原文】

凡神庙扁[①]对，难其用成语而有味。或造仓颉[②]庙，求扁。侯明经嘉缙，提笔书"始制文字"四字，人人叫绝。或求戏台对联。姚念兹集唐句云："此曲只应天上有；斯人莫道世间无。"又，张文敏公[③]戏台集宋句云："古往今来只如此；淡妆浓抹总相宜。"苏州戏馆集曲句云："把往事，今朝重提起；破工夫，明日早些来。"俱妙。或题诸葛庙，用"丞相祠堂"四字，亦雅切。

【注释】

①扁：同"匾"。②仓颉（jié）：传闻仓颉根据鸟和其他动物的脚印创造了文字。③张文敏公：张照，清初大臣、藏书家。

【译文】

只要是在神庙上题匾，最难的地方就在于要使用成语而且要有韵味。有人建造了一个仓颉庙，求人题匾。明经侯嘉缙，提笔写下了"始制文字"这四个字，众人纷纷拍手称绝。有人求一副贴在戏台上的对联。姚念兹收集了唐朝的句子（凑成一联）："此曲只应天上有；斯人莫道世间无。"还有，张照也曾经收集了宋朝的句子给戏台写了一联："古往今来只如此；淡妆浓抹总相宜。"苏州戏馆则收集了曲句，写道："把往事，今朝重提起；破工夫，明日早些来。"这些写得都十分巧妙。有人为诸葛亮庙题字，只用了"丞相祠堂"这四个字，也是十分雅致贴切的。

二七 受恩

【原文】

某孝廉有句云："立誓乾坤不受恩。"盖自矜风骨也。余不以为然，寄书规之，云："人在世间，如何能不受人恩？古人如陶靖节之高，而以乞一顿食，至于冥报相贻。杜少陵以稷、契自许，而感孙宰存恤，至于愿结弟昆。范文正公是何等人，而以晏公一荐故，终身执门生之礼。盖太上贵德，其次务施报，圣人之所不讳也。"若商宝意①太史之诗则不然，曰："名心未了难遗世，晚景无多怕受恩。"蒋苕生②太史之诗亦不然，曰："不是微禽敢辞惠，只愁无处觅金环。"此皆不立身份，而身份弥③高。

【注释】

①商宝意：商盘，乾隆时期浙派诗人代表。②蒋苕生：蒋士铨，清代诗人、戏曲家，与袁枚、赵翼并称"乾隆三大家"。③弥：更加。

【译文】

某位孝廉写过这样的诗句："立誓乾坤不受恩。"这大概是用来赞扬自己的风骨气节吧。我并不认为是这样，于是写信规劝他说："人生在世，怎么可能不受人恩惠呢？即便是像陶渊明那样高风亮节的人，也会因为乞讨得到一顿饭食，而许诺要死后报答。杜甫将自己比作稷、契，然而因为感激孙县宰的体恤之情，竟然愿意与他结交成兄弟。范仲淹是何等非同寻常之人，还是因为晏殊的推荐，而终身都向

晏殊行门生之礼。人首先要要求自己的德行高尚，然后再对自己有恩的人施以回报，即便是圣贤的人对此也不会讳言。”像商盘太史的诗就不是这样，他在诗中说：“名心未了难遗世，晚景无多怕受恩。”蒋士铨太史之诗也不是这样，写道：“不是微禽敢辞患，只愁无处觅金环。”这些都是不肯自抬身份说的话，但是身份却显得更加高了。

三一　以诗相讥

【原文】

本朝王次回《疑雨集》[①]，香奁[②]绝调，惜其只成此一家数耳。沈归愚[③]尚书选国朝诗，摈而不录，何所见之狭也！尝作书难之云：“《关雎》为《国风》之首，即言男女之情。孔子删诗，亦存《郑》《卫》，公何独不选次回诗？”沈亦无以答也。唐李飞讥元、白诗“纤艳不逞，为名教罪人[④]”。卒之千载而下，知有元、白，不知有李飞。或云飞此言见于杜牧集中。牧祖佑，年老不致仕，香山有诗讥之；故牧假飞语以诋之耳。

【注释】

①王次回：明朝末代诗人王彦泓，字次回，作有《疑雨集》。②香奁（lián）：装置香料的匣子，这里指辞藻香艳。③沈归愚：沈德潜，清代诗人。④名教罪人：指破坏封建名分礼教的人。

【译文】

本朝诗人王彦泓所著的《疑雨集》，辞藻香艳绝伦，可惜当时只有他一个人在坚持这种风格。尚书沈德潜在选取本朝诗的时候，摒弃了王彦泓的诗没有收录，由此可见他的见解是多么狭隘！我曾经写文章刁难沈德潜说：“《关雎》是《国风》的首篇，写的就是男女之情。孔子删诗的时候，也将《郑风》《卫风》保存了下来，您为什么不选用次回的诗呢？”沈德潜无法作出解释。唐朝李飞曾经嘲笑元稹、白居易的诗“纤艳不逞，为名教罪人”。在他去世数千年之后，人们只知道元稹、白居易，却不知有李飞这个人。有人说，李飞这句话在杜甫的集子里曾经看到过。杜牧的祖先杜佑，年纪大了却不退休，白居易有诗来讽刺他；因此杜牧就假借着李飞的话讽刺白居易。

三三　高文良公夫人

【原文】

高文良公[①]夫人，名琬，字季玉，蔡将军毓荣[②]之女，尚书珽[③]之妹也。其母国色，相传为吴宫旧人。夫人生而明艳，娴雅能诗。公巡抚苏州，与总督某不合，屡为所倾，而公卓然孤立。《咏白燕》第五句云："有色何曾相假借？"沉思未对。适夫人至，代握笔曰："不群仍恐太分明。"盖规之也。夫人博极群书，兼通政治。文良公之奏疏、文檄等作，每与商定。诗集不传。记其咏九华峰寺云："萝壁松门一径深，题名犹记旧铺金。苔生尘鼎无香火，经蚀僧厨有蠹[④]蟑。赤手屠鲸千载事，白头归佛一生心。征南部曲今谁是？剩有枯禅守故林。"此为其父平吴逆后，获咎归空门而作也。

【注释】

①高文良公：高其倬，清初官员，著名诗人。②蔡将军毓荣：蔡毓荣，平定三藩之乱的主要功臣。③尚书珽（yán）：即蔡珽，清朝大臣，后获罪。④蠹（dù）：蛀蚀器物的一种虫子。

【译文】

高其倬的夫人，名琬，字季玉，是蔡毓荣将军的女儿，尚书蔡珽的妹妹。她的母亲生得国色天香，据传言是吴宫的旧人。高夫人也生得明艳动人，举止娴雅端庄，擅长作诗。高其倬在苏州担任巡抚期间，与某个总督关系不好，多次被那人倾轧排挤，不过高其倬先生依然卓尔不群，独来独往。有一次，他作诗咏白燕，里面的第五句是："有色何曾相假借？"想了很久，没有对出下句。正好夫人到了，替他拿笔写道："不群仍恐太分明。"这句话暗藏规劝的意思。夫人博览群书，精通政治。文良公的奏疏、文檄等，每次都会和她商量一番才下定论。诗集并没有外传。记得她写过一首咏九华峰寺的诗："萝壁松门一径深，题名犹记旧铺金。苔生尘鼎无香火，经蚀僧厨有蠹蟑。赤手屠鲸千载事，白头归佛一生心。征南部曲今谁是？剩有枯禅守故林。"这是她的父亲平定了吴三桂的叛乱之后，因为犯下了过错，遁入空门，夫人心中苦闷所写的。

三七　何士颐秀才诗

【原文】

人谋事久而不得，则意思转淡。何士颐秀才《感怀》云："身非无用贫偏暇，事到难图念转平。"真悟后语也。其他如："贫犹买笑为身累，老尚多情或寿征"，"书因补读随时展，诗为留删尽数抄"，皆不愧风人之旨。殁后，余闻信，飞遣人到其家，搜取诗稿，得三百余首。为付梓[①]行世，板藏随园。

【注释】

①付梓：指书稿雕版印行。梓：刻版。

【译文】

人们长期谋划一件事却没有实现，那么心中的愿望便会慢慢变淡。何士颐秀才在《感怀》中写道："身非无用贫偏暇，事到难图念转平。"这真是领悟之后而作的感慨啊。而其他的诗如："贫犹买笑为身累，老尚多情或寿征"，"书因补读随时展，诗为留删尽数抄"，这些都不愧是风雅诗人所有的情趣。他去世之后，我听说了消息，立即派人到他家中，将他的诗稿搜索、拿来，得到了三百多首。我安排把它印刷出来，底版现在收藏在随园之中。

四十　苏州舁山轿者最狡狯

【原文】

苏州舁[①]山轿者最狡狯[②]，游冶[③]少年多与钱，则遇彼姝之车，故意相撞，或小停顿。商宝意先生有诗云："直得舆夫争道立，翻因小住饱看花。"虎丘山坡五十余级，妇女坐轿下山，心怯其坠，往往倒抬而行。鲍步《江竹枝》云："妾自倒行郎自看，省郎一步一回头。"

【注释】

①舁（yú）：抬。②狡狯（jiǎo kuài）：诡诈。③游冶：出游寻乐。

【译文】

苏州抬山轿的人最为狡猾，游山玩水，寻找乐趣的少年常常会多给他们一些钱，如果遇到貌美女子的车，他们就会故意与之相撞，或者干脆停下来一会儿挡住车的去路。商盘先生写了一首诗说："直得舆夫争道立，翻因小住饱看花。"虎丘山的台阶有五十多级，妇女坐轿下山，会担心自己掉下山去，因此常常倒坐在轿中让人抬着走。鲍步在《江竹枝》一诗中写道："妾自倒行郎自看，省郎一步一回头。"

五三　姚母轶事

【原文】

余长姑嫁慈溪姚氏。姚母能诗，出外为女傅。康熙间，某相国以千金聘往教女公子。到府，住花园中，极珠帘玉屏之丽。出拜两姝，容态绝世。与之语，皆吴音；年十六七，学琴、学诗颇聪颖。夜伴女傅眠，方知待年之女，尚未侍寝于相公也。忽一夕，二女从内出，面微红。问之，曰："堂上夫人赐饮。"随解衣寝。未二鼓[①]，从帐内跃出，抢地呼天，语呶呶不可辨；颠仆片时，七窍流血而死。盖夫人赐酒时，业已酖[②]之矣！姚母踉跄弃资装，即夜逃归。常告人云："二女，年长者尤可惜。"有《自嘲》一联云："量浅酒痕先上面，兴高琴曲不和弦。"

【注释】

①二鼓：也就是二更，古时晚上用鼓打更，因此二更天也称为二鼓。②酖（dān）：毒酒，毒药。

【译文】

我的长姑嫁给了慈溪的姚氏。姚母擅长作诗，到外面给别家的女子当先生。康熙年间，有一位相公用千金聘请她去教授女学生。到了相府之后，住在花园之中，里面珠帘玉屏，极尽奢华。两位女子出来拜见老师，容貌卓绝光彩照人。和她们讲话，说的都是吴地的口音；年纪在十六七岁，学抚琴、学作诗，都十分聪慧。晚上陪着女老师睡觉的时候，才知道年纪都很小，还没有侍寝过相公。突然有一天，这两个女孩从里面出来，面色微红。上前询问她们，回答说："堂上夫人赐的酒。"随后解开衣服就去睡觉了。还没到二更的时候，她们突然从帐内跳了出来，呼天抢地，没完没了地说话，却听不清她们在说什么；挣扎了不一会儿，就七窍流血而死。大概是夫人赐酒的时候，就已经在酒里面下了毒！姚母慌慌张张地丢弃衣服和财物，连夜从相府中逃了回来。她经常对人说："这两个女子，年纪大一点的尤为可惜。"有《自嘲》诗，其中一联是："量浅酒痕先上面，兴高琴曲不和弦。"

五七　题诗救树

【原文】

江西某太守，将伐古树。有客题诗于树云："遥知此去栋梁材，无复清阴覆绿苔。只恐月明秋夜冷，误他千岁鹤归来。"太守读之，怆然①有感，乃停斧不伐。

【注释】

①怆然：悲伤难过的样子。

【译文】

江西的一个太守，想要把古树砍伐掉。有一位途经此地的客人在树上题诗说："遥知此去栋梁材，无复清阴覆绿苔。只恐月明秋夜冷，误他千岁鹤归来。"太守读完之后，十分伤感，就停下了斧头不再砍伐这棵树了。

六一　钱塘洪升

【原文】

钱塘洪昉思①昇，相国黄文僖公②机之女孙婿也。人但知其《长生》曲本，与《牡丹亭》并传，而不知其诗才在汤若士③之上。《晓行》云："咿喔晨鸡鸣，仆夫驾轮鞅。四野绝无人，但闻征铎响。”《夜泊》云：“竹篾随潮落，蒲帆逐月飞。维舟已深夜，还上钓鱼矶。”性落拓不羁。晚年渡江，老仆坠水。先生醉矣，提灯救之，遂与俱死。《送高江村宫詹入都》五排一百韵，沉郁顿挫，逼真少陵。

先生为王贞女作《金镶曲》云：“王家有女字秀文，少小绰约兰慧芬。项郎名族学《诗》《礼》，金镮为聘结婚姻。十余年来人事变，富儿那必归贫贱。一朝别字豪贵家，三日悲啼泪如霰。手摘金镮自吞食，将死未死救不得。柔肠九曲断还续，卧地只存微气息。讵料④国工赐灵药，吐出金镮定魂魄。至性由来动彼苍，一夜银河驾乌鹊。嗟哉此女贞且贤，项郎对之悲复怜。朝来笑倚镜台立，代系金镮云鬓边。”其事、其诗，俱足千古。篇终结句，余韵悠然。

【注释】

①洪昉思：洪昇，清初戏曲家，与孔尚任合称“南洪北孔”。②黄文僖公：黄机，清初显宦，《红楼梦》中王子腾的原型。③汤若士：即汤显祖，明代戏曲家、文学家。字义仍，号若士，《牡丹亭》为他的代表作。④讵（jù）料：岂料，没想到。

【译文】

钱塘的洪昇，字昉思，是相国黄文僖公黄机的孙女婿。众人只知道他写有《长生殿》曲本，和《牡丹亭》一起流传于世，却不知道他的诗才在汤显祖之上。他在《晓行》中写道：“咿喔晨鸡鸣，仆夫驾轮鞅。四野绝无人，但闻征铎响。”在《夜泊》中写道：“竹篾随潮落，蒲帆逐月飞。维舟已深夜，还上钓鱼矶。”他性情放荡，不受约束。晚年的时候渡江，有一位老仆掉入水中。先生喝醉了，提着灯去救他，最后和他一起溺死在水中了。在《送高江村宫詹入都》中五言排体一百韵，风格深沉含蓄有余，语势有停顿转折，和杜甫的风格十分接近。

先生为王贞女写过一首《金镶曲》：“王家有女字秀文，少小绰约兰慧芬。项郎名族学《诗》《礼》，金镮为聘结婚姻。十余年来人事变，富儿那必归贫贱。一朝别字豪贵家，三日悲啼泪如霰。手摘金镮自吞食，将死未死救不得。柔肠九曲断还续，卧地只存微气息。讵料国工赐灵药，吐出金镮定魂魄。至性由来动彼苍，一夜银河驾乌鹊。嗟哉此女贞且贤，项郎对之悲复怜。朝来笑倚镜台立，代系金镮云鬓边。”这件事、这首诗都足以名垂千古。诗篇中最后结尾的一句，韵致尚未散尽。

六六　送别诗

【原文】

余以翰林改官江南，一时送行诗甚多。其佳者如：刘文定公纶，时官编修，诗云："弱水神仙少定居，词头草罢领除书。蒋山南去秦淮路，好雨倚倚梅熟初。""三载头衔共冷官，几人乡梦出长安。君行若过吾庐外，五月江深草阁寒。""定子当筵唱《石城》，离堂烛跋不胜情。芰荷[①]香动三千里，谁共编诗记水程？"宗伯齐公召南，时为侍讲，诗云："尊前言别重踟躇，一向推袁话岂虚？才子何妨为外吏，名山况可读奇书。携将佳偶花能笑，吟得新诗锦不如。转眼蒲帆催北上，未容风物恋鲈鱼。""官河柳色雨余新，故里风光更绝伦。书画一船烟外月，湖山十里镜中人。浣衣香裛芙蓉露，评史清浇竹叶春。回首同时趋直客，蓬莱犹是在红尘。"庄参政有恭，时为修撰，诗云："庐陵事业起夷陵，眼界原从阅历增。况有文章堪润色，不妨风骨露崚嶒[②]。廉分杯水余同况，明彻晶笼尔独能。儒吏风流政多暇，新诗好与寄吴绫。"副宪申甫[③]，时为孝廉，诗云："鹓行惊失凤池春，百里初除墨绶新。簿领竟须烦史笔，朝廷原自重词臣。交情未免怜今别，公论尤应惜此人。终是读书能有用，他时端不负斯民。""鹤书到日广求贤，殿上挥毫各少年。遭遇未尝非盛事，滞留或恐是前缘。公卿誉满君犹出，仆婢诗成我自怜。可忆僧窗风雨夜，灯花只为一人妍？戊午榜发前一日，与张少仪诸人同饮，喜灯有花，惟君获隽。""平台缥缈见烟峦，客至能令眼界宽。谈笑每欣多旧雨，杯盘常愧累贫官。由来气类关偏切，此后风流继必难。说与能诗姚秘监，豪情略为洗儒酸。戏南青。""临期草草话难穷，高柳凉飘弄袖风。客里惊心多聚散，酒边分手又西东。对衙山色浓于染，绕郭溪光淡若空。此景江南曾不少，有人时在梦魂中。"其时长安诸公，以笏山四首为独绝。少宗伯刘公星炜，时为诸生，仿昌谷体作七古一篇，云："壬之年，癸之月，一鲸驱云云不行，走上江南木兰楫。"诗长，不能备录。

【注释】

①芰（jì）荷：指菱叶与荷叶。②崚嶒（léng céng）：比喻刚正不阿、坚贞不屈。③申甫：姚成烈，字申甫，号笏山，时任都察院左副都御使，故称"副宪"。

【译文】

我从翰林院改派到江南做官，一时间好友写了很多给我送行的诗。其中写的比较好的有：文定公刘纶，当时担任编修的职位，他写的诗说："弱水神仙少定居，词头草罢领除书。蒋山南去秦淮路，好雨倚倚梅熟初。""三载头衔共冷官，几人乡梦出长安。君行若过吾庐外，五月江深草阁寒。""定子当筵唱《石城》，离堂烛跋不胜情。芰荷香动三千里，谁共编诗记水程？"礼部尚书齐召南先生，当时担任侍讲一职，写的诗说："尊前言别重踟躇，一向推袁话岂虚？才子何妨为外吏，名山况可读奇书。携将佳偶花能笑，吟得新诗锦不如。转眼蒲帆催北上，未容风物恋鲈鱼。""官河柳色雨余新，故里风光更绝伦。书画一船烟外月，湖山十里镜中人。浣衣香裛芙蓉露，评史清浇竹叶春。回首同时趋直客，蓬莱犹是在红尘。"庄有恭参政，当时担任修撰一职，有诗说："庐陵事业起夷陵，眼界原从阅历增。况有文章堪润色，不妨风骨露崚嶒。廉分杯水余同况，明彻晶笼尔独能。儒吏风流政多暇，新诗好与寄吴绫。"都察院左副都御史姚成烈，当时是孝廉的身份，有诗说："鹓行惊失凤池春，百里初除墨绶新。簿领竟须烦史笔，朝廷原自重词臣。交情未免怜今别，公论尤应惜此人。终是读书能有用，他时端不负斯民。""鹤书到日广求贤，殿上挥毫各少年。遭遇未尝非盛事，滞留或恐是前缘。公卿誉满君犹出，仆婢诗成我自怜。可忆僧窗风雨夜，灯花只为一人妍？戊午，榜发前一日，与张少仪诸人同饮，喜灯有花，惟君获隽。""平台缥缈见烟峦，客至能令眼界宽。谈笑每欣多旧雨，杯盘常愧累贫官。由来气类关偏切，此后风流继必难。说与能诗姚秘监，豪情略为洗儒酸。戏南青。""临期草草话难穷，高柳凉飘弄袖风。客里惊心多聚散，酒边分手又西东。对衔山色浓于染，绕郭溪光淡若空。此景江南曾不少，有人时在梦魂中。"当时在京城中的诸多好友，姚成烈先生这四首写得最好。礼部侍郎刘公星炜，当时还是儒生，效仿着昌谷体写了七古一篇，说："壬之年，癸之月，一鲸驱云云不行，走上江南木兰楫。"因为诗太长，我并没有完全收录。

卷 二

一　常熟孝廉赵贵璞

【原文】

丁巳，余流落长安，寓[①]刑部郎中王公讳琬者家。同寓人常熟孝廉赵贵璞，字再白，倾盖相知，西林相公[②]门下士也。欲荐余见西林，有尼之者，因而中止。未几，王公出守[③]兴化。余傫然无归。赵以寒士而留余仍住王公旧屋，供其饔飧[④]，彼此倡和。赵诗才清警，《过仙霞岭》云："万竹扫天青欲雨，一峰受月白成霜。"其曾祖某，生天启间，《题天圣阁》云："天在阁中看世乱，民从地上作人难。"

【注释】

①寓：住在，居住。②西林相公：鄂尔泰，时任军机大臣。③出守：由京官出为太守。④饔飧（yōng sūn）：饭食，也指早饭和晚饭。

【译文】

丁巳年间，我流落到长安，借住在刑部郎中王琬的家中。和我一起同住的还有常熟的孝廉赵贵璞先生，字再白，与我十分投机，引为知己，是鄂尔泰门下的士人。他想要推荐我与鄂尔泰相见，因为有阻拦的人，因此只好中止。没过多久，王琬出守兴化。我因此而茫然不知何去何从。赵贵璞先生以寒士的身份留我住在王琬的旧房里，供我吃喝。赵贵璞先生的诗清新，让人警醒，在《过仙霞岭》一诗中写

道："万竹扫天青欲雨，一峰受月白成霜。"他的曾祖父，生于明朝天启年间，写过一首名叫《题天圣阁》的诗，其中一句是："天在阁中看世乱，民从地上作人难。"

二 同征好友

【原文】

丙子九月，余患暑疟。早饮吕医药，至日昳，忽呕逆头眩不止。家慈抱余起坐，觉血气自胸偾起，性命在呼吸间。忽有同征友赵藜村来访。家人以疾辞。曰："我解医理。"乃延入，诊脉看方，笑曰："容易。"命速买石膏，加他药投之。余甫饮一勺，如以千钧之石，将肠胃压下，血气全消。未半盂，沉沉睡去，颡[①]上微汗，朦胧中闻家慈啃曰："岂非仙丹乎？"睡须臾醒，君犹在坐，问："思西瓜否？"曰："想甚。"即命买瓜，曰："凭君尽量，我去矣。"食片许，如醍醐灌顶，头目为轻。晚便食粥。次日来，曰："君所患者，阳明经疟也。吕医误为太阳经，以升麻、羌活二味升提之，将君妄血逆流而上，惟白虎汤可治。然亦危矣！"未几君归。余送行诗云："活我自知缘有旧，离君转恐病难消。"先生亦见赠云："同试明光人有几？一时公干鬓先斑。"

藜村《鸡鸣埭访友》云："佳辰结良觌[②]，言采北山杜。鸡鸣古埭存，登临浑漫与。萧梁此化城，贻为初地祖。六龙行幸过，金碧现如许。欲辨六朝踪，风乱塔铃语。江南山色佳，玄武湖瀲滟。豁开几盎间，秀出庭木末。延陵敦夙尚，藉以纾蕴结。山能使人澹，湖能使人阔。聊共发啸吟，无为慕禅悦。"赵名宁静，江西南丰人。

【注释】

①颡（sǎng）：指额头。②良觌（dí）：良晤。

【译文】

丙子年九月，我中了暑。早起喝了吕大夫配制的汤药，到了傍晚的时候，突然开始呕吐，头晕不止。母亲抱我坐了起来，只觉得胸中气血翻涌，性命悬在呼吸之间。恰巧在同一天受招的好友赵藜村到家里来拜访。家人称我生病推辞了。赵藜村说："我懂医理。"于是将他请了进来，诊脉看方，笑着说："这个病很容易治。"让我的家人快点买石膏，加上其他药一起煎熬。我刚喝了一勺，就仿佛有千钧重的巨石，将我的肠胃压下，血气全消。不一会儿，便昏昏沉沉地睡了过去，额头冒汗，迷糊中听到母亲低声说："这难道不是仙丹吗？"睡了片刻醒过来，赵君还坐在旁边，问我："想吃西瓜不？"我说："特别想。"于是派人去买西瓜，说："你尽量吃吧，我先走了。"吃了几片之后，感觉就像醍醐灌顶，精神都变得轻松起来。晚上便喝了粥。第二天他过来说："你所得的病是阳明经症。吕大夫却误诊为太阳经，用升麻、羌活这两味药升提之，让你的血气逆流而上，只有白虎汤才能治疗。然而这样也十分危险！"没过多久，赵君就离开了。我写了一首《送行》的诗给他："活我自知缘有旧，离君转恐病难消。"赵君见到之后也赠诗给我说："同试明光人有几？一时公干鬓先斑。"藜村在《鸡鸣埭访友》中说："佳辰结良觌，言采北山杜。鸡鸣古埭存，登临浑漫与。萧梁此化城，贻为初地祖。六龙行幸过，金碧现如许。欲辨六朝踪，风乱塔铃语。江南山色佳，玄武湖潋滟。豁开几盎间，秀出庭木末。延陵敦夙尚，藉以纾蕴结。山能使人澹，湖能使人阔。聊共发啸吟，无为慕禅悦。"赵君名宁静，是江西南丰人。

七　学诗当从五律起

【原文】

刘昭禹[①]曰："五律一首，如四十贤人，其中着一屠沽[②]儿不得。"余教少年学诗者，当从五律入手：上可以攀古风，下可以接七律。

【注释】

①刘昭禹：唐末诗人，生平不详。②屠沽（gū）：也作"屠酤"，宰牲和卖酒。泛指职业微贱的人。

【译文】

刘昭禹说："一首五言律诗，四十个字就像是四十位贤人，其中夹杂不了一个身份卑微的人。"我教少年学写诗，让他们从五律入手：因为五律向上可以接连古风，向下可以衔接七律。

一二 状元及探花之考

【原文】

古称状元，不必殿试第一名。唐郑谷登第后，《宿平康里》诗曰：“好是五更残酒醒，耳边闻唤状元声。”按：谷登赵昌翰榜，名次第八，非第一也。周必大有《回姚状元颖启》《回第二人叶状元适启》。当时新进士，皆得称状元。惟南汉状元不可作。《十国春秋》载：“刘龑定例，作状元者，必先受宫刑。”罗履先《南汉宫词》云：“莫怪宫人夸对食，尚衣多半状元郎。”古称探花，不必第三名。《天中记》“唐进士杏园初会，使少俊二人探花游园，若他人先折名花，则二人被罚”。《蔡宽夫诗话》云：“故事，进士朝集，择年少者为探花使。”是探花者，年少进士之职，非必第三名也。进士帽上多插花。太宗曰：“寇准少年，正插花饮酒时。”温公性严重，不肯插花。或曰：“君恩也。”乃插一枝。大概以年少者为贵。某《及第》诗曰：“人老簪花不自羞，花应羞上老人头。醉归扶杖人多笑，十里珠帘半下钩。”或又曰：“平康过尽无人间，留得宫花醒后看。”皆伤老之词。熙宁间，佘中[①]请禁探花，以为伤风化，遂停此例。后中以赃败，人咸鄙之。王弇洲曰：“禁探花之说，譬如新妇入门，不许妆饰，便教绩麻、造饭。理非不是也，而事太早矣。”余按李焘《长编》载：“陈若拙中进士第三名，以貌陋，人称瞎榜。”盖宋以第三名为榜眼，亦探花不必第三名之证。

【注释】

①佘中：字行老，宋代宜兴人，是宜兴历史上第一个状元。

【译文】

古时称为状元的，不一定是殿试第一名。唐代的郑谷在登第之后，在《宿平康里》一诗中说："好是五更残酒醒，耳边闻唤状元声。"按照当时的记录，郑谷登赵昌翰榜，名次是第八名，并不是第一。周必大在《回姚状元颖启》《回第二人叶状元适启》中有所记录。当时新中的进士，都可以被叫为状元。只有南汉的时候不能这样做。《十国春秋》中记载："刘龑定下规定，想要当状元的人，一定要先接受宫刑。"罗履先在《南汉宫词》中说："不要怪宫人喜欢夸奖自己的伙伴，这些人大多都是状元。"古时称为探花的，也未必都是第三名。《天中记》中记载："唐朝的进士第一次在杏园相聚，让两位年轻人先到花园里巡游探花，如果有别人先摘了最有名的花，那么这两个人就要被罚。"《蔡宽夫诗话》中说："以前，进士入朝的人有很多，选择年纪轻的作为探花使。"由此可以看出，探花指的是年轻的进士，并不一定是第三名。进士的帽子上多会插上花。太宗说："寇准年少有为，正是插花饮酒的好年纪。"司马光性情严谨端庄，不愿意插花。有人说："这是圣上的隆恩。"于是插了一枝。大概当年都以年轻人作为贵人。某人在《及第》一诗中说："人老簪花不自羞，花应羞上老人头。醉归扶杖人多笑，十里珠帘半下钩。"又有人说："平康过尽无人间，留得宫花醒后看。"这些都是感伤年纪衰落的词句。熙宁年间，佘中请求禁止宫中探花，认为这样有伤风化，于是停止了这个活动。后来佘中因为贪污败落，众人十分看不起他。王弇洲说："禁止探花的说法，就好像新媳妇进门，不让梳妆打扮，便叫她织布、做饭。道理上没有什么不对，但是这事做得太早了。"我查验了李焘的《续资治通鉴长编》，上面记载说："陈若拙中进士第三名，以貌陋，人称瞎榜。"因为宋朝将第三名作为榜眼，这也是探花不一定是第三名的一个证据。

一八　诗须有言外之意

【原文】

诗无言外之意，便同嚼蜡。杭州俞苍石秀才《观绳伎》云："一线腾身险复安，往来不厌几回看。笑他着脚宽平者，行路如何尚说难？"又："云开晚霁[①]终殊旦，菊吐秋芳已负春。"皆有意义可思。严冬友壮年不仕，《韦曲看桃花》云："凭君眼力知多少，看到红云尽处无？"

【注释】

①晚霁：傍晚雪止或雨停，天气晴好。

【译文】

诗歌若是没有言外之意，就像嚼蜡一般索然无味。杭州俞苍石秀才在《观绳伎》一诗中说："一线腾身险复安，往来不厌几回看。笑他着脚宽平者，行路如何尚说难？"又说："云开晚霁终殊旦，菊吐秋芳已负春。"这些句子都有意义可以供人们思考的。严长明年轻的时候不做官，在《韦曲看桃花》中写道："凭君眼力知多少，看到红云尽处无？"

二六　写诗促姻缘

【原文】

泗州[1]选贡毛俟园藻，辛卯秋赴金陵乡试，主试为彭芸楣[2]侍郎。其友罗孝廉恕，彭门下士也。寓书索观近艺，戏为催妆俳语。毛答以诗云："月影空濛柳影疏，秦淮水涨石城隅。小姑独处无郎惯，争似罗敷自有夫？"榜揭，毛获隽。罗往贺，入门狂叫曰："今日小姑亦嫁彭郎矣！"一时传为佳话。

【注释】

①泗（sì）州：存在于北周到清朝之间的历史地名，辖区约是如今的泗县，泗洪，天长，盱眙，明光一带。②彭芸楣：彭元瑞，乾隆时期馆阁名臣，曾参与修纂《四库全书》。

【译文】

泗州的选贡毛藻，字俟园，辛卯年秋赶往金陵参加乡试，主试官是彭元瑞侍郎。他的好友罗恕孝廉，是彭元瑞门下的弟子。写信索要毛藻最近所作的诗文，并在调侃间写了一首催妆的俳诗。毛藻用诗回答说："月影空濛柳影疏，秦淮水涨石城隅。小姑独处无郎惯，争似罗敷自有夫？"榜单揭晓，毛藻位列榜中。罗孝廉前往祝贺，进门之后大喊："今天小姑要嫁给彭郎了！"一时传为佳话。

二九　英雄所见略同

【原文】

余画《随园雅集图》，三十年来，当代名流题者满矣，惟少闺秀一门。慕[1]漪香夫人之才，知在吴门，修札索题，自觉冒昧。乃寄未五日，而夫人亦书来，命题《采芝小照》。千里外，不谋而合，业已奇矣！余临《采芝图》副本，到苏州，告知夫人，而夫人亦将《雅集图》临本见示，彼此大笑。乃作诗以告秋帆先生[2]曰："白发朱颜路几重？英雄所见竟相同。不图刘尹衰颓日，得见夫人林下风。"

【注释】

①慕：仰慕，钦慕。②秋帆先生：毕沅，清代著名才子，沈德潜的学生。

【译文】

我画了一幅《随园雅集图》，三十年来，当代名流已经在上面题满了字，独独缺了闺房才女这一类的题字。因为仰慕漪香夫人的才华，获悉她住在吴门，于是写信向她索要题字，自己觉得十分冒昧。可是寄过去没到五天，夫人就写信过来，以《采芝小照》命题。千里之外，我们的心思竟然不谋而合，这已经十分稀奇了！我在临摹《采芝图》副本的时候，来到苏州，告知了夫人，而夫人也以《雅集图》的临摹本拿来给我看，双方大笑。于是写诗告诉毕沅说："白发朱颜路几重？英雄所见竟相同。不图刘尹衰颓日，得见夫人林下风。"

三三　传闻异词

【原文】

羊后答刘曜语，轻薄司马家儿："再醮之妇，媚其后夫；所谓闺房之内，更有甚于画眉者。"床第之言不逾阈，史官何以知之？杨妃洗儿事，新、旧《唐书》皆不载，而温公《通鉴》乃采《天宝遗事》以入之。岂不知此种小说，乃委巷谰言，所载张嘉贞选婿，得郭元振，年代大讹，何足为典要，乃据以污唐家宫阃[①]耶？余《咏玉环》云："《唐书》新旧分明在，那有金钱洗禄儿？"盖雪其冤也。第李义山《西郊百韵》诗，有"皇子弃不乳，椒房抱羌浑"之句。天中进士郑嵎《津阳门》诗，亦有"禄儿此日侍御侧""绣羽褓衣日屃赑[②]"之句。岂当时天下人怨毒杨氏，故有此不根之语耶？至于杨妃缢死佛堂，《唐书》《通鉴》俱无异词，独刘禹锡《马嵬》诗云："贵人饮金屑，倏忽舜英暮。"似贵妃之死，乃饮金屑，非雉经[③]矣。传闻异词，往往如是。

【注释】

①宫阃（kǔn）：帝王后宫，亦指后妃。②屃赑（xì bì）：强壮有力，坚固壮实的。③雉经：指自缢，上吊。

【译文】

羊后回答刘曜的话，有些鄙夷司马家："再婚的夫人，取媚她后来的丈夫；所说的在闺房之中的事，没有比张敞画眉更加过分的。"床笫之间的话语本不可能在出门之后说，史官又怎么能够知道呢？杨贵妃为安禄山洗澡的事情，新、旧《唐书》都没有记载，而司马光在《通鉴》中采纳了《天宝遗事》中的内容并收录了进去。难道不知道这种小道消息，不过是街头巷尾的谣言吗？所记载的张嘉贞选婿，得到了郭元振，时间上就有很大的误差，根本就不具备成为典故的资格，却被引用，简直是对唐朝后宫的诬陷！我在《咏玉环》中说："《唐书》新旧分明在，那有金钱洗禄儿？"因为是要为杨贵妃沉冤昭雪。李商隐在《西郊百韵》一诗中，有"皇子弃不乳，椒房抱羌浑"这样的句子。天中进士郑嵎在《津阳门》一诗中，也有"禄儿此日侍御侧""绣羽褓衣日屃赑"这样的句子。难道不是因为当时的人憎恨杨贵妃，所以才说出这样没有根据的话吗？至于杨贵妃在佛堂上吊而死，《唐书》《通鉴》中都没有不一样的说法，只有刘禹锡在《马嵬》一诗中说："贵人饮金屑，倏忽舜英暮。"大概是说杨贵妃的死，是喝了金屑，而不是上吊。传闻有所偏差，常常也就是这样。

三八　阮亭先生

【原文】

阮亭先生，自是一代名家。惜誉之者，既过其实；而毁之者，亦损其真。须知先生才本清雅，气少排奡[1]，为王、孟、韦、柳则有余，为李、杜、韩、苏则不足也。余学遗山[2]，《论诗》一绝云："清才未合长依傍，雅调如何可诋諆[3]？我奉渔洋如貌执，不相菲薄不相师。"

【注释】

①排奡（ào）：形容诗文书画笔力刚劲有力，不受拘束。②遗山：元好问，金末著名文学家。③诋諆（qī）：诋毁丑化。

【译文】

阮亭先生王士祯，本是一代名家。让人惋惜的是赞誉他的人，都有些夸大其词；而损他的人又有些太过严重了。要知道先生的诗才本是清新典雅，气量不是很宽泛，将他与王维、孟浩然、韦庄、柳宗元这样的人相比还是绰绰有余的，但是与李白、杜甫、韩愈、苏东坡这样的人比就有些不足了。我学元好问写了一首《论诗》说："清才未合长依傍，雅调如何可诋諆？我奉渔洋如貌执，不相菲薄不相师。"

四一　毫厘之差

【原文】

为人不可不辨者：柔之与弱也，刚之与暴也，俭之与啬也，厚之与昏也，明之与刻也，自重之与自大也，自谦之与自贱也，似是而非。作诗不可不辨者：淡之与枯也，新之与纤[1]也，朴之与拙也，健之与粗也，华之与浮也，清之与薄也，厚重之与笨滞也，纵横之与杂乱也，亦似是而非。差之毫厘，失之千里。

【注释】

①纤：纤弱。

【译文】

做人不能不分辨以下现象：柔与弱，刚硬与暴力，勤俭与吝啬，厚道与昏庸，明白与刻薄，自重与自大，自谦与自卑，这些都是看上去相似但是却并不相同。作诗一样也要分辨：淡雅与枯燥，新颖与纤弱，质朴与笨拙，稳健与粗糙，华丽与浮华，轻盈与浅薄，厚重与笨滞，纵横与杂乱，这些也都是看起来相似但是并不一样。一点微小的差别，结果却相距甚远。

四七　两先生轶事

【原文】

虞山王次山先生峻，风骨严峭；馆蒋文肃公[①]家，晚不戒于酒，肆口嫂骂。蒋家人群欲殴之。文肃呵禁。次日，待之如初。先生不自安，辞去。余己未会试，出文恪公[②]门下，闻此说而疑之。后读先生《哭文肃公》诗云：“回首却伤门下士，少时无赖吐车茵。”方知此事信有，愈征文肃之贤，而先生之不讳过也。先生少所许可，独誉枚不绝于口。以故，枚虽报罢鸿词科，而名声稍起公卿间。惜无所树立，以酬先生之知。而先生自劾罢都御史彭茶陵，直声震天下。后竟卧病不起，悲夫！

博陵尹元孚先生，少孤贫，以母教成名。督学江南，好教人读《小学》，宗程、朱。余时宰江宁，意趣不合。一日，先生驺[③]唱三山街，为某大将军家奴所窘，诈称某王遣来。太守不敢诘，予收缚置狱。先生以此见重。适高相国斌有事来江宁，先生面称枚云：“才如子建，政如子产。”亡何，先生薨。予感知己之恩，将赋挽诗，见次山先生四章，不能再出其右，遂搁笔焉。其警句云：“母教成三徙，君恩厚两朝。”又曰：“士幸方知向，天何遽夺公！”从古文人得功于母教者多，欧、苏其尤著者也。次山题钱古亭《夜纺授经图》曰：“辛勤篝火夜灯明，绕膝书声和纺声。手执女工听句读，须知慈母是先生。”

【注释】

①蒋文肃公：蒋廷锡，清初名臣，重要的宫廷画家之一。②文恪公：董邦达，

清代官吏，当代知名书法家。③驺（zōu）：古代贵族骑马的侍从，这里应该指骑马。

【译文】

虞山的王次山先生名峻，长得风骨清奇俊朗；在蒋廷锡家中做老师，晚上常常会饮酒，酩酊大醉之后就破口大骂。蒋家人打算群殴他，文肃公将众人喝止住了。第二天，像往常一样对待他。先生自己觉得过意不去，于是就主动辞去了先生一职。我在己未年参加会试，在董邦达门下，听说了这件事，有些疑惑。后来读了先生的《哭文肃公》一诗，上面写道；“回首却伤门下士，少时无赖吐车茵。”这才知道这件事确实是真的，越发佩服蒋廷锡的贤能，而先生对这件事毫不忌讳，不掩盖自己的过错（也让我心生敬佩）。先生很少夸奖别人，独独对我赞誉有加。因此，我虽然没能考上博学鸿词科，名声却在公卿间稍有传诵。可惜我并没有什么大的建树，不能回报先生的知遇之恩。先生自从弹劾罢免了都御史彭茶陵之后，声名开始威震天下。后来竟然卧病不起，真是让人叹息啊！

博陵的尹会一先生，小时候父亲就过世了，家境贫困，因为母亲教导有方而出名。在江南督学的时候，喜欢教人读《小学》，尊崇二程、朱子。我在管理江宁的时候，和他的意趣并不相合。一天，先生骑马唱和途经三山街，被一位大将军的家奴所羞辱，家奴假称自己是某王派来的。太守不敢责问，我却将这个家奴关进了监狱中。先生因为这件事对我十分看重。当时正好高斌相国有事来到江宁，先生当面夸奖我说：“才华像曹植一般，政事处理得像子产一般。”没过多久，先生就离世了。我感念他对我的知遇之恩，写了一首诗来悼念他，可是看到了王峻的四章，觉得自己不能超过他，于是就停笔没有写。这四章中写道：“母教成三徙，君恩厚两朝。”又写道：“士幸方知向，天何遽夺公！”从古代的文人中不难发现得到母亲教导的人有很多，欧阳修、苏轼是其中最为著名的。王峻在钱古亭所题的《夜纺授经图》中说：“辛勤篝火夜灯明，绕膝书声和纺声。手执女工听句读，须知慈母是先生。”

五〇　梦之有灵

【原文】

随园有对联云：“此地有崇山峻岭茂林修竹；是能读《三坟》《五典》《八索》

《九邱》。”故是李侍郎因培所赠，悬之二十余年。忽一日，岳大将军钟琪[①]之子参将名濬者来谒。入门先问此联有否？现悬何处？予指示之。端睇良久，曰：“此后书舍，可有蔚蓝天否？”予问：“何以知之？”曰：“余在四川时，梦先大人引游一园，有此联额，且曰：‘将我交此园主人。’濬惊醒，遍访川中，无人知者。今来补官江宁，有人谈及，故来相访。”因出将军行状二十余页，稽首求传。予读之，杂乱舛错，为编纂七日方成。而岳又调往金川，不复再见矣。今年夏间，偶抄选鲍海门[②]诗二十余首，其子之钟适渡江来。余告以选诗之事，问：“尊人有余集否？”鲍不觉泣下，曰：“异哉！余今而知梦之有灵也！吾渡江前三日，梦与先人游随园，先人与公同修船，以纸补其窗棂。醒而不解。今思之：夫船者，传也；纸者，诗之所附以传者也。今公抄选先人之诗，岂不暗相吻合耶？”甚矣鬼神之好名也！

【注释】

①岳钟琪（1686—1754 年），字东美，号容斋，四川成都人，清代康熙、雍正、乾隆时期的名将。②鲍海门：鲍皋，清代“京口三诗人”之一。

【译文】

随园中有一副对联：“此地有崇山峻岭茂林修竹；是能读《三坟》《五典》《八索》《九丘》。”这是李因培侍郎赠给我的，已经挂在那里二十多年了。忽有一天，岳钟琪将军的儿子岳濬前来拜访。进门的时候先问起了这副对联是否存在？现在挂在什么地方？我指给他看。他认真地端详了良久，说：“这间房屋的后面，可有一个叫作蔚蓝天的书房？”我问道：“你是怎么知道的？”他回答说：“我在四川的时候，梦到已经过世的父亲将我领进了一个园子，上面就有这副对联，并对我说：‘把我交给这个园子的主人。’随后我从梦中惊醒，访遍了川中之地，却没人知晓这个地方。现在来到江宁当官，有人提起了您，所以特意前来拜访。”并拿出了记述岳将军生平事迹的二十多页文字，向我作揖，请求为他的父亲作传。我读完之后，发现其中文字错综杂乱，编写了七天才完成。而岳濬又被调到了金川，不能再与他相见了。今年夏天，偶然间，我将鲍皋的二十多首诗抄录了下来，他的儿子鲍之钟恰好渡江而来。我将选诗这件事告诉了他，问：“您父亲可留下什么文集？”鲍之钟听后不禁黯然涕下，说：“真是怪异啊！我到了今天才知道梦竟然也能灵验！我在渡江前三天，梦到与父亲游览随园：父亲和您一起修一条船，用纸来补窗户。醒来之后十分不解。现在想来：所谓的船，就是传也；纸，就是诗文赖以存在的介质。现在您抄写我父亲的诗，难道不是暗中与我的梦相契合吗？”哎呀，可见鬼神也是十分看重名声的啊！

五四　顾东山之女

【原文】

顾东山有女，美而不嫁，好服坏色衣[①]，持念珠，作六时[②]梵语。其母哂之，曰："汝故是优婆夷[③]耶？"女微哂而已。行年三十，操修益坚。父母知其志，为筑即是庵处之，因号即是庵主人。许太夫人题其庵云："上界遭沦谪，人言萼绿华。十年贞不字[④]，一室语无哗。遣兴惟吟絮，逢春欲避花。结庵殊可羡，萱草傍兰芽。"

【注释】

①坏色衣：指袈裟。袈裟避开"青、黄、赤、白、黑"五正色，而用不正色染坏，所以称为坏色。②六时：佛语，指一个昼夜。③优婆夷：在家中信佛的女子。④字：指女子出嫁。

【译文】

顾东山有一女，生得美艳动人却不愿意出嫁，喜欢穿着袈裟，手里拿着念珠，昼夜诵读佛经。她母亲嘲讽她，说："你原本是信佛的女子吗？"女儿只是微笑以对。到了三十岁的时候，她的操守变得更加坚定。父母知道了她的意愿，就修了一座即是庵让她居住，因此她取号为"即是庵主人"。许太夫人为这座庵题诗，说"上界遭沦谪，人言萼绿华。十年贞不字，一室语无哗。遣兴惟吟絮，逢春欲避花。结庵殊可美，萱草傍兰芽。"

五七　梦中奇事

【原文】

吾乡孝廉王介眉，名延年，少尝梦至一室，秘帖古器，盎然横陈。榻坐一叟，短身白须，见客不起，亦不言。又有一人，颀而黑，揖介眉而言曰："余汉之陈寿也，作《三国志》，黜刘帝魏，实出无心；不料后人以为口实。"指榻上人曰："赖彦威先生以《汉晋春秋》正之。汝乃先生之后身，闻方撰《历代编年纪事》，夙根①在此，须勉而成之。"言讫②，手授一卷书，俾题六绝句而寤。寤后仅记二句曰："惭无《汉晋春秋》笔，敢道前身是彦威？"后介眉年八十余，进呈所撰《编年纪事》，赐翰林侍读。

【注释】

①夙根：前生的灵根。②讫：完结，终了。

【译文】

与我同乡的孝廉王介眉，名延年，年少的时候曾经做梦到了一个房子，里面有秘帖和古代的器物，静静地摆在那里。在榻上坐着一位老翁，矮矮的身子，花白的胡须，看到有客人到访却没有起身，也没有说话。还有一个人，个子瘦小皮肤黝黑，对介眉作揖说："我是汉代的陈寿，写有《三国志》，对刘备进行了贬斥，将魏武称为帝，这些都是无心之失；没想到后人竟把这个当成了骂我的口实。"（随后）指着榻上的人说："赖彦威先生在《汉晋春秋》中纠正了。你是先生转世之身，听闻你正在撰写《历代编年纪事》，前世的灵根在这里，一定要把它写成。"说完，亲手将一卷书交给了他，让他在上面作了六首绝句然后便醒了过来。清醒之后只记住了其中的两句："惭无《汉晋春秋》笔，敢道前身是彦威？"后来介眉八十多岁的时候，向皇上呈现了他所撰写的《编年纪事》，被赐为翰林侍读。

五九　玉亭女史

【原文】

蒋苕生太史序玉亭女史之诗，曰：“《离》象文明，而备位乎中；女子之有文章，盖自天定之。玉亭名慎容，姓胡，山阴人，嫁冯氏；所天非解此者，遂一旦焚弃之。然其韵语，已流播人间，有《红鹤山庄诗》行世。其女兄弟采齐、景素，亦皆能诗，俱不得志。玉亭尤郁郁，未四旬，殁矣！”其《病中》云：“惚惚魂无定，飘飘若梦中。扶行惊地软，倚卧觉头空。放眼皆疑雾，闻声似起风。那堪窗下雨，寂寞一灯红。”《窥采齐晓妆》云：“徘徊明镜漫凝神，个里伊谁解效颦？一树梨花一溪月，隔窗防有断魂人。”《女郎词》云：“相呼同伴到帘帏，偷看新来客是谁。又恐被人先瞥见，却从纨扇隙中窥。”《残梅》云：“才发疏林便褪妆，冰姿空对月昏黄。东风只顾吹零雨，那惜枝头有暗香？”采齐，名慎仪。《早起》云：“一番花信五更风，那管春宵梦未终。起傍芳丛频检点，夜来曾否损深红？”《夜眠》云：“银蟾朗彻有余光，静坐庭轩寄兴长。地僻不知更漏永[①]，瞥惊花影过东墙。”《赠苕生》云：“沽酒每闻捐玉佩，济人时复典宫袍。”殊贴切苕生之为人。余问苕生：“玉亭貌可称其才否？”苕生乃诵其《菩萨蛮》一阕云：“人言我瘦形同鹤，朝朝揽镜浑难觉。但见指尖长，罗衣褪粉香。若能吟有异，不管腰身细。清减肯如梅，凋零亦是魁。”可想见风调，使人之意也消。

《红鹤山庄诗》，乃王菊庄孝廉为之刊行。玉亭作词谢云：“多谢诗人，深蒙才士，不憎戚末堪因倚。吴头楚尾一相逢，白云红鹤传千里。南浦悲吟，西窗闲技，居然卷附秋香里。寸心从此莫言愁，人间已有人知己。”其女思慧，嫁刘侍郎秉恬，亦才女也，《过岭》云：“半岭梅花成故旧，两肩书本是行装。”

【注释】

①更漏永：形容长夜漫漫。漏：漏壶，古代的计时工具。

【译文】

蒋士铨太史在为胡玉亭女士的诗作序的时候，说：“《离》卦象征着文章的美好，而位居正中；女子能写出如此文章，大概是上天安排好的。玉亭名叫慎容，姓胡，山阴人，嫁给了冯氏；丈夫并不了解她这个人，于是她把自己的创作在一天之内全部烧毁了。不过她写的一些诗，已经在人世间流传开来，有《红鹤山庄诗》在世上流传。她的妹妹采齐、兄弟景素，也擅长作诗，都没能得志。玉亭尤为凄凉，还没到四十岁，便过世了。”她在《病中》一诗中说：“惚惚魂无定，飘飘若梦中。扶行惊地软，倚卧觉头空。放眼皆疑雾，闻声似起风。那堪窗下雨，寂寞一灯红。”在《窥采齐晓妆》一诗中说：“徘徊明镜漫凝神，个里伊谁解效颦？一树梨花一溪月，隔窗防有断魂人。”在《女郎词》一诗中说：“相呼同伴到帘帏，偷看新来客是谁。又恐被人先瞥见，却从纨扇隙中窥。”在《残梅》一诗中说：“才发疏林便褪妆，冰姿空对月昏黄。东风只顾吹零雨，那惜枝头有暗香？”采齐，名叫慎仪。在《早起》一诗中说：“一番花信五更风，那管春宵梦未终。起傍芳丛频检点，夜来曾否损深红？”在《夜眠》中说：“银蟾朗彻有余光，静坐庭轩寄兴长。地僻不知更漏永，瞥惊花影过东墙。”在《赠苕生》中说：“沽酒每闻捐玉佩，济人时复典宫袍。”这些都十分符合蒋士铨的为人。我问苕生：“玉亭的相貌可与她的才气相匹配？”蒋士铨于是读了《菩萨蛮》中的一阕说：“人言我瘦形同鹤，朝朝揽镜浑难觉。但见指尖长，罗衣褪粉香。若能吟有异，不管腰身细。清减肯如梅，凋零亦是魁。”由此可以看出她的风格情调，让人的俗气在她面前消失不见。

《红鹤山庄诗》，是王菊庄孝廉为她刊刻发行的。玉亭写词答谢说：“多谢诗人，深蒙才士，不憎戚末堪因倚。吴头楚尾一相逢，白云红鹤传千里。南浦悲吟，西窗闲技，居然卷附秋香里。寸心从此莫言愁，人间已有人知己。”她的女儿思慧，嫁给了刘秉恬侍郎，也是一位才女，在《过岭》中写道：“半岭梅花成故旧，两肩书本是行装。”

六二　留别诗

【原文】

江宁方伯永公[①]之子明新，字竹岩，性耽风雅。其弟亮，字铁崖，亦聪颖。在江宁时，与余交好，选胜征歌，时时不绝。后永公内用。竹岩留别诗云：“春风几度坐琼筵，玉屑霏霏细雨天。盛会忽然成往事，别情无那到尊前。挂帆江上三秋雨，写恨银灯五色笺。此后梦魂来不易，琴声重听是何年？”铁崖云：“雁唳[2]空天气沆寥，骊歌未唱已魂消。两年师弟情何重，一别关山路正遥。海上瑶琴惊忽断，岩前丛桂怅难招。离怀此际凭谁说，只可长亭折柳条！”其师严翼祖孝廉，亦留别四首，末云：“子云笔札君卿舌，到处听人说感恩。”铁崖《游河房》云：“水深不觉渔舟过，橹动先看月影摇。”

【注释】

①永公：永泰，清朝官员，满洲正红旗人。②唳（lì）：鹤、雁等鸟高亢的鸣叫。

【译文】

江宁布政使永泰的儿子明新，字竹岩，性情喜好风雅。他的弟弟亮，字铁崖，也十分聪慧。在江宁的时候，和我的关系特别好，找名胜古迹去游览吟唱，是我们经常做的事情。后来永泰被皇上招用。竹岩作《留别》诗说：“春风几度坐琼筵，玉屑霏霏细雨天。盛会忽然成往事，别情无那到尊前。挂帆江上三秋雨，写恨银灯五色笺。此后梦魂来不易，琴声重听是何年？”铁崖说：“雁唳空天气沆寥，骊歌未唱已魂消。两年师弟情何重，一别关山路正遥。海上瑶琴惊忽断，岩前丛桂怅难招。离怀此际凭谁说，只可长亭折柳条！”他的老师严翼祖孝廉，也有四首留别诗，最后几句是：“子云笔札君卿舌，到处听人说感恩。”铁崖在《游河房》中写道：“水深不觉渔舟过，橹动先看月影摇。”

六四　桐城张药斋宗伯

【原文】

桐城张药斋[1]宗伯，三任江南学政，奖擢[2]名流，诗尤清婉。《题三妹澄碧楼》云：“小轩近对碧波澄，隔着疏杨唤欲膺。最好淡云微月夜，半帘相望读书灯。”《寄女》云：“香羹洗手调晨膳，书案分灯补旧襦。”《喜若需归里》云：“一匹绢堪怜宦况，五车书足艳归装。”余以翰林改官，公向其兄文和公作元相语曰：“韩愈可惜！”

【注释】

①张药斋：张廷璐，清初名臣张廷玉之弟。②奖擢（zhuó）：奖赏提拔。

【译文】

桐城的张廷璐侍郎，三次担任江南学政，提拔奖励名流，他的诗特别清新婉

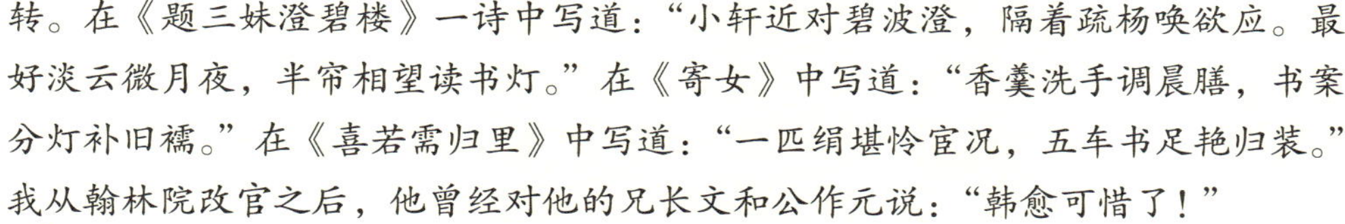
转。在《题三妹澄碧楼》一诗中写道："小轩近对碧波澄，隔着疏杨唤欲应。最好淡云微月夜，半帘相望读书灯。"在《寄女》中写道："香羹洗手调晨膳，书案分灯补旧襦。"在《喜若需归里》中写道："一匹绢堪怜宦况，五车书足艳归装。"我从翰林院改官之后，他曾经对他的兄长文和公作元说："韩愈可惜了！"

六七　阳羡诗人汪溥

【原文】

壬申冬，阳羡诗人汪溥，落魄[①]金陵。余小有周济，蒙赠诗云："邂逅得蒙青眼顾，此生今已属明公。"还家后，寄其弟玉珩《圌山草堂诗》来，有"屋角响松涛，晴日长疑雨"之句。又《柳絮》云："明知绣阁多春思，故傍帘前款款飞。"

【注释】

①落魄：指潦倒失意。

【译文】

壬申年冬天，阳羡诗人汪溥，在金陵过得十分潦倒。我对他小有照顾，承蒙他赠诗说："邂逅得蒙青眼顾，此生今已属明公。"他回家之后，寄了他弟弟玉珩的《圌山草堂诗》过来，上面写着"屋角响松涛，晴日长疑雨"这样的诗句。又在《柳絮》上说："明知绣阁多春思，故傍帘前款款飞。"

七〇　读《椒山集》奇遇

【原文】

曹学士洛禋[①]言：少时过市，买《椒山集》归。夜阅之，倦，掩卷卧，闻叩门声，启视，则同学迟友山也。携手登台联句云："冉冉乘风一望迷"，（迟）"中天烟雨夕阳低。来时衣服多成雪，"（曹）"去后皮毛尽属泥。但见白云侵月冷，"

（迟）“微闻黄鸟隔花啼。行行不是人间象，手挽蛟龙作杖藜。”（曹）吟罢，友山别去。学士归语其妻，妻不答；呼仆，仆不应。复坐北窗，取《椒山集》，掀数页，回顾，则身卧竹床上。大惊，始知梦也。少顷，友山讣至。

【注释】

①曹学士洛禋（yīn）：即曹洛禋，清朝康熙年间大臣。

【译文】

曹洛禋学士说：年少的时候有次路过集市，买了一本《椒山集》回家。晚上就开始读起来，直到困倦了，就盖上书睡了，突然听到敲门声，起来开门一看，竟然是同学迟友山。于是便拉着迟友山的手登上高台和他一起创作联句，曹学士说：“冉冉乘风一望迷”，友山说：“中天烟雨夕阳低。来时衣服多成雪，”曹学士说：“去后皮毛尽属泥。但见白云侵月冷，”曹学士说：“微闻黄鸟隔花啼。行行不是人间象，手挽蛟龙作杖藜。”说完，迟友山就作别离去了。学士回到家中跟妻子说话，妻子没作应答；又呼唤仆人，仆人也没有回应。于是重新坐回到窗边，取出《椒山集》，翻看了几页，转眼一看，发现自己正躺在床上。大为震惊，才发现自己刚刚是在做梦。没过多长时间，迟友山去世的讣告就到了。

七一　梦中作诗去疾

【原文】

周少司空青原未遇时，梦人召至一处，金字榜云“九天玄女之府”。周入拜，见玄女霞帔珠冠，南面坐，以手平扶之，曰：“无他相属，因小女有像，求先生诗。”出一卷，汉、魏名人笔墨俱在，淮南王刘安隶书最工，自曹子建以下，稍近钟、王风格。周题五律四首。玄女喜，命女出拜。神光照耀，周不敢仰视。女曰：“周先生富贵中人，何以身带暗疾？我为君除之，作润笔[①]资。”解裙带，授药一丸。周幼时误吞铁针，着肠胃间，时作隐痛。服后霍然。醒来诗不能记，惟记一联云：“冰雪消无质，星辰系满头。”

【注释】

①润笔：古时候用毛笔写字前，先要用水泡一泡，将笔毛泡开、泡软，这样

写起来感觉更佳。因此将毛笔泡水的这个动作称为“润笔”。后来泛指请别人写文章、作画的酬劳。

【译文】

周青原少司空在还没有被重用的时候，梦到有一个人召唤自己到了一个地方，金字榜上写着“九天玄女之府”。周青原进去拜见，看到玄女穿着霞帔头戴珠冠，面朝南坐着，用手把他扶了起来，说：“没有其他请求，因为小女有一个画像，希望先生能够在上面题诗一首。”拿出一卷画像，汉、魏的名人笔迹都在上面，淮南王刘安所写的隶书最为工整，从曹植以下，而与钟繇、王羲之的风格相接近。周青原写了四首五律诗。玄女特别喜欢，命令女儿出来拜见。顿时觉得神光照耀，周青原不敢抬头看。女儿说：“周先生是富贵中人，为何身染暗疾呢？我为您将疾病除去，当是您题诗的报酬吧。”将裙带解开，拿出一个药丸给他。周青原小时候曾经吞下过一根铁针，留在了肠胃间，经常会隐隐作痛。服用之后豁然痊愈。醒来的时候所写的诗已经记不住了，只记住其中一联：“冰雪消无质，星辰系满头。”

七二　紫姑相从

【原文】

尤琛者，长沙人，少年韶秀[1]，过湘溪野庙，见塑紫姑神甚美，题壁云：“藐姑仙子落烟沙，冰作阑干玉作车。若畏夜深风露冷，槿篱茅舍是郎家。”夜有叩门者。启之，曰：“紫姑神也。读郎诗，故来相就。”手一物与尤曰：“此名紫丝囊。吾朝玉帝时，织女所赐。佩之，能助人文思[2]。”生自佩后，即登科出宰。女助其为政，有神明之称。余按尤诗颇蕴藉[3]，无怪神女之相从也。其始末甚长，载《新齐谐》中。

【注释】

①韶秀：美好秀丽。②文思：文才。③蕴藉：隐藏而不外露的意思，多形容君子气质。也指言语、文字、神情等含蓄而不显露。

【译文】

尤琛，长沙人士，年少的时候长相美好秀丽，在路过湘溪野庙的时候，看到有紫姑的神像十分美丽动人，于是在壁上题诗说："藐姑仙子落烟沙，冰作阑干玉作车。若畏夜深风露冷，槿篱茅舍是郎家。"晚上的时候，有人敲门。开门一看，那人说："我是紫姑神。读了你写的诗，所以过来相见。"手里拿了一件东西给他说："这个名叫紫丝囊。我去朝见玉帝时，织女赠送给我的。将它佩戴在身上，能够帮助人文才出众。"尤琛自从佩戴之后，随即登科位至官宰。神女帮助他在政治上取得成就，因为有神明的名声。我读了他所写的诗感觉特别含蓄，难怪女神会跟从他。他的故事太长，记载在《新齐谐》中。

七三　先祖旦釜公诗

【原文】

先祖旦釜公有诗一册，皆蝇头[①]草书。予幼时曾手录之。一行为吏，屡移眷属，竟尔遗失。仅记其《咏雪》云："忽然卷幔如逢月，可惜开窗不见山。"《途中遇雪》云："四望平林飞鸟绝，一肩行李店房疏。"《巩县幕中五十自寿·沁园春》二阕，云："自寿三杯，仰天稽首，屈指徘徊。叹一经糟粕，挂名入泮；八场傀儡，逐队登台。渐渐消磨，人生老矣，富贵功名安在哉！休伤感，且搜寻秃管，别作生涯。佣书事属吾侪，权混迹藩篱学卖呆。任纡青拖紫，名齐北斗；论黄数白，富比长淮。与我无干，事皆前定，何苦攒眉不放开？与君约，在醉乡深处，不饮休来。"又云："自寿三杯，从今客邸，追数年华。忆金灯纵饮，呼卢喝雉；雕鞍驰射，问柳寻花。此兴非遥，廿年前事，倏忽皤然老缺牙。忧来处，把唾壶敲缺，羯鼓频挝。几年浪迹天涯，若个是狂夫不忆家。看零丁弟妹，睁睁望我；娇柔儿女，悄悄呼爷。恨不乘风，飘然归去，可奈关河道路赊！黄昏后，问有谁伴我，数点寒鸦。"先祖慈溪籍，前明槐眉侍御之孙。槐眉与其父茂英方伯，有《竹江诗集》行世。

【注释】

①蝇头：像苍蝇头那样小的字。

【译文】

我的祖父旦釜公有一本诗册，都是用蝇头草书写的。我幼年的时候曾经亲手抄过一遍。后来当了官，多次搬家，竟然把它遗失了。只记住其中《咏雪》中写道："忽然卷幔如逢月，可惜开窗不见山。"《途中遇雪》中写道："四望平林飞鸟绝，一肩行李店房疏。"《巩县幕中五十自寿·沁园春》中的二阕，说："自寿三杯，仰天稽首，屈指徘徊。叹一经糟粕，挂名入泮；八场傀儡，逐队登台。渐渐消磨，人生老矣，富贵功名安在哉！休伤感，且搜寻秃管，别作生涯。佣书事属吾侪，权混迹藩篱学卖呆。任纡青拖紫，名齐北斗；论黄数白，富比长淮。与我无干，事皆前定，何苦攒眉不放开？与君约，在醉乡深处，不饮休来。"还有就是："自寿三杯，从今客邸，追数年华。忆金灯纵饮，呼卢喝雉；雕鞍驰射，问柳寻花。此兴非遥，廿年前事，倏忽皤然老缺牙。忧来处，把唾壶敲缺，羯鼓频挝。几年浪迹天涯，若个是狂夫不忆家。看零丁弟妹，睁睁望我；娇柔儿女，悄悄呼爷。恨不乘风，飘然归去，可奈关河道路赊！黄昏后，问有谁伴我，数点寒鸦。"我的先祖是慈溪人，是前明侍御使袁弘勋的孙子。槐眉与他的父亲茂英方伯，有《竹江诗集》在世上流传。

七六　才人吐属

【原文】

扬州郭元釪，字于宫，江左十五子之一也。秋闱文卷，偶误一字，乃挖小孔，补缀书之。收卷官勘以违例，不许入场。于宫作《挖孔》诗云："吾道真成一喟然①，仰高未已忽钻坚。甲午首题：《仰之弥高》。似餐脉望②三枚字，未补娲皇五色天。眼底金鎞昏待刮，年来玉楮③刻将穿。海山伴侣飞腾尽，惭愧偏为有漏仙。""一罅亏成抵海宽，功名赢得齿牙寒。世情毕竟吹毛易，笔力须知透背难。混沌画眉良可已，虚空着楔本无端。些些纰缪无多子，劳动诸君反覆看。"又："谁知百步穿杨手，如此夸张洞札工。""身世自怜还自笑，此生相误只毛锥。"真不愧才人吐属。

【注释】

①喟然：叹气的样子。②脉望：传说中的一种书虫，据说读书的人用它熬药，喝了之后就会高中。③玉楮（chǔ）：玉琢的楮叶。

【译文】

扬州的郭元釪，字于宫，是江左十五才子之一。他在乡试的考卷上，偶然写错了一个字，于是挖了个小孔，再用纸补上重新写。收卷官认为这是违背了条例，不许他进入考场。于宫写了《挖孔》一诗说："吾道真成一喟然，仰高未已忽钻坚。甲午首题：《仰之弥高》。似餐脉望三枚字，未补娲皇五色天。眼底金篦昏待刮，年来玉楮刻将穿。海山伴侣飞腾尽，惭愧偏为有漏仙。""一罅亏成抵海宽，功名赢得齿牙寒。世情毕竟吹毛易，笔力须知透背难。混沌画眉良可已，虚空着楔本无端。些些纰缪无多子，劳动诸君反覆看。"又写道："谁知百步穿杨手，如此夸张洞札工。""身世自怜还自笑，此生相误只毛锥。"真不愧是才人吐露心声所写的呀。

卷三

一　才欲与志欲

【原文】

余尝语人云："才欲其大，志欲其小。才大，则任事有余；志小，则愿无不足。孔北海志大才疏，终于被难[①]。郇曼容[②]为官不肯过六百石，没齿晏然。"童二树[③]诗云："所欲不求大，得欢常有余。"真见道之言。

【注释】

①被难：因重大灾祸或重大变故而丧失生命。②郇曼容：汉代官员，以廉洁著。③童二树：童钰，清代画家。

【译文】

我曾经对人说过："才气可以很大，但志向却要适当。才气大，那么做起事情来就会游刃有余；志向适当，那么就不会总不满足。孔融志气大才气小，最终被杀了。郇曼容做官的时候不愿意做俸禄超过六百石的官，所以安然去世。"童钰有诗说："所欲不求大，得欢常有余。"果真是有见识的人所说的话啊。

二　难与易

【原文】

夫用兵，危事也；而赵括易言之，此其所以败也。夫诗，难事也；而"豁达李老"[①]易言之，此其所以陋[②]也。唐子西[③]云："诗初成时，未见可訾处，姑置之，明日取读，则瑕疵百出，乃反复改正之。隔数日取阅，疵累[④]又出，又改正之。如此数四，方敢示人。"此数言，可谓知其难而深造之者也。然有天机一到，断不可改者。余《续诗品》有云："知一重非，进一重境；亦有生金，一铸而定。"

【注释】

①“豁达李老”：北宋刘颁《中山诗话》中的人物。②陋：粗略。③唐子西：唐庚，宋代官员，文学家。④疵（cī）累：指文字繁复、不简洁的毛病。

【译文】

遣兵打仗，原本就是一件危险的事情；而赵括却说很容易，这就是导致他失败的原因吧。作诗，原本是一件难事；而“豁达李老”却说十分容易，这就是他写诗很差的缘故吧。唐庚说：“诗刚刚写成的时候，不知道哪里需要修改，随性放到一边，第二天再取出来看，那么就会觉得漏洞百出，于是需要反复改正才行。隔几日再取出来看，错误又会出现，又需要改正一遍。反复四次，才敢拿出来给别人看。”这几句话，可以说是知道作诗的困难并深有造诣。但是灵感一到，断然是不能改动的。我在《续诗品》中写道：“知一重非，进一重境；亦有生金，一铸而定。”

六　难评第一

【原文】

人或问余以本朝诗谁为第一，余转问其人，《三百篇》以何首为第一？其人不能答。余晓之曰：诗如天生花卉，春兰秋菊，各有一时之秀，不容人为轩轾。音律风趣，能动人心目者，即为佳诗；无所为第一第二也。有因其一时偶至而论者，如“不愁明月尽，自有夜珠来”一首，宋居沈上。“文章旧价留鸾掖[①]，桃李新阴在鲤庭[②]”一首，杨汝士压倒元、白是也。有总其全局而论者，如唐以李、杜、韩、白为大家，宋以欧、苏、陆、范为大家，是也。若必专举一人，以覆盖一朝，则牡丹为花王，兰亦为王者之香。人于草木，不能评谁为第一，而况诗乎？

【注释】

①鸾掖（yè）：宫殿边门。借指宫殿。②鲤庭：典故的名字，典出《论语注疏·季氏》。孔鲤“趋而过庭”，他的父亲孔子教训他要学诗、学礼。后来用“鲤庭”作为子受父训的典故。

【译文】

有人曾经问我本朝谁作的诗是最好的，我转而问他：《三百篇》中哪首可以称作第一？他回答不出来。我告诉他说：诗就像是天生的花卉，春兰秋菊，都有各自最佳的时期，不能让人们机械地裁定高低优劣。音律风趣，只要能够打动人心的，就可以称为是好诗；不必评出第一、第二。有人因为一时的灵感而写诗，如“不愁明月尽，自有夜珠来”这一首，宋之问就写得比沈佺期好。“文章旧价留鸾掖，桃李新阴在鲤庭”这一首，杨汝士就要比元稹、白居易等人写得好。有从全篇来讨论的，像唐朝将李白、杜甫、韩愈、白居易作为大家，宋朝将欧阳修、苏轼、陆游、范仲淹作为大家。如果一定要推举出一个人，想要压过当时的所有人，那么牡丹是花中之王，兰花也是花中最香的。人对于草木，尚不能品评谁是第一，更何况是诗呢？

九　品评要恰当

【原文】

东坡近体诗，少蕴酿烹炼之功，故言尽而意亦止，绝无弦外之音、味外之味。阮亭①以为非其所长，后人不可为法，此言是也。然毛西河②诋之太过。或引“春江水暖鸭先知”，以为是坡诗近体之佳者。西河云：“春江水暖，定该鸭知，鹅不知耶？”此言则太鹘突③矣。若持此论诗，则《三百篇》句句不是：在河之洲者，斑鸠、鸤鸠皆可在也，何必“雎鸠”耶？止丘隅者，黑鸟、白鸟皆可止也，何必“黄鸟”耶？

【注释】

①阮亭：也就是王士禛，字子禛，号阮亭。清朝著名诗人。②毛西河：毛奇龄。因为是西河的名门望族，所以称为西河先生。③鹘（hú）突：不明事理。

【译文】

苏东坡所作的近体诗，少了一些需要酝酿锤炼的功夫，因此常常感觉话说完了意思也就终止了，绝没有弦外之音，味外之味。王士禛认为近体诗并不是苏东坡所擅长的，后人不能效法他，这句话说得很对。但是毛奇龄就说得有些过了。有人引用“春江水暖鸭先知”这句诗来反驳，认为这是东坡近体诗中的佳作。毛奇龄却说：“川江水暖，一定要是鸭子先知道，却不能是鹅先知道吗？”这句话说得就太不明事理了。如果用这样的观点来探讨诗歌，那么《三百篇》中每句

话都变得不对了：在河之洲的，斑鸠、鸤鸠也都可以啊，又何必只限于“雎鸠”呢？停靠在小丘的，黑鸟、白鸟也都可以，又何必一定是“黄鸟”呢？

一一　贫士诗极妙者

【原文】

贫士诗有极妙者，如陈古渔：“雨昏陋巷灯无焰，风过贫家壁有声。”“偶闻诗累吟怀减，偏到荒年饭量加。”杨思立：“家贫留客干[①]妻恼，身病闲游惹母愁。”朱草衣：“床烧夜每借僧榻，粮尽妻常寄母家。”徐兰圃：“可怜最是牵衣女，哭说邻家午饭香。”皆贫语也。常州赵某云：“太穷常恐人防贼，久病都疑犬亦仙。”“短气莫书赊酒券，索逋[②]先长（按：民国本作“畏”）扣门声。”俱太穷，令人欲笑。

【注释】

①干：惹。②索逋（bū）：讨要债款。

【译文】

贫穷的人所作的诗有写得极妙的，例如陈毅：“雨昏陋巷灯无焰，风过贫家壁有声。”“偶闻诗累吟怀减，偏到荒年饭量加。”杨思立：“家贫留客干妻恼，身病闲游惹母愁。”朱草衣：“床烧夜每借僧榻，粮尽妻常寄母家。”徐兰圃：“可怜最是牵衣女，哭说邻家午饭香。”这些都是写贫穷的诗句。常州赵某：“太穷常恐人防贼，久病都疑犬亦仙。”“短气莫书赊酒券，索逋先长扣门声。”写的都是家境过于贫困的状况，（句子巧妙到）让人想要发笑。

一七　诗人不失赤子之心

【原文】

余尝谓：诗人者，不失其赤子之心者也。沈石田[①]《落花》诗云："浩劫信于今日尽，痴心疑有别家开。"卢仝[②]云："昨夜醉酒归，仆倒竟三五。摩挲青莓苔，莫嗔[③]惊着汝。"宋人仿之，云："池昨平添水三尺，失却捣衣平正石。今朝水退石依然，老夫一夜空相忆。"又曰："老僧只恐云飞去，日午先教掩寺门。"近人陈楚南《题背面美人图》云："美人背倚玉阑干，惆怅花容一见难。几度唤他他不转，痴心欲掉画图看。"妙在皆孩子语也。

【注释】

①沈石田：沈周，明代著名画家。②卢仝（tóng）：中唐诗人。③嗔（chēn）：责怪，埋怨。

【译文】

我曾经说过：诗人，不能丢失自己的赤子之心。沈周在《落花》一诗中写道："浩劫信于今日尽，痴心疑有别家开。"卢仝在诗中写道："昨夜醉酒归，仆倒竟三五。摩挲青莓苔，莫嗔惊着汝。"宋人仿效他，写道："池昨平添水三尺，失却捣衣平正石。今朝水退石依然，老夫一夜空相忆。"又有诗句说："老僧只恐云飞去，日午先教掩寺门。"近代的陈楚南在《题背面美人图》中说："美人背倚玉阑干，惆怅花容一见难。几度唤他他不转，痴心欲掉画图看。"这些句子最巧妙的地方就在于都是孩子的话。

一八　认假为真，认真为假

【原文】

诗有认假为真而妙者。唐人《宿华山》云："危栏倚遍都无寐，犹恐星河坠

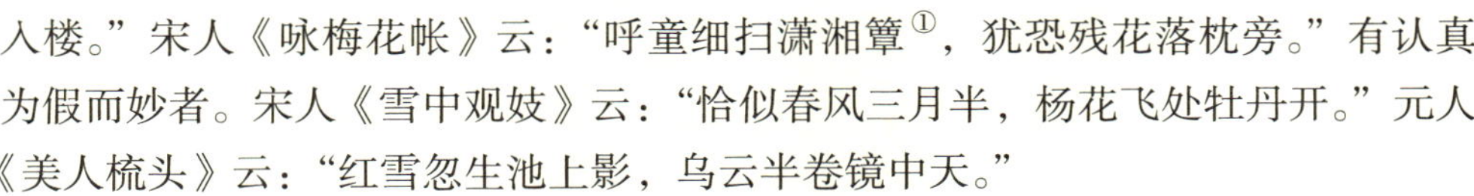

入楼。”宋人《咏梅花帐》云：“呼童细扫潇湘簟[①]，犹恐残花落枕旁。”有认真为假而妙者。宋人《雪中观妓》云：“恰似春风三月半，杨花飞处牡丹开。”元人《美人梳头》云：“红雪忽生池上影，乌云半卷镜中天。”

【注释】

①簟（diàn）：席子，竹席。

【译文】

诗歌有把假象写成真景而十分绝妙的。唐朝人所著的《宿华山》中就写道：“危栏倚遍都无寐，犹恐星河坠入楼。”宋朝人所著的《咏梅花帐》也有这样的诗句：“呼童细扫潇湘簟，犹恐残花落枕旁。”也有将真景当成假象来写而十分绝妙的。宋朝人所著的《雪中观妓》中有诗句：“恰似春风三月半，杨花飞处牡丹开。”元朝人所著的《美人梳头》有这样的诗句：“红雪忽生池上影，乌云半卷镜中天。”

二〇　许宜媖之死

【原文】

江州进士崔念陵室许宜媖，七岁《玩月》云：“一种月团圆，照愁复照欢。欢愁两不着，清影上阑干。”其父叹曰：“是儿清贵，惜福薄耳！”宜媖不得于姑，自缢死。其《春怀》云：“无穷事业了裙钗，不律闲拈小遣怀。按曲填词调玉笛，摘诗编谱入牙牌。凄凉夜雨谋生拙，零落春风信命乖。门外艳阳知几许，兼花杂柳鸟喈喈。”《寄外》云：“花缸对月相怜夜，恐是前身隔世人。”进士已早知其不祥，解环后，颜色如生。进士哭之云：“双鬟双绾娇模样，翻悔从前领略疏。”崔需次京师，又聘女鸾媖为妾。崔故贫士，归来省亲，媖之养父强售之于某千户[①]，媖不从，诡呼千户为爷，而诉以原定崔郎之故。千户义之，不夺其志，仍以归崔。媖生时，母梦凤集于庭。崔赠云：“柳如旧皱眉，花比新啼颊。挑灯风雨窗，往事从头说。”

崔有《灌园余事》一集，载宜媖事甚详。陈淑兰女子阅之，赋诗责崔云：“可惜江州进士家，灌园难护一枝花。若能才子情如海，争得佳人一念差？”“自说从前领略疏，阿谁牵绕好工夫？宜媖此后心宜淡，莫再人间挽鹿车。”呜呼！淑兰吟此诗后十余年，亦缢死，可哀也！然宜媖死于怨姑，淑兰死于殉夫：有泰山、鸿毛之别矣。

【注释】

①千户：汉朝初年设立，是地方的军职。

【译文】

江州进士崔念陵的妻子许宜媖，七岁的时候作了一首《玩月》，写道："一种月团圆，照愁复照欢。欢愁两不着，清影上阑干。"他的父亲叹息说："这孩子清雅高贵，可是福薄啊！"（后来）宜媖和她的婆婆关系不好，上吊死了。她在《春怀》中写道："无穷事业了裙钗，不律闲拈小遣怀。按曲填词调玉笛，摘诗编谱入牙牌。凄凉夜雨谋生拙，零落春风信命乖。门外艳阳知几许，兼花杂柳鸟喈喈。"在《寄外》中写道："花缸对月相怜夜，恐是前身隔世人。"崔念陵早就知道她将不祥的事情，把她的绳子解下来之后，发现她面色跟生前一样。崔念陵哭着说："双鬟双绾娇模样，翻悔从前领略疏。"崔念陵后来进了京师，又娶了鸾媖为妾。崔念陵本来是贫穷的士人，归来省亲发现，鸾媖的养父将她强卖给了一个千户，媖不从，假装将那个千户称为爹，而将自己原本与崔念陵定下婚事的事情告诉了他。千户十分侠义，没有强夺她的志向，依然让她嫁给崔念陵。鸾媖要出生的时候，她的母亲梦到有凤凰聚集到自家的院子里。崔念陵赠诗说："柳如旧皱眉，花比新啼颊。挑灯风雨窗，往事从头说。"

崔念陵写有《灌园余事》一集，记载了宜媖的详细事迹。一个叫作陈淑兰的女子读完之后，赋诗责怪崔念陵说："可惜江州进士家，灌园难护一枝花。若能才子情如海，争得佳人一念差？""自说从前领略疏，阿谁牵绕好工夫？宜媖此后心宜淡，莫再人间挽鹿车。"哎！淑兰写这首诗十几年之后，也上吊死了，真是让人惋惜哀伤啊！不过宜媖是被婆婆逼死的，而淑兰的死却是为了殉夫：她们有着泰山、鸿毛的差别啊。

二三　坠水轶事

【原文】

钱香树[①]先生为侍读时出都，泊[②]济宁，立船头，为霜所滑，失足入水，家人救以篙，得不死。笑谓宾客曰："吾闻坠水死者，必有鬼物凭之；倘昨夜遇李

太白，便把臂去矣！”明日过李白楼，题云：“昨夜未曾逢李白，今朝乘兴一登楼。楼中人已骑鲸去，楼影当空占上游。”

【注释】

①钱香树：钱陈群，清代著名诗人，与沈德潜合称“江浙两大老”。②泊：停泊。

【译文】

钱陈群先生在当侍读的时候，有一次离开都城，船在济宁停泊，先生站在船头，没想到因为下霜的缘故而滑倒了，失足掉进了水里，家人连忙用竹篙将他救起，他才没有被淹死。他笑着对宾客说：“我听说掉入水中淹死的人，一定是有鬼怪之类的拖着他，如果昨天晚上在水中遇见李太白，一定会挽着他的手臂跟着他去了！”第二天在经过太白楼的时候，他趁兴写了一首诗：“昨夜未曾逢李白，今朝乘兴一登楼。楼中人已骑鲸去，楼影当空占上游。”

二五　许太夫人能诗

【原文】

比来闺秀能诗者，以许太夫人为第一。其长嗣佩璜，与余同征鸿博。读太夫人《绿净轩自寿》云：“自分青裙终老妇，滥叨紫綍拜乡君。”《元旦》云：“剩有湿薪同爆竹，也将红纸写宜春。”《喜雨》云：“愆期[①]休割乖龙耳，破块粗安野老心。不独清凉宜翠簟[②]，可知点滴尽黄金。”皆佳句也。夫人为徐清献公季女，名德音，字淑则。王太仓相公掞出清献之门，其视学浙江也，遣人告墓。夫人有句云：“鱼菽荐羹惟弱女，松楸酹酒属门人。”

【注释】

①愆（qiān）期：失约，超过了期限。②翠簟（diàn）：青蕲竹所制竹席。

【译文】

近来，女子中善于作诗的人，许太夫人应当是第一。她的长子佩璜，和我一起参加博学鸿词科的考试。读了太夫人的《绿净轩自寿》说：“自分青裙终老妇，滥叨紫綍拜乡君。”《元旦》中写道：“剩有湿薪同爆竹，也将红纸写宜春。”在《喜雨》中写道：“愆期休割乖龙耳，破块粗安野老心。不独清凉宜翠簟，可知点滴尽黄金。”这些都是极佳的句子。夫人是徐清献公的三女儿，名德音，字淑则。

王太仓相公是徐清献公的门人，他在浙江视学，派人去尊师的墓地祭告。夫人有诗句说："鱼菽荐羹惟弱女，松楸酹酒属门人。"

二八　一时佳话

【原文】

康熙初，吴兆骞汉槎谪[①]戍宁古塔。其友顾贞观华峰馆于纳兰太傅家，寄吴《金缕曲》云："季子平安否？谅绝塞、苦寒难受。廿载包胥曾一诺，盼乌头马角终相救。置此札，兄怀袖。""词赋从今须少作，留取心魂相守。""归日急翻行成稿，把空名料理传身后。言不尽，观顿首。"太傅之子成容若[②]见之，泣曰："河梁生别之诗，山阳死友之传，得此而三。此事三千六百日中，我当以身任之。"华峰曰："人寿几何？公子乃以十载为期耶？"太傅闻之，竟为道地，而汉槎生入玉门关矣。顾生名忠者，咏其事云："金兰倘使无良友，关塞终当老健儿。"一说：华峰之救吴季子也，太傅方宴客，手巨觥，谓曰："若饮满，为救汉槎。"华峰素不饮，至是一吸而尽。太傅笑曰："余直戏耳！即不饮，余岂遂不救汉槎耶？虽然，何其壮也！"呜呼！公子能文，良朋爱友，太傅怜才，真一时佳话。余常谓：汉槎之《秋笳集》，与陈卧子[③]之《黄门集》，俱能原本七子，而自出精神者。

【注释】

①谪：降职并外放。②成容若：纳兰性德，原名成德，字容若。③陈卧子：陈子龙，明末文学家，其词对清代词作影响很大。

【译文】

康熙初年，吴兆骞（字汉槎）被降职去戍守宁古塔。他的朋友顾贞观（字华峰）住在纳兰太傅的家里，写了一首《金缕曲》寄给他问："季子平安否？谅绝塞、苦寒难受。廿载包胥曾一诺，盼乌头马角终相救。置此札，兄怀袖。""词赋从今须少作，留取心魂相守。""归日急翻行戍稿，把空名料理传身后。言不尽，观顿首。"太傅的儿子纳兰性德看到了，哭着说："河梁生死离别的诗，山阳为过世的好友写下的传记，再加上这首，可以称得上是三绝唱了。这种哪怕花费我十年的时间，我也会尽力去办成的。"顾贞观说："人的寿命能有多长呢？公子竟然用十年作为期限啊？"太傅听说这件事后，竟然亲自为他谋划，而吴兆骞因此得以活着进入玉门关。一个叫作顾忠的书生，歌咏这件事说："金兰倘使无良友，关塞终当老健儿。"还有一种说法是：顾贞观要救吴季子，太傅正巧在宴请宾客，手里拿着大酒杯说："如果喝完这满满的一杯，就去救汉槎。"顾贞观素来不喝酒，却在这个时候一饮而尽。太傅笑着说："我不过是开个玩笑，即便你不喝，我难道就不救吴兆骞了吗？不过这样，也正好表露了你的真诚！"哎！公子善于写文章，他的好友又如此爱他，太傅又如此懂得惜才，真的可以称为一时的佳话啊。我常常说：吴兆骞的《秋笳集》，和陈子龙的《黄门集》，都能与七子的意境相同，而又有其不一样的精神啊。

三四　诗如言

【原文】

诗、如言也，口齿不清，拉杂万语，愈多愈厌。口齿清矣，又须言之有味，听之可爱，方妙。若村妇絮谈，武夫作闹，无名贵气，又何藉乎？其言有小涉风趣，而嚅嚅然①若人病危，不能多语者，实由才薄。

【注释】

①嚅（rú）嚅然：说话吞吞吐吐的样子。

【译文】

写诗就像说话一样，口齿不清，东拉西扯，说的越多越招人反感。口齿清晰，且言之有味，听起来十分讨人喜爱，这样才算是绝妙。像村妇一样絮絮叨叨地谈话，或者像武夫一样吵吵闹闹，没有名贵气，又有什么值得夸赞的呢？说的话稍微有些风趣，却总是吞吞吐吐像个病人一样，不能多说的人，其实是因为自身才华浅薄而造成的。

四三 因缘

【原文】

余不喜佛法，而独取“因缘”二字，以为足补圣经贤传之缺。身在名场五十余年，或未识面而相憎，或未识面而相慕：皆有缘、无缘故也。己亥省墓[①]杭州。王梦楼[②]太守来云：“商丘陈药洲观察，愿见甚切。”予不解何故。晤后，方知其尊人讳履中者，曾在尹制府署中读余诗而爱之，事已三十余年。其夫人李氏见余名纸，诧曰：“是子才耶？吾先君门下士也。”盖夫人为存存先生之女。先生名惺，宰钱塘时枚年十二，应童子试，受知入泮。因有两重世好，欢宴月余。别后，观察见怀云：“早从仙佛参真谛，且向渔樵伴此身。”又曰：“犹记何郎年少日，新诗赏共沈尚书。”

【注释】

①省墓：祭扫坟墓。②王梦楼：王文治，清代知名书法家。

【译文】

我不喜欢佛法，却独独取了“因缘”这两个字，认为这两个字足以弥补圣经贤传中缺失的部分。我在官场已经待了五十多年了，有还没见面就讨厌的人，也有还没见面就仰慕的人，这些都是有缘和没缘的缘故。己亥年我到杭州去扫墓。王文治太守来拜访我说：“商丘陈药洲观察特别想见你。”我不明白究竟为何。见面之后，才知道这个人的父亲叫履中，曾经在尹制府署中读了我的诗，特别喜欢，这件事已经过去三十多年了。他的妻子李氏见到我的名纸之后，惊讶地说：“是子才吗？这是我父亲门下的学生。”原来夫人是存存先生的女儿。先生名惺，管理钱塘的时候我才十二岁，参加童子试，蒙受他的知遇之恩。因为有这双重的交情，在一起欢聚宴请了一个多月。离别的时候，观察在《见怀》诗中说：“早从仙佛参真谛，且向渔樵伴此身。”又说：“犹记何郎年少日，新诗赏共沈尚书。”

五〇　诗境最宽

【原文】

诗境最宽，有学士大夫读破万卷，穷老尽气[1]，而不能得其阃奥[2]者。有妇人女子、村氓浅学，偶有一二句，虽李、杜复生，必为低首者。此诗之所以为大也。作诗者必知此二义，而后能求诗于书中，得诗于书外。

【注释】

①穷老尽气：指将一个人的毕生精力都扑在了某种学业之上。②阃（kǔn）奥：比喻学问或事理的精深微妙所在。

【译文】

诗的意境最为宽泛，有学士大夫读了万卷书，将毕生的精力都扑在了写诗上，却不得其中的要领。有妇人女子、村中学识浅薄的人，偶然吟上一两句，便是李白、杜甫重生，也一定会被他们折服。这就是诗之所以宽大的原因。作诗的人一定要明白这两层含义，而后才能够在书中寻找诗歌，能够在书外写出诗句。

五二　爱之报

【原文】

癸酉春，余在王孟亭太守处，见建德布衣徐凤木席间吟一绝云："自笑不如原上草，春风吹到也开花。"《除夕在外》云："阅历深知客路难，非关白首恋江干。岁除一息争千古，莫作寻常旅夜看。"武进庄念农初宰建德，即往相访，赠诗云："玉峰花影扬帘旌，罨户闲云静不扃[1]。未必山城无绮皓[2]，斯人即是少微星。""粗官未敢师严武，泥饮无由续旧题。剧喜少陵居杜曲，得闲还过浣花溪。"凤木得诗喜，刻之集中。后庄殁十余年，诗多散失，其子宸选搜寻不可得，予于凤木集中抄此与之。呜呼！使无凤木代为之存，则人琴俱亡矣；岂非爱才之报乎？

【注释】

①扃（jiōng）：关门，上闩。②绮皓：也就是绮里季。商山四皓之一，秦朝末年与东园公、夏黄公、甪里先生，为避战乱，在商山隐居。

【译文】

癸酉年春，我在王孟亭太守的家中，看到建德百姓徐凤木在酒席间吟了一首绝句："自笑不如原上草，春风吹到也开花。"他还在《除夕在外》中写道："阅历深知客路难，非关白首恋江干。岁除一，息争千古，莫作寻常旅夜看。"武进的庄念农在刚开始管理建德的时候，就前去拜访，赠诗说："玉峰花影扬帘旌，覆户闲云静不扃。未必山城无绮皓，斯人即是少微星。""粗官未敢师严武，泥饮无由续旧题。剧喜少陵居杜曲，得闲还过浣花溪。"凤木得到这两首诗十分欣喜，将它刻印在集册中。后来庄念农去世十多年后，诗大多遗失，他的儿子宸选找了却没有找到，我把凤木集中抄写的这两首给他。哎！如果没有凤木代他保存，那么人和诗都没有了；这难道不是因为爱才得到的回报吗？

六一　玲珑山馆诗会

【原文】

马氏玲珑山馆[①]，一时名士如厉太鸿、陈授衣、汪玉枢、闵莲峰诸人，争为诗会，分咏一题，裒[②]然成集。陈《田家乐》云："儿童下学恼比邻，抛堕池塘日几巡。折得松梢当旗纛[③]，又来呵殿学官人。"闵云："黄叶溪头村路长，挫针负局客郎当。草花插鬓偎篱望，知是谁家新嫁娘？"秋玉云："两两车乘轂觫[④]轻，田家最要一冬晴。秋田晒罢村醪熟，翻爱糟床滴雨声。"汪《养蚕》云："小姑畏人房闼潜，采桑那惜春葱纤。半夜沙沙食叶急，听作雨声愁雨湿。"陈云："蚕娘养蚕如养儿，性知畏寒饥有时。篱根卖炭闻荡桨，屋后邻园桑剪响。"皆可诵也。余题甚多，不及备载。至今未三十年，诸诗人零落殆尽；而商人亦无能知风雅者。莲峰年八十三岁，儽然[⑤]尚存；闻其饥寒垂毙矣！

【注释】

①玲珑山馆：在今江苏扬州，为当地盐商马曰馆、马曰璐兄弟所建。②裒（póu）：聚集、汇集。③旗纛（dào）：用鸟的羽毛装饰的大旗。④觳觫（húsù）：指牛车。⑤儽（lěi）然：颓废的样子。

【译文】

马氏兄弟有一个玲珑山馆，一时间像厉鹗、陈章、汪玉枢、闵莲峰这样的名士，都争抢着在这里召开诗会，分别吟咏一个题目作诗，汇集起来编辑成诗集。陈章在《田家乐》中写道："儿童下学恼比邻，抛堕池塘日几巡。折得松梢当旗纛，又来呵殿学官人。"闵莲峰写道："黄叶溪头村路长，挫针负局客郎当。草花插鬓偎篱望，知是谁家新嫁娘？"秋玉写道："两两车乘觳觫轻，田家最要一冬晴。秋田晒罢村醪熟，翻爱糟床滴雨声。"汪玉枢在《养蚕》中写道："小姑畏人房闼潜，采桑那惜春葱纤。半夜沙沙食叶急，听作雨声愁雨湿。"陈章还写道："蚕娘养蚕如养儿，性知畏寒饥有时。篱根卖炭闻荡桨，屋后邻园桑剪响。"这些都是可以被称赞传诵的。他们写的诗还有很多，不能一一记载。到了现在还不到三十年，这些诗人已经零零散散地去世了；而商人也不能读懂诗歌中的风雅。莲峰今年已经八十三岁了，还颓废地活在世上；听说他饥寒交迫快要去世了！

六二　闺怨

【原文】

金陵女徐氏，适桐城张某，夫久客不归，寄诗云："残漏已催明月尽，五更如度五重关。"又有鲁月霞者，嫁徽邑程生而寡，有《扫花》诗云："触我朱栏三日恨，费他青帝[①]一春功。"陈淑兰读两诗而慕之，题其集云："吟来恍入班昭座，恨我迟生二十年。"

【注释】

①青帝：古代神话中的五天帝之一。

【译文】

南京有一个女子徐氏，嫁给了桐城的张某，丈夫长期客居在外，于是就寄给他一首诗说："残漏已催明月尽，五更如度五重关。"又有一个叫做鲁月霞的女子，嫁给了安徽程氏却成了寡妇，她写了一首名为《扫花》的诗说："触我朱栏三日恨，费他青帝一春功。"陈淑兰读了这两首诗十分倾慕她们，于是就为诗集题诗说："吟来恍入班昭座，恨我迟生二十年。"

六四　杭州诗会

【原文】

乾隆初，杭州诗酒之会最盛。名士杭、厉之外，则有朱鹿田樟、吴鸥亭城、汪抱朴台、金江声志章、张鹭洲湄、施竹田安、周穆门京，每到西湖堤上，掎裳联襼[①]，若屏风然。有明中、让山两诗僧留宿古寺，诗成传抄，纸价为贵。《南屏坐雨》，朱云："一角山昏秋欲晚，满窗叶战雨来初。"张云："荷声冷带跳珠雨，铎语遥飞泼墨山。"汪云："云气半遮山下塔，秋光早入水边村。"施云："浓云拥树湖先暝，凉雨到窗山欲应。"让山句如："多情无过鸟，到处似留人。""室敞许云住，竹深无暑通。""树声满壑秋初到，山影一池泉洗青。"明中句如："烧烟隔岸水犹静，初日到窗山自移。"皆可爱也。四十年来，儒、释两门，一齐寂灭，竟无继起者。

【注释】

①掎裳联襼（zhēng）：形容人多。

【译文】

乾隆初年，杭州的诗酒会最为盛行。除了名士杭世骏、厉鹗之外，还有朱樟字鹿田、吴城字鸥亭、汪台字抱朴、金志章字江声、张湄字鹭洲、施安字竹

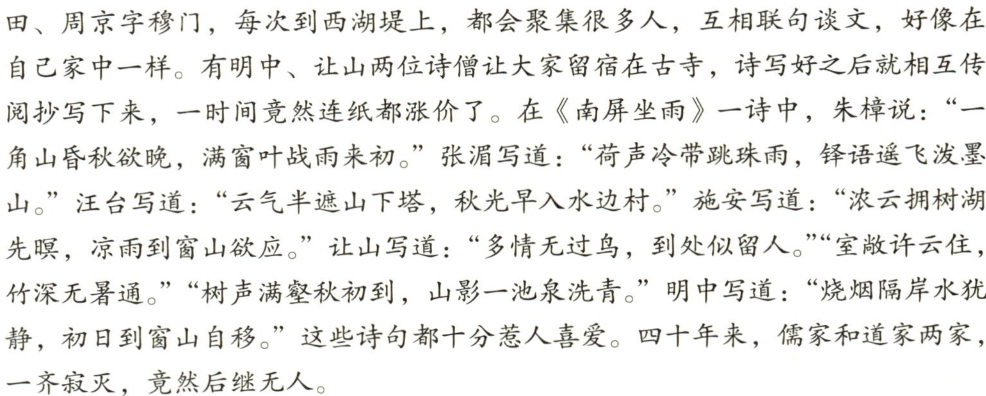

田、周京字穆门，每次到西湖堤上，都会聚集很多人，互相联句谈文，好像在自己家中一样。有明中、让山两位诗僧让大家留宿在古寺，诗写好之后就相互传阅抄写下来，一时间竟然连纸都涨价了。在《南屏坐雨》一诗中，朱樟说："一角山昏秋欲晚，满窗叶战雨来初。"张湄写道："荷声冷带跳珠雨，铎语遥飞泼墨山。"汪台写道："云气半遮山下塔，秋光早入水边村。"施安写道："浓云拥树湖先暝，凉雨到窗山欲应。"让山写道："多情无过鸟，到处似留人。""室敞许云住，竹深无暑通。""树声满壑秋初到，山影一池泉洗青。"明中写道："烧烟隔岸水犹静，初日到窗山自移。"这些诗句都十分惹人喜爱。四十年来，儒家和道家两家，一齐寂灭，竟然后继无人。

六九　看诗救人

【原文】

己卯乡试，丹阳贡生于震，负诗一册，踵门[①]求见，年五十余矣。曰："苦吟半生，无一知己；今所望者惟先生，故以诗呈教。如先生亦无所取，则震将投江死矣。"余骇且笑，急读之。是学前明七子者，于唐人形貌，颇能描摹，因称许数言。其人大喜而去。黄星岩戏吟云："亏公宽着看诗眼，救得狂人蹈海心。"

【注释】

①踵门：亲自上门。

【译文】

己卯年乡试，丹阳的贡生于震，拿了一本诗册，亲自上门求见，那时他已经有五十多岁了。说："我苦吟了半生，竟然没有一个知己；今天只有寄希望于先生您了，所以把诗拿给您看并向您讨教。如果先生也认为我的诗没有可取之处，那么我就去投江死了吧。"我听完感到震惊且好笑，慌忙读了一遍。（诗风）是在效仿前明七子，有唐朝诗的形貌，很擅长描摹，因此称赞了他几句。这个人高兴地离去。黄星岩作诗调侃说："亏公宽着看诗眼，救得狂人蹈海心。"

七四　选诗

【原文】

沈归愚[①]选《明诗别裁》，有刘永锡[②]《行路难》一首云："云漫漫兮白日寒，天荆地棘行路难。"批云："只此数字，抵人千百。"予不觉大笑。"风萧萧兮白日寒"，是《国策》语。"行路难"三字是题目。此人所作，只"天荆地棘"四字而已，以此为佳，全无意义。须知《三百篇》如"采采芣苢""薄言采之"之类，均非后人所当效法。圣人存之，采南国之风，尊文王之化；非如后人选读本，教人摹仿也。今人附会圣经，极力赞叹。章艧斋[③]戏仿云："点点蜡烛，薄言点之。点点蜡烛，薄言剪之。"注云："剪，剪去其煤也。"闻者绝倒。余尝疑孔子删诗之说，本属附会。今不见于《三百篇》中，而见于他书者，如《左氏》之"翘翘车乘，招我以弓"，"虽有姬姜，无弃憔悴"；《表记》之"昔吾有先正，其言明且清"；古诗之"雨无其极，伤我稼穑"之类：皆无愧于《三百篇》，而何以全删？要知圣人述而不作。《三百篇》者，鲁国方策旧存之诗，圣人正之，使《雅》《颂》各得其所而已，非删之也。后儒王鲁斋[④]欲删《国风》淫词五十章，陈少南[⑤]欲删《鲁颂》，何迂妄乃尔！

【注释】

①沈归愚：沈德潜，字确士，号归愚，江苏长洲（今苏州）人。②刘永锡：字钦尔，号剩庵，明朝人。③章艧（huò）斋：人名。④王鲁斋：王柏，宋代理学家。⑤陈少南：陈浩，宋代经学家。

【译文】

沈德潜在选诗录入《明诗别裁》的时候，收录了刘永锡《行路难》中的一首，说："云漫漫兮白日寒，天荆地棘行路难。"并做了批语说："就这几个字，抵过别人千百个字。"我禁不住大笑。"风萧萧兮白日寒"，是《战国策》中的话。"行路难"三个字则是题目。这个人所写的，不过是"天荆地棘"这四个字罢了，将这句诗认为是佳作，完全没有意义。要知道《诗经》中如"采采芣苢""薄言采之"这样的诗句，全都不是后人作诗时应该学习附会的。孔子将这些诗保留了下来，是将他们作为采自南国的遗风，尊为文王的教化；而不是像后人选读本那样，让后人去效仿。现在的人附会《诗经》，大为称赞。章艭斋讥笑效仿作诗的人说："点点蜡烛，薄言点之。点点蜡烛，薄言剪之。"注释说："剪，剪就是剪去它的煤引的意思。"听到这句诗的人全都笑得倒地。我曾经怀疑过孔子删诗的说法，本就是附会。现在在《诗经》中看不到妙句，却在其他书中经常看到，如《春秋左氏传》的"翘翘车乘，招我以弓"，"虽有姬姜，无弃憔悴"；《礼记·表记》的"昔吾有先正，其言明且清"；古诗的"雨无其极，伤我稼穑"之类：都不比《诗经》差，而为什么会全部被删除呢？要知道孔子只说却自己不创作。《诗经》是记录在鲁国竹简上的古老诗句，孔子只是修正了它，让《雅》《颂》各得其所而已，并没有删除一些诗。后来的儒士王柏想要将《国风》淫词五十章删除，陈浩想要将《鲁颂》删除，他们都是多么迂腐狂妄啊！

七五　生造字句

【原文】

宋人好附会名重之人，称韩文杜诗，无一字没来历。不知此二人之所以独绝千古者，转妙在没来历。元微之称少陵云："怜渠直道当时事，不着心源傍古人。"昌黎云："惟古于词必己出，降而不能乃剽贼。"今就二人所用之典，证二人生平所读之书，颇不为多，班班可考①；亦从不自注此句出何书，用何典。昌黎尤好生造字句，正难其自我作古，吐词为经。他人学之，便觉不妥耳。

【注释】

①班班可考：指事情源流始末清清楚楚，可以考证。

【译文】

宋朝的人都喜欢附会名望高的人，说韩愈的文杜甫的诗，没有一个字是没有来历的。却不知道这两个人之所以能够成就千古绝唱，就是因为用字没有来历。元微之说杜甫："怜渠直道当时事，不着心源傍古人。"昌黎说："惟古于词必己出，降而不能乃剽贼。"现在这两个人所用的典故，印证了他们平时所读的书，都不是很多，这些都是清清楚楚可以考证的；也从来不自己注上这句出自哪本书，用的是哪个典故。昌黎特别喜欢生造字句，真难为他为自己作古，吐词成为了经典。其他人去向他学习，便觉得不太恰当。

七七　四皓之事

【原文】

余雅不喜四皓[①]事，著论非之；且疑是子长好奇附会，非真有其人也。后读杜牧“四皓安刘是灭刘”、钱辛楣先生“安吕非安刘”二诗，可谓先得我心。顾禄伯亦有诗诮之云：“垂老与人家国事，几闻巢、许出山来？”

【注释】

①四皓：指商山四皓，秦时的隐士，汉代的逸民。是居住在陕西商山深处的四位白发皓须、德高望重的老人。

【译文】

我一直不喜欢商山四皓的事，写书批评他们；而且怀疑是司马迁因为好奇而附会，并没有真的人和事。后来读到杜牧的“四皓安刘是灭刘”、钱辛楣先生的“安吕非安刘”这两首诗，可谓是深得我心。顾禄伯也有诗讥笑他们：“垂老与人家国事，几闻巢、许出山来？”

卷四

一　诗者各异

【原文】

凡作诗者，各有身份，亦各有心胸。毕秋帆中丞家漪香夫人，有《青门柳枝词》云："留得六宫眉黛好，高楼付与晓妆人。"是闺阁语。中丞和云："莫向离亭争折取，浓阴留覆往来人。"是大臣语。严冬友侍读和云："五里东风三里雪，一齐排着等离人。"是词客语。夫人又有句云："天涯半是伤春客，飘泊烦他青眼看。"亦有慈云护物之意。张少仪观察和云："不须看到婆娑[①]日，已觉伤心似汉南。"则的是名场耆旧语矣。

【注释】

①婆娑（pó suō）：枝叶扶疏的样子。

【译文】

只要是写诗的人，身份各有不同，胸怀也各不相同。毕沅中丞家的漪香夫人，曾经在《青门柳枝词》一诗中说："留得六宫眉黛好，高楼付与晓妆人。"这是闺房之中说的话。中丞和这首诗说："莫向离亭争折取，浓阴留覆往来人。"这是大臣们经常说的话。严长明的侍读也和这首诗说："五里东风三里雪，一齐排着等离人。"这是擅长文词的人所说的话。夫人随即又写了一句："天涯半是伤春客，飘泊烦他青眼看。"也有慈云护物的意思。张少仪观察之后和这首诗说："不须看到婆娑日，已觉伤心似汉南。"这表现的则是名利场中十分常见的景象了。

二　寿平奇遇

【原文】

恽南田寿平之父逊庵，遭国变，父子相失，寿平卖杭州富商某为奴。其故人谛晖和尚在灵隐，坐方丈，苦无救策。会二月十九日观音生辰，天竺烧香者，过灵隐寺必拜方丈。谛晖道行高，贵官男女来膜拜者，以万数，从无答礼。富商夫人从苍头婢仆数十人，来拜谛晖。谛晖探知颀而纤者，恽氏儿也，矍然[①]起，跪儿前，膜拜不止，曰："罪过！罪过！"夫人惊问故。曰："此地藏王菩萨也。托生人间，访人善恶。夫人奴畜之，无礼已甚；闻又鞭扑之，从此罪孽深重，奈何！"夫人惶急，归告某商。次早，某商来，长跪不起，求开一线佛门之路。谛晖曰："非特公有罪，僧亦有罪。地藏王来寺，而僧不知迎，僧罪大矣！请以香花清水，供养地藏王入寺，缓缓为公夫妇忏悔，并为僧自己忏悔。"某商大喜，布施百万，以儿付谛晖。谛晖教之读书学画，一时声名大起。寿平佳句，如："蝉移无定响，星过有余光。""送迎人自老，新旧岁无痕。""只为花阴贪坐久，不须归去更熏衣。"皆清绝也。《十四夜望月》云："平开图画含千岭，尽扫星河占一天。"真乃自喻其笔墨之高矣。其时，石揆僧与谛晖齐名。石揆有弟子沈近思，后官总宪。人问谛晖："孰优？"曰："近思讲理学，不出周、程、张、朱范围；寿平作画，能脱文、沈、唐、仇窠臼[②]：似恽优矣。"

【注释】

①矍（jué）然：惊恐的样子。②窠臼（kē jiù）：比喻旧有的现成格式，老套子。

【译文】

恽南田字寿平，他的父亲逊庵，因为遇到亡国之祸，父子二人离散，南田被卖给了杭州的一个富商当作奴隶。他父亲的好友谛晖和尚，在灵隐寺当方丈，一直苦于没有救他的良策。在二月十九日观音生辰这天，到寺里烧香的人，路过灵隐寺的人必然拜见方丈。谛晖道行高深，贵族官宦的男女来膜拜的人，数以万计，从来都不还礼。富商的夫人带着奴婢奴仆数十人，来拜见谛晖。谛晖探出头看到瘦瘦的人，竟是好友的儿子，惊慌地站起来，跪拜在恽南田面前，叩拜不止，说："罪过！罪过！"夫人十分震惊，问他原因。回答说："这是地藏王菩萨。托生在人间，了解人性的善恶。夫人将他当成奴隶畜生一般对待，简直是太过无礼了；我听说您还用鞭子抽打了他，从这之后更是罪孽深重，怎么办？"夫人惊恐万分不知道该怎么办，于是回去将情况告诉了商人。第二天一早，商人来到寺中，长跪不起，请求开一线佛门之路。谛晖说："并不是您有罪，我也有罪。地藏王来到寺中，而我却不知道相迎，我的罪过也很大呀！请用香花清水，供养地藏王入寺，慢慢为你们夫妇的罪过忏悔，也为我自己的罪过忏悔。"商人大为欣喜，施舍了百万，将恽南田托付给了谛晖。谛晖教他读书、学画，一时间声名鹊起。恽南田佳句，有："蝉移无定响，星过有余光。""送迎人自老，新旧岁无痕。""只为花阴贪坐久，不须归去更熏衣。"这些都是典雅清绝。在《十四夜望月》中写道："平开图画含千岭，尽扫星河占一天。"这是他比喻自己的文笔之高。当时，石揆僧与谛晖齐名。石揆有一个弟子沈近思，后来当上了都察院左都御史。有人问谛晖："谁更加优秀？"回答说："近思讲究理学，没有超过周、程、张、朱的范围；恽南田善于作画，能够超脱文、沈、唐、仇的俗套：这样看来恽南田更加优秀一些。"

一一　席上偶见

【原文】

己未冬，余乞假[①]归娶；路过扬州，转运使徐梅麓先生止而觞之。席无杂宾，汪度龄应铨、唐赤子建中，皆翰林前辈。余科最晚，年最少，终席敬慎威仪，不敢发一语。但见壁上有赤子先生《端午竹枝》云："无端铙鼓出空舟，赚得珠帘尽上钩。小玉低言娇女避，郎君倚扇在船头。"

【注释】

①乞假：请假。

【译文】

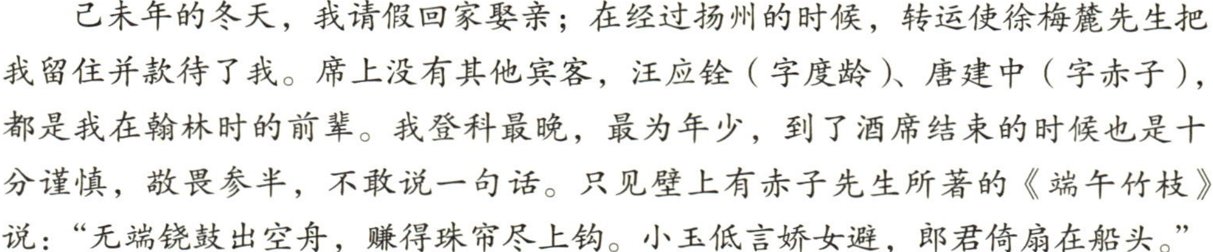

己未年的冬天，我请假回家娶亲；在经过扬州的时候，转运使徐梅麓先生把我留住并款待了我。席上没有其他宾客，汪应铨（字度龄）、唐建中（字赤子），都是我在翰林时的前辈。我登科最晚，最为年少，到了酒席结束的时候也是十分谨慎，敬畏参半，不敢说一句话。只见壁上有赤子先生所著的《端午竹枝》说："无端铙鼓出空舟，赚得珠帘尽上钩。小玉低言娇女避，郎君倚扇在船头。"

一四　泊舟偶遇

【原文】

丙辰，余在都中，受知于张鹭洲先生。先生作御史，立朝侃侃[①]，颇著风绩。有《柳鱼集》行世。余购得，被人攫去，时为恼闷。甲午岁，余泊舟丹阳，旁有小舟相并。时天暑，彼此窗开。余舱中诗稿堆积几上。邻舟一女子，容貌庄姝，每伺余出舱，便注目偷视，若领解者。余心疑之。问其家人，乃先生女，嫁汪文端公从子某。因招汪入舱话旧。问先生诗，不能记。入问夫人，夫人乃诵其《巡台湾作》云："少寒多暖不霜天，木叶长青花久妍。真个四时皆是夏，荷花度腊菊迎年。"

【注释】

①侃侃：理直气壮，从容不迫。这里指行事耿直。

【译文】

丙辰年，我在京都之中，被张湄先生所提携。先生是当朝的御史，在朝中行事十分耿直，很有业绩。有《柳鱼集》在世上流传。我买了一本，被人抢了过去，为此十分郁闷。甲午年间我坐船在丹阳停泊，旁边有一艘小船一起停靠着。当时正好是夏天，彼此都打开了窗户。我船舱的茶几上堆积着很多诗稿。邻船的一个女子，容貌美好端庄，每次都趁着我出船舱的时候，偷偷地看，仿佛有所领悟的样子。我心里十分好奇。于是问了她的家人，原来是先生的女儿，嫁给了汪文端公的侄子。因此把她招进船舱叙旧。问到先生的诗，已经记不住了。进船舱问夫人，夫人于是诵读了他的《巡台湾作》："少寒多暖不霜天，木叶长青花久妍。真个四时皆是夏，荷花度腊菊迎年。"

二四　洗冤

【原文】

汪舒怀先生云："钱笺[1]杜诗，穿凿附会，令人欲呕。如以黄河十月冰为椟盖之冰，煎弦续胶为美馔愈疾，以《洗兵马》《收两京》二篇为刺肃宗，比之商臣、杨广，此岂少陵忠君爱国之心耶？尤可笑者，跋元人汪水云诗：'客中忽忽又重阳，满酌葡萄当菊觞。谢后已叨新圣旨，谢家田土免输粮。''第二筵开八九重，君王把酒劝三宫。酡酥割罢行酥酪，又进椒盘剥嫩葱。'就此二首，遂以为谢后有失节之事。按《宋史》：理宗谢后宝庆三年册立，垂四十年，而度宗嗣位，尊为太皇太后，已老病不能听政。德祐二年，宋亡，徙越，七年而崩，寿七十四。是至燕时，已六十七矣；宁有刘曜、羊后之虑哉？水云又咏宋宫人分嫁北匠云：'君王不重色，安肯留金闺？'则世祖为人可知。《元史》又称宏吉剌皇后见幼主入朝而不乐，为全太后不习水土，代奏乞放还江南。帝虽不许，而封幼主为瀛国公。则别置邸第，完全眷属可知。水云诗云：'昭仪别馆香云暖，手把诗书授国公。'是昭仪亦未入元宫也。"

【注释】

①笺：注释。

【译文】

汪舒怀先生说："钱谦益给杜甫的诗作注释，穿凿附会，让人作呕。例如用黄河十月结的冰作为匣盖上的冰，煎熬了弦、胶作为治病的美食佳肴，用《洗兵马》、《收两京》这两篇文章将肃宗与商臣、杨广相比，这难道就是杜甫忠君爱国的心吗？更加可笑的是，跋元朝人汪水云的诗说：'客中忽忽又重阳，满酌葡萄当菊觞。谢后已叨新圣旨，谢家田土免输粮。''第二筵开八九重，君王把酒劝三宫。酡酥割罢行酥酪，又进椒盘剥嫩葱。'只根据这两首诗，就认为谢后做过有失贞节的事情。查看《宋史》中记载：理宗谢后在宝庆三年的时候被册立，过了将近四十年，之后度宗继位，被尊为太皇太后，当时已经衰老生病不能听取政事。德祐二年，宋朝灭亡，流亡，又过了七年去世了，享年七十四岁。到达燕京的时候，已经六十七岁了，怎么可能有刘曜、羊后这样的事情？汪水云又咏宋宫人分嫁北匠说：‘君王不重色，安肯留金闺？’从这里人们就可以知道元世祖的为人了。《元史》又说宏吉剌皇后看到幼主入朝的时候并不高兴，因为太后水土不服，所以代她奏请放回江南。元帝虽然没有准许，但是还是把幼主封为了瀛国公。如此一来在别处设置邸第，将家属安排到那里也是可以猜想得到的。汪水云的诗中说：‘昭仪别馆香云暖，手把诗书授国公。’这说明昭仪并没有进入元的后宫。”

二六　陈文简游湖

【原文】

雍正甲寅，海宁陈文简公①予告②在家，来游西湖。人知三朝元老，观者如堵。余年十九，犹及仰瞻风采。先生仙风道骨，年已八十，犹替人题陈章侯《莲鹭图》云：“墨花吹得绿差差，小景分来太液池。白鹭不飞莲不谢，摇风立雨已多时。”书法绝似董香光。余生平所见翰林前辈，如徐蝶园③相国、陈文简公、黄昆圃④中丞、熊涤斋⑤太史，皆鲁灵光⑥也。

【注释】

①陈文简公：陈元龙，清初重臣。②予（yǔ）告：官员的休假制度。③徐蝶园：徐元梦，字善长，号蝶园，清初大臣、翻译家。④黄昆圃：黄叔琳，清初巨儒，世称“北平黄先生”。⑤熊涤斋：熊本，生平不详，袁枚挚友。⑥鲁灵光：即“鲁殿灵光”，比喻硕果仅存的人事物。

【译文】

雍正甲寅年，海宁陈元龙告老在家修养，来游览西湖。众人知晓他是三朝元老，来看他的人像一堵墙一样。当时我十九岁，也想要瞻仰他的风采。先生仙风道骨，已经八十岁了，还能替人在陈章侯的《莲鹭图》上题诗：“墨花吹得绿差差，小景分来太液池。白鹭不飞莲不谢，摇风立雨已多时。”他的书法特别像董其昌。我一生中见到了很多翰林前辈，如徐元梦相国、陈元龙、黄叔琳中丞、熊本太史，都是硕果仅存的元老了。

三八　张氏才女

【原文】

古闺秀能诗者多，何至今而杳然？余宰江宁时，有松江女张氏二人，寓居尼庵，自言文敏公族也。姊名宛玉，嫁淮北程家，与夫不协，私行脱逃。山阳令行文关提。余点解时，宛玉堂上献诗云："五湖深处素馨花，误入淮西估客家。得遇江州白司马，敢将幽怨诉琵琶？"余疑倩人作，女请面试。予指庭前枯树为题，女曰："明府①既许婢子吟诗，诗人无跪礼；请假纸笔立吟，可乎？"余许之。乃倚几疾书曰："独立空庭久，朝朝向太阳。何人能手植，移作后庭芳？"未几，山阳冯令来。予问："张女事作何办？"曰："此事不应断离。然才女嫁俗商，不称，故释其背逃之罪，且放归矣。"问："何以知其才？"曰："渠②献诗云：'泣请神明宰，容奴返故乡。他时化蜀鸟，衔结到君旁。"冯故四川人也。

【注释】

①明府：清朝将知府尊称为"明府"。②渠：她。

【译文】

古代的大家闺秀能够作诗的人有很多，为何到了现在却变得寥寥无几了？我管理江宁的时候，有两个来自松江姓张的女子，暂时居住在尼姑庵中，自称是张照的族人。姐姐的名字叫宛玉，嫁给了淮北的程家，因为和丈夫关系不好，于是就私自跑了出来。山阳县令下令将她缉捕。我受理这个案件的时候，婉玉在大堂上作了一首诗说："五湖深处素馨花，误入淮西估客家。得遇江州白司马，敢将幽怨诉琵琶？"我怀疑是别人写的，婉玉便请求当面作诗验证。我指着庭院前的一棵枯树作为诗的题目，那个女子说："知府大人既然允许奴婢吟诗，那么诗人向来没有跪拜的礼数，请您借给我纸和笔并让我站着吟诗，可以吗？"我答应了她的请求。于是她倚靠着案几快速写道："独立空庭久，朝朝向太阳。何人能手植，移作后庭芳？"没过多久，山阳的冯县令来了。我问："张氏女子这件事你打算如何处理？"他说："这件事不应该判成离婚，但是这样的才女却嫁给了一个庸俗的商人，确实不相称，所以宽恕她私自逃跑的罪过，暂时放她回去吧。"

我问："你是如何知道她的才华的？"他说："她献诗说：'泣请神明宰，容奴返故乡。他时化蜀鸟，衔结到君旁。"冯县令原本是四川人。

四一　李桂官与毕秋帆

【原文】

李桂官[①]与毕秋帆尚书交好。毕未第时，李服事最殷：病则称药量水，出则授辔[②]随车。毕中庚辰进士，李为购素册界乌丝，劝习殿试卷子，果大魁天下。溧阳相公[③]，康熙前庚辰进士也，重赴樱桃之宴[④]，闻桂郎在坐，笑曰："我揩老眼，要一见状元夫人。"其名重如此。戊子年，毕公官陕西。李将往访，路过金陵，年已三十，风韵犹存。余作长歌赠之，序其《劝毕公习字》云："若教内助论勋伐，合使夫人让诰封。"

【注释】

①李桂官：戏曲男演员。②辔（pèi）：驾驭牲口的嚼子和缰绳。③溧（lì）阳相公：史贻直，清初大臣。④樱桃之宴：新科进士及第时的宴会。

【译文】

李桂官和毕沅尚书关系很好。毕沅尚未及第的时候，李桂官十分殷勤地照料他：毕沅生病的时候就用秤拿药量水，毕沅外出的时候就驾着马车随行。毕沅中了庚辰年的进士时，李桂官为他买了白纸册子，又用黑丝打上格，劝他要勤奋练习殿试的卷子，果然一举夺魁。史贻直是康熙前庚辰年的进士，重新去赶赴樱桃之宴，听闻李桂官也在宴会上，就笑着说："我擦亮浑浊的老眼，要看一看状元夫人。"他的名声已经大到如此地步了。戊子年，毕沅到陕西当官。李桂官赶去探访，途经金陵的时候，已经三十岁了，仍然保留着优美的风姿。我写了首长歌赠给他，他写的《劝毕公习字》作序说："若教内助论勋伐，合使夫人让诰封。"

四二　贵厚与贱薄

【原文】

今人论诗，动言贵厚而贱薄，此亦耳食之言。不知宜厚宜薄，惟以妙为主。以两物论，狐貉贵厚，鲛绡[①]贵薄。以一物论，刀背贵厚，刀锋贵薄。安见厚者定贵，薄者定贱耶？古人之诗，少陵似厚，太白似薄；义山似厚，飞卿似薄：俱为名家。犹之论交，谓深人难交，不知浅人亦正难交。

【注释】

①鲛绡（jiāo shāo）：也作“鲛綃”，传闻中由鲛人所织的绡，后来泛指薄纱。

【译文】

如今人们在探讨诗歌的时候，经常说要厚重不要轻薄，这是没有根据的说法。我不知道什么叫厚重什么叫轻薄，只应该以妙为主。拿两个东西来比喻的话，狐貉以厚重为贵，鲛绡以轻薄为贵。用一个物体来进行探讨的话，刀背以厚为贵，刀锋以轻薄为贵。怎么能够说厚重就贵重，轻薄就低贱呢？古代人的诗，杜甫的就像厚重，李白的就像轻薄；李商隐的就像厚重，温庭筠的就像轻薄：他们都是文学大家。这就像是在交往，所谓深沉的人很难结交，却不知浅薄的人也难以与之交往。

四八　相国救人

【原文】

恽南田少时受知王太仓相国。有监司某延之作画，不即赴；乃迫致苏州，拘官厅所，明旦将辱之。南田以急足至娄水乞援。时已二更，相国急命呼舟；将出，复击案曰：“马最速，舟不如。”遽[①]跨马，命仆以竹竿挑灯缚背上，行九十里，抵郡城，尚未五鼓也。守门者知为相国，遽启门，直诣监司署，问南田

所在，携之以归。监司随诣太仓谢过，乃释。南田画《拙修堂宴集图》，题诗云："花残江国滞征缨，绿浦红潮柳岸平。芳草有心抽夜雨，东风无力转春晴。艰难抱子还乡国，落拓浮家仗友生。只为踌躇千里别，归期临发又重更。"

【注释】

①遽（jù）：赶紧，急忙。

【译文】

恽南田年少的时候蒙受王锡爵相国的提携。有一位监司想要请他作画，他没去，于是监司迫使他到苏州，将他拘留在厅所之中，准备第二天羞辱他。南田赶紧派人到娄水（向相国）求助，当时已经是二更天了，相国（知道消息之后）急忙叫来了一条船；准备走的时候，又敲桌子说："马最快，船没有马快。"于是急忙骑上马，命令仆人用竹竿挑灯绑在后背上，赶了九十里路，终于到达了郡城，这时候还没有到五更。守门的人认出他是相国，于是打开了城门，让他直接来到监司署，询问了恽南田所在的地方，将他带了回来。监司也随后到相国面前谢罪，这才将他释放。恽南田画了一幅《拙修堂宴集图》，上面题诗说："花残江国滞征缨，绿浦红潮柳岸平。芳草有心抽夜雨，东风无力转春晴。艰难抱子还乡国，落拓浮家仗友生。只为踌躇千里别，归期临发又重更。"

六三　貌美春江公子

【原文】

春江公子，戊午孝廉，貌如美妇人；而性倜傥，与妻不睦，好与少俊游，或同卧起，不知乌之雌雄。尝赋诗云："人各有性情，树各有枝叶；与为无盐夫，宁作子都妾。"其父中丞公见而怒之。公子又赋诗云："古圣所制礼，立意何深妙！但有烈女祠，而无贞童庙。"中丞笑曰："贱子强词夺理，乃至是耶！"后乙丑入翰林，妻杨氏亡矣。再娶吴氏，貌与相抵[①]，遂欢爱异常。余赠诗云："安得唐宫针博士，唤来赵国绣郎君。"尝观剧于天禄居，有参领某，误认作伶人而调之，公子笑而避之。人为不平。公子曰："夫狎[②]我者，爱我也。子独不见《晏子春秋·谏诛圉人》章乎？惜彼非吾偶耳，怒之则俗矣。"参领闻之，踵门谢罪。

【注释】

①抵：相当、相配。②狎（xiá）：亲近而不庄重。

【译文】

春江公子，是戊午年的孝廉，样貌像美妇人一般；不过他性情风流倜傥，与妻子关系不和，喜欢与一些青年才俊同游，有时甚至会住在一起，不分性别。他曾经在诗中写道："人各有性情，树各有枝叶；与为无盐夫，宁作子都妾。"他的父亲中丞公看到这首诗之后勃然大怒。公子又写了一首诗说："古圣所制礼，立意何深妙！但有烈女祠，而无贞童庙。"中丞笑着说："贱子简直是在强词夺理，真是没有办法啊！"后来在乙丑年进入翰林院担任官职，他的妻子杨氏去世了。后来又娶了吴氏为妻，相貌与他十分般配，因此两人非常恩爱。我赠诗给他说："安得唐宫针博士，唤来赵国绣郎君。"他曾经在天禄居看戏，有一个参领前来，错把他当作伶人调戏，公子微笑着避开了。其他人为他鸣不平。公子说："他戏耍我，是因为喜欢我，你没有看到过《晏子春秋·谏诛圉人》这篇文章吗？可惜他并非我理想的配偶，如果我因此而生气就变得庸俗了。"那位参领听到之后，专门登门谢罪。

六六　纷纷真愧可怜虫

【原文】

己未殿试，予《傲诸同年》云："霓裳三百都输我，此处曾来第二回。"盖试鸿博曾在保和殿也。同征友蘧云墀曾与章藻功太史、蒋文肃相公，同时角逐名场，而流落不偶，誓不登科不娶妻；寓京师晋阳庵五十余年而卒。康熙庚子中北闱副车。妻年五十，竟以处女终。余有诗吊之云："五十四年萧寺老，终身一曲《雉朝飞》。"云墀名骏，常熟人。

云墀七十生日，金江声观察率同人携樽晋阳庵，即席赋诗云："卅年京洛已成翁，经学人推轩子弓。酒熟漫将孤影劝，诗成先拣妙香烘。龛灯清昼同弥勒，慧业前生定玉童。天眼视君多道气，纷纷真愧可怜虫。"

圃东张学林为京江相公①之孙，守河南时，云墀荐余司记室事，公欣然相延②。余以道远，不果往。记其赠蘧云："征尘才拂卸行滕，亟叩禅扉访旧朋。七度春明惟剩尔，卅年萧寺竟同僧。卖文自昔家悬磬，爱士于今局似冰。我亦栖栖倦行役，二毛相对感霜髫。"公暮年升观察，阅③河工，惫甚。有女六岁，泣曰："爷何不归家？”婢戏云：“作官岂不好耶？”女答曰：“大家原好，爷一个独苦耳。”公凄然泣下，赋诗云：“恩重难抽七尺身，愧她黄口语酸辛。”

【注释】

①京江相公：张玉书，清初名相。②延：引进，请。③阅：检查。

【译文】

己未年殿试，我作了一首《傲诸同年》的诗：“霓裳三百都输我，此处曾来第二回。”只是因为当年我参加博学鸿词就是在保和殿里考的缘故。同年应召的好友蘧云墀曾经和章藻功太史、蒋廷锡相公，一同在名利场中竞争，后来却不第，发誓不登科就不娶妻；在京城晋阳庵住了五十多年后去世了。康熙庚子年中了北闱副车。他的妻子五十岁，竟然以处女之身死了。我写了一首诗来凭吊他：“五十四年萧寺老，终身一曲《雉朝飞》。”云墀名骏，是常熟人。

云墀七十岁寿辰的时候，金江声观察带着同人拿着酒来到晋阳庵给他祝寿，在酒席上赋诗说：“卅年京洛已成翁，经学人推轩子弓。酒熟漫将孤影劝，诗成先拣妙香烘。龛灯清昼同弥勒，慧业前生定玉童。天眼视君多道气，纷纷真愧可怜虫。”

圌东的张学林是张玉书相国的孙子，驻守河南的时候，云墀曾经推荐我负责记室事，张学林高兴地来邀请我。我因为路远，并没有前往。记得他赠给云墀一首诗：“征尘才拂卸行縢，亟叩禅扉访旧朋。七度春明惟剩尔，卅年萧寺竟同僧。卖文自昔家悬磬，爱士于今局似冰。我亦栖栖倦行役，二毛相对感霜鬓。”张学林暮年的时候升为观察，负责检查河工，十分疲惫。他有一个六岁的女儿，哭着说：“爹爹为什么不回家？”奴婢戏弄她说：“做官难道不好吗？”女儿答道：“大家都挺好的，就是辛苦了爹爹一个人。”张学林听完之后伤心地哭了，写了一首诗：“恩重难抽七尺身，愧她黄口语酸辛。”

六七　布衣之争

【原文】

康熙中年，金陵诗人有三布衣：一马秋田，一袁古香，一芮瀛客。古香年老，在都中馆康亲王府。芮年少后至，意颇轻之，常短[①]袁于王前。一日，王命宦者封一纸出付客，题是《贺人新婚》，韵限“阶”“乖”“骸”“埋”四字，外银二封，一重一轻，能作此诗者取重封，留邸；不能者持轻封，作路费归。芮辞不能；而袁独咏云："裴航得践游仙约，簇拥红灯上绿阶。此夕双星成好会，百年偕老莫相乖。芝兰气吐香为骨，冰雪心清玉作骸。更喜来宵明月满，团圆不为白云埋。"王大欣赏。芮惭沮，即日辞归。马客中有句云："二更闻雁月在水，半夜打钟天有霜。"

【注释】

①短：说……坏话、揭……短处。

【译文】

康熙中年，金陵诗人里有三个布衣：一个是马秋田，一个是袁古香，一个是芮瀛客。古香年龄比较大，在都中康亲王府上做先生。芮瀛客则是年纪比较小后来才到康亲王府的，但是他年少气盛看不起人，经常在康亲王面前讲袁古香的短处。一天，康亲王派宦官拿了一张纸给他们，上面的题目是《贺人新婚》，诗韵限定在"阶"、"乖"、"骸"、"埋"这四字，又包了两封银子，一个重一个轻，能写出诗来的拿重的一封，留在府里；不能写这首诗的人拿轻的一封，作为路费回家。芮瀛客推辞说自己不擅长作诗；而袁古香独自咏了一首说："裴航得践游仙约，簇拥红灯上绿阶。此夕双星成好会，百年偕老莫相乖。芝兰气吐香为骨，冰雪心清玉作骸。更喜来宵明月满，团圆不为白云埋。"康亲王大为欣赏。芮瀛客十分惭愧，当天就辞职回家了。马秋田有诗句说："二更闻雁月在水，半夜打钟天有霜。"

七五　储氏之诗

【原文】

宜兴储氏多古文经义之学，少吟诗者。吾近今得二人焉：一名润书，字玉琴，《赠梅岑》云："一曲吴歌酒半醺，当筵争识杜司勋。天花作骨丝难绣，春水如情剪不分。话到西窗刚近月，人于东野愿为云。应知此后相思处，日日江头倚夕曛。"又句云："山气作寒啼鸟外，春阴如梦落花初。"其一名国钧，字长源。《梁溪》云："纸鸢轻扬午晴开，杂沓游人傍水隈。多半画船犹未拢，知从池上饲鱼来。"《即目》云："日午横塘缓棹过，风吹花气荡层波。依篷不肯轻回首，近水楼台茜袖多。"晚年飘泊，《六十自寿》云："谁言老去离家惯？转恐归来卒岁

难。”窘状可想。他如：“树凉宜散帙，梅尽始熏衣。”“烟消松翠淡，雪堕柳枝轻。”“酒旗翻冻雪，土铫[1]燎征衣。”“岚翠忽从亭午变，扇纨都向嫩晴开。”“银筝度曲徐牵舫，镜槛悬灯不隔纱。”皆诗人之诗。殁后，知之者少矣！

【注释】

①土铫：指炊具，类似于现在的砂锅。

【译文】

宜兴储氏大多致力于古文经义的学问，却很少有吟诗的人。我近些日子得到了两个姓储人的诗：一个名叫润书，字玉琴，他写了一篇名为《赠梅岑》的诗，诗中写道：“一曲吴歌酒半醺，当筵争识杜司勋。天花作骨丝难绣，春水如情剪不分。话到西窗刚近月，人于东野愿为云。应知此后相思处，日日江头倚夕曛。”又有一句是：“山气作寒啼鸟外，春阴如梦落花初。”另一个人叫国钧，字长源。他写了一篇名为《梁溪》的诗：“纸鸢轻扬午晴开，杂沓游人傍水隈。多半画船犹未拢，知从池上饲鱼来。”在《即目》中写道：“日午横塘缓棹过，风吹花气荡层波。依篷不肯轻回首，近水楼台茜袖多。”他的晚年四处流浪，在《六十自寿》一诗中说：“谁言老去离家惯？转恐归来卒岁难。”穷困潦倒的情况可想而知。其他的诗就像：“树凉宜散帙，梅尽始熏衣。”“烟消松翠淡，雪堕柳枝轻。”“酒旗翻冻雪，土铫燎征衣。”“岚翠忽从亭午变，扇纨都向嫩晴开。”“银筝度曲徐牵舫，镜槛悬灯不隔纱。”这些都是诗人才写出来的诗句。他们去世后，知道他们的人就越来越少了。

七六　心榖先生

【原文】

余宰江宁时，查宣门居士开赠《蔗塘诗》一集，盖其族人心榖先生为仁所作。本籍海宁，寓居天津，十九岁即经患难，在狱八年，始得释归；怜才爱士，置驿通宾，其诗清妙，盖深得初白老人之教者。《同友集空谷园》云：“郊居尘壒少，幽访共沿回。柳下孤篷泊，花间白版开。高人还掩卧，稚子识曾来。小立窥鸥鹭，忘机客不猜。”《秋夜病中》云：“巷尾迢迢报柝声，虚堂如水断人行。云移一朵月吞吐，竹啸几声风送迎。不向枚生求《七发》，只凭曲部觅三清。调糜煮药经旬卧，白发萧萧又几茎。”他如：“酒无千日醉，事有百年忙。”“风愁撼树响，鼠厌数钱声。”“为问亭边三五树，春来花发几多枝？”皆可诵也。己未，余乞假归娶，杭堇蒲前辈为余通书。先生命其子俭堂礼登船厚赆[①]，至今未敢忘也。

先生有《莲塘诗话》（按：据清诗话本应名《莲坡诗话》，盖查为仁号莲坡也）载初白老人教作诗法云：“诗之厚在意不在辞，诗之雄在气不在句，诗之灵在空不在巧，诗之淡在妙不在浅。”其言颇与吾意相合，特录之。

【注释】

①赆：临别的时候赠送给远行人的路费、礼物。

【译文】

我在管理江宁的时候，查开（号宣门居士）曾经赠给我一本《蔗塘诗》，里面都是他的亲戚查为仁（字心穀）所写的。查为仁原籍海宁，在天津居住，十九岁的时候就饱经磨难，在监狱中度过了八年，才被释放回来；他十分怜惜人才爱护士人，开设了驿站来款待宾客，他的诗清新绝妙，大概是他深受查慎行教诲的缘故。他在《同友集空谷园》中写道：“郊居尘壒少，幽访共沿回。柳下孤篷泊，花间白版开。高人还掩卧，稚子识曾来。小立窥鸥鹭，忘机客不猜。”在《秋夜病中》写道：“巷尾迢迢报柝声，虚堂如水断人行。云移一朵月吞吐，竹啸几声风送迎。不向枚生求《七发》，只凭曲部觅三清。调糜煮药经旬卧，白发萧萧又几茎。”他还有：“酒无千日醉，事有百年忙。”“风愁撼树响，鼠厌数钱声。”“为问亭边三五树，春来花发几多枝？”这些诗句都是可以被人传诵的。己未年，我请假回来娶亲，杭世骏前辈为我查阅历书。先生还让他的儿子登上船拿着丰厚的礼金给我，到现在也不敢忘记。

先生有《莲塘诗话》（按：据清诗话本应该名叫《莲坡诗话》，因为查为仁号莲坡），上面记载了查慎行教他作诗的方法：“诗写得好在于用意而不在于辞句，诗歌雄壮在于气魄而不在于句子，诗的灵气在于空而不在于巧，诗中的淡雅在于妙而不在于浅。”这些话的意思和我的观点颇为契合，特别收录了下来。

卷五

一　两弟之诗

【原文】

余春圃、香亭两弟，诗皆绝妙。而一累[①]于官，一累于画，皆未尽其才。春圃有《扬州虹桥》二律云："出郭聊为汗漫游，虹桥晓放木兰舟。芰荷[②]香气宜初日，鸥鹭情怀赴早秋。自喜琴尊今雨共，敢夸风雅昔贤俦。盈盈绿水依依柳，暂拟名园作小留。""雁落平沙古调稀，冰弦声彻树间扉。荷亭避暑茶烟扬，竹院寻僧木叶飞。山雨暗移游客舫，水风凉上酒人衣。林鸦枥马都喧散，宾从传呵子夜归。"又："山堂胜迹先贤重，莲界慈云大士尊。"皆佳句也。

【注释】

①累：被……所累。②芰（jì）荷：指菱叶与荷叶。

【译文】

我的两个弟弟春圃、香亭诗歌写得都非常好。但是他们一个被做官所累，一个被作画所累，都不能全面发挥他们在诗歌上的才华。春圃有《扬州虹桥》两首律诗，其中写道："出郭聊为汗漫游，虹桥晓放木兰舟。芰荷香气宜初日，鸥鹭情怀赴早秋。自喜琴尊今雨共，敢夸风雅昔贤俦。盈盈绿水依依柳，暂拟名园作小留。""雁落平沙古调稀，冰弦声彻树间扉。荷亭避暑茶烟飏，竹院寻僧木叶飞。山雨暗移游客舫，水风凉上酒人衣。林鸦枥马都喧散，宾从传呵子夜归。"还有："山堂胜迹先贤重，莲界慈云大士尊。"这些都是难得的佳句。

二　叹随园往事

【原文】

戊辰秋，余初得隋织造园，改为随园。王孟亭太守，商宝意、陶西圃二太史，置酒相贺，各有诗见赠。西圃云："荒园得主名仍旧，平野添楼树尽环。作

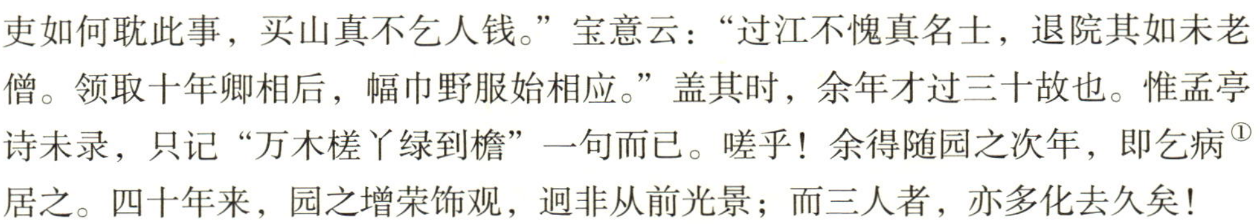

吏如何耽此事，买山真不乞人钱。”宝意云：“过江不愧真名士，退院其如未老僧。领取十年卿相后，幅巾野服始相应。”盖其时，余年才过三十故也。惟孟亭诗未录，只记“万木槎丫绿到檐”一句而已。嗟乎！余得随园之次年，即乞病[1]居之。四十年来，园之增荣饰观，迥非从前光景；而三人者，亦多化去久矣！

【注释】

①乞病：因为生病请求辞职。

【译文】

戊辰年秋天的时候，我刚刚得到了原任金陵织造隋赫德的园子，将它改名为随园。王箴舆太守，商盘、陶镛二太史，摆了酒宴为我庆贺，每个人都写了诗赠给我。陶镛的诗是：“荒园得主名仍旧，平野添楼树尽环。作吏如何耽此事，买山真不乞人钱。”商盘的诗是：“过江不愧真名士，退院其如未老僧。领取十年卿相后，幅巾野服始相应。”这大概是当时我刚过三十岁的缘故吧。只有王箴舆的诗没有记录下来，只记得有一句“万木槎丫绿到檐”罢了。哎！我得到随园的第二年，就因为生病请辞回来闲居。四十年来，随园增添了不少景观，早已不是之前的光景；而这三个人，也都去世很长时间了。

一一　娘子秀才

【原文】

丙辰秋，召试者同领月俸于户部。同乡程鄘渠指一人笑曰：“此吾家‘娘子秀才’也。”入学时，初名默，寓居金陵，工诗，今遁而穷经，改名廷祚，别字绵庄，以其闲静修洁，故号“程娘子”。因与数言而别。读其《海淀园林》一绝云：“隔岸迢遥御路明，林间倒影见人行。朝天多少朱轮过，添入山泉作水声。”《京中忆女》云：“三龄幼女萦离梦，一自能言未得看。戏罢颇闻知记忆，书来渐解问平安。慰情欲比真男子，努力应加远客餐。啼笑更教听隔舍，茫茫愁思到更阑。”《武林怀古》云：“一自休兵国怨除，君王酣醉九重居。云开凤岭笙歌满，梦冷龙城驿使疏。海日忽惊宫漏尽，春潮犹笑将坛虚。谁知立马吴山客，不惜千金买谏书。”诗甚绵丽，不作经生语。后苏抚雅公荐先生经学，卒报罢。年七十七，无子而卒。著书盈[1]尺，俱付随园。

【注释】

①盈：超过。

【译文】

丙辰年秋天，召试的人一起到户部去领取月俸。同乡的程鄜渠指着一个人笑着说："这是我家的'娘子秀才'。"他入学时，开始的时候叫默，在金陵居住，擅长作诗，现在避开（诗歌）而专门研究经学，后来改名叫廷祚，别字绵庄，因为他为人雅致喜好干净，所以号"程娘子"。我跟他交谈了几句就分别了。读了他的《海淀园林》一首绝句是："隔岸迢遥御路明，林间倒影见人行。朝天多少朱轮过，添入山泉作水声。"在《京中忆女》中写道："三龄幼女萦离梦，一自能言未得看。戏罢颇闻知记忆，书来渐解问平安。慰情欲比真男子，努力应加远客餐。啼笑更教听隔舍，茫茫愁思到更阑。"在《武林怀古》中写道："一自休兵国怨除，君王酣醉九重居。云开凤岭笙歌满，梦冷龙城驿使疏。海日忽惊宫漏尽，春潮犹笑将坛虚。谁知立马吴山客，不惜千金买谏书。"他的诗缠绵清丽，并不像专门研究经学的人所说的话。后来江苏巡抚庄有恭推荐程先生入馆讲经学，也没能实现。他七十七岁的时候，无子而终。他写的书有一尺多高，全部都交给了袁枚。

一四　咏窑

【原文】

陕州巩、洛间，人多凿土而居。余自西秦[①]归，遇雨，住窑中三日，吟诗未成。后二十年，年家子[②]沈孝廉琨有《过陕》一联云："人家半凿山腰住，车马都从屋上过。"直是代予作也。又《过高淳湖》云："凉生宿鹭眠初稳，风静游鱼听有声。"

【注释】

①西秦：秦国的旧地，指陕西关中一带。②年家子：古时将同年参加科举考试的人称为"同年"，称他们的孩子为"年家子"。

【译文】

陕州巩县、洛阳一带，大多数人都凿土居住在窑洞中。我从陕西关中归来的时候，途中遇到大雨，便借住在窑洞中三天，想要吟诗记述一下却未能完成。过了二十年，同年的儿子沈琨沈举人在《过陕》一联中说："人家半凿山腰住，车马都从屋上过。"真的是代替我而写的诗啊。又有《过高淳湖》一诗中说："凉生宿鹭眠初稳，风静游鱼听有声。"

二六　悔把恩仇抵死分

【原文】

吴中七子，有赵损之而无张少华，二人交好，忽中道不终，都向余啧啧有言[①]；而余亦不能为两家骑驿也。未十年，张一第而卒，赵亦殉难金川。史弥远云："早知泡影须臾事，悔把恩仇抵死分。"信哉！少华《苏堤》三首云："拍堤新涨碧于罗，堤上游人连臂歌。笑指纷纷水杨柳，那枝眠起得春多。""碧琉璃净夜云轻，箫管无声露气清。好是柳阴花影里，月华如水踏莎行。""沙棠衔尾按筝琶，邻舫停桡静不哗。云母窗中双鬓影，亭亭低映小红纱。”《消夏》云：“水厄不辞茶七碗，火攻愁对烛三条。”

【注释】

①啧啧有言：议论纷纷，抱怨责备。

【译文】

吴中七子中，有赵文哲却没有张少华，两个人的交情很好，忽然在半路产生了分歧，都向我抱怨各自的不好；而我却无法劝说他们。还没到十年，张少华中举后去世了，赵文哲也在金川罹难了。史弥远说：“早知泡影须臾事，悔把恩仇抵死分。”哎，说得太对了！少华在《苏堤》三首中写道：“拍堤新涨碧于罗，堤上游人连臂歌。笑指纷纷水杨柳，那枝眠起得春多。”“碧琉璃净夜云轻，箫管无声露气清。好是柳阴花影里，月华如水踏莎行。”“沙棠衔尾按筝琶，邻舫停桡静不哗。云母窗中双鬓影，亭亭低映小红纱。”在《消夏》中写道：“水厄不辞茶七碗，火攻愁对烛三条。”

三一　诗应有寄托意

【原文】

咏古诗有寄托固妙，亦须读者知其所寄托之意，而后觉其诗之佳。卢雅雨先生长不满三尺，人呼“矮卢”，故《题李广庙》云：“明禋①自有千秋貌，不在封侯骨相中。”薛皆三进士，门生甚少，《题桃源图》云：“桃花不相拒，源路自家寻。”余起病②补官③，年未四十，《题邯郸庙》云：“黄粱未熟天还早，此梦何妨再一回？”

【注释】

①明禋（yīn）：指的是干净且充满了诚意的祭祀。②起病：痊愈。③补官：补授官职。

【译文】

咏古诗有所寄托固然是最好的，但也需要让读者知道他所要寄托的意思，然后才能品评出这首诗的绝妙之处。卢见曾先生身高未满三尺，人们叫他“矮卢”，所以他在《题李广庙》中写道：“明禋自有千秋貌，不在封侯骨相中。”薛

皆三是个进士，门生却很少，所以在《题桃源图》中写道："桃花不相拒，源路自家寻。"我病愈之后被补授官职，当时年龄还没到四十，于是在《题邯郸庙》中写道："黄粱未熟天还早，此梦何妨再一回？"

三八　趣称

【原文】

抱韩、杜以凌人，而粗脚笨手者，谓之权门托足。仿王、孟以矜高，而半吞半吐者，谓之贫贱骄人。开口言盛唐及好用古人韵者，谓之木偶演戏。故意走宋人冷径者，谓之乞儿搬家。好叠韵、次韵，刺刺不休[①]者，谓之村婆絮谈。一字一句，自注来历者，谓之骨董开店。

【注释】

①刺刺不休：絮絮叨叨，没完没了。

【译文】

捧着韩愈、杜甫的教条评判他人，自己却笨手笨脚的人，可以被称为"权门托足"。效仿王维、孟浩然以表示自己的矜持高冷，说话却吞吞吐吐的人，可以称他们是"贫贱骄人"。一说话就是盛唐或者喜好古人韵律的人，可以称他们是"木偶演戏"。故意走宋朝人冷僻路线的人，可以称他们是"乞儿搬家"。喜欢叠韵、次韵，唠唠叨叨没完没了的人，可以称他们是"村婆絮谈"。一字一句都要注明来历的人，可以称他们是"古董开店"。

四〇　天籁与人力

【原文】

作古体诗，极迟不过两日，可得佳构；作近体诗，或竟十日不成一首。何也？盖古体地位宽余，可使才气卷轴[①]；而近体之妙，须不着一字，自得风流，天籁不来，人力亦无如何。今人动轻近体，而重古风，盖于此道，未得甘苦者也。叶庶子书山曰：“子言固然。然人功未极，则天籁亦无因而至。虽云天籁，亦须从人功求之。”知言哉！

【注释】

①卷轴：古代图书都以贯轴舒卷。这里是指才气可以施展。

【译文】

作古体诗，最多不超过两天，就能写出好的构架；写近体诗，可能十天也写不成一首。为什么会这样呢？大概是因为古体诗地位宽泛，可以任由才华施展；而近体的妙处，是不着墨一个字，就能刻画出一个超逸美妙的完美艺术形象；如果追求自然没有成功，那么人也是无能为力了。现在的人经常会轻视近体诗，而重视古体诗，大概是因为这个原因，没能尝到甘苦吧。叶酉庶吉士说：“你说的虽然对，但是人的功力不够，那么自然天成的妙句也就不能得。虽然说是自然天成，也需要从人花费的功夫来求得。”这句话说得很有道理！

四一　作诗不可域一先生之言

【原文】

诗人家数[①]甚多，不可硁硁然[②]域一先生之言，自以为是，而妄薄前人。须知王、孟清幽，岂可施诸边塞？杜、韩排奡[③]，未便播之管弦。沈、宋庄重，到山野则俗。卢仝险怪，登庙堂则野。韦、柳隽逸，不宜长篇。苏、黄瘦硬，短于言情。悱恻芬芳，非温、李、冬郎不可。属词比事，非元、白、梅村不可。古人各成一家，业已传名而去。后人不得不兼综条贯，相题行事。虽才力笔性，各有所宜，未容勉强；然宁藏拙而不为则可，若护其所短，而反讥人之所长，则不可。所谓以宫笑角、以白诋青者，谓之陋儒。范蔚宗云：“人识同体之善，而忘异量之美。此大病也。”蒋苕生太史《题随园集》云：“古来只此笔数枝，怪哉公以一手持。”余虽不能当此言，而私心窃向往之。

【注释】

①家数：流派风格，多用于诗、文、技艺等。②硁（kēng）硁然：形容浅薄固执，狂妄自大的样子。③排奡（ào）：刚劲有力，豪宕。

【译文】

诗人的流派有很多，不能抱着一家之言而狂妄自大，看轻前辈。应该知道王维、孟浩然的清静幽深，难道可以用在边塞诗中吗？杜甫、韩愈的诗文苍劲有力，但是未必便于将其谱写成音乐传唱。沈佺期、宋之问的诗文都十分庄重，但是到了山村野地就变得庸俗了。卢仝的诗文多险怪，但是一到庙堂之上就变得粗野了。韦庄、柳永的诗文多俊美清逸，但是不适合写长篇。苏东坡、黄庭坚下笔瘦硬，在言情上却有些欠缺。悱恻芬芳，非温庭筠、李商隐、韩偓不行。撰文记事，非元稹、白居易、吴伟业莫属。古代的诗人各成一家，他们的名声早就传播开去。后人不得不兼并综合他们的各项优缺点，根据题目来考虑下笔的风格。虽然才力笔性，每个人都有自己所擅长的，不容勉强；但是宁愿藏住自己的缺点不愿意去写还可以，如果掩盖着自己的短处，反而讥笑别人的长处，就不行了。所谓拿宫调讥笑角调，用白色来诋毁青色，我们都可以把这类人称为陋儒。范晔说：“人们都知道同体的好处，却忘了容忍不同样的美德，这是大毛病啊。”蒋士铨太史在《题随园集》中说：“古来只此笔数枝，怪哉公以一手持。”我虽然不能担当得起这句话，但是心里却悄悄地在向往着。

四三　大巧之朴与浓后之淡

【原文】

诗宜朴不宜巧，然必须大巧之朴；诗宜淡不宜浓，然必须浓后之淡。譬如大贵人，功成宦就，散发解簪，便是名士风流。若少年纨挎，遽[①]为此态，便当笞责。富家雕金琢玉，别有规模；然后竹几藤床，非村夫贫相。

【注释】

①遽（jù）：遂，就，竟。

【译文】

诗歌应当质朴而不应该取巧，但是一定要是大巧之后的质朴；诗歌应当淡雅而不应该浓烈，但是一定是浓烈之后的淡雅。就像是大贵人，功成名就，弃官隐居，就是名士的风度。如果年少时纨绔不羁，并让这种行为成为常态，应当用鞭子抽打责怪他。富人家雕金琢玉，很有规模；然后再用竹几藤床，也再不是村夫那样穷困潦倒的样子了。

四六　朗夫谦癖

【原文】

江阴翁明经照，字朗夫，馆嵇相国家。相公非朗夫倡和不吟诗，人呼为“诗媒”。雍正乙卯，以鸿博荐。朗夫谢诗云：“此身得遇裴中令，不向香山老一生。”一时传诵。朗夫有《春柳》云：“千里因依惟夜月，一生消受是东风。迎来桃叶如相识，猜得杨枝是小名。”皆佳句也。平生有谦癖[①]，拜起纡迟[②]；年登八十，犹熏衣饰貌，寸髭不留。余初相见，知其多礼，乃先跪叩头，逾时不起。先生愕然。余告人曰：“今日谦过朗夫矣！”

【注释】

①谦癖：过分讲究谦让礼节。②纡（yū）迟：舒缓，迟慢。

【译文】

江阴翁照，字朗夫，在嵇曾筠大学士家中为门客。嵇曾筠不与翁照唱和便不会吟诗，人们都叫他为“诗媒”。雍正乙卯年，翁照被推荐参加鸿词博学。翁照写了一首诗作为答谢：“此身得遇裴中令，不向香山老一生。”被传诵一时。翁照有《春柳》说：“千里因依惟夜月，一生消受是东风。迎来桃叶如相识，猜得杨枝是小名。”这些都是佳句。他平生十分讲究谦让的礼节，跪拜起立十分舒缓；已经八十岁了，还穿着熏衣、修饰容貌，一点儿胡须也不留。我初次和他见面的时候，知道他礼节很多，于是先跪下叩头，超过时间也没有起来。先生十分惊讶。我告诉别人说：“我今天谦逊得超过翁照了！”

五一　程钟之邀

【原文】

苏州逸园，离城七十里，在西碛山下，面临太湖，古梅百株，环绕左右，溪流潺潺，渡以石桥；登腾啸台，望飘渺诸峰，有天际真人[①]想。主人程钟，字在山，隐士也。妻号生香居士。夫妇能诗。有绝句云：“高楼镇日无人到，只有山妻问字来。”可想见一门风雅。予探梅邓尉，往访不值[②]。次日，程君入城作答，须眉清古，劝续前游，而予匆匆解缆[③]。逾年再至苏州，程君已为异物。记其《杂咏》一首云：“樵者本在山，山深没樵径。不见采樵人，樵声谷中应。”

【注释】

①天际真人：天上的神仙。②不值：形容拜访不合时宜，没有看到想要看的人。③解缆：启程，出发。

【译文】

苏州的逸园，距离城区有七十里，在西碛山下，面对着太湖，园子中有上百株古梅，在周围环绕着，还有潺潺的溪水，有石桥可以帮助人们过溪；登上腾啸台，眺望远处缥缈的山峰，会想着那里是否住着天上的神仙。园子的主人程钟，字在山，是一位隐士。他的妻子号生香居士。夫妻两个人都擅长作诗。有绝句是："高楼镇日无人到，只有山妻问字来。"可以看出一家人的闲情雅致。我到邓尉家观赏梅花，去拜访的时候并没有见到程先生。第二天，程钟进城来拜访，从他的胡须眉毛之间可以看出他的清古之气，他邀请我继续前往游玩，而我因为要着急赶路（没能去）。又过了一年再次到苏州，程钟已经过世了。记得他的《杂咏》中有一首诗说："樵者本在山，山深没樵径。不见采樵人，樵声谷中应。"

五六　好篇与好句

【原文】

诗有有篇无句者，通首清老[1]，一气浑成，恰无佳句令人传诵。有有句无篇者，一首之中，非无可传之句，而通体不称，难入作家之选。二者一欠天分，一欠工夫。必也有篇有句，方称名手。

【注释】

①清老：清新而老练。

【译文】

诗中有文章却没有好句子的，通篇显得清新老练，浑然天成，（唯一遗憾的）就是没有好的句子能够让人们传诵。有好句子却不能成为好文章的，一首之中，不是没有可以传诵的句子，而是通篇看下来十分不协调，难以进入选本。这两种情况，一个是欠缺天分，一个是欠缺功夫。必须有全篇的连贯，又有好的句子，才算是名家的佳作。

六三　读书的困扰

【原文】

余少贫不能买书，然好之颇切。每过书肆[①]，垂涎翻阅；若价贵不能得，夜辄形诸梦寐。曾作诗曰："塾远愁过市，家贫梦买书。"及作官后，购书万卷，翻不暇读矣。有如少时牙齿坚强，贫不得食；衰年珍羞满前，而齿脱腹果，不能餍饫[②]，为可叹也！偶读东坡《李氏山房藏书记》，甚言少时得书之难，后书多而转无人读：正与此意相同。

【注释】

①书肆：古时候汉族民间出售书籍的店铺或市场。也指售书行业集中的店铺和街市。最早始于汉代。这里指的就是书店。②餍饫（yàn yù）：尽量满足口腹需要；感到饱足。

【译文】

我小时候家中清贫买不起书，但是格外喜欢读书，每次经过书店，都会忍不住停下来翻阅；如果价钱太过昂贵买不起，到了晚上就会梦到它。曾经写了一首诗说："塾远愁过市，家贫梦买书。"当官之后，购置了万卷图书，却都来不及读了。就像是小时候牙齿坚硬，因为家境贫困吃不到好东西，到了晚年珍馐佳肴就摆在面前，但是牙齿已经脱落，不能大吃大喝了，实在让人叹息啊！偶然间读到了苏东坡的《李氏山房藏书记》一文，文中提到很多小时候买书的困难，后来书多了却没人来读了。这种情况正与我相同。

七三　召试趣闻

【原文】

乾隆丙辰，召试博学宏词。海内荐者二百余人。至九月而试保和殿者一百八十人。诗题是《山鸡舞镜》七排十二韵，限“山”字。刘文定公有句云：“可能对语便关关。”上深嘉奖，亲拔[1]为第一，遂以编修，致身宰相。二百人中，年最高者，万九沙先生讳经；最少者为枚。全谢山庶常作《公车征士录》，以先生居首，枚署尾。己亥枚还杭州，先生之少子名福者，持先生小像索诗。余题一律，有“当年丹诏召耆英，骥尾龙头记得清”之句。诗载集中。

【注释】

①亲拔：亲自提拔，亲自点录。

【译文】

乾隆丙辰年，开博学宏词科考试。全国共推荐了两百多人。九月到保和殿参加考试的有一百八十人。考的诗题目是《山鸡舞镜》七排十二韵，限“山”字这个韵。刘纶有句话说：“可能对语便关关。”皇上大为夸奖，亲自将他提为第一，就这样他以编修的身份，一直做到了宰相。两百人中，年纪最大的是万九沙先生，名经；年纪最小的就是我。全祖望庶常作《公车征士录》，把先生写在了最前面，把我写在了最后面。己亥年，我回到杭州，先生的小儿子叫全福的，拿着先生的小像来向我索诗。我题了一律，有“当年丹诏召耆英，骥尾龙头记得清”的句子。把这首诗收录在了诗集中。

卷 六

一　王荆公作文与作诗

【原文】

王荆公作文，落笔便古；王荆公论诗，开口便错。何也？文忌平衍，而公天性拗执，故琢句选词，迥不犹人。诗贵温柔，而公性情刻酷，故凿险缒幽[1]，自堕魔障。其平生最得意句云："青山扪虱坐，黄鸟挟书眠。"余以为首句是乞儿向阳，次句是村童逃学。然荆公恰有佳句，如："近无船舫犹闻笛，远有楼台只见灯。"可谓生平杰作矣。

【注释】

①凿险缒（zhuì）幽：比喻追求峻险幽奇的艺术境界。

【译文】

王安石写文章的时候，一下笔就古朴劲健；王安石讨论诗歌的时候，一开口就是错误百出。为什么会这样？散文忌讳平铺直叙，而王安石性格执拗，所以会一字一句地反复斟酌，与其他人迥然不同。而诗歌贵在温和敦厚，而王安石的性情刻板严厉，所以追求峻险幽奇，作茧自缚，陷入错误的境况中。他平生最得意的一句话是："青山扪虱坐，黄鸟挟书眠。"我认为诗的第一句话是乞丐在慵懒地晒着太阳，而第二句是村里的孩童在逃学。但是王安石恰好也有好的句子，比如："近无船舫犹闻笛，远有楼台只见灯。"这可以称作是他生平杰出的句子了。

五　荒唐事

【原文】

晏子以二桃杀三士[1]，事本荒唐；后人演为《梁父吟》，尤无意味。而孔明好吟之，殊不可解。秋胡一妒妇，刘知几《史通》诋之甚力。乃乐府外，前人又有诗云："郎心叶荡妾冰清，郎说黄金妾不应。若使偶然通一语，半生谁信守孤灯？"

【注释】

①二桃杀三士：春秋时期齐景公把两个桃子赐给了公孙接、田开疆、古冶子论功而食，三人放弃桃子自杀了。后来比喻借刀杀人。

【译文】

晏子用两个桃子杀公孙接、田开疆、古冶子这件事，本来就十分荒唐；后来，诗人又把这个故事演变成了《梁父吟》，特别无聊。而孔明却特别喜欢吟咏，真是让人不能理解。秋胡的妻子是一个嫉妒心很强的妇人，刘知几在《史通》中对她大加批判。而除了乐府之外，前人又写了一首诗：“郎心叶荡妾冰清，郎说黄金妾不应。若使偶然通一语，半生谁信守孤灯？”

七　瞻园观蚁斗

【原文】

安徽方伯陈密山先生，讳德荣，人淳朴而诗极风趣。每瞻园花开，必招余游赏，不以属吏待。适阶下蚁斗，公用扇拂之，作诗云：“退食展良觌[①]，逍遥步深院。树根见群蚁，纷纷方交战。呼童前布席，拂以蒲葵扇。顷刻缘草根，求穴各奔窜。伊有记事臣，载笔应上殿。大书某日月，两军正相见。忽然风扬沙，师溃互踏践。收队各依垒，蓄锐更伺便。人生亦倮虫，扰扰盈赤县。嗜欲各有求，情伪递相煽。吞噬蠢然动，吉凶见常变。岂无飞仙人，乘鸾注遐盼？”余按宋人诗云：“雎螟杀敌蚊眉上，蛮触交争蜗角中。何异诸天观下界，一微尘里斗英雄？”即此意也。先生《郊行》云：“芳园青草绿离离，好是人家祭扫时。何处纸钱烧不尽，东风吹上野棠枝？”又，《女儿曲》云：“睡眼朦胧春梦觉，不知额上有梅花。”

【注释】

①良觌（dí）：良晤，愉快的会面。

【译文】

安徽布政使陈密山先生，名德荣，为人十分淳朴且诗歌十分风趣。每次瞻园花开的时候，一定会招呼我去游玩欣赏，并且不会用下属的规格来对待我。（有次）恰逢台阶下面有蚂蚁打架，陈公用扇子扇了起来，写诗道：“退食展良觌，逍遥步深院。树根见群蚁，纷纷方交战。呼童前布席，拂以蒲葵扇。顷刻缘草根，求穴各奔窜。伊有记事臣，载笔应上殿。大书某日月，两军正相见。忽然风扬沙，师溃互踏践。收队各依垒，蓄锐更伺便。人生亦倮虫，扰扰盈赤县。嗜欲各有求，情伪递相煽。吞噬蠢然动，吉凶见常变。岂无飞仙人，乘鸾注遐盼？”我认为宋朝人的诗“瞧螟杀敌蚊眉上，蛮触交争蜗角中。何异诸天观下界，一微尘里斗英雄？”讲的也是这个意思。先生在《郊行》中写道：“芳园青草绿离离，好是人家祭扫时。何处纸钱烧不尽，东风吹上野棠枝？”又，《女儿曲》：“睡眼朦胧春梦觉，不知额上有梅花。”

九　福建郑王臣

【原文】

福建郑王臣，为兰州太守，年未六十，以弟丧乞病归。《留别寅好》云：“畏闻使过频移疾，懒答人言但托聋。”《闺情》云：“最怜待月湘帘下，银烛烟多怕点灯。”俱暗用故事，使人不觉。杭堇浦题其《归来草》云：“东京[①]风俗由来厚，每为期功便去官。陈寔、谯玄吾目汝，莼鲈人错比张翰。”“东皋舒啸复西畴，人较柴桑更远游。《七录》异时标别集，竟应题作郑兰州。”在随园小住，一日，买书两船，打桨而去。

【注释】

①东京：指的是河南开封，八朝古都，古时称为东京、汴京。

【译文】

福建的郑王臣，在兰州做太守，年纪还不到六十岁，因为弟弟去世请病假回家。在《留别寅好》中写道：“畏闻使过频移疾，懒答人言但托聋。”在《闺情》中写道：“最怜待月湘帘下，银烛烟多怕点灯。”都暗暗使用了典故，让人没有察觉。杭堇浦在他的《归来草》中题诗说：“东京风俗由来厚，每为期功便去官。陈寔、谯玄吾目汝，莼鲈人错比张翰。”“东皋舒啸复西畴，人较柴桑更远游。《七录》异时标别集，竟应题作郑兰州。”郑王臣曾经在随园中小住了一段时间，一天，买了两船的书回来，就离开了。

一三　不愿同年如落花

【原文】

在都，余与金质夫文淳、裘叔度日修居最相近。金棋劣于裘，而偏欲饶裘。金移居，裘以诗贺云："追趋秘阁两年余，一日何曾赋索居？雪苑对裁新著稿，风帘同校旧抄书。吟筒惠我宁嫌数，棋局饶人实自誉。早有声华传白下，故知名士定无虚。"余作七古一首，中四句云："我愿同年如春树，枝枝叶叶相依附。不愿同年如落花，鸾漂凤泊飞天涯。"裘读而叹曰："子才终竟有性情。"呜呼！此皆四十年前事。今裘官至尚书，声施赫奕；而质夫为太守，两遭罪遣，谪戍以死。岂亦如花之飞茵飞溷①，各有前因耶？金死后，余搜其遗诗，了不可得；仅得其《游张园》云："绿杨门外板桥横，新水如船接岸平。三月春寒花尚浅，一帘烟重雨初成。欹危瘦竹扶衰步，高下疏畦入晚晴。莫使酒阑催晚棹，野怀吾欲与鸥盟。"《偶成》云："一虫吟到晓，两客淡无言。"

【注释】

①溷（hùn）：厕所。

【译文】

在京都的时候，我和金文淳字质夫、裘日修字叔度住得很近。金文淳的棋技要比裘日修差，却偏偏爱让着裘日修。金文淳后来搬家了，裘日修写诗相贺说："追趋秘阁两年余，一日何曾赋索居？雪苑对裁新著稿，风帘同校旧抄书。吟筒惠我宁嫌数，棋局饶人实自誉。早有声华传白下，故知名士定无虚。"我也写了七言古诗一首，其中四句是："我愿同年如春树，枝枝叶叶相依附。不愿同年如落花，鸾漂凤泊飞天涯。"裘日修读了之后感叹说："袁子才终究还是性情中人啊。"哎！这些都是四十年前的往事了。现在裘日修已经官至尚书，声名显赫；而金质夫也当了太守，两次因为获罪而被迁遣，被贬去戍守边关直到死去。难道这也像落花，有的飞进了草丛中，有的飞到了茅厕之中，都是前世注定的吗？金文淳去世之后，我搜集了他的遗诗，不过几乎没有得到多少；仅得到了他所著的《游张园》一诗："绿杨门外板桥横，新水如船接岸平。三月春寒花尚浅，一帘烟重雨初成。欹危瘦竹扶衰步，高下疏畦入晚晴。莫使酒阑催晚棹，野怀吾欲与鸥盟。"《偶成》中说："一虫吟到晓，两客淡无言。"

一四　音与韵

【原文】

阎百诗云："百里不同音，千年不同韵。《毛诗》凡韵作某音者，乃其字之正声，非强为押也。"焦氏《笔乘》载：古人"下"皆音"虎"：《卫风》云："于林之下"，上韵为"爰居爰处"；《凯风》云："在浚之下"，下韵为"母氏劳苦"；《大雅》云："至于岐下"，下云："率西水浒"。"服"皆音"迫"：《关雎》云："寤寐思服"，下韵为"辗转反侧"；《候人》云："不濡其翼"，下句为"不称其服"；《离骚》云："非时俗之所服"，下句为"依彭咸之遗则"。"降"皆音"攻"：《草虫》云："我心则降"，下句为"忧心忡忡"；《旱麓》云："福禄攸降"，上韵为"黄流在中"。"英"皆音"央"：《清人》云："二矛重英"，下句为"河上乎翱翔"；《有女同车》云："颜如舜英[①]"，下句为"佩玉将将"；《楚辞》云："华采衣兮若英"，下句为"烂昭昭兮未央"。"风"皆读"分"：《绿衣》云："凄其以风"，下句为"实获我心"；《晨风》云："鴥彼晨风"，下句为"郁彼北林"；《熏民》云："穆如清风"，下句为"以慰其心"。"忧"皆读"嘤"：《黍离》云："谓我心忧"，上句为"中心摇摇"；《载驰》云："我心则忧"，上句为"言至于漕"；《楚辞》云："思公子兮徒离忧"，上韵为"风飒飒兮本萧萧"。其他则"好"之为"吼"，"雄"之为"形"，"南"之为"能"，"仪"之为"何"，"宅"之为"托"，"泽"之为"铎"：皆玩其上下文，及他篇之相同者，而自见。"风"字，《毛诗》中凡六见，皆在"侵"韵，他可类推。朱子不解此义，乃以后代诗韵，强押《三百篇》，误矣！至于"委蛇"二字有十二变，"离"字有十五义，"敦"字有十二音：徐应秋《谈荟》言之甚详。

【注释】

①舜英：木槿花。

【译文】

阎若璩说："相隔百里，说话的口音就会变得不同；相距千年，韵律便会有所差异。《毛诗》中只要是注韵为一个音的时候，就是这个字的正确读音，而不是强行进行押韵的。"焦氏在《笔乘》中记载：古人的"下"字这个音都读

"虎"，如《卫风》中："于林之下"，上韵是"爰居爰处"；《凯风》中："在浚之下"，下韵是"母氏劳苦"；《大雅》中："至于岐下"，下面一句就是："率西水浒"。"服"字都发"迫"的音，如《关雎》中的："寤寐思服"，下韵是"辗转反侧"；《候人》中："不濡其翼"，下句是"不称其服"；《离骚》中："非时俗之所服"，下句是"依彭咸之遗则"。"降"的音都读"攻"，《草虫》中："我心则降"，下句是"忧心忡忡"；《旱麓》中："福禄攸降"，上韵是"黄流在中"。"英"的音都读"央"，《清人》中："二矛重英"，下句是"河上乎翱翔"；《有女同车》中："颜如舜英"，下句是"佩玉将将"；《楚辞》说："华采衣兮若英"，下句是"烂昭昭兮未央"。"风"的音都读"分"，《绿衣》说："凄其以风"，下句是"实获我心"；《晨风》说："鴥彼晨风"，下句是"郁彼北林"；《烝民》说："穆如清风"，下句是"以慰其心"。"忧"的音都读"嘤"，《黍离》说："谓我心忧"，上句是"中心摇摇"；《载驰》说："我心则忧"，上句是"言至于漕"；《楚辞》说："思公子兮徒离忧"，上韵是"风飒飒兮木萧萧"。其他的还有，比如"好"字的读音为"吼"，"雄"的读音为"形"，"南"的读音为"能"，"仪"的读音为"何"，"宅"的读音为"托"，"泽"的读音为"铎"：这些都是要品味上下文，与其他篇章相同的，读音就自然而然地出来了。"风"这个字，《毛诗》中只见过六次，都在"侵"的韵中，其他的可以以此类推。朱熹不明白这个道理，用后代的诗韵，来强行押《三百篇》的韵，这是错误的！至于"委蛇"这两个字，有十二种变化，"离"这个字有十五种含义，"敦"这个字有十二种读音：徐应秋在《谈荟》中讲得十分详细。

三一 不识面之交情

【原文】

二树名钰，山阴诗人。幼时，女史徐昭华抱置膝上，为梳髻课诗。及长，少所许可，独于随园诗，矜宠[①]太过。奈从未谋面。今春在扬州，特渡江见访，适余游天台，相左。嗣后，寄声欲秋间再来，余以将往扬州，故作札止之。旋为他事滞留。到扬时，则童已殁十日矣。闻其临终时，帘开门响，都道余之将至也。故余入哭，作挽联云："到处推袁，知君雅抱千秋鉴；特来访戴，恨我偏迟十日期。”童病中梦二叟，自称紫阁真人、浮白老人，手牵鹤使骑。童辞衣装未备。真人晓以诗曰：“昔从赤身来，今从赤身去。一丝且莫挂，何论麻与絮？不若五铢衣，随风自高举。”童答云：“多谢群真招我归，殷勤持赠五铢衣。相从化鹤吾真愿，要傍先人陇上飞。”吟毕，求宽期。紫阁真人立二指示之。果越二十日而卒。

二树临终，满床堆诗，高尺许；所以殷殷望余者，为欲校定其全稿而加一序故也。余感其意，为编定十二卷、作序外，录其《黄河》云：“一气直趋海，中含万古声。划开神禹甸，横压霸王城。几见荣光出，刚逢彻底清。浮槎如可借，应犯斗、牛行。”《金山》云：“三山名胜岂寻常？彼岸居然一苇航。重叠楼台知地少，奔腾江海觉天忙。梵音只许鱼龙听，佛面时分水月光。回首蓬莱应不远，几声长啸极苍茫。”五言如：“落花随棹转，隔树看山移。”“蚁闲缘水过，蜂健负花归。”“山远云平过，天空月直来。”《观潮》云：“一气自开辟，众星相动摇。”《齿落》云：“无烦重漱石，所恨不关风。”七言如：“秋声如雨不知处，落月带霜还照人。”“风梅落纸画犹湿，松雪扑弦琴一鸣。”“客感每从孤馆集，老怀常觉暮秋多。”“茶声响杂花梢雨，帘影晴通竹坞烟。”“讵有庚寅同正则？敢夸丁卯是前生。”“花犹解媚开如笑，水不忘情去有声。”皆可传也。二树画梅，题七古一篇，叠“须”字韵八十余首，神工鬼斧，愈出愈奇。余雅不喜叠韵，而见此诗，不觉叹绝。易箦[2]时，令儿扶起，画梅赠我。梅成，题诗三句，而气绝矣。余装潢作跋，传子孙，以表不识面之交情，拳拳如此。

【注释】

①矜宠：宠爱。②易箦（zé）：出自《礼记·檀弓上》，是用来比喻人之将死的典故。

【译文】

童二树，名钰，是山阴诗人。小时候，徐昭华女士经常抱着他放在膝上，为他梳头、教他作诗。长大后，让他敬佩称赞的人很少，独独喜欢我的诗，对我十分推崇。无奈我们从来没有见过面。今年春天在扬州的时候，他特意渡江来拜访我，恰逢我在游览天台，并没有见到。后来，寄信过来说想要在秋天的时候再次拜访我，我因为要前往扬州，所以写信拒绝了他。之后却因为别的事耽误了而留了下来。我到扬州的时候，童钰已经去世十天了。我听说他去世的时候，听到门帘掀动，房门作响，都说是我要来了。因此我进入灵堂大哭了一场，并写了一副挽联：“到处推袁，知君雅抱千秋鉴；特来访戴，恨我偏迟十日期。”童钰在生病期间曾经梦到两位老人，自称是紫阁真人和浮白老人，他们手里牵着仙鹤让他骑。童钰推辞说衣装还没有穿好。真人用诗来劝说他：“昔从赤身来，今从赤

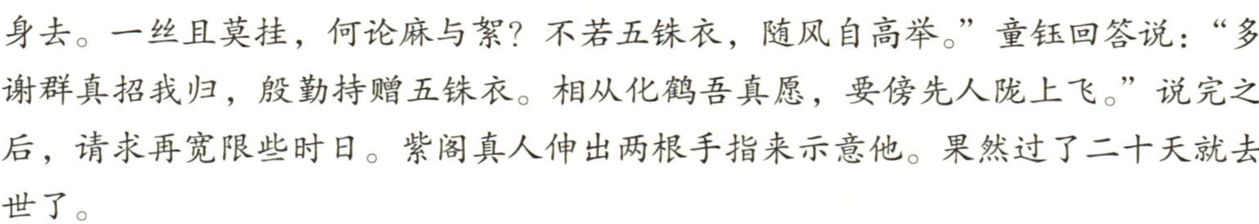

身去。一丝且莫挂，何论麻与絮？不若五铢衣，随风自高举。”童钰回答说：“多谢群真招我归，殷勤持赠五铢衣。相从化鹤吾真愿，要傍先人陇上飞。”说完之后，请求再宽限些时日。紫阁真人伸出两根手指来示意他。果然过了二十天就去世了。

童钰快要去世的时候，满床都堆着诗稿，有一尺多高；他之所以殷切地希望我去，是想让我为他校定的诗稿写一篇序的缘故。我深深为他的真意所感动，为他编定十二卷诗文、作序之外，还收录了他的《黄河》一诗：“一气直趋海，中含万古声。划开神禹甸，横压霸王城。几见荣光出，刚逢彻底清。浮槎如可借，应犯斗、牛行。”《金山》一诗：“三山名胜岂寻常？彼岸居然一苇航。重叠楼台知地少，奔腾江海觉天忙。梵音只许鱼龙听，佛面时分水月光。回首蓬莱应不远，几声长啸极苍茫。”五言如：“落花随棹转，隔树看山移。”“蚁闲缘水过，蜂健负花归。”“山远云平过，天空月直来。”《观潮》一诗：“一气自开辟，众星相动摇。”《齿落》一诗：“无烦重漱石，所恨不关风。”七言有：“秋声如雨不知处，落月带霜还照人。”“风梅落纸画犹湿，松雪扑弦琴一鸣。”“客感每从孤馆集，老怀常觉暮秋多。”“茶声响杂花梢雨，帘影晴通竹坞烟。”“讵有庚寅同正则？敢夸丁卯是前生。”“花犹解媚开如笑，水不忘情去有声。”这些都是可以传诵的。童钰画了梅花，题了七言古诗一篇，叠用“须”字韵有八十多首，技艺高超，越来越奇妙。我平素并不喜欢叠韵，但是看到这些诗，还是不禁感叹，拍手叫绝。童钰临终的时候，让他的儿子把他扶起来，画了幅梅花赠给我。梅花画成之后，题了三句诗，就咽气了。我将那幅梅花装裱起来题上跋，传给子孙后代，以表明未曾谋面的交情，深切浓厚到这个程度。

四二　诗集布局之法

【原文】

有某以诗见示，题皆“雁字”“夹竹桃”之类。余谓之曰：“尊作体物非不工；然享宴者，必先有三牲五鼎①，而后有葵菹蚳醢②之供；造屋者，必先有明堂大厦，而后有曲室密庐之备。似此种题，大家集中非不可存；终不可开卷便见。韩昌黎与东野联句，古奥可喜。李汉编集，都置之卷尾：此是文章局面，不可不知。”

【注释】

①三牲五鼎：原本形容祭品丰富，现在形容菜肴丰富美好。②葵菹（zū）蚳醢（chí hǎi）：指别致的小菜。菹：酸菜，腌制的小菜；蚳醢：用蚁卵做的酱。

【译文】

有一个人拿诗稿给我看，题目都是“雁字”“夹竹桃”之类的。我对他说：“您的作品吟咏事物并不是不够精细传神；但是（要明白）设宴款待别人，先要上一些丰富美好的主菜，然后再上一些精致的小菜；建造房子的时候，需要先盖好主房的客厅大厦，然后再去准备密室别室。就像这个题目，名家的诗集中并不是没有留存，但是终究不是打开诗集就能看见。韩愈与孟东野联句，都是一些精深古老、惹人喜爱的句子。李汉编诗集的时候，把这些都放在了诗集的最后：这是文章布局的安排法则，是必须知道的。”

四三　写景与言情

【原文】

凡作诗，写景易，言情难。何也？景从外来，目之所触，留心便得；情从心出，非有一种芬芳悱恻①之怀，便不能哀感顽艳。然亦各人性之所近：杜甫长于言情，太白不能也；永叔长于言情，子瞻不能也。王介甫、曾子固偶作小歌词，读者笑倒，亦天性少情之故。

【注释】

①悱恻（fěi cè）：内心悲苦凄切，愁绪无法排解。

【译文】

只要是作诗，写景容易，言情相对困难。为什么会这样呢？景物都是一些外观的东西，眼睛能够看到，只要认真留心观察便能够得到；而情则需要从心底产生，如果没有一种内心悲苦凄切、愁绪无法排解的情怀，便不能写得伤感艳丽。不过这也是每个人不同的性格使然：杜甫擅长言情，李白就不擅长；欧阳修擅长言情，苏轼就不擅长。王安石、曾巩偶尔作首小词，会让读者大笑倒地，这也是因为天性少情的原因。

四四　梦中女子

【原文】

甬东顾鉴沙，读书伴梅草堂，梦一严装女子来见，曰："妾月府侍书女，与生有缘。今奉敕[1]赉书南海，生当偕行。"顾惊醒，不解所谓。后作官广东，于市上买得叶小鸾小照，宛如梦中人，为画《横影图》索题。钱相人方伯有句云："怪他才解吟诗句，便是江城笛里声。"余按：小鸾，粤人，笄年入道，受戒于月朗大师。佛法：受戒者，必先自陈平生过恶，方许忏悔。师问："犯淫否？"曰："征歌爱唱《求凰曲》，展画羞看《出浴图》。""犯口过否？"曰："生怕泥污嗤燕子，为怜花谢骂东风。""犯杀否？"曰："曾呼小玉除花虱，偶挂轻纨坏蝶衣。"

【注释】

①奉敕：遵照师长的命令。

【译文】

甬东的顾椈，在就读于伴梅草堂的时候，梦到一个穿着十分整齐的女子来拜见他，说："我是月府中的侍书女，与你今生有缘。现在奉命到南海赏赐诏书给你，你应当和我一起去。"顾椈从梦中惊醒，百思不得其解。后来到广东做官，在市集上买了叶小鸾的一张画像，发现她特别像梦中的那个人，就画了一幅《横影图》索求题诗。钱琦布政使有诗句说："怪他才解吟诗句，便是江城笛里声。"我说明一下：小鸾是广东人，十五岁的时候，拜月朗大师为师，出家为尼。佛教规定：受戒之人，先要陈述自己一生做过的错事，才能准许忏悔。大师问："你曾经犯过淫秽的罪过吗？"回答说："我喜欢唱《求凰曲》这样的情歌，展开画卷会害羞地看《出浴图》。"（大师问）"你可犯过口角？"回答说："我平生最怕的就是燕子衔泥，因为可怜花谢而骂过东风。"（大师问）"你可曾犯过杀戒？"回答说："曾经叫丫鬟小玉去把画中的虫子除掉，晒轻绢衣服的时候曾经不小心碰坏了蝴蝶的翅膀。"

四六　驳周德卿之言

【原文】

周德卿之言曰："文章徒工于外者，可以惊四筵，不可以适独坐。"斯言也，余颇非之。文章非比阴德，不求人知。景星庆云，明珠美玉，谁不一见即知宝贵哉？吟蛩①唧唧，呓语②愔愔，彼虽自鸣得意，岂足传之不朽？得之虽苦，出之须甘；出人意外者，仍须在人意中：古名家皆然。况四座之惊，有知音，有不知音；独坐之适，有敝帚之享③，有寸心之知，不可一概而论。

【注释】

①吟蛩：蟋蟀的别称。②呓语：梦话。③敝帚之享：比喻东西虽不好，但是自己却十分珍惜。

【译文】

周昂说："文章只是辞藻华丽精致的话，可能会让四座震惊，却不能让自己独处的时候怡情。"对于这句话，我很不认同。文章不能与阴德相比较，不要求别人知道。灿烂的星星，祥瑞的财运，夺目的珠宝，精美的玉器，谁不是一看到就知道是珍贵的东西呢？蟋蟀唧唧地叫，像梦话一样静寂，自己虽然自鸣得意，但是这样就能流传千古而不朽吗？咏出这些诗虽然困难，但是拿出来却是让人喜悦的；出乎人们预料的，依然要在人们的意料之中：古代的名家都是如此。更何况是语惊四座的时候，有的欣赏，有的不屑；而独处时所说的话，有敝帚自珍的作品，有一两个能够欣赏的作品，不能一概而论。

四八　典如陈设古玩

【原文】

博士卖驴，书券三纸，不见“驴”字，此古人笑好用典者之语。余以为：用典如陈设古玩，各有攸宜：或宜堂，或宜室，或宜书舍，或宜山斋；竟有明窗净几，以绝无一物为佳者，孔子所谓“绘事后素”也。世家大族，夷庭高堂，不得已而随意横陈，愈昭名贵。暴富儿自夸其富，非所宜设而设之，置械窬[①]于大门，设尊罍[②]于卧寝：徒招人笑。吴西林云：“诗以意为主，以辞采为奴婢。苟无意思作主，则主弱奴强；虽僮指[③]千人，唤之不动。古人所谓诗言志，情生文，文生韵：此一定之理。今人好用典，是无志而言诗；好叠韵，是因韵而生文；好和韵，是因文而生情。儿童斗草，虽多亦奚以为！”

【注释】

①械窬（yú）：小门。②尊罍（léi）：酒器。③僮指：代指奴仆。

【译文】

博士去卖驴，写了三页纸的文书，都没有看到一个“驴”字，这是古人用来笑话喜欢用典的人所说的话。我认为：用典就像是陈设古玩，各有所适合的地方：有的适合放在大堂内，有的适合放在居室内，有的适合放在山斋内；还有明亮的窗户干净的茶几上，不摆放任何东西最好，孔子所说的“绘事后素”就是这样。世家大族，夷庭高堂，不得已而随意加以点缀陈设，更能显示出名贵。暴富的人家为了显摆自家的财富，经常会摆设一些不适合摆设的东西，在门前设置一个华丽的小门，在卧室内摆放一个酒器：只会招人笑话。吴颖芳说：“诗应该将立意作为主体，将修辞文采作为奴婢。如果没有什么内容作为主体，那么就变成了主弱奴强；虽然有奴仆上千人，却连一个也使唤不了。古人所说的用诗来表达自己的志向，用情感来写文章，有文章才能有韵律，是有一定道理的。现在的人喜欢使用典故，是没有什么意向就写诗；喜欢叠韵，是根据韵来写文；喜欢和韵，是因为写文才生情。就像是小孩子在斗草玩，虽然有很多但是又有什么用呢！”

五〇　不用生典

【原文】

唐人近体诗，不用生典：称公卿，不过皋、夔、萧、曹；称隐士，不过梅福、君平；叙风景，不过“夕阳”、“芳草”；用字面，不过“月”“露”“风”“云”：一经调度，便日月崭新。犹之易牙[1]治味，不过鸡猪鱼肉；华佗用药，不过青粘漆叶：其胜人处，不求之海外异国也。余《过马嵬吊杨妃》诗曰：“金舄[2]锦袍何处去？只留罗袜与人看。”用《新唐书·李石传》中语，非僻书也，而读者人人问出处。余厌而删之，故此诗不存集中。

【注释】

①易牙：春秋时期著名的厨师。②金舄：古代用金装饰的一种复底鞋。

【译文】

唐朝人所写的近体诗，不采用生僻的典故：称公卿，不过用“皋”“夔”“萧”“曹”；称隐士，不过是“梅福”“君平”；描述风景，不过是“夕阳”“芳草”；关于字面，不过“月”“露”“风”“云”：经过适度调换，便每天都像崭新的一样。就好像易牙调弄美味佳肴，不过都是鸡猪鱼肉；华佗用药，也不过都是青粘漆叶：他们超过别人的地方，并不借助海外异地的东西。我曾在《过马嵬吊杨妃》一诗中说：“金舄锦袍何处去？只留罗袜与人看。”使用了《新唐书·李石传》中的话，这并不是什么陌生的书，但是读到诗的人都会询问出处。我讨厌这种感觉，就把它删掉了，所以这首诗并没有收录在诗集里。

五一　词章与考据

【原文】

王梦楼云：“词章之学，见之易尽，搜之无穷。今聪明才学之士，往往薄视诗文，遁而[1]穷经注史。不知彼所能者，皆词章之皮面耳。未吸神髓，故易于决舍；

如果深造有得，必愁日短心长，孜孜不及，焉有余功，旁求考据乎？”予以为君言是也。然人才力各有所宜，要在一纵一横而已。郑、马主纵，崔、蔡主横，断难兼得。余尝考古官制，捡搜群书，不过两月之久；偶作一诗，觉神思滞塞，亦欲于故纸堆中求之。方悟著作与考订两家，鸿沟界限，非亲历不知。或问：“两家孰优？”曰：“天下先有著作，而后有书；有书而后有考据。著述始于三代‘六经’，考据始于汉、唐注疏。考其先后，知所优劣矣。著作如水，自为江海；考据如火，必附柴薪。‘作者之谓圣’，词章是也；‘述者之谓明’，考据是也。”

【注释】

①遁而：转而。

【译文】

王文治说：“诗文上的学问，看起来学完很简单，但是搜寻起来却是没有穷尽的。现在的聪明才学之士，常常看不起诗文，转而研究经书注解史料。却不知道他所擅长的，都是词章之中的表面功夫。没有吸取其中的精华部分，所以很容易做出取舍；如果研究很深入的话，一定会担心日子太短心中想做的事情太多，孜孜不倦地想要做一些事情，哪里还有其他时间来寻找凭据进行考证呢？”我认为他说的话很对。但是人的力量才能各有适宜的东西，差别不过是一纵一横而已。郑、马提倡攻纵，崔、蔡提倡攻横，很难做到兼顾。我曾经考察古代的官制，搜索查阅各种书籍，不过两个月的时间；偶然间作诗一首，觉得神思滞塞，想要从纸堆里找到想要的句子。这才明白著写文章和考察审订，其中的界限距离，如果不亲身经历还真不能知晓。有人问：“这两家哪个更加优秀？”我回答说：“天下先有著作，然后才能有书；有书之后才能有考据。著述开始于三代‘六经’，考据开始于汉、唐注疏。明白了其中的先后顺序，才知道其中的优劣。著作就像水，自为江海；考据就像火，一定要添柴才能燃烧。‘作者可以称为是才智非凡的人’，说的是词章；‘解述的人可以称为聪明’，说的是考据。”

五四　怀古诗要专一

【原文】

怀古诗，乃一时兴会所触，不比山经、地志，以详核为佳。近见某太史《洛阳怀古》四首，将洛下故事，搜括①无遗，竟有一首中，使事至七八者。编凑拖沓，茫然不知作者意在何处。因告之曰："古人怀古，只指一人一事而言，如少陵之《咏怀古迹》；一首武侯，一首昭君，两不相羼[②]也。刘梦得《金陵怀古》，只咏王濬楼船一事，而后四句，全是空描。当时白太傅谓其'已探骊珠，所余鳞甲无用'。真知言哉！不然，金陵典故，岂王濬一事？而刘公胸中，岂止晓此一典耶？"

【注释】

①搜括：搜求，搜索，搜集。②羼（chàn）：掺杂。

【译文】

怀古诗，是一时兴起有所触动而写的，不能与山经地志相比，只要考核精准详细便是佳作。最近看到了一位翰林所著的《洛阳怀古》四首，把洛阳的故事，事无遗漏地搜集起来，以至于在一首诗中，竟然有七八个典故。整首诗都是拼凑编纂在一起的，节奏拖沓，根本不知道作者想要表达什么。对此我告诉他说："古代人写怀古诗的时候，只针对一人一事而发出感慨，比如杜甫的《咏怀古迹》，一首是写武侯诸葛亮的，一首是写王昭君的，两首诗没有相互掺杂。刘禹锡的《金陵怀古》，只写了王濬楼船这一件事，而后四句，全都是空描。当时白居易说他'已经得到了精妙之处，剩下的部分都是细枝末节，没有什么用处'。这句话说得十分精辟！如果不是这样，金陵典故中，怎么会有王濬这件事？而刘禹锡胸中，怎么可能只有这样一个典故呢？"

六一　陶士横劝言

【原文】

戊辰秋，余宰江宁，将乞病归；适长沙陶士横方伯调任福建；路过金陵，谓余曰："子现题升高邮州，宪眷如此；年方三十，忽有世外之志，甚非所望于贤者也。"余虽未从其言，而至今感其意。甲辰在广州，遇方伯之孙，诵乃祖《买书歌》曰："十钱买书书半残，十钱买酒酒可餐。我言舍酒僮曰'否'，咿唔万卷不疗饥。斟酌一杯酒适口，我感僮言意良厚。酒到醒时愁复来，书堪咀处味逾久。淳于豪饮能一石，子建雄才得八斗。二事我俱逊古人，不如把书聊当酒。虽然一编残字半蠹鱼[①]，区区蠡测我真愚！秦灰而后无完书。"

【注释】

①蠹（dù）鱼：昆虫的一种。

【译文】

戊辰年秋，我管理江宁，因病将要请假回家调养的时候，恰逢长沙陶士横布政使调任福建，途中经过金陵，对我说："你现在提升为高邮州刺史，是皇上对你的恩宠。你刚满三十岁，就突然想要隐退，不想担任官职，这绝对不是一个贤人要做的事情。"我虽然并没有听取他的话，但是到现在依然感谢他的好意。甲辰年在广州的时候，遇到了布政使的孙子，诵读了他祖父的《买书歌》："十钱买书书半残，十钱买酒酒可餐。我言舍酒僮曰'否'，咿唔万卷不疗饥。斟酌一杯酒适口，我感僮言意良厚。酒到醒时愁复来，书堪咀处味逾久。淳于豪饮能一石，子建雄才得八斗。二事我俱逊古人，不如把书聊当酒。虽然一编残字半蠹鱼，区区蠡测我真愚！秦灰而后无完书。"

六四　张漱石诗

【原文】

乙丑，余宰江宁。有张漱石名坚者，持故人陈长卿札，求见，赠云："他年霖雨知何处？记取烟波有钓徒。"后岁丙子，同杨洪序来随园，年七十余，喜所居不远，月下时时过从。别三十年，杳无音耗。丙午二月，过洪武街，遇老人，乃其子也；方知先生八十三岁，委化陕中。为黯然者久之。次日，其子抱先生全集，属为点定。《偶成》云："细雨潇潇欲晓天，半床花影伴书眠。朦胧正作思乡梦，隔院棋声落枕边。"鄂文端公为苏藩司，选《南邦黎献集》，擢[1]君第三。

【注释】

①擢：选拔。

【译文】

乙丑年，我管理江宁。有一个叫张漱石、名坚的人，拿着老朋友陈长卿的信来拜见我，赠了一首诗给我说："他年霖雨知何处？记取烟波有钓徒。"后来，在丙子年，他又与杨洪序一起来到随园，当时已经七十多岁了，可喜的是他居住的地方离随园并不远，晚上可以常常走动。此后分别三十年，杳无音讯。丙午年二月，我途经洪武街的时候，碰到一位老人，是他的儿子，才知道先生八十三岁的时候在陕中过世了。我为他黯然神伤了很久。第二天，他的儿子抱着先生的全集，让我点评。在《偶成》中写道："细雨潇潇欲晓天，半床花影伴书眠。朦胧正作思乡梦，隔院棋声落枕边。"鄂尔泰在江苏布政使任上时，编了《南邦黎献集》，将张坚选为第三。

六八　唐莪村公

【原文】

乾隆丙辰，唐公莪村为太常寺卿。余鸿词报罢后，袖诗走谒。公奇赏之。次日，即托其西席朱君佩莲道意，欲以从女见妻。余以聘定辞，公为惋惜。至今感不能忘，垂五十年矣。甲辰到端州，见公《赠关庙瑞公上人》一律云："何因来古寺？冷落二年羁。性拙宜僧朴，身危仗佛慈。险夷无定象，梦幻有醒时。一笑成今别，前途最汝思。"纸尾注云："甲子冬，缘事来肇庆，羁栖二年。今丙寅夏，将之任山左，赋诗留别。"盖公任广西方伯时，待鞫[①]到此所作；后巡抚江西，三仕三已，以官寿终。名绥祖，扬州人。

【注释】

①鞫（jū）：审问，审讯。

【译文】

乾隆丙辰年，唐绥祖担任太常寺卿一职。我参加完博学鸿词科考之后，将诗稿装在袖子里去谒拜唐公。唐公看到诗稿后大为惊奇，对我赞赏有加。第二天，就委托他的幕友朱佩莲先生向我传达他的意思说，想要把他的侄女嫁给我当妻子。我以婚事已定为理由推辞了，唐公十分惋惜。唐公的厚待到了现在还不能忘怀，事情已经过去将近五十年了。甲辰年来到端州，看到唐公的《赠关庙瑞公上人》一律说："何因来古寺？冷落二年羁。性拙宜僧朴，身危仗佛慈。险夷无定象，梦幻有醒时。一笑成今别，前途最汝思。"纸的下面注释说："甲子年冬，因为有事来到肇庆，在这里居住了两年。现在是丙寅年的夏天，将要去担任山左，写了此诗来作别。"大概是唐公在担任广西布政使，等待审查的时候到这里所写

的；他后来担任了江西巡抚，三次出仕做官三次罢官，最终在官任上去世了。唐公名绥祖，是扬州人。

七二　仆人张彬好诗

【原文】

余游南岳，往谒衡山令许公。其仆人张彬者，沅江人，年二十许，见余名纸，大喜，奔告诸幕府，以得见随园叟为幸。既而许公招饮，命彬呈所作诗，有“湖边芳草合，山外子规啼”“远岫碧云高不落，平湖萤火住还飞”之句：果青衣[①]中一异人也。性无他嗜，酷好吟咏：主人赏婚费，乃不聘妻，而尽以买书。

【注释】

①青衣：侍从，奴仆。

【译文】

我游览南岳的时候，前往拜见衡山令许公。他有一个叫张彬的仆人，沅江人，二十多岁，看到我的名帖，十分欣喜，跑着向府中的人告知，将能够看到随园的老头作为一件幸事。之后，许公招我去饮酒，让张彬呈上自己所作的诗，有“湖边芳草合，山外子规啼”“远岫碧云高不落，平湖萤火住还飞”这样的句子：果然是奴仆中一个气质非凡的人。张彬没有别的爱好，就是特别喜欢吟诗：主人赏给他结婚用的钱，没有用来娶妻，反而全都用来买书了。

七九　辨生于末学

【原文】

诗分唐、宋，至今人犹恪守。不知诗者，人之性情；唐、宋者，帝王之国号。人之性情，岂因国号而转移哉？亦犹道者，人人共由之路，而宋儒必以道统自居，谓宋以前直至孟子，此外无一人知道者。吾谁欺？欺天乎？七子以盛唐自命，谓唐以后无诗，即宋儒习气语。倘有好事者，学其附会，则宋、元、明三朝，亦何尝无初、盛、中、晚之可分乎？节外生枝，顷刻一波又起。《庄子》曰："辨生于末学[①]。"此之谓也。

【注释】

①辨生于末学：出自韩愈的《读墨子》一文，而非《庄子》。指分立、分辨是学问之末的事情。韩愈原文中指墨家和儒家两家分立、相诘难，并不是孔子和墨子的本意。

【译文】

将诗分为唐朝和宋朝，到了现在人们还在遵循着这样的说法。却不知道诗只是人们性情的抒发；唐、宋只是帝王的国号。人们的性情，怎么能够因为国号而转移呢？就像"道"，是每个人都要遵循的规律，而宋朝的儒士则以道统自居，称宋朝以前直到孟子，期间没有一个知道"道"的人。这是在欺骗谁？是在欺骗天吗？明朝前后七子以盛唐自称，称唐朝以后再也没有诗了，就像宋朝儒士一样的语气。如果有好事的人，就会跟着附和，那么宋、元、明三朝，又为什么不能分为初、盛、中、晚呢？节外生枝，常常能够在短时间内掀起波澜。《庄子》中说："辨生于末学。"说的正是这种情况。

八二　时文之学

【原文】

时文之学，有害于诗；而暗中消息，又有一贯之理。余案头置某公诗一册，其人负重名。郭运青侍讲来，读之，引手横截于五七字之间，曰："诗虽工，气脉不贯。其人殆不能时文者耶？"余曰："是也。"郭甚喜，自夸眼力之高。后与程鱼门论及之，程亦韪其言。余曰："古韩、柳、欧、苏，俱非为时文者，何以诗皆流贯？"程曰："韩、柳、欧、苏所为策论[①]应试之文，即今之时文也。不曾从事于此，则心不细，而脉不清。"余曰："然则今之工于时文而不能诗者，何故？"程曰："庄子有言：'仁义者，先王之蘧庐也；可以一宿，而不可以久处也。'今之时文之谓也。"

【注释】

①策论：古时指议论当前政治问题、向朝廷献策的文章。

【译文】

学习科举考试应试的文章，对作诗有坏处；不过它们之间也暗含着彼此相通的技巧方法。我的案头放着一个人的一本诗稿，这个人久负盛名。郭运青侍讲过来，读了这本诗稿，把手放在第五字和第七字之间横截过来，说："诗歌虽然工整，但是气脉却不是相贯通的。这个人应该是不会作应试文吧？"我回答说："是的。"郭运青听完十分欣喜，自夸说自己眼力高。后来和程晋芳讨论这件事，程晋芳也很赞成这个观点。我说："古时的韩愈、柳宗元、欧阳修、苏东坡，都是不会写应试文的人，为什么写诗却能流畅贯通呢？"程晋芳说："韩愈、柳宗元、欧阳修，苏东坡，他们所写的策论应试的文章，就是现在的应试文。如果从来没有从事过这类文章的写作，就会变得心思不够细腻，脉络不够清晰。"我说："但是现在写应试文十分在行的人却不能作诗，这是什么缘故呢？"程晋芳说："庄子说过：'仁义，就像是先王的草庐；可以睡一夜，但是却不能长期居住在那里。'这就是现在应试文的情况了。"

八九　永州太守王蓬心

【原文】

永州太守王蓬心，为麓台司农之后，工诗画。余游南岳，过永州，与其子访愚溪、钴母潭诸处；夕归，太守出小像索诗，而自画《芝城话旧图》见赠。题云："一别东吴思旧雨，重来南楚鬓添霜。谈天犹是苏玉局，缩地难逢费长房。江水悠悠不知远，山风习习渐加凉。两人情态都如昨，作画吟诗爱夜长。"彼此落笔时，各挑灯倚几。蓬心笑谓余曰："此夕光景，可似五十年前，同赴童子试耶？"记其书斋对联云："岂易片言清积牍①；还留一息理残书。"

【注释】

①牍：古时书写用的木片。

【译文】

永州太守王守宸，是王原祁司农的后人，善于写诗作画。我游览南岳的时候，途经永州，与他的儿子一同去游览了愚溪、钴母潭等多个地方；晚上回来，太守拿出自己的小像请我在上面作诗，之后又画了《芝城话旧图》送给我。我在上面题诗道："一别东吴思旧雨，重来南楚鬓添霜。谈天犹是苏玉局，缩地难逢费长房费长房。江水悠悠不知远，山风习习渐加凉。两人情态都如昨，作画吟诗爱夜长。”彼此落笔的时候，各自挑着灯倚着桌几。王守宸笑着对我说：“今晚这样的场景，像不像五十年前，和你一起参加童子试的时候？”我记下了他书斋中的一副对联：“岂易片言清积牍；还留一息理残书。”

九五　何梦瑶之诗

【原文】

苏州惠天牧先生，督学广东，训士子以实学；一时英俊，多在门墙。去后，人立生祠，如潮州之奉韩愈也。先生以《珠江竹枝词》试士。何梦瑶①赋云：“看月谁人得月多，湾船齐唱浪花歌。花田一片光如雪，照见卖花人过河。”公喜，延入幕中。此雍正年间事。后吾乡杭堇浦太史掌教粤东，与何唱和。《嘲杭病起》云：“门外久疏参学侣，帘前渐立犯斋人。”《咏史》云：“赵宋若生燕太子，肯将金币事仇人？”余慕何君之名，到海南访之，则已逝矣。

【注释】

①何梦瑶：字报之，号西池，广东南海人，清代广东的名医。

【译文】

苏州惠栋先生，在广东督学，用真才实学来教导读书人；一时间当时的青年才俊，大多都成为了他的门生。先生去世之后，众人为他设立了祠堂，就像潮州人奉拜韩愈一般。先生曾经以《珠江竹枝词》作为题目来考验士人。何梦瑶赋诗说：“看月谁人得月多，湾船齐唱浪花歌。花田一片光如雪，照见卖花人过河。”惠公十分欣喜，将他请入幕中。这是雍正年间的事情。后来与我同乡的杭世骏太史在粤东地区掌管教育，与何梦瑶赋诗唱和。在《嘲杭病起》中写道：“门外久疏参学侣，帘前渐立犯斋人。”在《咏史》中写道：“赵宋若生燕太子，肯将金币事仇人？”我仰慕何君的大名，到海南去寻访他，没想到他已经过世了。

九八　张五典先生

【原文】

张君五典，字叙百，秦中人，九世同居，蒙恩题奖。作宰上元时，时拢诗袖中，入山见访，绝非今之从政者。《祁阳访友》云："示病手挥群吏散，著书心喜好朋来。"《示安奴》云："孺人①日课郎君读，去就书声认画船。"孺人亡，乃悼之云："好我果能长入梦，把君竟可当长生。"安奴者，遣接家眷船也。

【注释】

①孺人：古时对大夫妻子的称呼，明清时是对七品官的母亲或妻子的封号。

【译文】

张五典先生，字叙百，是秦中人，一家九代都居住在一个地方，因此受到了皇上的题字嘉奖。在上元担任宰令的时候，常常把诗稿藏在袖中，到山里来拜见我，绝不像现在当官的人的样子。他在《祁阳访友》中写道："示病手挥群吏散，著书心喜好朋来。"在《示安奴》中写道："孺人日课郎君读，去就书声认画船。"他的妻子去世了，他写诗悼念说："好我果能长入梦，把君竟可当长生。"安奴是先生派遣过去，将家属接过来的船。

一〇一　引曹为知己

【原文】

《乐府解题》云："《毛诗》之'兮'，《楚辞》之'些'，曹操所不喜。"余颇以操为知音。盖诗有关咏叹者，不得不用虚字，以伸长其音。若直叙铺陈，一用虚字，便成敷衍。近有作七古者[①]，排比未终，无端忽插"兮"字，以致调软气松，全无音节。

【注释】

①七古者：七言古诗。

【译文】

《乐府解题》中说："《毛诗》中的'兮'字，《楚辞》中的'些'字，曹操都不喜欢。"我十分认同，将曹操作为知音看待。大概诗句中有关咏叹的，都不得不使用虚字，以便延长它的音节。如果直叙铺陈，一旦使用了虚字，就变成了敷衍。最近有写七言古诗的人，排比还没有结束，就无端地突然插入一个"兮"字，以致语调变得软弱，气势松散，音律感全都没有了。

一〇三　作诗与宴请

【原文】

酒肴百货，都存行肆[①]中。一旦请客，不谋之行肆，而谋之于厨人，何也？以味非厨人不能为也。今人作诗，好填书籍，而不假炉锤，别取真味，是以行肆之物，享大宾矣。

【注释】

①肆：集市。

【译文】

各色菜肴酒类，市场上都有好的售卖。然而一旦请客，不去市场，却要和厨师商量，这是为什么呢？因为味道一定要厨师才能做得出来。现在的人写诗，喜欢在诗句中堆积书籍中的典故，却从来不进行锤炼思考，摄取其中精髓的部分。这就好像是到市场上拿东西，来大宴宾客啊。

一〇五　王梅坡妻张氏

【原文】

王梅坡妻张氏，能诗。幼子汝翰，初上学，嫌衣服不华。张训以诗云："箪食应知颜子乐，缊袍谁笑仲由寒？"其他佳句，如："花因寒重难舒蕊，人为愁多易敛眉。"生女美绝，年十三；时皇太后驾过见之，抱置膝上，赏藏香[①]一枝。

【注释】

①藏香：秘宝古香，其制作工艺流程蕴含着藏文化的精髓。

【译文】

王梅坡的妻子张氏，善于作诗。他的儿子汝翰，刚上学的时候，嫌弃自己的衣服不够华丽。张氏用诗训斥他说："箪食应知颜子乐，缊袍谁笑仲由寒？"其他好的句子，如："花因寒重难舒蕊，人为愁多易敛眉。"她生了一个女儿美貌绝伦，十三岁的时候，当时的皇太后驾到看到了，抱在膝上，赏给了孩子一枝藏香。

一一一　题张忆娘图

【原文】

康熙间，苏州名妓张忆娘，色艺冠时。蒋绣谷先生为写《簪花图小照》。乾隆庚午，余在苏州，绣谷之孙漪园，以图索题。见忆娘戴乌纱髻，着天青罗裙，眉目秀媚，以左手簪花而笑，为当时杨子鹤笔也。题者皆国初名士。莱阳姜垓[①]

云："十年前遇倾城色，犹是云英未嫁身。今日相逢重问姓，尊前愁杀白头人。"苏州尤侗[②]云："当场一曲《浣溪纱》，可是陈宫张丽华？恰胜状元新及第，琼林宴里去簪花。"沈归愚云："曾遇当年冰雪姿，轻尘短梦怅何之。卷中此日重相见，犹认春风舞《柘枝》。""绣谷留春春可怜，倾城名士总寒烟。老夫莫怪襟怀恶，触拨闲情五十年。"余题数绝，有"国初诸老钟情甚，袖角裙边半姓名"之句，人皆莞然。按：莱阳两姜先生[③]，以孤忠直节，名震海内；而诗之风情如此。闻忆娘与先生本旧相识，一别十年，尊前问姓，故诗中不觉情深一往云。

【注释】

①姜垓：明末诗人，字如须，号伫石山人，山东莱阳人。②尤侗：明末清初的著名诗人、戏曲家，曾经被顺治誉为"真才子"，被康熙誉为"老名士"。③两姜先生：指姜垓、姜埰兄弟。

【译文】

康熙间，苏州名妓张忆娘，容貌才华都名冠当时。蒋深先生为她画了一幅《簪花图小照》。乾隆庚午年，我在苏州，蒋深的孙子漪园，拿着画卷来请我题诗。看到画中的忆娘头戴乌纱髻，穿着天青色的罗裙，眉眼清秀妩媚，左手拿着簪花相视而笑，是当时杨子鹤的手笔。在上面题诗的人都是开国之初的名士。莱阳姜垓在上面写道："十年前遇倾城色，犹是云英未嫁身。今日相逢重问姓，尊前愁杀白头人。"苏州的尤侗在上面写道："当场一曲《浣溪纱》，可是陈宫张丽华？恰胜状元新及第，琼林宴里去簪花。"沈德潜写道："曾遇当年冰雪姿，轻尘短梦怅何之。卷中此日重相见，犹认春风舞《柘枝》。""绣谷留春春可怜，倾城名士总寒烟。老夫莫怪襟怀恶，触拨闲情五十年。"我题了几首绝句，其中有"国初诸老钟情甚，袖角裙边半姓名"这样的句子，众人都莞尔一笑。莱阳的两位姜先生，因为性情孤傲耿直、刚正不阿而名扬四海；而诗歌确实是这样的风情。听说忆娘与先生原本就是旧相识，一别十年，在酒席前重温姓名，因此诗中不免流露出了一往情深。

卷七

二　偶遇戚晴川

【原文】

壬戌岁，余改官金陵，寓王倓岩太史家，遇戚晴川太守言：“书生初任外吏，参见长官，不惯屈膝，匆遽[①]间，动致声响。”余试之果然。戏吟云：“书衔笔惯字难小，学跪膝忙时有声。”戚《宿承恩寺》句云：“瓦沟落月印孤榻，檐隙入风吹短檠[②]。”殊冷峭。戚讳振鹭，湖州人。

【注释】

①遽（jù）：匆忙，也作仓促。②短檠（qíng]）：油灯的一种代称。

【译文】

壬戌年，我改派到金陵当官，居住在王倓岩太史家中，遇到了戚晴川太守，他说：“书生首次担任外边的官吏，参见长官，通常都不习惯屈膝，仓促间经常会弄出声音来。”我试了试，果然是这样，于是戏作了一首诗说：“书衔笔惯字难小，学跪膝忙时有声。”戚晴川在《宿承恩寺》中写道：“瓦沟落月印孤榻，檐隙入风吹短檠。”特别冷峭。戚晴川名振鹭，是湖州人。

六　唐静涵家

【原文】

予过苏州，常寓曹家巷唐静涵家。其人有豪气，能罗致都知录事，故尤狎就之。两家妻女无嫌，如庞公之于司马德操[①]，不知谁为主客也。静涵有句云：“苔痕深院雨，人影小窗灯。”《花朝分韵》云：“薄醉微吟答岁华，春寒十日掩窗纱。多情昨夜楼头雨，吹出满墙红杏花。”其少子七郎咏《落花》云：“零落嫣红归不得，杨花相约过邻家。”真佳句也。长子湘昀居随园，吟云：“小住名园又一年，石阑干畔听流泉。夜深怕作还乡梦，月到南窗尚未眠。”“小窗闲坐夕阳斜，对此教人不忆家。喜见香荷才出水，一枝高叶一枝花。”从来荷叶高出水者，必有花；湘畇居园久，故知之。静涵有姬人王氏，美而贤；每闻余至，必手自烹饪。先数年亡，余挽联云：“落叶添薪，心伤元相贫时妇；为谁截发，肠断陶家座上宾。”

【注释】

①庞公之于司马德操：指的是庞德公与司马徽之间的友谊。司马徽，与庞统私交甚笃，称呼庞统为弟。

【译文】

我途经苏州的时候，经常会住在曹家巷唐静涵的家中。他这个人为人十分豪爽，能够招揽都知录事，因此我和他十分亲近。两家的妻子女儿也都亲密无间，就像是庞德公和司马徽一样，不知道谁才是主人，谁才是客人了。静涵有诗句说：“苔痕深院雨，人影小窗灯。”《花朝分韵》说：“薄醉微吟答岁华，春寒十日掩窗纱。多情昨夜楼头雨，吹出满墙红杏花。”他的小儿子七郎咏了一首名为《落花》的诗，写道：“零落嫣红归不得，杨花相约过邻家。”这些都是绝好的句子啊。他的长子湘畇住在随园的时候，吟诗说：“小住名园又一年，石阑干畔听流泉。夜深怕作还乡梦，月到南窗尚未眠。”“小窗闲坐夕阳斜，对此教人不忆家。喜见香荷才出水，一枝高叶一枝花。”向来荷叶高出水面的，都会有花；湘畇居住在随园的时间长了，就知道了其中的奥秘。静涵有一个姬妾王氏，貌美而贤能；每次听说我要到来，一定会亲自烹饪佳肴。前几年去世了，我写了一副挽联：“落叶添薪，心伤元相贫时妇；为谁截发，肠断陶家座上宾。”

七 镜

【原文】

元人诗曰："老不甘心奈镜何？"李益《览镜》云："纵使逢人见，犹胜自见悲。"本朝郑玑尺先生云："朱颜谁不惜？白发尔先知。"皆嫌镜之示人以老也。宋人云："贫女如花只镜知。"又曰："镜里自应谙素貌，人间只解看红妆。"又曰："自家怜未了，临去复徘徊。"本朝高夫人有句云："乍见不知谁觌面[①]，细看真觉我怜卿。"是镜有恩于女子，有怨于老翁也。容成侯何容心哉？

【注释】

①觌（dí）面：当面，迎面。

【译文】

元朝有一个人写诗说："老不甘心奈镜何？"李益在《览镜》中说："纵使逢人见，犹胜自见悲。"本朝的郑玑尺先生写道："朱颜谁不惜？白发尔先知。"这些都是讨厌镜子让人显得老了。宋朝有人说："贫女如花只镜知。"又说："镜里自应谙素貌，人间只解看红妆。"又说："自家怜未了，临去复徘徊。"本朝的高夫人有诗句说："乍见不知谁觌面，细看真觉我怜卿。"这是因为镜子对女子有所恩惠，对老翁有所怨讥。容成侯何必将这样的小事放在心上呢？

一四 诗文不喜平熟

【原文】

余自幼，诗文不喜平熟[①]。丙辰，诸征士集京师，独心折于山阴胡天游稚威。尝言："吾于稚威，则师之矣；吾于元木、循初，则友之矣；其他某某，则事我者也。"元木者周君大枢，循初者万君光泰也。稚威骈体文，直掩徐、庾，散行耻言宋代，一以唐人为归。诗学韩、孟，过于涩拗。今录其近人者。如《明妃》云："天低海水西流处，独有琵琶堪解语。断丝枯木本无情，犹胜人心百千许。"咏《谏果》云："苦口众所挥，余甘几人赏。置蜜锟鋙端，或者如舐掌。"《赠某营将》云："大声当鼓急，片影落枪危。剑血看生瘿，天狼对持髭。"皆奇句也。亦有风韵独绝者，《晓行》云："梦阑莺唤穆陵西，驿吏催诗雨拂衣。行客落花心事别，无端俱趁晓风飞。"

丁巳春，予与元木、循初同在稚威寓中，夜眠听雨，元木见赠一篇云："文章之家无不有，袁郎二十胆如斗。"诗甚奇诡，不能备录。壬申岁，余起病至长安，元木再赠七古。起句云："忆昔相见长安邸，志气如虹挂千里。狂飞大句风雨来，头没酒杯笑不已。"真乃替余少时写照。元木廷试报罢[②]，果毅公讷亲延为上客。每公馀之暇，命讲《通鉴》数则，亦想见当日公卿风雅也。元木诗最坚瘦，独咏《桃花》颇婉丽。其词曰："寂寂朱尘度岁华，又惊春色到桃花。五陵游客知何限，只有渔人最忆家。"《管仲墓》云："浪说儒门羞五尺，至今江左几夷吾？"

早行诗，二人同调，而皆有妙境。梁药亭云："鸿雁自南人自北，一时来往月明中。"元木云："行人飞鸟都何事，一样冲寒度晓堤。"

周兰坡学士多髯，冬日同元木咏雪，和东坡"尖叉"韵。元木押"盐"字韵云："修髯绕作离离竹，妙句清于《昔昔盐》。"

【注释】

①平熟：平顺而精熟。②报罢：科举考试落第。

【译文】

我从小就不喜欢把诗文写得平顺而精熟。丙辰年，众多地方考生在京师聚集，我独独对山阴的胡天游字稚威十分佩服。我曾经说："我对待稚威，就像是对待老师那样；我对待元木、循初，就像是对待好友那样；其他一些人，则需要向我学习。"元木就是周大枢，循初就是万光泰。稚威的骈体文，超过了徐陵、庾信，散文耻于说宋代，一概认为唐朝人写得最好。诗歌则向韩愈、孟郊学习，过于生涩拗口。现在主要记住的是比较简单明了让人亲近的句子。如《明妃》中说："天低海水西流处，独有琵琶堪解语。断丝枯木本无情，犹胜人心百千许。"咏《谏果》说："苦口众所挥，余甘几人赏。置蜜锟鋙端，或者如舐掌。"《赠某营将》说："大声当鼓急，片影落枪危。剑血看生瘿，天狼对持髭。"这些都是绝妙的句子。也有独领风骚的，《晓行》说："梦阑莺唤穆陵西，驿吏催诗雨拂衣。行客落花心事别，无端俱趁晓风飞。"

丁巳年春，我和周大枢、万光泰一起居住在胡天游的家中，夜里躺在床上听雨声，周大枢赠给我一首诗说："文章之家无不有，袁郎二十胆如斗。"诗写得十分奇特，不能完全收录。壬申年，我养好了病到长安，周大枢又赠了七言古诗一首。第一句是："忆昔相见长安邸，志气如虹挂千里。狂飞大句风雨来，头没酒杯笑不已。"真的是我年少时的真实写照啊。周大枢廷试落榜，阿灵阿便将他请为上宾。每次果毅公空闲的时候，便让他讲几则《通鉴》，也想看看当年公卿的风雅。周大枢的诗最为坚瘦，独独《咏桃花》这首写得十分婉转俏丽。其词说："寂寂朱尘度岁华，又惊春色到桃花。五陵游客知何限，只有渔人最忆家。"《管仲墓》说："浪说儒门羞五尺，至今江左几夷吾？"

早行诗，二人用一个韵调，都有各自的妙处。梁佩兰说："鸿雁自南人自北，一时来往月明中。"周大枢说："行人飞鸟都何事，一样冲寒度晓堤。"周长发学士胡子浓密，冬天和周大枢一起咏雪，和苏东坡"尖叉"的韵。周大枢押"盐"字的韵说："修髯绕作离离竹，妙句清于《昔昔盐》。"

一六　通天文者不详

【原文】

人言通天文者不祥。四川高太史名辰，字白云，向[①]为岳大将军西席[②]。尝在金陵观星象，言山东有事。次年，果有王伦之逆[③]，而太史已先亡矣。过随园，命其子受业门下，赠诗云："名重随园讵偶然？兴来神妙写毫颠。已知葛井来勾漏，岂但香山数乐天？入座岚光时拱揖，依人鹤影自翩跹。荀香近处瞻先辈，慰我调饥三十年。"《过定军山吊武侯》云："三代而还论出处，两朝之际见权宜。"

【注释】

①向：过去，以前。②西席：古时以西东分宾主，家塾教师和做官僚们私人秘书的"幕客"，都被称为"西席"。③王伦之逆：指的是王伦起义，清朝乾隆三十九山东寿张县（今山东阳谷东南）县民王伦率领农民起义。

【译文】

人们说精通天文的人不吉利。四川高太史名辰，字白云，以前是岳大将军的私塾先生。曾经在金陵观看星象，说山东将会出事。第二年，果然有了王伦叛

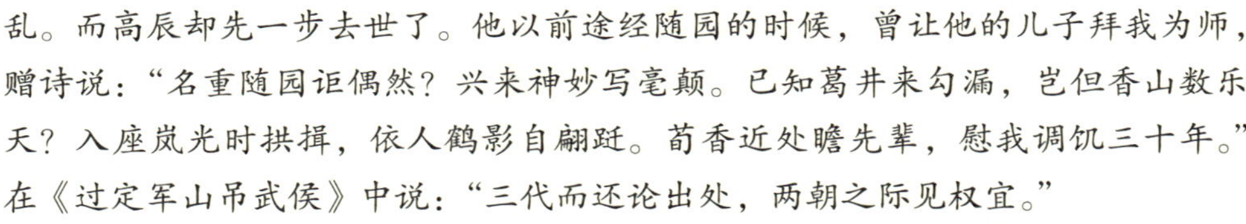
乱。而高辰却先一步去世了。他以前途经随园的时候，曾让他的儿子拜我为师，赠诗说：“名重随园讵偶然？兴来神妙写毫颠。已知葛井来勾漏，岂但香山数乐天？入座岚光时拱揖，依人鹤影自翩跹。荀香近处瞻先辈，慰我调饥三十年。”在《过定军山吊武侯》中说：“三代而还论出处，两朝之际见权宜。”

二九　妄言妄听

【原文】

七夕，牛郎、织女双星渡河。此不过“月桂”“日乌”“乘槎”“化蝶”之类，妄言妄听[①]，作点缀词章用耳。近见蒋苕生作诗，力辨其诬，殊觉无谓。尝调之云：“譬如赞美人‘秀色可餐’，君必争‘人肉吃不得’，算不得聪明也。”高邮露筋祠，说部书有四解，或云：“鹿筋，梁地名也；有鹿为蚊所啮，露筋而死，故名。”或云：“路金者，人名也；五代时将军，战死于此，故名。”或云：“有远商二人，分金于此，一人忿争[②]不已，一人悉以赠之，其人大惭，置金路上而去。后人义之，以其金为之立祠，故名路金，讹为露泾。”所云“姑嫂避蚊者”，乃俗传一说耳。近见云松观察诗，极褒贞女之贞，而痛贬失节之妇：笨与苕生同。不如孙豹人有句云：“黄昏仍独自，白鸟近如何？”李少鹤有句云：“湖上天仍暮，门前草自春。”与阮亭“门外野风开白莲”之句，同为高雅。

【注释】

①妄言妄听：随便说说，随便听听，不可认真看待。②忿争：愤怒相争。

【译文】

七夕的时候，牛郎星、织女星，双星渡河。这不过和“月桂”“日乌”“乘槎”“化蝶”这种传说一样，都是随便说说、随便听听，不能当真，用来作为点缀词章的。最近看到蒋士铨写诗，竭力去辩驳这些事情的真假，我觉得实在是没有必要。我曾经戏弄他说：“就像赞美美人是‘秀色可餐’一样，你一定要争论说‘人肉是吃不得的’，这算不上是聪明。”关于高邮的露筋祠，说部书中有四种解释，有的说：“鹿筋，是梁地的地名；因为一只鹿被蚊子叮咬，露出了筋骨死了，所以以此命名。”有的说：“路金，是人名；五代时的将军，在这里战死了，所以以此命名。”有的说：“有从远处来的两个商人，在这里分金，一个人争抢不已，一个人把全部金子都送给了他，那个争抢的人十分惭愧，就把金子放在路上离去了。后人觉得他很仗义，于是用这笔金子为他建立了祠堂，所以取名为路金，后来错误地传为了露泾。”所说的“姑嫂躲避蚊子”，是民间的一个传说罢了。最近看到云松观察的诗，极力赞扬贞节女子的贞节，而痛贬失节的妇人：笨得跟苕生一样。不如孙豹人有诗句说：“黄昏仍独自，白鸟近如何？”李宪乔有诗句说：“湖上天仍暮，门前草自春。”与王士祯“门外野风开白莲”这样的诗句一样，都是十分高雅的。

四六　铸炉与写诗

【原文】

余尝铸香炉，合金、银、铜三品而火化焉。炉成后，金与银化，银与铜化，两物可合为一；惟金与铜，则各自凝结；如君子小人不相入也。因之，有悟于诗文之理。八家之文、三唐之诗[①]，金、银也。不搀和铜、锡，所以品贵。宋、元以后之诗文，则金、银、铜、锡，无所不搀，字面欠雅驯[②]，遂为耳食者所摈，并其本质之金、银而薄之，可惜也！余《哭鄂文端公》云：“魂依大祫归天庙。”程梦湘争云：“‘祫’字入礼不入诗。”余虽一时不能易，而心颇折服。夫“六经”之字，尚且不可搀入诗中；况他书乎！刘禹锡不敢题“糕”字，此刘之所以为唐诗也。东坡笑刘不题“糕”字为不豪，此苏之所以为宋诗也。人不能在此处分唐、宋，而徒在浑含、刻露[③]处分唐、宋；则不知《三百篇》中，浑含固多，刻露者亦复不少。此作伪唐诗者之所以陷入平庸也。

【注释】

①八家之文、三唐之诗：八家之文：指的是唐代的韩愈、柳宗元，宋代的欧阳修、王安石、苏洵、苏轼、苏辙、曾巩这八位古文作家。三唐：唐朝人作诗最多，多以初、盛、中、晚分期，或以中唐分属盛、晚，谓之“三唐”。②雅驯：指文辞优美，典雅不俗。③刻露：显露，表露。

【译文】

我曾经铸造了一个香炉，融合了金、银、铜三种原料来烧制。香炉烧制成功之后，金与银化在了一起，银与铜化在了一起，两物可以合二为一。只有金和铜，各自凝结，就像是君子小人互相不能相容一样。因此，我对诗文的道理有所感悟。八大家的文章、三唐的诗，就好像是金和银一样。不掺杂铜和锡，所以品格高贵。宋、元以后的诗文，则金、银、铜、锡没有不掺杂的，字面就欠缺了文辞优美这一点，因此被一些俗人所摈弃，而且会连其本质含有的一些金和银一起被轻视，实在是可惜啊！我在《哭鄂文端公》中说："魂依大袷归天庙。"程梦湘争辩说："'袷'这个字入礼不入诗。"我虽然一开始并不想改动，但是内心却十分佩服。"六经"中的字，尚且不能掺进诗中，更何况是其他的呢！刘禹锡不敢题"糕"这个字，因此刘禹锡才能写出唐诗。苏轼笑话刘禹锡不题"糕"这个字是不豪爽的表现，这就是苏轼只能代表宋诗风格的原因。人们不能在这个地方分辨出唐、宋，而只是从含蓄或者表露的地方来区分唐、宋的诗。却不知道在《三百篇》中，含蓄的地方虽然多，表露的地方也不少。这就是那些效仿唐诗的人之所以会陷入平庸的缘由吧。

四九　扇刚寄人已殁

【原文】

香亭宰南阳，大将军明公瑞之弟讳仁者，领军征西川，路过其邑。于未到前三日，飞羽檄寄香亭；合署[①]大骇，拆视，乃诗一首，云："双丁二陆闻名久，今日相逢在道途。寄问南阳贤令尹，风流得似子才无？"呜呼！枚与公绝无一面，蒙其推挹如此。因公在京时，曾托尹似村索诗，枚书扇奉寄，而公已殁军中，故哭公云："团扇诗才从北寄，雕弓人已赋西征。"

【注释】

①合署：整个官署。

【译文】

香亭在南阳当县宰的时候，大将军明瑞的弟弟名叫仁，带兵征讨四川，途经他所管辖的地区。在到达前的三天，就飞羽传书给香亭。官府上下都十分吃惊，拆开一看，上面有诗一首，说："双丁二陆闻名久，今日相逢在道途。寄问南阳贤令尹，风流得似子才无？"哎，我和明仁根本就没有见过面，承蒙他夸奖到如此地步。因为明仁在京的时候，曾经托尹庆兰来向我索诗，我写了一把诗扇寄了过去，而那时他却已经在军中去世了。所以我哭公说："团扇诗才从北寄，雕弓人已赋西征。"

五〇　襄城刘芳草先生

【原文】

襄城刘芳草先生，名青芝，雍正丁未翰林。与兄青藜友爱，筑江村七一轩同居。所谓"七一"者，仿欧阳六一居士之义，多一弟，故名七一。先生初入词馆，即请假省兄。座主沈近思留之曰："顷阅子上张仪封书、与王丰川札，知君有经济之人，何言归也？"先生诵其兄寄诗云："今生不尽团圆乐，那有来生未了因？"沈怜而许之。丙辰秋，同征友张雄图引见先生于僧寺中，须已尽白，德容粹然①。秀水张布衣庚为之立传。初，先生与张诀，脱珮玉为赠。后闻讣，张奉玉为位以哭云。

【注释】

①粹然：纯正的样子。

【译文】

襄城的刘芳草先生，名青芝，是雍正丁未年的翰林。和他的兄长青藜关系十分亲密，建造了江村七一轩，住在一起。所谓的"七一"，是效仿欧阳修的六一居士的意思，因为多了一个弟弟，所以称为"七一"。先生初次进入翰林院的时候，就请假回家看望兄长。主试官沈近思挽留他说："刚刚读完你给张仪封和王丰川写的信，知道你是个有经济之才的人，为什么要着急回去呢？"先生读了他兄长寄来的诗："今生不尽团圆乐，那有来生未了因？"沈近思因为怜惜他，于是就许可了。丙辰年秋，同年的好友张雄图在僧寺中为我引见了先生，当时他的鬓发已经全部花白了，音容笑貌十分端庄。秀水的布衣张庚曾经为他立传。当初，先生赠佩玉给张。后来听说了先生去世的消息，张庚将佩玉作为灵位祭祀哭拜。

五八　从天外落想

【原文】

东坡云："作诗必此诗，定知非诗人。"此言最妙。然须知作此诗而竟不是此诗，则尤非诗人矣。其妙处总在旁见侧出，吸取题神；不是此诗，恰是此诗。古梅花诗佳者多矣！冯钝吟云："羡他清绝西溪水，才得冰开便照君。"真前人所未有。余咏《芦花》诗，颇刻划矣。刘霞裳云："知否杨花翻羡汝，一生从不识春愁。"余不觉失色。金寿门画杏花一枝，题云："香骢[①]红雨上林街，墙内枝从墙外开。惟有杏花真得意，三年又见状元来。"咏梅而思至于冰，咏芦花而思至于杨花，咏杏花而思至于状元：皆从天外落想，焉得不佳？

【注释】

①骢（cōng）：青白杂毛的马。

【译文】

苏东坡说："作一首诗就觉得一定是这首诗，就知道这个人并非是诗人。"这句话说得好。但是我们也应该知道作一首诗而竟然不是这首诗的，那么就更不是诗人了。诗的绝妙之处总是从侧面体现出来，吸取题目中的精髓，看上去不是这首诗，却正是这首诗。古代写梅花的佳作有很多，冯班写道："羡他清绝西溪水，才得冰开便照君。”真的是前无古人的。我所写的《芦花》一诗，花了很多笔墨来描写芦花。而刘霞裳说：“知否杨花翻羡汝，一生从不识春愁。”我听后不禁失色。金农画了一枝杏花，题云：“香骢红雨上林街，墙内枝从墙外开。惟有杏花真得意，三年又见状元来。”咏梅花而联想到了冰，咏芦花而联想到了杨花，咏杏花而联想到了状元：这些都是从意想不到的地方下笔，怎么能够不是好诗呢？

五九　古刺水

【原文】

余家藏古刺水①一罐，上镌：“永乐六年、古刺国熬造，重一斤十三两。”五十年来，分量如故。钻开试水，其臭香、色黄而浓，里面皆黄金包裹：方知水历数百年而分量不减者，金生水故也。《池北偶谈》：“左萝石《咏古刺水》云：‘瓶中古刺水，制自文皇年。列皇饮祖泽，旨之如羹然。’又曰：‘再拜尝此水，含之不忍咽。’”似乎古刺水可饮也。明人《宫词》云：“闻道内人新浴罢，一杯古刺水横陈。”似乎宫人浴罢染体之水也。厉太鸿诗曰：“一洒罗衣常不灭，氤氲愿与君恩终。”又似乎熏洒衣服之用矣。三君子者，不知何考耶。严分宜籍没时，其家有古刺水十三罐，人以为奇。则此水之贵重可知。

【注释】

①古刺（là）水：香水的一种，由蔷薇花蒸馏而成。古时由伊朗、阿拉伯等地传入中国。

【译文】

我家中收藏着一罐古刺水，上面写着：“永乐六年、古刺国熬制，重一斤十三两。”五十年来，重量仍像以前一样。打开瓶盖试用，能够闻到十分浓郁的香气、看到深黄色的液体，里面都是用黄金包裹着：这才知道香水历经了数百年而分量没有减少的原因，是由于金生水的缘故。《池北偶谈》中说：“左萝石的《咏古刺水》中说：‘瓶中古刺水，制自文皇年。列皇饮祖泽，旨之如羹然。’又说：‘再拜尝此水，含之不忍咽。’”由此看来古刺水似乎可以饮用。明朝人在《宫词》中写道：“闻道内人新浴罢，一杯古刺水横陈。”从这里看来古刺水似乎

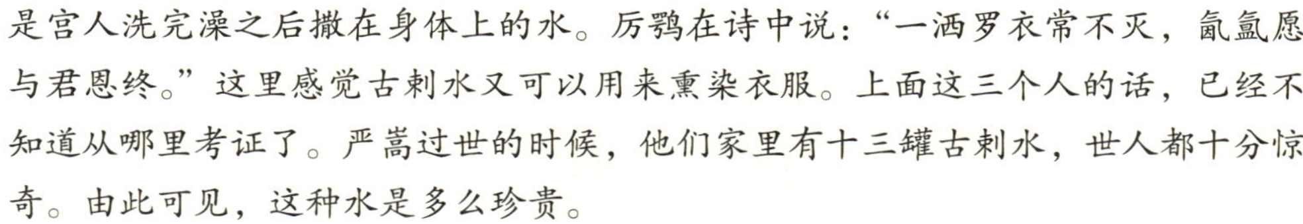

是宫人洗完澡之后撒在身体上的水。厉鹗在诗中说："一洒罗衣常不灭，氤氲愿与君恩终。"这里感觉古剌水又可以用来熏染衣服。上面这三个人的话，已经不知道从哪里考证了。严嵩过世的时候，他们家里有十三罐古剌水，世人都十分惊奇。由此可见，这种水是多么珍贵。

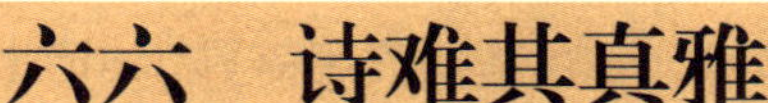

六六　诗难其真雅

【原文】

诗难其真也，有性情而后真；否则敷衍成文矣。诗难其雅也，有学问而后雅；否则俚鄙率意矣。太白斗酒诗百篇，东坡嬉笑怒骂皆成文章：不过一时兴到语，不可以词害意。若认以为真，则两家之集，宜塞破屋子；而何以仅存若干？且可精选者，亦不过十之五六。人安得恃才而自放乎？惟穈[①]惟芑[②]，美谷也，而必加舂揄扬簸之功；赤堇之铜，良金也，而必加千辟万灌之铸。

【注释】

①穈：也称"穄"，不黏的黍。②芑（qǐ）：高粱、黍一类的农作物。

【译文】

作诗最难的地方就是要真，有了性情才能真；不然就变成了草草写成的文章了。作诗难的地方在于雅，有了学问才能做到雅；不然就会变得粗俗随性。李白能够做到斗酒诗百篇，东坡能够做到嬉笑怒骂皆成文章：这些不过是因为一时兴起就形成了诗句，不能仅看字面的意思。如果信以为真，那么这两位大家的诗集，都可以塞破整个屋子了，又为何只留下若干首？并且要进行精选的话，也不过只占十成中的五六成罢了。人怎么能够自恃有才华而变得自负呢？穈和芑都是粮食中的上品，也必须经过捣碎扬簸（才能食用）；那赤堇山上的铜，也是金属中的良品，也需要经过千万次的开凿与灌铸（方能成器）。

六七　用典适当

【原文】

用典一也，有宜近体者，有宜古体者，有近古体俱宜者，有近古体俱不宜者。用典如水中着盐，但知盐味，不见盐质。用僻典[①]如请生客入座，必须问名探姓，令人生厌。宋乔子旷好用僻书，人称“孤穴诗人”，当以为戒。或称予诗云：“专写性情，不得已而适逢典故；不分门户，乃无心而自合唐音。”虽有不及，不敢不勉。

【注释】

①僻典：生僻的典故。

【译文】

使用典故也是写成好诗的因素之一，有的典故适用于近体诗，有的典故适用于古体诗，也有些典故近体、古体诗全都适用，有些典故近体诗、古体诗全都不适用。使用典故就像是在水中放盐一样，只知道盐的味道，却看不见盐的形状。使用生僻的典故，就像是请陌生人入座，必须要问清他的姓名，这种感觉特别容易让人讨厌。宋代的乔子旷特别爱使用生僻的典故，因此被人们称为“孤穴诗人”，作诗的人应该以他为戒。有的人在谈论我的诗时说：“专写性情，不得已才使用典故；没有门户之见，虽然是无心却总是自然地贴合唐诗。”虽然我的诗没有他说的那么好，不过不敢不用这句话来自我勉励。

六八　古人作诗，今人描诗

【原文】

高青丘笑古人作诗，今人描诗。描诗者，像生花之类，所谓优孟衣冠[①]，诗中之乡愿[②]也。譬如学杜而竟如杜，学韩而竟如韩：人何不观真杜、真韩之诗，而肯观伪韩、伪杜之诗乎？孔子学周公，不如王莽之似也；孟子学孔子，不如王通之似也。唐义山、香山、牧之、昌黎，同学杜者；今其诗集，都是别树一旗。

杜所伏膺[3]者，庾、鲍两家；而集中亦绝不相似。萧子显云："若无新变，不能代雄。"陆放翁曰："文章切忌参死句。"黄山谷曰："文章切忌随人后。"皆金针度人[4]语。《渔隐丛话》笑欧公"如三馆画笔，专替古人传神"，嫌其描也。五亭山人《嘲鹦鹉》云："齿牙余慧虽偷拾，那识雷同转可羞。"又曰："争似流莺当百啭，天真还是一家言。"

【注释】

①优孟衣冠：比喻假扮古人或者模仿他人。②乡愿：出自《论语·阳货》，原本指的是伪君子，趋炎附势之人。③伏膺（yīng）：倾心、钦慕。④金针度人：指将高明的方法传授给其他人。

【译文】

高启嘲讽说古代的人是在作诗，而现在的人是在描摹诗。所谓描诗的人，说是把好文章作为榜样，不过是模仿古人罢了，实乃诗中的伪君子。例如学杜甫所作的诗就像是杜诗，学韩愈所作的诗就像韩诗：（那样的话）人们为什么不直接看真的杜甫、真的韩愈所作的诗，而非要去看假的韩愈、假的杜甫所作的诗呢？孔子学周公，却不如王莽更像周公；孟子学孔子，却不如王通更像孔子。唐朝的李商隐、白居易、杜牧、韩愈，都在学习杜甫；不过他们的诗集，都是别树一帜。杜甫所钦慕的人，是庾信、鲍照这两位诗人；而在杜牧的诗集中，却绝对找不出相似的地方。萧子显说过："如果没有新的变化，便不能超过前人。"陆游说："文章千万不要参照死句。"黄庭坚说："文章千万不能跟在别人的后面。"这些都是将作诗的高明方法传授给别人的话。《渔隐丛话》笑欧阳修"如三馆画笔，专替古人传神"，是嫌弃他太过模仿他人。五亭山人《嘲鹦鹉》说："齿牙余慧虽偷拾，那识雷同转可羞。"又说："争似流莺当百啭，天真还是一家言。"

七〇　老学究论诗

【原文】

老学究论诗，必有一副门面语。作文章，必曰有关系；论诗学，必曰须含蓄。此店铺招牌，无关货之美恶。《三百篇》中有关系者，"迩之事父，远之事君"是也。有无关系者，"多识于鸟兽草木之名"是也。有含蓄者，"棘心夭夭，母氏劬劳[①]”是也。有说尽者，“投畀豺虎”“投畀有昊”[②]是也。

【注释】

①棘心夭夭，母氏劬（qú）劳：《诗经·凯风》中的句子。②“投畀（bì）豺虎”“投畀有昊”：都出自《诗经·巷伯》。

【译文】

老学究讨论诗歌，一定会有一套故作正经的套话。做文章，一定会说要有联系；讨论诗学，一定会说要含蓄。这就像是店铺的招牌，与货物的好坏没有关系。《三百篇》中有关系的，像“迩之事父，远之事君”。而没有关系的，像“多识于鸟兽草木之名”。含蓄的，像“棘心夭夭，母氏劬劳”。也有把意思都说完的，像“投畀豺虎”“投畀有昊”。

八二　世间自取苦人多

【原文】

常州陈明善，字亦园，乡居甚富，家有园亭，性好吟咏。《种蔬》云：“闲种半畦蔬，芳叶纷满目。天意答小勤，盘餐遂余欲。”亦清才也。锡山邵辰焕主其家。有《柳枝词》云：“前溪烟雨后溪晴，桃叶、桃根惯送迎。谁似小红桥畔柳，系侬画舫过清明[①]？”亦园忽有仕宦之志，尽卖其田，出仕远方，家业荡然，园归他姓。余为诵白傅诗曰：“我有一言君应记：世间自取苦人多。”

【注释】

①系侬画舫过清明：侬：我。画舫：装饰华丽的船。

【译文】

常州人陈明善，字亦园，在同乡中算是十分富有的，家中有亭园，喜欢吟咏诗文。在《种蔬》一诗中说：“闲种半畦蔬，芳叶纷满目。天意答小勤，盘餐遂余欲。”也算是有着清朗的才识了。锡山的邵辰焕是一家之主。在《柳枝词》中留下了：“前溪烟雨后溪晴，桃叶、桃根惯送迎。谁似小红桥畔柳，系侬画舫过清明？”的句子。后来陈明善突然想要做官，于是变卖了家中的田地，到远方去当官，后来倾尽家产，亭园也归别人所有。（听了他的经历）我不禁想要为他吟诵白居易的一首诗：“我有一言君应记，世间自取苦人多。”

八八　论诗之错

【原文】

论诗区别唐、宋，判分中、晚，余雅[①]不喜。尝举盛唐贺知章《咏柳》云："不知细叶谁裁出，二月春风似剪刀。"初唐张谓之《安乐公主山庄》诗："灵泉巧凿天孙锦，孝笋能抽帝女枝。"皆雕刻极矣，得不谓之中、晚乎？杜少陵之"影遭碧水潜勾引，风妒红花却倒吹""老妻画纸为棋局，稚子敲针作钓钩"：琐碎极矣，得不谓之宋诗乎？不特此也，施肩吾《古乐府》云："三更风作切梦刀，万转愁成绕肠线。"如此雕刻，恰在晚唐以前。耳食者[②]不知出处，必以为宋、元最后之诗。

【注释】

①雅：这里是"很""非常"的意思。②耳食者：指不假思索，轻易听信传闻的人。

【译文】

讨论诗歌的时候区分唐、宋，分辨出中、晚时期，是我最不愿意做的。我曾经列举过如盛唐贺知章的《咏柳》："不知细叶谁裁出，二月春风似剪刀。"初唐的张谓所写的《安乐公主山庄》中的诗句："灵泉巧凿天孙锦，孝笋能抽帝女枝。"这些都是刻意去雕琢成句，怎能不让人觉得像是中、晚唐时的诗句呢？杜甫的"影遭碧水潜勾引，风妒红花却倒吹""老妻画纸为棋局，稚子敲针作钓钩"：写得十分琐碎，怎么会不被人认为是宋诗呢？不止如此，施肩吾的《古乐府》中也写道："三更风作切梦刀，万转愁成绕肠线。"这样的雕琢，正好是在晚唐以前。粗心大意的人根本猜不出它的出处，一定认为是宋、元末期所写的诗。

九七　杜少陵《秋兴》八首

【原文】

余雅不喜杜少陵《秋兴》八首；而世间耳食者，往往赞叹，奉为标准。不知少陵海涵地负之才，其佳处未易窥测；此八首，不过一时兴到语耳，非其至者也。如曰“一系”，曰“两开”[①]，曰“还泛泛”，曰“故飞飞”[②]；习气大重，毫无意义。即如韩昌黎之“蔓涎角出缩，树啄头敲铿”；此与《一夕话》之“蛙翻白出阔，蚓死紫之长”何殊？今人将此学韩、杜，便入魔障。有学究言：“人能行《论语》一句，便是圣人。”有纨挎子笑曰：“我已力行三句，恐未是圣人。”问之，乃“食不厌精，脍不厌细”，“狐貉之厚以居”也。闻者大笑。

【注释】

①一系、两开：出自杜甫的《秋兴》八首中的第一首，原诗为“丛菊两开他日泪，孤舟一系故园心”。②还泛泛、故飞飞：《秋兴》八首中的第三首，原诗为“信宿渔人还泛泛，清秋燕子故飞飞。”

【译文】

我很不喜欢杜甫的《秋兴》八首，但是世上不善思考的人常常会对其称赞有加，将这几首诗奉为作诗的标准。却不知道杜甫有着特异的才华，他所著的诗的妙处是不容易被窥见的；这八首诗，不过是因为一时兴起而作的，并非杜甫诗中最为绝妙的。比如说“一系”，说“两开”，说“还泛泛”，说“故飞飞”；因袭重叠之法的痕迹太过严重，毫无意义。再比如韩愈的“蔓涎角出缩，树啄头敲铿”一句，与《一夕话》中的“蛙翻白出阔，蚓死紫之长”有什么分别？现在的人从这些地方来向韩愈、杜甫学习，便进入了误区，走火入魔。有学究说：“谁能够做到《论语》中的一句，便已经可以成为圣人了。”有一个纨绔子弟嘲笑他说：“我已经努力做到了三句，恐怕还不是圣人。”问他是哪三句，他回答说是“食不厌精，脍不厌细，狐貉之厚以居”也。听的人禁不住大笑起来。

卷八

二 诗话作而诗亡

【原文】

西崖先生云："诗话作而诗亡。"余尝不解其说，后读《渔隐丛话》，而叹宋人之诗可存，宋人之话可废也。皮光业诗云："行人折柳和轻絮，飞燕含泥带落花。"诗佳矣。裴光约訾①之曰："柳当有絮，燕或无泥。"唐人："姑苏城外寒山寺，夜半钟声到客船。"诗佳矣。欧公讥其夜半无钟声。作诗话者，又历举其夜半之钟，以证实之。如此论诗，使人夭阏②性灵，塞断机括③；岂非"诗话作而诗亡"哉？或赞杜诗之妙。一经生曰："'浊醪谁造汝？一醉散千愁。'酒是杜康所造；而杜甫不知；安得谓之诗人哉？"痴人说梦，势必至此。

【注释】

①訾（zǐ）：非议、诋毁。②夭阏（è）：也就是"夭遏"，阻拦，遏止的意思。③机括：弩上发箭的机件。

【译文】

金西崖说："诗话兴盛的时候即是诗歌灭亡的时候。"我曾经很不理解他的说法，后来读了《渔隐丛话》，感叹宋朝人所作的诗可以留存下来，而宋朝人所作的诗话却可废弃了。皮光业写诗说："行人折柳和轻絮，飞燕含泥带落花。"这首诗写得特别好。裴光约却反对说："柳当有絮，燕或无泥。"唐朝人说："姑苏城外寒山寺，夜半钟声到客船。"这首诗也写得特别好。欧阳修却嘲笑说半夜的时候并没有钟声。写诗话的人，又列举了夜半的钟声，来证实诗中所说为实。如此探讨诗歌，让人的灵性都受到了阻碍，就像是射箭的时候因为机括被阻塞而无法把箭发出去一样；难道不正是"诗话兴盛的时候即是诗歌灭亡的时候"吗？有人赞颂杜甫的诗绝妙。有一个专门研究经学的人说："'浊醪谁造汝？一醉散千愁。'酒是杜康所酿造的，但是杜甫却不知晓，怎么能说他是诗人呢？"这个经学家探讨诗歌，就像是傻子说梦话而另一个傻子却信以为真一样，一定会是这样的结果。

一一 宦成之后读破万卷

【原文】

士大夫宦成之后，读破万卷，往往幼时所习之“四书”“五经”，都不省记。癸未召试①时，吴竹屿、程鱼门、严冬友诸公毕集随园。余偶言及“四书”有韵者，如《孟子》“师行而粮食”一段，五人背至“方命虐民”之下，都不省记。冬友自撰一句足之，彼此疑其不类，急翻书看，乃“饮食若流”四字也。一座大笑。外甥王家骏有句云：“因留僧话通吟偈②，为课③儿功熟旧书。”

甥多佳句。如：“乍见波微白，方知月骤明。”“一编如好友，宜近不宜疏。”“衣因乱叠痕常绉，书为频翻卷不齐。”“宿云似幕能遮月，细雨如烟不损花。”“停足恰逢曾识寺，入门先问旧交僧。”“曲引急流归远港，微删密叶显新花。”“伏枕苦吟无好句，描诗容易做诗难。”皆有放翁风味。

【注释】

①召试：也就是皇帝亲自来测评，是古代选拔官员的一种特殊的方法。②偈：佛经中的唱词。③课：审核，考试，考核。

【译文】

士大夫成为官员之后，需要读万卷书，因为小时候所学习的“四书”“五经”常常已经忘记了。癸未年召试的时候，吴泰来、程晋芳、严长明等人在随园里聚集。我偶然间谈到了“四书”中有韵的文字，例如《孟子》中的“师行而粮食”这一段，五个人背诵到“方命虐民”之下的时候就都忘记了。严长明自己编纂了一句来补足，但是大家都怀疑并不是原句，急忙翻书查看，原来是“饮食若流”这四个字。于是在座的人都大笑起来。外甥王家骏写了一首诗说：“因留僧话通吟偈，为课儿功熟旧书。”

外甥的诗中有不少佳句。比如：“乍见波微白，方知月骤明。”“一编如好友，宜近不宜疏。”“衣因乱叠痕常绉，书为频翻卷不齐。”“宿云似幕能遮月，细雨如烟不损花。”“停足恰逢曾识寺，入门先问旧交僧。”“曲引急流归远港，微删密叶显新花。”“伏枕苦吟无好句，描诗容易做诗难。”这些都很有陆游诗的味道。

一五　只向君王觅爱卿

【原文】

或问："李师中将出兵，在韩魏公席上赋诗云：'归来不愿封侯印，只向君王觅爱卿。'不知所用何典。"余按：《宋史·王景传》："景仕唐，归晋，高祖①厚遇之，问其所欲。对：'受恩已厚，无所欲。'固问之。乃曰：'臣为小卒，常负胡床，从队长过官妓侯小师家弹唱，心颇慕之。今得小师为妻，足矣。'高祖大笑，即以赐之，封楚国夫人。"疑师中即指此事。后蔡攸出兵，指帝座刘妃求赏，其事在后。或云："爱卿者，即魏公席上之妓名。"

【注释】

①高祖：这里指的是后晋建立者石敬瑭。

【译文】

有人问："李师中即将带兵出征，在韩琦的酒宴之上写了一首诗说：'归来不愿封侯印，只向君王觅爱卿。'不知道使用的是哪个典故。"我翻查了一下：《宋史·王景传》中写道："王景曾经在后唐做官，后来归顺了后晋，晋高祖十分优待他，便问他想要什么。他回答说：'接受的恩情已经十分丰厚，已经没有什么想要的了。'晋高祖反复问他。于是才回答说：'我当小卒的时候，经常背着胡床，随着队长到官妓侯小师家听她弹唱，心中对她十分倾慕。现在能娶小师做妻子的话，就十分满足了。'高祖听后大笑，于是就将小师赐给了他，并封为楚国夫人。"我怀疑李师中所说的就是

这件事。后来蔡攸出兵，指着徽宗身边的刘妃请求赏赐，这件事在李师中的后面。也有一些人说："爱卿，指的就是魏公席上的妓女的名字。"

二一　诗似旧才佳

【原文】

诗虽新，似旧才佳。尹似村云："看花好似寻良友，得句浑疑是旧诗。"古渔云："得句浑疑先辈语，登筵[①]初僭少年人。"偶过西湖，见陈庄题壁云："一叶蜻蜓似缺瓜，年年荡桨水云涯。叉鱼射鸭娇无力，笑入南湖摘藕花。""苏小楼头杨柳风，小姑斗草语芳丛。阿侬家住胭脂岭，怪底花枝映日红。"末署"竹屿"二字：苏州吴进士泰来也。新安江寺见题壁云："昨与邻舟姊妹逢，香风暖处话从容。低头怕有渔郎至，不看莲花只看侬。""滩头漠漠起炊烟，折罢莲花正暮天。却怪鸳鸯不解事，偏依依艇并头眠。"末署"鲁凤藻"三字。

【注释】

①筵：酒席。

【译文】

诗虽然是新写的，但是看上去像是旧诗才算是佳作。尹庆兰说："赏花就好像在寻觅知己良友，作诗会怀疑这是不是旧诗。"陈毅说："得到诗句就会怀疑是不是先辈的话，登上宴席才知道是少年辈。"我有次偶然路过西湖，看到陈庄的墙壁上题着一首诗："一叶蜻蜓似缺瓜，年年荡桨水云涯。叉鱼射鸭娇无力，笑入南湖摘藕花。""苏小楼头杨柳风，小姑斗草语芳丛。阿侬家住胭脂岭，怪底花枝映日红。"结尾处署着"竹屿"二字：原来是苏州的吴泰来进士。（我在）新安江寺中也见到了题壁诗："昨与邻舟姊妹逢，香风暖处话从容。低头怕有渔郎至，不看莲花只看侬。""滩头漠漠起炊烟，折罢莲花正暮天。却怪鸳鸯不解事，偏依依艇并头眠。"结尾处署着"鲁凤藻"三字。

四一　对联解颐

【原文】

对联有解颐[1]者。康熙时，广东诗僧石莲，住海珠寺，交通公卿。寺塑金刚与弥勒环坐，题对联云："莫怪和尚们这般大样；请看护法者岂是小人。"杨兰坡题倒坐观音像云："问大士缘何倒坐；恨世人不肯回头。"江西某题养济院云："看诸君脑满肠肥，此日共餐常住饭；想一样钟鸣鼎食，前生都是宰官身。"

【注释】

①解颐：指开颜欢笑。

【译文】

对联有能够让人开颜欢笑的。康熙年间，广东有一个叫石莲的诗僧，住在海珠寺，与公卿大夫们有所往来。寺院里塑有金刚与弥勒环坐，于是就写对联说："莫怪和尚们这般大样；请看护法者岂是小人。"杨兰坡在《题倒坐观音像》中说："问大士缘何倒坐；恨世人不肯回头。"江西有一个人在《题养济院》中说："看诸君脑满肠肥，此日共餐常住饭；想一样钟鸣鼎食，前生都是宰官身。"

四二　古诗人遭际

【原文】

古诗人遭际，有幸不幸焉。唐宰相郑畋[1]之女，爱读罗隐诗，后隔帘窥其貌寝，遂终身不复再诵。明谢茂秦眇一目，貌不扬，而赵穆王爱其诗。酒阑乐作，出所爱贾姬，光华夺目，奏琵琶，歌谢所作《竹枝词》，即以赠之。宋真宗时，宋子京[2]乘车，路遇宫人，知为状元，呼曰："小宋耶？"子京赋诗，有"更隔蓬山一万重"之句，流传禁中。真宗知之，赐以宫女，曰："蓬山不远。"正德[3]南巡，翰林谢政年少美貌，迎驾西江，见宫眷船，误为御舟，跪迎报名，适宫人

开窗泼水，见之一笑。谢赋诗云："天上果然花绝代，人间竟有笑因缘。"亦复流传宫禁。武宗怒，削籍遣归。

【注释】

①郑畋（tián）：唐朝宰相、诗人。②宋子京：也就是宋祁，字子京，北宋文学家。③正德：也就是明武宗朱厚照，庙号为武宗。

【译文】

古代诗人的境遇，有幸运的，也有不幸的。唐宰相郑畋的女儿，特别喜欢读罗隐的诗，后来隔着帘子窥见罗隐的样貌丑陋，于是终身都不再读他的诗了。明朝的谢茂秦有一只眼睛是盲的，样貌也不好看，但是赵穆王十分喜欢他的诗。在酒宴快要结束的时候，让自己心爱的贾姬出来，贾姬光彩夺目，演奏琵琶，并歌唱谢茂所写的《竹枝词》，随即将贾姬赐给了谢茂。宋真宗时，宋祁坐着车，途中遇到了一个宫女，宫女知道他是状元，于是就说："是小宋吗？"宋祁因此而写了一首诗，有"更隔蓬山一万重"之句，流传到了宫中。真宗知道了这件事，就把那个宫女赏赐给了他，还说："蓬山不远。"正德皇帝南巡的时候，翰林谢政还十分年轻，且长相俊美，在西江负责迎接圣驾，见到宫眷的船，误以为是御舟，便跪着迎接报上了自己的名号，当时正好有宫女开窗泼水，看到这种情形不禁一笑。谢政于是写诗："天上果然花绝代，人间竟有笑因缘。"也流传到了宫中。没想到武宗大怒，革了他的官职，将他遣送回了原籍。

四六　偶遇蕊仙

【原文】

余泛舟横塘，有踏摇娘[①]蕊仙者。素矜身份，隔窗对语，不肯进舱侍饮，而颇知文墨。客许重赠缠头[②]，拒而不受。少顷，月出矣，蕊仙持扇求诗。余戏题云："横塘宵泛酒如淮，十里桃花四面开。只恨锦帆竿上月，夜深不肯下舱来。"蕊仙一笑进舱。

【注释】

①踏摇娘：兴起于隋朝末年的一种曲艺表演形式，经常与皮影戏一同搭配表演。②缠头：赠送给歌姬礼物的称呼。

【译文】

我在横塘游船，看到了在表演踏摇娘的蕊仙。她因为身份的缘故，只愿和我隔窗对话，不肯进入船舱与我共饮，不过她十分精通文墨。客人曾经许诺要赠予她贵重的财物，却被她拒绝了。没过多长时间，月亮露了出来，蕊仙拿着扇子求诗。我戏谑地写了一首："横塘宵泛酒如淮，十里桃花四面开。只恨锦帆竿上月，夜深不肯下舱来。"蕊仙听完不禁一笑，进入船舱。

四八　诗人少达而多穷

【原文】

诗人少达而多穷。汪可舟舸，自称客吟先生，诗笔清绝；而在扬州，竟无知者。己丑除夕，忽过白门①，意大不适，有汉江之行。余坚留之，不肯小住，遂成永诀。未十年，其子中也，家业大昌；买马氏玲珑山馆，造亭台，招延名士，而可舟不及见矣。其《听雨》诗云："檐外几声才淅沥，胸中何事不分明？"又曰："侧身已在江湖外，绕屋宁堪竹树多。但觉有声皆剑戟，不知何物是笙歌。"其纡郁②可想。仲小海《听雨》云："明知关我心何事，只觉撩人梦不成。"宋人有小词云："薄暮投村急，风雨愁通夕。窗外芭蕉窗里人，分明叶上心头滴。"

【注释】

①白门：南京在古时的别称。②纡（yū）郁：抑郁，郁结。

【译文】

诗人中很少有显赫闻达的人，大多都十分穷苦。汪舸字可舟，自称是客吟先生，诗写得清新绝妙；但是在扬州，却没有人知道。己丑年除夕的时候，突然路过南京，心中郁结，于是就想要跑到汉江去。我执意要留住他，但他不愿意在家中小住，于是（那次见面）竟成了永别。不到十年的光阴，他的儿子金榜题名，家业开始昌盛起来；买了马氏的玲珑山馆，建造了亭台，招揽了名士，然而他的父亲可舟却未能看到这些场景。可舟在名为《听雨》的诗中写道："檐外几声才淅沥，胸中何事不分明？"又写道："侧身已在江湖外，绕屋宁堪竹树多。但觉有声皆剑戟，不知何物是笙歌。"他心中的郁结可想而知。仲小海的《听雨》中

说："明知关我心何事，只觉撩人梦不成。"宋朝也有人在小词中写道："薄暮投村急，风雨愁通夕。窗外芭蕉窗里人，分明叶上心头滴。"

五三　改东坡诗

【原文】

东坡云："无事此静坐，一日如两日。若活七十年，便是百四十。"京口解李瀛善画。有人聘往写真[①]，而主人久卧不出。解戏改苏诗赠云："无事此静卧，卧起日将午。若活七十年，只算三十五。"山阴人有三乳者，金上清进士调之，云："胸罗星宿素襟披，下字成文亦太奇。四乳曾闻男则百，君应七十五男儿。"

【注释】

①写真：画画像。

【译文】

苏东坡说："无事此静坐，一日如两日。若活七十年，便是百四十。"京口的解李瀛擅长画画，有人聘请他去画画像，但是主人一直躺着不出来。解李瀛就开玩笑改了苏东坡的诗说："无事此静卧，卧起日将午。若活七十年，只算三十五。"山阴有一个人长了三个乳房，金上清进士就调侃说："胸罗星宿素襟披，下字成文亦太奇。四乳曾闻男则百，君应七十五男儿。"

六六　用意精深而下语平淡

【原文】

《漫斋语录》曰："诗用意要精深，下语要平淡。"余爱其言，每作一诗，往往改至三五日，或过时而又改。何也？求其精深，是一半工夫；求其平淡，又是一半工夫。非精深不能超超独先，非平淡不能人人领解。朱子曰："梅圣俞[①]诗，不是平淡，乃是枯槁。"何也？欠精深故也。郭功甫曰："黄山谷诗，费许多气力，为是甚底？”何也？欠平淡故也。有汪孝廉以诗投余。余不解其佳。汪曰：“某诗须传五百年后，方有人知。”余笑曰：“人人不解，五日难传；何由传到五百年耶？”

【注释】

①梅圣俞：也就是梅尧臣，北宋诗人。

【译文】

《漫斋语录》中说：“诗句的用意要精深，写下的话要平淡。”我特别喜欢这样的说法，每次写下一首诗，常常要改三五天，或者过段时间又拿来改。为什么会这样呢？追求精深，往往只是一半的功夫；追求词句的平淡，则又是一半的功夫。若非精深就不能够超越众人独自领先，若非平淡就不能让每个人都可以领会。朱子说：“梅尧臣所作的诗，不是平淡，而是枯槁。”为什么会这样呢？正是欠缺精深的原因。郭功甫说：“黄庭坚诗，花费了很多精力，但是到底在说什么呢？”为什么会这样呢？正是欠缺平淡的缘故。有一次，汪孝廉拿他的诗给我看。我并没看出这首诗的绝妙之处。汪孝廉说：“我的诗要传诵五百年之后，才能有人知晓（它的精妙）。”我笑着说：“每个人都无法理解这首诗的话，传诵五天都难，又怎么可能传诵到五百年呢？”

六九　与杨万里比

【原文】

汪大绅道余诗似杨诚斋①。范瘦生大不服，来告余。余惊曰：“诚斋一代作手，谈何容易！后人嫌太雕刻，往往轻之。不知其天才清妙，绝类太白；瑕瑜不掩，正是此公真处。至其文章气节，本传具存；使我拟之，方且有愧。”

【注释】

①杨诚斋：也就是杨万里，字延秀，号诚斋。

【译文】

汪大绅称我的诗像杨万里。范瘦生并不认同，于是就跑来告诉我。我十分惊讶，说：“杨万里能够成为一代写手，这本身就不是一件容易做到的事情！后人嫌他所作的诗句太过雕琢，常常看轻他。却不知道他本是清逸之才，绝对不比李

白相差多少；好坏都没有遮掩，正是他这个人真性情的地方。至于他文章中的气节，诗集和传本中都有记录。将我与他相比较，我实在是受之有愧啊。”

七三 随园赏菊

【原文】

随园席间咏六月菊，储秀才润书云：“秋士[①]偶然轻出处，高人原不解炎凉。”余叹为独绝。何南园一联云：“隐士静宜荷作侣，东篱闲爱日如年。”虽差逊，而心思自佳。何南园《望晴》诗云：“风都有意收残暑，云尚多情恋太阳。莫怪人间无易事，一晴天且费商量。”春过随园，见游女，又云：“送与名园助春色，水边来往丽人多。”

【注释】

①秋士：年老而不得志的人，这里指的是菊花。

【译文】

在随园摆设酒宴期间吟咏六月的菊花，储润书秀才说：“秋士偶然轻出处，高人原不解炎凉。”我惊叹这首诗的独特绝妙。何南园写了一联说：“隐士静宜荷作侣，东篱闲爱日如年。”虽然稍微有些逊色，但是心思十分巧妙。何南园在《望晴》一诗中说：“风都有意收残暑，云尚多情恋太阳。莫怪人间无易事，一晴天且费商量。”春天路过随园的时候，看到一个游赏园林的女子，于是又说：“送与名园助春色，水边来往丽人多。”

八〇 爱管闲事的诗人

【原文】

诗人爱管闲事，越没要紧则愈佳；所谓“吹皱一池春水，干卿底事”也。陈方伯[①]德荣《七夕》诗云：“笑问牛郎与织女：是谁先过鹊桥来？”杨铁崖《柳花》诗云：“飞入画楼花几点，不知杨柳在谁家。”

【注释】

①方伯：明清时对布政使的尊称。

【译文】

诗人喜欢多管闲事，认为越是不相关的事情越值得一写；“吹皱一池春水，干卿底事”说的就是这个意思。陈德荣布政使在《七夕》一诗中说：“笑问牛郎与织女：是谁先过鹊桥来？”杨铁崖在《柳花》一诗中也写道：“飞入画楼花几点，不知杨柳在谁家。”

八六 诗中佳品

【原文】

诗有极平浅，而意味深长者。桐城张征士[①]若驹《五月九日舟中偶成》云：“水窗晴掩日光高，河上风寒正长潮。忽忽梦回忆家事，女儿生日是今朝。”此诗真是天籁。然把“女”字换一“男”字，便不成诗。此中消息，口不能言。

【注释】

①征士：拒绝接受朝廷征召的士人。

【译文】

诗有写得十分平淡，但是耐人寻味的。桐城的张若驹在《五月九日舟中偶成》中写道：“水窗晴掩日光高，河上风寒正长潮。忽忽梦回忆家事，女儿生日

是今朝。”这首诗简直是浑然天成。但是如果把“女”字换成“男”字，便不能成诗。这其中的玄妙，是无法用语言来表达的。

八七　咏红豆

【原文】

许太监者，名坤，杭州人，在京师颇有气焰，而性爱文士。尝过杭太史[①]堇浦家，采野苋[②]一束去，报以人参一斤。欲交郑太史虎文，郑不与通。人疑郑故孤峭者。然其《咏红豆》诗，颇有宋广平《赋梅花》之意。词云：“记取灵芸[③]别后身，玉壶清泪血痕新。伤心略似燃于釜，绕宅何缘幻作人？一点红宜留玉臂，十分圆欲上樱唇。只嫌不及榴房子，空结团圆未了因。”梁瑶峰少宰和云：“采绿何曾胜采蓝？猩红端合摘江南。且看沉水星星活，得似灵犀点点含。秋汉可烦桥更驾，朝云应有梦同甘。石榴消息分明是，朱鸟窗前仔细探。”按红豆生于广东。乾隆丙戌，郑督学[④]其地，梁为粮道，故彼此分咏此题。

【注释】

①太史：官职名称。明清两代翰林院负责修史事宜，因此称翰林为太史。②野苋（xiàn）：一年生草本植物。③灵芸：即薛灵芸，乃三国时期文帝所喜爱的美人。相传其入宫之日，在登车上路的时候，用玉唾壶盛泪，到了京师之后，发现壶中的泪竟然凝固如血。④督学：指监督、视察学校的工作。

【译文】

许太监，名坤，杭州人，在京城很有影响力，而喜欢与文人名士相结交。曾经到过杭太史世骏的家中，采了一束野苋回去，还回来了一斤人参。他想要与郑虎文太史结交，但是郑太史不想与之交好。人们都怀疑郑虎文是个孤高冷峻的人。不过他所著的《咏红豆》一诗，很有宋璟《赋梅花》的味道。词中写道：“记取灵芸别后身，玉壶清泪血痕新。伤心略似燃于釜，绕宅何缘幻作人？一点红宜留玉臂，十分圆欲上樱唇。只嫌不及榴房子，空结团圆未了因。”梁瑶峰少宰唱和道：“采绿何曾胜采蓝？猩红端合摘江南。且看沉水星星活，得似灵犀点点含。秋汉可烦桥更驾，朝云应有梦同甘。石榴消息分明是，朱鸟窗前仔细探。”经过考察发现：红豆生长于广东。乾隆丙戌年时，郑虎文在这个地方视察学校的工作，梁瑶峰在这里督粮道，因此分别吟咏了这个题目。

九四 诗之真伪

【原文】

王昆绳曰：“诗有真者，有伪者，有不及伪者。真者尚矣，伪者不如真者；然优孟[①]学孙叔敖[②]，终竟孙叔敖之衣冠尚存也。使不学孙叔敖之衣冠，而自着其衣冠，则不过蓝缕之优孟而已。譬人不得看真山水，则画中山水，亦足自娱。今人诋呵七子[③]，而言之无物，庸鄙粗哑；所谓不及伪者是矣。”

【注释】

①优孟：春秋时期楚国著名的伶人，叫“孟”，所以被称为“优孟”。②孙叔敖：楚国的令尹，辅佐楚庄王，以贤能名扬于世。③七子：明代的前、后七子。

【译文】

王源说：“诗中有写真性情的，也有写假性情的，有连假性情都做不到的。写真性情的最佳，写假性情的不及写真性情的；然而优孟向孙叔敖学习，终究有了孙叔敖的意思。如果他没有向孙叔敖学习，而是穿戴自己的衣冠，则不过是衣衫破烂的优孟罢了。就像是人如果看不到真的山水，那么画中的山水，也足可以用来自娱。现在的人都在诋毁七子，却毫不知真情，庸俗粗鄙，正是所谓的连假性情都做不到的人啊。”

卷九

一　记布衣朱草衣

【原文】

白下布衣朱草衣，少时有“破楼僧打夕阳钟”之句，因之得名。晚年无子，卒后葬清凉山。余为书“清故诗人朱草衣先生之墓”，勒石坟前。余宰溧水[①]，蒙见赠云：“叠为花县一江分，来往惟携两袖云。待客酒从朝起设，告天香每夜来焚。自惭龙尾非名士，肯把猪肝累使君？却喜循良人说遍，填渠塞巷尽传闻。”《郊外》云：“乱鸦多在野，深树不藏村。”《与客夜集》云：“羁身同海国，归梦各家乡。”《大观亭》云：“长江围地白，老树隔朝青。”《晚行》云：“土人防虎门书字，水屋叉鱼树有灯。”《赠某侍御》云：“朝罢宫袍多质库[②]，时清谏纸[③]尽抄书。”

【注释】

①溧（lì）水：地名，清时隶属江宁府（今南京）。②质库：当铺。这里指将东西拿到店铺去典当，形容官服还是崭新的。③谏纸：用于书写谏言的纸。

【译文】

白下的普通百姓朱草衣，在小时候写下过“破楼僧打夕阳钟”的句子，并因此而扬名。他到了晚年还没有子嗣，去世之后被葬在了清凉山。我为他写了“清故诗人朱草衣先生之墓”，刻在坟前的墓碑之上。我管理溧水的时候，曾经承蒙朱草衣的接见并被赠了一首诗：“叠为花县一江分，来往惟携两袖云。待客酒从朝起设，告天香每夜来焚。自惭龙尾非名士，肯把猪肝累使君？却喜循良人说遍，填渠塞巷尽传闻。”《郊外》中说：“乱鸦多在野，深树不藏村。”《与客夜集》中说：“羁身同海国，归梦各家乡。”《大观亭》中说：“长江围地白，老树隔朝青。”《晚行》中说：“土人防虎门书字，水屋叉鱼树有灯。”《赠某侍御》中说：“朝罢宫袍多质库，时清谏纸尽抄书。”

二　王葤亭所著佳句

【原文】

随园地旷，多树木，夜中鸟啼甚异，家人多怖之。予读王葤亭进士《平沟早发》云："怪禽声类鬼，暗树影疑人。"先得我心矣！其他佳句，如："大星高出树，残月细流溪。""月斜人影忽在水，风过秋声正满山。""满帽黄花逢醉客，一肩红叶识归樵[1]。"皆妙。

【注释】

①归樵：砍柴归来的樵夫。

【译文】

随园地方空阔，有很多树木，晚上的时候鸟的叫声十分奇特，家人大多都很害怕这样的叫声。我读王友亮进士的《平沟早发》，里面说："怪禽声类鬼，暗树影疑人。"这句话说到我心里去了！（里面）还有很多好句子，比如："大星高出树，残月细流溪。""月斜人影忽在水，风过秋声正满山。""满帽黄花逢醉客，一肩红叶识归樵。"写得都特别好。

四　雅堂佳作

【原文】

鲍进士之钟，字雅堂，诗人步江之子。诗有父风，而清逸处，往往突过前人。《秋雨乍晴》云："箬帽[1]芒鞋准备秋，稍晴便拟看山游。江潮入郭无三里，溪水到门容一舟。亭午白云开野径，夕阳黄叶下僧楼。闲身自笑如闲鹤，欲度前峰却又休。"五言如："一鸟掠溪镜，四山明画帘。""鱼跳重湖黑，蒲喧急雨来。"七言如："道心静似山藏玉，书味清于水养鱼。""翻书细检遗忘事，拨火闲寻未过香。"岸柳带鸦明远照，塔铃和月语清宵。"皆可爱也。雅堂尝言："作七古诗，雅不喜一韵到底。”余深然其言。顾宁人[②]云：“诗转韵方活，《三百篇》无不转韵。”

【注释】

①箬（ruò）帽：帽子的一种，用箬竹的篾或者叶子编制而成，用于遮阳挡雨。②顾宁人：即顾炎武，明末清初著名思想家、语言学家，曾写下“天下兴亡，匹夫有责”的名句。

【译文】

鲍之钟进士，字雅堂，诗人步江的儿子。他的诗很有父亲的风骨，而清新飘逸的地方，常常超过古人。（他在）《秋雨乍晴》中写道：“箬帽芒鞋准备秋，稍晴便拟看山游。江潮入郭无三里，溪水到门容一舟。亭午白云开野径，夕阳黄叶下僧楼。闲身自笑如闲鹤，欲度前峰却又休。”（他所写的）五言古诗中说：“一鸟掠溪镜，四山明画帘。”“鱼跳重湖黑，蒲喧急雨来。”七言古诗如：“道心静似山藏玉，书味清于水养鱼。”“翻书细检遗忘事，拨火闲寻未过香。“岸柳带鸦明远照，塔铃和月语清宵。”写得都十分讨人喜爱。雅堂曾经说：“作七古诗，雅不喜一韵到底。”我十分认同他的话。顾炎武说：“诗转韵方活，《三百篇》无不转韵。”

一一　顾星桥善交

【原文】

吴门[①]顾星桥进士，诗才清冠等夷[②]；家有月满楼，藏书万卷，海内知名之士，无不交投缟纻。予目为今之郑当时[③]。《龙潭》一律云：“微风缓缓送江声，最好龙潭道上行。碧树数丛堪作障，青山一半不知名。闲情转向尘中得，幽景偏宜客里生。晚觅茅斋投一宿，花前试看酒旗轻。”进士名宗泰。

【注释】

①吴门：苏州或苏州一带。②等夷：地位相等或者同辈的人。③郑当时：西汉人，以喜好结交天下名士而著名。

【译文】

吴门的顾宗泰进士，诗才清新曼妙超过了同辈的人；顾宗泰家中有月满楼，藏书万卷，海内诸多知名人士，都与他有着深厚的交情。在我看来，他可以被称为现在的郑当时了。他在所著的一首律诗《龙潭》中说："微风缓缓送江声，最好龙潭道上行。碧树数丛堪作障，青山一半不知名。闲情转向尘中得，幽景偏宜客里生。晚觅茅斋投一宿，花前试看酒旗轻。"顾进士名叫宗泰。

一三　满洲春台

【原文】

余在都时，永之引见满洲学士春台。春自云："年三十时，目不识丁。从一禅师静坐三月，颇以为苦。一夕，提刀欲杀禅师。仰头见月，忽然有悟，赋诗便工。"《塞外》云："野水吞人面，青山瓮马声。浮云连帽起，残雪带鞭行。"殊雄伟。公爱永之与枚，以为两少年必贵；每至，必留饮、留宿，遣妾捧觞①。

【注释】

①觞：酒杯，这里指给人斟酒。

【译文】

我在北京的时候，永之为我介绍了满洲学士春台。春台自己说："我三十岁的时候，还不认识字。跟着一个禅师静坐了三个月，觉得十分辛苦。一天傍晚，我拿着刀想要杀了禅师。抬头看到月亮，突然有所领悟，从此赋诗便开始变得十分精巧。"他在《塞外》一诗中说："野水吞人面，青山瓮马声。浮云连帽起，残雪带鞭行。"描写得十分雄伟。春台特别喜欢永之和我，认为我们两个今后一定会变得尊贵；每次拜访他的时候，他都会把我们留下来一起饮酒、留宿，派遣美妾为我们斟酒。

一四　桐城相公的诗扇

【原文】

桐城相公七十生辰，余与诸翰林祝寿。宴罢，各赐诗扇一柄，诗写《田园杂兴》云："不识风尘劳扰，但知云水盘桓。买畚[①]偶来城市，祀神一着衣冠。""桥流水村近，疏柳长堤路斜。车马不闻叩户，鸡豚自识还家。""烟生茅屋云白，雨过菱塘水新。今岁秋田大稔[②]，稻苗高过行人。""竹屋正临流水，槿篱曲绕闲亭。此是吾庐本色，被人偷作丹青。""作苦最怜田妇，布衣椎髻[③]无华。馌饷[④]并携稚子，采桑不摘闲花。"公终身富贵，而诗能淡雅若此。

【注释】

①畚（běn）：一种盛物的器具，用草绳或者竹篾编织而成。②稔（rěn）：庄稼成熟。③椎髻（jì）：古代发式的一种，将头发结成锥形的髻。④馌（yè）饷：给在田间工作的人送饭。

【译文】

张廷玉七十大寿的时候，我和诸多翰林一起去祝寿。酒宴结束之后，赠给每个人一柄诗扇，上面有名叫《田园杂兴》的诗，写着："不识风尘劳扰，但知云水盘桓。买畚偶来城市，祀神一着衣冠。""桥流水村近，疏柳长堤路斜。车马不闻叩户，

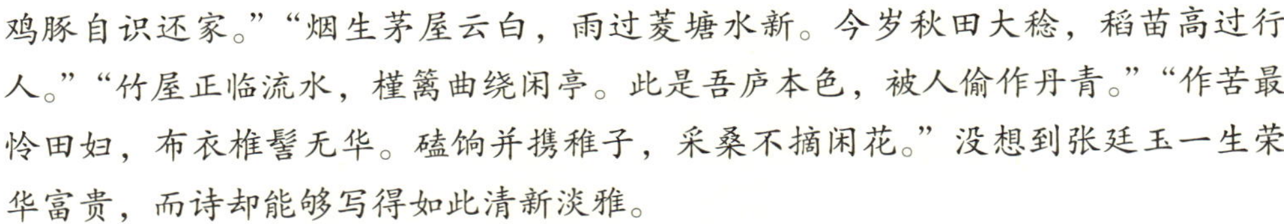

鸡豚自识还家。”“烟生茅屋云白，雨过菱塘水新。今岁秋田大稔，稻苗高过行人。”“竹屋正临流水，槿篱曲绕闲亭。此是吾庐本色，被人偷作丹青。”“作苦最怜田妇，布衣椎髻无华。磕饷并携稚子，采桑不摘闲花。”没想到张廷玉一生荣华富贵，而诗却能够写得如此清新淡雅。

一五　公卿间的雅事

【原文】

严公瑞龙作湖北布政使，续《汉上题襟集》，招诸诗人唱和；亦公卿雅事也。傅辰三《感春》云：“恰恰春分二月半，分春妙手爱东君。但愁过却花朝后，一日春容减一分。”“月落参横夜向晨，半醺花意欲留人。夜阑[①]莫怯风吹袂，为爱梅花不惜身。”《大雨戏作》云：“雨师一夕兴淋漓，笔尖乱点西窗纸。初犹落落蝌蚪分，继则盈盈垂露似。须臾漫漶[②]一片湿，直似秦碑[③]没字体。”殊有东坡风趣。沈树德《落花》云：“飞燕蹴归帘影里，游鱼吹起浪花中。”叶声木《送人》云：“吹酒凉风穿树过，破烟水月隔楼生。”

【注释】

①夜阑：夜深之时。②漫漶（huàn）：模糊迷茫，分辨不清。③秦碑：秦始皇所建立的石碑。

【译文】

严公瑞龙在湖北做布政使的时候，延续了《汉上题襟集》的风格，招揽多位诗人一起唱和，这也是官员之间的雅事。傅辰三在《感春》中写道：“恰恰春分二月半，分春妙手爱东君。但愁过却花朝后，一日春容减一分。”“月落参横夜向晨，半醺花意欲留人。夜阑莫怯风吹袂，为爱梅花不惜身。”在《大雨戏作》写道：“雨师一夕兴淋漓，笔尖乱点西窗纸。初犹落落蝌蚪分，继则盈盈垂露似。须臾漫漶一片湿，直似秦碑没字体。”特别有苏东坡的风趣。沈树德在《落花》写道：“飞燕蹴归帘影里，游鱼吹起浪花中。”叶声木在《送人》中写道：“吹酒凉风穿树过，破烟水月隔楼生。”

一六　史先生

【原文】

康熙壬寅，余七岁，受业于史玉瓒先生。雍正丁未，同入学[①]。先生不甚作诗，而得句殊隽。《偶成》云："好鸟鸣随意，幽花落自然。"《病中》云："廿年辛苦黔娄妇[②]，半世酸辛伯道儿[③]。"终无子。余为葬于葛岭。

【注释】

①入学：古时童生在经过考试录取之后，进入府、州、县的学堂中读书称为入学。②黔娄妇：也就是黔娄夫人。战国贤士黔篓出身贫苦，而其夫人却是贵族，知书达理，十分贤惠。③伯道儿：出自"伯道弃子"的典故。晋朝邓攸，字伯道，为了逃避战乱，携儿子和侄子一起出逃，在危难关头，舍弃了自己的儿子而保住了侄子。后来终身无子。

【译文】

康熙壬寅年，我当时只有七岁，师承史玉瓒先生门下。雍正丁未，与先生一起进入学堂学习。先生不怎么作诗，但是每次作诗都十分优美。他在《偶成》一诗中写道："好鸟鸣随意，幽花落自然。"在《病中》一诗中写道："廿年辛苦黔娄妇，半世酸辛伯道儿。"先生也是终身无子。（死后）我把他葬在了葛岭。

一七　沈归愚受隆恩

【原文】

沈归愚尚书，晚年受上知遇[①]之隆，从古诗人所未有。作秀才时，《七夕悼亡》云："但有生离无死别，果然天上胜人间。"《落第咏昭君》云："无金赠延寿，妾自误平生。"深婉[②]有味，皆集中最出色诗。六十七岁，与余同入词林[③]。《纪恩》诗云："许随香案称仙吏，望见红云识圣人。"

【注释】

①知遇：赏识、提携。②深婉：委婉含蓄。③词林：翰林院的别称。

【译文】

沈德潜尚书，在晚年的时候受到圣上提携的隆恩，这是自古以来的诗人从未享受过的。他当秀才的时候，在《七夕悼亡》一诗中说："但有生离无死别，果然天上胜人间。"《落第咏昭君》中说："无金赠延寿，妾自误平生。"写得委婉含蓄，别有一番滋味，都是诗集中最为出彩的诗。他六十七岁的时候，和我一起进入翰林院。在《纪恩》一诗中写道："许随香案称仙吏，望见红云识圣人。"

一九　古人佳句皆有本

【原文】

余爱诵金寿门[①]"故人笑比庭中树，一日秋风一日疏"之句。杭堇浦[②]先生曰："此句本唐人高蟾：'君恩秋后叶，一日一回疏。'不足为寿门奇。寿门佳句，如：'佛烟聚处都成塔，林雨吹来半杂花。'咏《苔》云：'细雨偏三月，无人又一年。'乃真独造。"余按古人佳句，都有所本：陈元孝："池花对影落，沙鸟带声飞。"本李群玉："沙鸟带声飞远天。"梁药亭："龙虎片云终王汉，诗书余火竟烧秦。"仿唐人："半夜素灵先哭楚，一星遗火下烧秦。"杨诚斋："不知落得几多雪，作尽北风无限声。"仿唐人："流到前溪无一语，在山作得许多声。"

【注释】

①金寿门：即金农，"扬州八怪"之首，清代著名书画家。②杭堇（jīn）浦：即杭世骏，清代文人、画家。

【译文】

我喜欢读金农的"故人笑比庭中树，一日秋风一日疏"这句诗。杭世骏先生说："这句诗来自唐代人高蟾'君恩秋后叶，一日一回疏。'因此不能成为寿门的名句。要说金农的好句子，例如：'佛烟聚处都成塔，林雨吹来半杂花。'《咏苔》：'细雨偏三月，无人又一年。'都是真正的匠心独造之作。"我对古人的佳句进行了考察，都有原本的出处：比如陈元孝的“池花对影落，沙鸟带声飞”一句，出自李群玉的“沙鸟带声飞远天。”梁佩兰的“龙虎片云终王汉，诗书余火竟烧秦”一句，仿效了唐朝人的“半夜素灵先哭楚，一星遗火下烧秦”。杨万里的：“不知落得几多雪，作尽北风无限声”一句，仿效了唐朝人的“流到前溪无一语，在山作得许多声”。

二三　许子逊失之太拘

【原文】

沈光禄[①]子大、许明府子逊，二人齐名。沈如：“竹光晨露滑，池静夜泉生。”许如：“钟声凉引月，江气夕沉山。”真少陵也。行役绝句，有相同者。沈云：“惟有梦魂吹不断，月明犹自逆风归。”许云：“明月有情应识我，年年相见在他乡。”子逊先生与余为忘年交，论诗尊唐黜宋，失之太拘。有某少年，故意抄宋诗之有声调者试之，先生误以为唐。少年大笑。余赠云：“前生合是唐宫女，不唱开元[②]以后诗。”

【注释】

①光禄：朝廷的正一品官员，也就是光禄大夫。②开元：唐玄宗的年号。

【译文】

光禄大夫沈子大、知府许子逊，两个人名声相等。沈大夫的诗像：“竹光晨露滑，池静夜泉生。”许知府的诗像：“钟声凉引月，江气夕沉山。”都有着杜甫诗的味道。两个人在吟咏行役绝句方面，也有相同的地方。沈大夫的绝句写道：“惟有梦魂吹不断，月明犹自逆风归。”许知府的绝句写道：“明月有情应识我，年年相见在他乡。”许子逊先生和我是忘年之交，他讨论诗歌的时候崇尚唐朝，贬低宋朝，太过于拘泥，有失妥当。有一位少年，故意抄了一首诗中有声调的宋代诗来试探他，先生错误地认为是唐朝的。我送给他一句话：“前生合是唐宫女，不唱开元以后诗。”

二四　松江王祖庚之恨

【原文】

松江王太守名祖庚，与乃祖文恭公同日生，故号生同。丁未进士，终身以不入词馆[①]为恨。两子皆入翰林，而先生不乐也。与彭芝庭尚书，同出尹文端公门下。有《纳凉闻笛》云："碧空如水净无云，斗转参横夜欲分。长笛不知何处起，好风偏送此间闻。江梅片片伤春暮，岸柳丝丝绾夕曛[②]。曲罢无端倍惆怅，阶前凉露湿纷纷。"亦同余召试友也。

【注释】

①词馆：翰林院。②夕曛（xūn）：夕阳的余晖。

【译文】

松江王太守名祖庚，因和他的祖先王鸿绪是同一天出生的，所以号生同。丁未年考取了进士，因为终身都没有进入翰林院深以为憾。他的两个儿子都进入了翰林院，但是先生并没有因此而感到高兴。先生和彭启半尚书，同出自尹昌衡门下。他在《纳凉闻笛》一诗中写道："碧空如水净无云，斗转参横夜欲分。长笛不知何处起，好风偏送此间闻。江梅片片伤春暮，岸柳丝丝绾夕曛。曲罢无端倍惆怅，阶前凉露湿纷纷。"先生和我也是一起召试时的好友。

三〇　作诗巧避祸

【原文】

某公子惑溺狭斜[①]，几于得疾。其父将笞之，公子献诗云："自怜病体轻于叶，扶上金鞍马不知。"父为霁[②]威。所惑者亦有句云："朝朝梳洗临江水，一路芙蓉不敢开。"又曰："世间未有无情物，蜡烛能痴酒亦酸。"

【注释】

①惑溺狭斜：沉迷于妓院。惑溺：沉迷。狭斜：原指幽暗狭小的街道，这里指妓院。②霁（jì）：雨过天晴，这里指平息怒火。

【译文】

有一位公子沉迷于妓院，差点儿因此而得病。他的父亲气得要用鞭子来抽打他，公子献诗说："自怜病体轻于叶，扶上金鞍马不知。"父亲听后怒火逐渐平息。那个让他沉迷于妓院的人也写了一首诗说："朝朝梳洗临江水，一路芙蓉不敢开。"又说："世间未有无情物，蜡烛能痴酒亦酸。"

三四　戴喻让之诗

【原文】

汉阳戴喻让诗，有奇气，出吾乡陈星斋先生门下。有《临漳曲》云："暮云深，霸桥逝；水天横，歌台废。玉龙金凤已千年，古瓦还镌'铜雀'字。卖履分香[①]儿女情，读书射猎英雄气。如何横槊对东风[②]？老年想作乔家婿。"末二句，老瞒在九泉亦当笑倒。又，《咏雪》云："未添庾岭[③]三分白，预借章台一月花。"

【注释】

①卖履分香：指人死了还不忘家中的妻儿。出自曹操的《遗令》。②横槊（shuò）：指横向拿着长矛，或从军、习武。东风：指赤壁之战。③庾岭：因为岭上有很多梅树，也被称为"梅岭"。

【译文】

汉阳戴喻让的诗，很有一股奇特之气，他出自我的同乡陈兆伦先生门下。在《临漳曲》中写道："暮云深，霸桥逝；水天横，歌台废。玉龙金凤已千年，古瓦还镌'铜雀'字。卖履分香儿女情，读书射猎英雄气。如何横槊对东风？老年想作乔家婿。"最后的两句，曹操在九泉之下听到也会笑倒。又，在《咏雪》中写道："未添庾岭三分白，预借章台一月花。"

三九　年家子龚友

【原文】

年家子[①]龚友，青年好学，来诵其《白门小住》云："秋生黄叶声中雨，人在清溪水上楼。"余为叹赏。临别，忽向余正色云："友不好名，先生切勿以友诗告人。"余雅不喜，曰："此子矜情作态，局面太小。"已而竟不永年。

【注释】

①年家子：科举考试的年代，将同年考试结交的好友的后人称为年家子。

【译文】

同年参加考试的好友的后人龚友，年纪轻轻却十分喜欢学习，前来向我诵读他的《白门小住》一诗："秋生黄叶声中雨，人在清溪水上楼。"我听后十分惊叹和欣赏。分别的时候，他忽然很严肃地对我说："我并不喜好功名，先生请不要把我的诗告诉给其他人。"我听完之后不是很喜欢，说："这孩子太过矜持作态，格局太小了。"没想到后来他年纪轻轻就过世了。

四〇　"误"之意

【原文】

余《哭鄂制府虚亭死节》诗云："男儿欲报君恩重，死到沙场是善终。"乙酉天子南巡，傅文忠公向庄滋圃[①]新参诵此二句，曰："我不料袁某才人，竟有此心胸。闻系公同年，我欲见之，希转告之。"余虽不能往谒，而心中知己之感，恻恻不忘。第念平生诗颇多，公何以独爱此二句？后公往缅甸，受瘴[②]得病归，薨。方知一时感触，未尝非谶[③]云。鄂公拈香[④]清凉山，过随园门外，指示人曰："风景殊佳。恐此中人，必为山林所误。"有告余者。余不解所谓。后见宋人《题吕仙》一绝曰："觅官千里赴神京，得遇钟离盖便倾。未必无心唐社稷，金丹一粒误先生。”方悟鄂公“误”字之意。

【注释】

①庄滋圃：也就是庄有恭，乾隆四年的状元。②瘴：瘴气，热带山林中因为湿热蒸发而产生的气体，吸多会致病。③谶（chèn）：预言、预兆。④拈香：指到庙里去烧香。

【译文】

我在《哭鄂制府虚亭死节》一诗中说：“男儿欲报君恩重，死到沙场是善终。”乙酉年皇上南巡，傅恒向庄有恭新参吟诵了这两句诗，说：“我没想到袁枚这个人，竟然会有这样的心胸。我听说您与他是同年，我想要见他一面，希望您能够代为转达。”我虽然不能去亲自拜见他，但是心中那份遇到知己的感慨，一直念念不忘。后来又想起我平生作了很多诗，为什么傅恒只爱那两句？后来，傅恒去了缅甸，因为受了瘴气而患病归来，不久便离世了。才知道傅恒不过是一时感触，那两句未尝不是预言。鄂尔泰到清凉山去烧香，路过随园门外，指着园子对人说：“这里的环境特别好，恐怕这院子里的人，会被山林的景色所耽误。”有人跑来把这句话告诉了我。我不明白他要说的意思。后来见到了宋朝人在绝句《题吕仙》中写道：“觅官千里赴神京，得遇钟离盖便倾。未必无心唐社稷，金丹一粒误先生。”这才明白鄂尔泰“误”字的深意。

四二　李棠自命不凡

【原文】

同年李竹溪棠，性诚悫[①]，而诗独清超。《感怀》云：“罢官便有闲人集，才老旋生后辈嫌。”《得家书》云：“急开翻恼缄封密，朗诵频教句读差。”其子燧年十岁时，余命属对“水仙花”，渠应声曰“罗汉松”。平仄虽不协，而意境极佳，遂大奇之。归河间后见怀云：“韦司风味陶潜节，野鹤闲云伴此身。四海声名双管笔，六朝花柳一家春。须眉每向诗中见，函丈[②]偏从梦里亲。此日著书深几许，瓣香心事属何人？”末二句，其自命亦不凡矣。

【注释】

①诚悫（què）：诚朴，真诚。②函丈：对老师的尊称。出自《礼记·曲礼

上》“席间函丈”，指老师的讲席与学生的坐席之间要留出一丈的距离。

【译文】

同年李棠，号竹溪，性格十分淳朴、真诚，而诗句却清新脱俗。他在《感怀》一诗中写道：“罢官便有闲人集，才老旋生后辈嫌。”在《得家书》一诗也写道：“急开翻恼缄封密，朗诵频教句读差。”他的儿子李燧十岁的时候，我出题目说“水仙花”，李燧马上应声回答说“罗汉松”。平仄虽然不协调，但是意境却特别美好，我对此十分惊奇。李棠回到河间之后写诗怀念我说：“韦司风味陶潜节，野鹤闲云伴此身。四海声名双管笔，六朝花柳一家春。须眉每向诗中见，函丈偏从梦里亲。此日著书深几许，瓣香心事属何人？”最后的两句，可以看出他也自命不凡。

四六　论虚心

【原文】

刘霞裳与余论诗曰：“天分高之人，其心必虚，肯受人讥弹。”余谓非独诗也；钟鼓虚故受考，笙竽[①]虚故成音。试看诸葛武侯之集思广益，勤求启诲，此老是何等天分？孔子入太庙，每事问；颜子以能问于不能，以多问于寡。非谦也，天分高，故心虚也。

【注释】

①笙竽（shēng yú）：笙和竽。因形制相类似，所以经常一起使用。竽亦笙属乐器，有三十六簧。

【译文】

刘霞裳在和我讨论诗的时候说：“天分高的人，他必然是虚怀若谷，愿意去接受人们的讥笑指责的。”我说并不是作诗才这样。钟和鼓因为中间空虚的缘故所以能够承受击打，笙与竽因为虚中的缘故所以能够成清音。且看武侯诸葛亮集思广益，勤于向别人寻求开导教诲，这位老先生是何等的天分啊？孔子进入太庙之后，每件事都会细细询问；颜渊也经常向不如自己的人请教，知识渊博的人却向学识肤浅的人请教。这并不是谦虚，而是天分高，原本就虚心。

五五　博学多闻沈大成

【原文】

云间[①]沈大成，字学子，皓首穷经，多闻博学；尝见古庙有九原丈人之碑，不知所出。后阅《十洲记》[②]，始知乃海神，司水者也。因作《九原丈人考》一篇。《赠邵檀波》云："异书勘后兼金重，古砚磨多似臼深。"《即事》云："楼头风定钟初动，湖上云开舫渐行。"

【注释】

①云间：今上海市松江县。②《十洲记》：也被称为《海内十洲记》，是一部记录鬼神异物的小说集。

【译文】

云间的沈大成，字学子，一生都在苦苦钻研经典，见闻丰富，学识渊博；曾经看到古庙里有一个九原丈人的墓碑，不知九原丈人出自何处。后来读了《十洲记》，才知道是海神，负责掌管着水的神。因此写了一篇《九原丈人考》。他在《赠邵檀波》一诗中说："异书勘后兼金重，古砚磨多似臼深。"在《即事》中说："楼头风定钟初动，湖上云开舫渐行。"

五八　王安坤咏竹

【原文】

王安昆，字平圃。予少在都中，与交好，常宿其家，见其题尤贡甫《墨竹》云：“几个琅玕[①]几点苔，胜他五色笔花开。分明满幅萧萧响，似带江南风雨来。”《买竹》云：“南郊过雨绿生香，底事劳人买竹忙？我一出城君入市，两边风味各分尝。”又，《送罗两峰归邗上兼示舍弟瘦生》云：“别时冰雪到时春，万树寒梅照眼新。邂逅若逢江上客，已归须劝未归人。”

【注释】

①琅玕（gān）：形容竹之青翠，也指竹子。

【译文】

王安昆，字平圃。我年少在京城的时候，和他关系很好，经常留宿在他家中，看到他题尤贡甫的《墨竹》说：“几个琅玕几点苔，胜他五色笔花开。分明满幅萧萧响，似带江南风雨来。”《买竹》中说：“南郊过雨绿生香，底事劳人买竹忙？我一出城君入市，两边风味各分尝。”又有，《送罗两峰归邗上兼示舍弟瘦生》中说：“别时冰雪到时春，万树寒梅照眼新。邂逅若逢江上客，已归须劝未归人。”

六一　词曲尖巧

【原文】

李笠翁词曲尖巧[①]，人多轻之。然其诗有足采者。如：《送周参戎之浦阳》云：“儒将从来重，君其髯绝伦[②]。三迁无喜色，百战有完身。灰里求遗史，刀边活故人。仙华名胜地，细柳正堪[③]屯。”《婺宁庵》云：“谁引招提[④]路，随云上小峰。饭依香积[⑤]煮，衣倩衲僧缝。鼓吹千林鸟，波涛万壑松。《楞严》听未阕，归计且从容。”尤展成赠云：“十郎才调本无双，双燕双莺话小窗。送客留髡[⑥]休灭烛，要看花影照银釭。”

【注释】

①尖巧：尖新奇巧。②髯绝伦：形容容貌俊美。髯鬓：泛指胡子。③堪：可以。④招提：梵语，指寺院。⑤香积：指佛寺。⑥髡（kūn）：僧尼。

【译文】

李渔的词曲作得十分尖新奇巧，人们大都不是十分看重。但是他的诗还是有可采取之处的。比如他在《送周参戎之浦阳》一诗中写道：“儒将从来重，君其髯绝伦。三迁无色，百战有完身。灰里求遗史，刀边活故人。仙华名胜地，细柳正堪屯。”在《婺宁庵》中写道：“谁引招提路，随云上小峰。饭依香积煮，衣倩衲僧缝。鼓吹千林鸟，波涛万壑松。在《楞严》听未阕，归计且从容。”尤展成赠诗说：“十郎才调本无双，双燕双莺话小窗。送客留髡休灭烛，要看花影照银釭。”

六二 《新年百咏》

【原文】

杭州姚君思勤、黄君湘圃、吴君锡麒八九人，同作《新年百咏》，俱典雅；而吴诗尤超。《门神》云：“问尔侯门立，能知深几重？”倪经培云：“爵封万户外，秩满一年中。”姚咏《拜年》云：“履吉弓鞋[①]换，催妆岁烛然。胜常[②]称再四，利市乞团圆。”《风菱》云：“面目为谁槁？心肠到底甜。”黄咏《爆竹》云：“买来还缩手，毕竟让人工。”《面鬼》云：“一半头衔用，几重颜甲生。”皆佳句也。金雨叔宗伯为题辞云：“回首辞家十载余，旧乡风土梦华胥[③]。卷中重认新年景，却认初来占籍[④]居。”

【注释】

①弓鞋：古时候缠足妇女所穿的鞋子。②胜常：问候语的一种，指超过平常。③华胥：传说中伏羲的母亲。④占籍：报上户口，入籍定居。

【译文】

杭州的姚思勤君、黄湘圃君、吴锡麒君等八九个人，一起创作了《新年

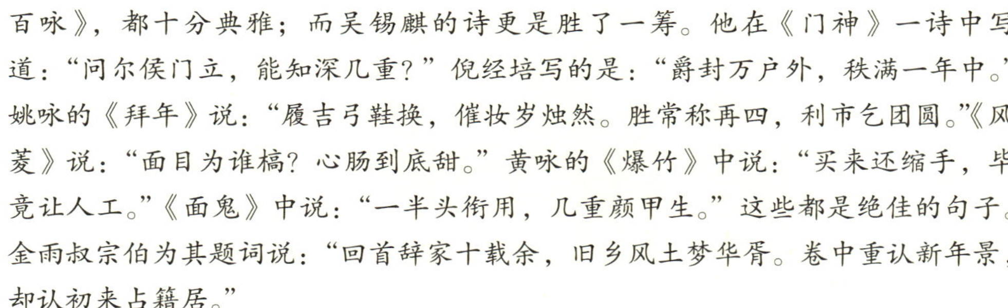

百咏》，都十分典雅；而吴锡麒的诗更是胜了一筹。他在《门神》一诗中写道："问尔侯门立，能知深几重？"倪经培写的是："爵封万户外，秩满一年中。"姚咏的《拜年》说："履吉弓鞋换，傕妆岁烛然。胜常称再四，利市乞团圆。"《风菱》说："面目为谁槁？心肠到底甜。"黄咏的《爆竹》中说："买来还缩手，毕竟让人工。"《面鬼》中说："一半头衔用，几重颜甲生。"这些都是绝佳的句子。金雨叔宗伯为其题词说："回首辞家十载余，旧乡风土梦华胥。卷中重认新年景，却认初来占籍居。"

六三　不诚之事不可为

【原文】

《清波杂志》载："元祐间，新正[①]贺节，有士持门状[②]遣仆代往；到门，其人出迎，仆云：'已脱笼矣。'谚云'脱笼'者，诈闪[③]也。温公闻之，笑曰：'不诚之事，原不可为！'"及前朝文衡山《拜年》诗曰："不求见面惟通谒，名纸朝来满敝庐。我亦随人投数纸，世情嫌简不嫌虚。"可见贺节投虚帖，宋朝不可，明朝不以为非：世风不古，亦因年代而递降焉。

【注释】

①新正：农历新年正月。②门状：名帖，宋朝时的一种名片。③诈闪：诈骗，欺骗。

【译文】

《清波杂志》中记载："元祐年间，正值新年正月庆贺春节的时候，有人让仆人拿着名帖去拜访他人；来到门前的时候，对方出来迎接，仆人说：'已脱笼矣。'谚语中的'脱笼'是欺诈的意思。司马光听到之后，笑着说：'没有诚意的事情，原本就不能做！'"明朝文徵明在《拜年》一诗中说："不求见面惟通谒，名纸朝来满敝庐。我亦随人投数纸，世情嫌简不嫌虚。"由此可见庆贺春节的时候递送名帖，宋朝并不是十分盛行，明朝却不认为这样做是错的：社会风气已经不像以前那样朴实淳厚了，也会因为年代的不同而递降啊。

六五　僧人默默

【原文】

丁卯冬，余宰江宁，以公事往扬州，阻风燕子矶。宏济寺僧默默，年九十余，导余游山；并出西林、桐城两相国及诸公卿诗相示。余亦赠四律而别。后辛未南巡，默默接驾。上问其年。奏曰："一百二岁。"上笑曰："和尚还有二十年寿。"随赐紫衣①。默默谢恩而出。乾隆二十年，竟圆寂矣。方知天语之成谶也。高文定公赠以诗云："默默僧年八十余，麦塍②犹爱荷春锄。抬头见客心先喜，款坐烹茶意自如。千尺娑罗③庭外树，两朝丞相壁间书。救生舟送风帆稳，利涉长江信不虚。"

【注释】

①紫衣：紫色的袈裟。②塍（chéng）：田埂。③娑罗：一种落叶乔木。传闻，摩耶夫人在蓝毗尼园中，手扶娑罗树，诞下了释迦牟尼。

【译文】

丁卯年冬天，我管理江宁的时候，因为公事要赶去扬州，却被大风阻挡在了燕子矶。宏济寺的僧人默默，已经九十多岁高龄，带着我一起游山；并拿出鄂尔泰、张廷玉两位相国以及很多公卿的诗给我看。我也赠了四首律诗给他，而后分别。后来皇上在辛未南巡的时候，默默负责接驾。皇上问他的年龄。他禀奏说："一百零二岁。"皇上笑着说："和尚还有二十年的寿命。"于是赐给了他一件紫色袈裟。默默谢恩之后就出去了。乾隆二十年，竟然圆寂了。这才知道天子的一句话竟然成为了预言。高斌赠诗说："默默僧年八十余，麦塍犹爱荷春锄。抬头见客心先喜，款坐烹茶意自如。千尺娑罗庭外树，两朝丞相壁间书。救生舟送风帆稳，利涉长江信不虚。"

七三　吟诗对仗

【原文】

征士王载扬，吟诗以对仗为工，有句云："百五正逢寒食节，十千谁醉美人家？"爱余《滕王阁》诗"阿房有焦土，玉楼无故钉"一联。湖州徐阶五先生《赠沈椒园》诗云："诗派同初白，官情共软红[①]。"以沈乃初白先生外孙故也。王亦爱而时时诵之。徐知予于未遇[②]时。记其《关山月》一首云："大牙旗[③]卷夕阳残，旋见城边涌玉盘。鼓角无声霜气肃，山河流影镜光寒。白头汉将占星立，红泪胡姬倚马看。净扫烟尘天阙迥，清辉多处是长安。"先生名以升，雍正癸卯翰林，官臬使[④]。

【注释】

①软红：原指松软的尘土，后来引申为形容世间的繁华热闹。②未遇：没有得到赞赏或提携，没有发迹。③大牙旗：旗杆上有象牙作为装饰的大旗，多是为主将主帅所做的旗子，也用作仪仗。④臬（niè）使：按察使。

【译文】

不受朝廷征聘的王载扬，吟诗的时候喜欢对仗工整，他有一首诗说："百五正逢寒食节，十千谁醉美人家？"我特别喜欢《滕王阁》中的"阿房有焦土，玉楼无故钉"这一句。湖州的徐阶五先生在《赠沈椒园》一诗中写道："诗派同初白，官情共软红。"因为沈椒园是查慎行外孙的缘故吧。这句诗王载扬也经常拿来吟诵。徐先生在我尚未被重用的时候对我有提携之恩。记得他在《关山月》这首诗中说："大牙旗卷夕阳残，旋见城边涌玉盘。鼓角无声霜气肃，山河流影镜光寒。白头汉将占星立，红泪胡姬倚马看。净扫烟尘天阙迥，清辉多处是长安。"先生名以升，在雍正癸卯年考取了进士，官至按察使。

七四　郑板桥两三事

【原文】

兴化郑板桥作宰山东，与余从未识面；有误传余死者，板桥大哭，以足蹋地。余闻而感焉。后廿年，与余相见于卢雅雨席间。板桥言："天下虽大，人才屈指不过数人。"余故赠诗云："闻死误抛千点泪，论才不觉九州宽。"板桥深于时文[①]，工画，诗非所长。佳句云："月来满地水，云起一天山。""五更上马披风露，晓月随人出树林。""奴藏去志神先沮，鹤有饥容羽不修。"皆可诵也。板桥多外宠[②]，尝言欲改律文笞臀为笞背。闻者笑之。

【注释】

①时文：科举考试时的应试文章。②外宠：指男色，娈童。

【译文】

兴化的郑燮在山东当官，和我从来没有见过面；有谣传说我已经去世，郑燮听后顿足大哭。我听到这件事情后十分感慨。后来过了二十年，郑燮终于与我在卢见曾的宴席上见面。郑燮说："天下虽然这么大，但是人才却不过寥寥几人。"我因此赠了一首诗给他："闻死误抛千点泪，论才不觉九州宽。"郑燮精通应试的文章，擅长作画，写诗并不是他所擅长的。有佳句说："月来满地水，云起一天山。""五更上马披风露，晓月随人出树林。""奴藏去志神先沮，鹤有饥容羽不修。"这些都是可以传诵的。郑燮喜欢男色，曾经想要把法律中的抽打臀部改为抽打背部。听到的人都笑他。

八五　少作为佳

【原文】

李穆堂先生诗，以少作为佳；位尊后，有率易之病。予所喜者，皆其未第时及初入翰林之作。《东平州看杏花》云："断云斜日过东平，杨柳风来叶叶轻。莫

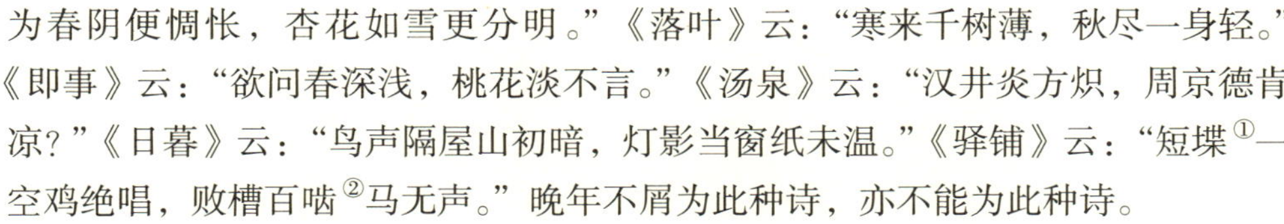

为春阴便惆怅，杏花如雪更分明。”《落叶》云：“寒来千树薄，秋尽一身轻。”《即事》云：“欲问春深浅，桃花淡不言。”《汤泉》云：“汉井炎方炽，周京德肯凉？”《日暮》云：“鸟声隔屋山初暗，灯影当窗纸未温。”《驿铺》云：“短堞[①]一空鸡绝唱，败槽百啮[②]马无声。”晚年不屑为此种诗，亦不能为此种诗。

【注释】

①堞（dié）：城墙上呈齿形的矮墙。②啮：咀嚼。

【译文】

李绂先生的诗，早年所写的最好；地位变得显赫之后，诗文染上了轻率的毛病。我所喜欢的他的诗，都是他在尚未及第以及刚刚进入翰林时所写的。比如《东平州看杏花》中有：“断云斜日过东平，杨柳风来叶叶轻。莫为春阴便惆怅，杏花如雪更分明。”在《落叶》中写道：“寒来千树薄，秋尽一身轻。”《即事》中有：“欲问春深浅，桃花淡不言。”《汤泉》中有：“汉井炎方炽，周京德肯凉？”《日暮》中有：“鸟声隔屋山初暗，灯影当窗纸未温。”《驿铺》中有：“短堞一空鸡绝唱，败槽百啮马无声。”他到了晚年不屑于写这种诗，也不能写出这样的诗了。

八六　古人推挽之盛

【原文】

王阮亭尚书未遇时，受知[①]于先达某；故诗集卷首，即录其所赠五古一篇，用“萧豪”韵。穆堂未遇时，受知于阮亭；故哭阮亭五古一篇，亦用“萧豪”韵。姜西溟《哭徐健庵司寇》诗，用张文昌《哭昌黎》韵，想见古人声应气求，后先推挽[②]之盛。

【注释】

①受知：被人赏识，被人提携。②推挽：引荐，推举。

【译文】

王士祯尚书在还没有被重用的时候，曾经接受过某位知名前辈的提携，因此在他的诗集卷首，就收录了那位前辈所赠的五言古诗一篇，用“萧豪”韵。穆堂在还没有被重用的时候，接受过王士祯的提携；所以有悼念王士祯的五言古诗一篇，也用了“萧豪”韵。姜宸英悼念徐乾学司寇所写的诗，用了张文昌在悼念韩愈时用的韵，如此可见古人讲求志趣相投，先后推荐的情况也十分盛行。

九〇　廷梅过随园

【原文】

湖广[①]彭湘南廷梅，与长沙陈恪敏公交好；过随园时，年已七十，即席[②]赋诗，有“落日红未尽，遥山青欲来”之句。余爱赏之。在秦淮河口占[③]云：“秦淮河畔乱沙汀，芳草魂生六代青。春去雨中人不惜，杜鹃啼与落花听。”湘南画小像：一叟坐室中，旁有偷儿，持斧穴洞而窥，号“窃比于我老彭图”。见者大笑。《秋夕宿凭虚阁》云：“寻幽住此山，秋声即吾性。一阁衔夕阳，半江红不定。淡淡暮云低，漠漠松阴暝。遥见隔林灯，寒空生远映。”

【注释】

①湖广：湖南、湖北两地的代称。②即席：当场，马上。③口占：即兴作诗，随口吟诗。

【译文】

湖广的彭廷梅，字湘南，与长沙的陈恪敏交情不错；在经过随园的时候，已经七十岁高龄了，当场写了一首诗，有“落日红未尽，遥山青欲来”这样的句子。我特别欣赏。他在秦淮河即兴作诗写道：“秦淮河畔乱沙汀，芳草魂生六代青。春去雨中人不惜，杜鹃啼与落花听。”他曾画了一幅小像：（画中）一个老叟坐在屋里，旁边有一个小偷，拿着斧头挖了一个洞偷窥，取名为“窃比于我老彭图”。看到这幅画的人都被逗得捧腹大笑。他在《秋夕宿凭虚阁》一诗中说：“寻幽住此山，秋声即吾性。一阁衔夕阳，半江红不定。淡淡暮云低，漠漠松阴暝。遥见隔林灯，寒空生远映。”

九二

【原文】

余散馆[①]出都，走别南华先生。先生取纸，疾书《送别》云："清时重民牧[②]，临御简良才。经术平生裕，文章我辈推。醉辞鹓鹭侣，吟向凤凰台。民力东南急，君其保障哉。""眷言桑梓[③]近，郑重惜分襟[④]。暂辍《三都》笔，将听《五挎吟》。风流为政美，恺悌入人深。千里同明月，相思寄好音。"

【注释】

①散馆：清朝翰林庶吉士在庶常馆学习期满称为散馆。②民牧：治理民众的地方官。③桑梓：故乡，家乡。④分襟：分别，分离。

【译文】

我在庶常馆学习期满离开京城的时候，去向张鹏翀拜别。张鹏翀拿出纸，快速地写下了《送别》一诗："清时重民牧，临御简良才。经术平生裕，文章我辈推。醉辞鹓鹭侣，吟向凤凰台。民力东南急，君其保障哉。""眷言桑梓近，郑重惜分襟。暂辍《三都》笔，将听《五挎吟》。风流为政美，恺悌入人深。千里同明月，相思寄好音。"

九九 吴鲁斋诗

【原文】

吴鲁斋贤，宰甘泉，有惠政；不幸无子，四十而殂。其诗稿失散，仅记其《送友》云："遥知白发相思苦，马上逢人便寄书。"《过洛阳》云："最羡少年能挟策[①]，至今天子重书生。"《衙斋偶成》云："候吏解投山客刺，奚童[②]不扫印床花。"《京江》云："扬子江头月正明，夜深风露怯凄清。邻舟有客横吹笛，似说故人离别情。"

【注释】

①挟策：手拿着书本，指学习勤奋。②奚童：没有成年的男仆。

【译文】

吴鲁斋十分贤能，管理甘泉地区，常常会出台一些对民有利的政策；不幸的是他没有子嗣，四十就过世了。他的诗稿很多都失散了，只记得他在《送友》一诗中写道："遥知白发相思苦，马上逢人便寄书。"《过洛阳》一诗中写道："最羡少年能挟策，至今天子重书生。"《衙斋偶成》一诗中写道："候吏解投山客刺，奚童不扫印床花。"《京江》一诗中写道："扬子江头月正明，夜深风露怯凄清。邻舟有客横吹笛，似说故人离别情。"

一〇〇　偶读一诗

【原文】

偶见晚唐人辞某节度七律一首，前四句云："去违知己住违亲，欲策羸骖[①]屡逡巡。万里家山归养志，十年门馆受恩身。"读之一往情深，必士君子中有至性者也。恨不友其人于千载以上。惜不能记其全首与其姓名。他日翻撷《全唐诗》，自能遇之。

【注释】

①骖（cān）：古代时驾在车前两侧的马。

【译文】

我偶然间看到唐人辞别某个节度使写的一首七律诗，前四句是："去违知己住违亲，欲策羸骖屡逡巡。万里家山归养志，十年门馆受恩身。"读来一往情深，可以想象这个人一定是君子中至情至性之人。恨不得退回到几千年前与他做朋友。可惜并没能记住诗的全部和他的姓名。日后翻看《全唐诗》的时候，一定能够碰到他。

卷一〇

一　元理之才

【原文】

江宁吴模，字元理，应童子试[①]时，年才十三，举止端肃。因唤入署，啖以果饵。旋即入泮[②]。邑中名士沈瘦岑，以女妻之。嗣后十年，不复相见。诗人李晴洲告予曰："元理小秀才，近诗曰佳。比其外舅，骚骚欲度骅骝前矣。"诵其《迎秋》一首云："碧天霭霭暮山晴，一片秋心趁月明。暑退渐教葵扇弃，风高已觉葛衫轻。绕阶草色笼烟淡，隔树蝉声咽露清。为读《离骚》更漏永，幽兰时有暗香迎。"未几，元理来，读余《外集》，呈二律云："陶令无官通刺易，崔儦有室入门难。"又曰："传有其人应久待，我生虽晚未嫌迟。"是年，与周青原同受知于学使李鹤峰，拔贡入都。予喜，贺以诗云："人夸籍、浞居门下，我道班、杨在意中。"

【注释】

①童子试：也被称为童试，是科举考试年代参加科考的资格测试，包括县试、府试和院试三个阶段的考试。②入泮（pàn）：古时学生的入学大礼。

【译文】

江宁人吴模，字元理，在参加童子试的时候，才十三岁，举止端庄谨慎。我因此把他叫入官署中，拿点心给他吃。此后不久，他就考中可以入学。邑中的名士沈瘦岑，把自己的女儿嫁给了他。这之后过了十年，没有再见面。诗人李晴洲告诉我说："元理这个小秀才，最近写的诗变得更好了。与他的岳丈相比，已经远远超过了。"随即诵读了他写的一首《迎秋》："碧天霭霭暮山晴，一片秋心趁月明。暑退渐教葵扇弃，风高已觉葛衫轻。绕阶草色笼烟淡，隔树蝉声咽露清。为读《离骚》更漏永，幽兰时有暗香迎。"没过多久，元理来了，读了我的《外集》，写了两首律诗给我说："陶令无官通刺易，崔儦有室入门难。"又说："传有其人应久待，我生虽晚未嫌迟。"那一年，他和周青原在提学使李鹤峰门下受教，作为贡生进入都城。我十分欣喜，以诗为他庆贺说："人夸籍、浞居门下，我道班、杨在意中。"

五　侠义夏宝传

【原文】

六安秀才夏宝传，生而任侠，出雅雨卢公门下。卢谪戍[①]军台，僮仆无肯随者。夏奋曰："我愿往。"竟策马出塞。三年后，与卢同归。卢再任转运，为捐学正[②]一官，所以报也。程鱼门题其《橐中集》云："磨刀冰作石，暖客火为衣。"卢亦有句云："手僵常散辔，泪冻不沾衣。"可想见塞外之苦矣。乾隆庚子科，以年过八十，钦赐举人。陈古渔赠句云："八旬乡榜无消息，一纸天书有姓名。"又曰："三征尚却连城聘，一诺能轻万里行。"

【注释】

①谪戍：因罪而被发配到边远地区，担任守卫。②捐学正：通过捐官获得了学正一职。捐：捐官，允许士民向国家捐一些钱物来获取官职。学正：官职名，配置于国子监。

【译文】

六安的秀才夏宝传，生来就十分具有侠者风范，出自卢见曾门下。卢见曾因罪被贬为军台戍边的时候，仆人没一个愿意跟随。夏宝传自告奋勇说："我愿意一同前去。"于是竟自驾马出了边塞。三年之后，与卢见曾一起回来。卢见曾再次担任转运使，为他捐了学正一职，以此来作为回报。程晋芳题夏宝传的《橐中集》说："磨刀冰作石，暖客火为衣。"卢见曾也写了一首诗说："手僵常散辔，泪冻不沾衣。"可以想象当时塞外生活的疾苦。乾隆庚子年科举考试，夏宝传因为年过八十，

被钦赐为举人。陈毅赠了一首诗给他："八句乡榜无消息，一纸天书有姓名。"又说："三征尚却连城聘，一诺能轻万里行。"

六　顾禄百之憾

【原文】

苏州顾禄百，张匠门先生外孙也。晚年不遇，为归愚先生权①记室。凡先生酬应之作，皆顾捉刀②。《咏红叶》云："秋树忽春色，晓山皆暮霞。"余常叹陆放翁临终时，犹望九州恢复，而终于国亡家破，不遂其愿。禄百有句云："散关铁马平生愿，愁绝他年家祭时。"

【注释】

①权：唐朝以来将试官或者暂时负责代理官职称为"权"。②捉刀：指替人写文章或者替别人办事。

【译文】

苏州人顾禄百是张大受先生的外孙。他到了晚年还没有被重用，替沈德潜做记室。只要是沈德潜应酬时写的作品，都是由顾禄百代作。他在《咏红叶》一诗中写道："秋树忽春色，晓山皆暮霞。"我经常感叹陆游去世的时候，还期望着九州可以恢复，但是最终还是家破国亡，没能如他所愿。禄百有一句诗是："散关铁马平生愿，愁绝他年家祭时。"

八　伤老之诗

【原文】

唐人诗曰："欲折垂杨叶，回头见鬓丝。"又曰："久不开明镜，多应为白头。"皆伤老之诗也。不如香山①作壮语曰："莫道桑榆②晚，余霞尚满天。"又，宋人云："劝君莫恼鬓毛斑，鬓到斑时也自难。多少朱门年少子，被风吹上北邙山！"

【注释】

①香山：也就是白居易，他在晚年时号香山居士。②桑榆：原指日落时夕阳照在桑玉树顶端的样子，指的是日暮时分，也比作晚年。

【译文】

唐朝有人写了一首诗："欲折垂杨叶，回头见鬓丝。"又写道："久不开明镜，多应为白头。"这些都是感叹已经老去的诗。比不上白居易作出的豪言壮语："莫道桑榆晚，余霞尚满天。"还有，一个宋朝诗人曾说："劝君莫恼鬓毛斑，鬓到斑时也自难。多少朱门年少子，被风吹上北邙山！"

一二　凭诗猜地

【原文】

或传程鱼门《京中移居》诗云："势家歇马评珍玩[①]，冷客摊钱问故书。"予笑曰："此必琉璃厂[②]也。"询之，果然。因记商宝意移居，周兰坡与万晴初访之，见门对云："岂有文章惊海内；从无书札到公卿。"万笑曰："此必商公家矣。"询之果然。

【注释】

①珍玩：珍贵的供玩赏的物品。②琉璃厂：位于北京和平门外，是古时科举考试举人聚集之地，当时有诸多售卖书籍、纸墨笔砚等物品的店铺。

【译文】

有人传诵程晋芳的《京中移居》一诗说："势家歇马评珍玩，冷客摊钱问故书。"我笑着说："这说的一定是琉璃厂了。"随即向其询问，果然。因为记得商盘搬家之后，周长发和万晴初曾经前去拜访，看到门上有一副对联写着："岂有文章惊海内；从无书札到公卿。"万晴初笑着说："这一定是商公的家了。"一问，果然就是。

一四 诗中有画

【原文】

鲁星村"猫迎落花戏，鱼负小萍移"，与宋笠田"护篱小犬吠生客，曝背[①]老翁调幼孙"之句，皆诗中有画。鲁《沙桥道上》云："山下竹林林下屋，门前溪水带花流。"王兰泉方伯《云阳驿》云："明月似霜霜似雪，云阳驿外夜三更。"二句相似。

【注释】

①曝背：让太阳照到背上取暖。

【译文】

鲁星村的"猫迎落花戏，鱼负小萍移"一诗，与宋笠田的"护篱小犬吠生客，曝背老翁调幼孙"一诗，都是诗句中有画。鲁星村在《沙桥道上》写道："山下竹林林下屋，门前溪水带花流。"王昶布政使在《云阳驿》中写道："明月似霜霜似雪，云阳驿外夜三更。"这两句也十分相似。

一五 诗句暗合

【原文】

予有句云："开卷古人都在眼，闭门晴雨不关心。"龚旭开《登石台》诗云："短墙南畔接烟林，啼罢山禽又海禽。甚[①]日晴明甚日雨，不曾出户不关心。"抑[②]何暗合耶？龚有《连理枝》词云："晓尚衣衫薄，未许开帘幕。小婢来言：东风料峭，动花铃索；海棠轩外石阑边，有风筝吹落。"

【注释】

①甚：什么，何。②抑：句首助词，无实义。

【译文】

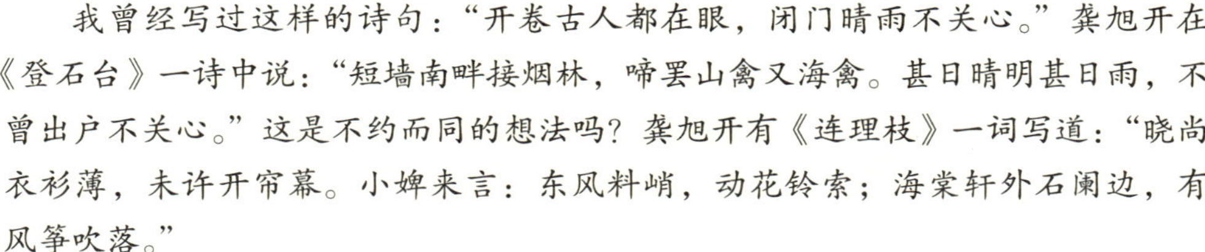

我曾经写过这样的诗句："开卷古人都在眼，闭门晴雨不关心。"龚旭开在《登石台》一诗中说："短墙南畔接烟林，啼罢山禽又海禽。甚日晴明甚日雨，不曾出户不关心。"这是不约而同的想法吗？龚旭开有《连理枝》一词写道："晓尚衣衫薄，未许开帘幕。小婢来言：东风料峭，动花铃索；海棠轩外石阑边，有风筝吹落。"

一七　又曾诗工游览

【原文】

王进士又曾，字谷原，诗工游览。《同人看白莲》云："船窗六扇拓银纱①，倚桨风前落晚霞。依约前滩凉月晒，但闻花气不看花。""皋亭来往省年时，香饮莲筒醉不辞。莫怪花容浑似雪，看花人亦鬓成丝。"《游陶然亭》云："岸芦进笋妨游屐，林蝶翻灰浣袷衣②。春浓转怕形人老，官冷真宜伴佛闲。"皆传诵一时。有《丁辛老屋集》。

【注释】

①拓银纱：用白纱糊住窗户。拓：张开，展开。银纱：白纱。②袷（jiá）衣：同"夹衣"。

【译文】

王又曾进士，字谷原，善于写游览的诗歌。他在《同人看白莲》中写道："船窗六扇拓银纱，倚桨风前落晚霞。依约前滩凉月晒，但闻花气不看花。""皋亭来往省年时，香饮莲筒醉不辞。莫怪花容浑似雪，看花人亦鬓成丝。"在《游陶然亭》中写道："岸芦进笋妨游屐，林蝶翻灰浣袷衣。春浓转怕形人老，官冷真宜伴佛闲。"这些诗句都曾传诵一时。他著有《丁辛老屋集》。

一八　梦渊之诗

【原文】

岳水轩名梦渊，为督抚[①]上客。居与随园相近。丁丑秋，忽作诗会，大集名流，其豪气犹勃勃可想。《江行》云：“荻港人维雪里舟，雪花飞较荻花稠。篷窗人醉荻中卧，时被雪花飞上头。”《荷花》云：“兰舟载丽人，摇入荷花荡。亭亭红粉姿，花与人相仿。其中有莲的，心苦惟侬赏。欲以掷奉郎，生憎金钏响。”两诗有古乐府遗音。

【注释】

①督抚：也就是总督和巡抚，是明、清两代职位最高的地方行政长官。

【译文】

岳水轩，名梦渊，是总督和巡抚的座上之宾。他居住的地方离随园很近。丁丑年秋的时候，突然在家里召开诗会，将名流都召集起来，他的豪气可想而知。《江行》一诗中写道：“荻港人维雪里舟，雪花飞较荻花稠。篷窗人醉荻中卧，时被雪花飞上头。”《荷花》一诗中写道：“兰舟载丽人，摇入荷花荡。亭亭红粉姿，花与人相仿。其中有莲的，心苦惟侬赏。欲以掷奉郎，生憎金钏响。”这两首诗都有古乐府的韵味风骨。

一九　金江声诗

【原文】

金江声观察[①]，名志章，在吾乡与杭、厉齐名。《壬子月夜登虎丘》云：“一片深宵月，明明照虎丘。松杉交影静，蘋[②]藻上阶流。夜舫吹箫客，春灯卖酒楼。他乡有朋好，竟夕此淹留。”庚辰年，余过虎丘，山僧出此诗见示；不知余故观察年家子也。尤爱其《过冷水铺》云：“白鸥傍桨自双浴，黄蝶逆风还倒飞。"《宿灵隐》云："窗虚暗觉云生壁，夜静时闻雨滴阶。"

【注释】

①观察：官职名，清朝对道员的一种尊称。②蘋（píng）：一种水草。

【译文】

金江声观察，名志章，在我的家乡与杭世骏、厉鹗名望相当。他在《壬子月夜登虎丘》一诗中写道："一片深宵月，明明照虎丘。松杉交影静，蘋藻上阶流。夜舫吹箫客，春灯卖酒楼。他乡有朋好，竟夕此淹留。"庚辰年，我路过虎丘，山僧拿着这首诗给我看；却不知道我原本是观察的年家子。尤其喜欢他在《过冷水铺》一诗中写的："白鸥傍桨自双浴，黄蝶逆风还倒飞。"《宿灵隐》中的："窗虚暗觉云生壁，夜静时闻雨滴阶。"

二〇　腴词勿剪，终累文骨

【原文】

或问："刘勰言陆机'亦有锋颖[①]，而腴词[②]勿剪，终累文骨'。近日才人，如宝意、鱼门，时蹈此病。"余晓之曰："韦端已云：'屈、宋亦有芜词，应、刘岂无累句？但须精选斯文者，食马留肝，烹鱼去乙可耳。此《极玄集》之所由作也。'"

【注释】

①锋颖：这里比喻立论。②腴（yú）词：多余的文辞。

【译文】

有人问道："刘勰说陆机'立论很精密，但是多余的词不进行删减，最终还是会连累文章的风骨'。最近有才的人，如商盘、程晋芳，（在作诗时都）常犯这种毛病。"我回答说："韦端已经说过了：'屈原、宋玉也有杂乱的词句，应玚、刘桢难道就没有多余繁杂的句子吗？但是要精选他们的文章，就像吃马肉的时候，要把肝脏去除，烹鱼的时候要把鳃去掉一样。这就是他编写《极玄集》的原因。'"

二一　名与官

【原文】

汉杜钦兄弟，任二千石[①]者十人。钦官最小，名最著。韩文公之孙衮中状元后，人但知布衣方干，不知状元韩衮。甚矣，人传不在官位也！唐人诗曰："孟简虽持节，襄阳属浩然。"简之名自在浩然下。然余到桂林，见独秀峰有简题名，笔力苍古。今之持节者，如孟简其人亦少矣。

【注释】

①石（dàn）：古代官俸的一种计量单位，根据官员品级的不同而有所差异。

【译文】

汉朝的杜钦兄弟之中，担任官员俸禄达二千石的就有十个人。杜钦的官职最小，名气却是最大的。韩愈的孙子韩衮中了状元之后，人们只知道布衣方干，却不知道状元韩衮。多么让人感叹啊，人的名气的传播并不在于官位的高低！唐朝人写诗说："孟简虽持节，襄阳属浩然。"孟简的名气自然在孟浩然之下。但是我到桂林之后，在独秀峰上看到了孟简的题名，笔力苍劲古朴。而如今的官员，能够像孟简的人也已经很少了。

二四　梦善之诗

【原文】

梁文庄公弟梦善，字午楼，生富贵家，而娟洁[①]静好，《孟子》所谓"无献子之家者也"。年十五，举于乡，六上春闱，不第；出宰蠡县，非其志也。年过四十而卒。《出都》一首，便觉不祥。其词云："何处人间有雁声？暮云无际且南征。西风禾黍临官道，落日牛羊近古城。生意渐如衰柳尽，浮生只共片帆轻。劳劳踪迹年年是，凄绝天涯此夜情。"咏《熏炉》云："梦去恰疑怀堕月，抱来错认

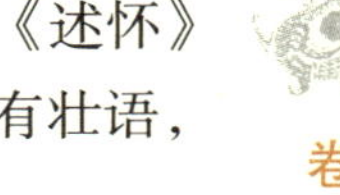

玉为烟。"《饮沈椒园太史家》云："微吟韵许追前辈，中酒身还耐薄寒。"《述怀》云："洗马清羸潘令鬓，外人刚认一愁无。"皆清词丽句，楚楚自怜。亦有壮语，如："出塞不辞三万里，著书须计一千年。"恰不多也。

【注释】

①娟洁：清雅美好。

【译文】

梁诗正的弟弟梦善，字午楼，出生于富贵人家，而性情清雅美好，正是《孟子》所说的"无献子之家者也"那类的人。他十五岁的时候，考中了乡里的举人，参加了六次会试，但是都没有考中；后来担任了蠡县的县令，但是这并不是他的志向。他刚刚四十岁就过世了。曾著有《出都》一首，听起来就觉得不是很吉利，其中写道："何处人间有雁声？暮云无际且南征。西风禾黍临官道，落日牛羊近古城。生意渐如衰柳尽，浮生只共片帆轻。劳劳踪迹年年是，凄绝天涯此夜情。"咏《熏炉》的诗说："梦去恰疑怀堕月，抱来错认玉为烟。"《饮沈椒园太史家》中写道："微吟韵许追前辈，中酒身还耐薄寒。"《述怀》一诗中写道："洗马清羸潘令鬓，外人刚认一愁无。"这些都是清冷华丽的句子，听起来楚楚可怜。也有豪言壮语，比如"出塞不辞三万里，著书须计一千年。"但是这样的句子并不是很多。

二五　张瑶英佳句

【原文】

国初逸老①某《赠妾》云："香能损肺熏宜少，露渐沾花采莫频。"王健庵妻张瑶英《示儿》云："教儿宝鸭休添火，龙脑香多最损花。"瑶英有《绣墨诗集》，余已为刊刻矣，兹再录其佳句。《送健庵》云："纵无多路情难别，须念衰亲游有方。"《病目》云："岂为愁多清泪落，却缘烟重午炊迟。"《偶成》云："无梦不愁鸡唱早，有书只望雁飞过。""荒院草删三径阔，破窗风入一灯危。""蛛知网湿添丝急，月待云开到槛迟。"

【注释】

①逸老：隐居的老人。

【译文】

清朝初年，一位隐居的老者写了一首《赠妾》说："香能损肺熏宜少，露渐沾花采莫频。"王健庵的妻子张瑶英在《示儿》中说："教儿宝鸭休添火，龙脑香多最损花。"瑶英著有《绣墨诗集》，我已经为她刻版印行，这里想要再收录她的一些好的句子。比如在《送健庵》一诗中写道："纵无多路情难别，须念衰亲游有方。"在《病目》一诗中写道："岂为愁多清泪落，却缘烟重午炊迟。"在《偶成》一诗中写道："无梦不愁鸡唱早，有书只望雁飞过。""荒院草删三径阔，破窗风入一灯危。""蛛知网湿添丝急，月待云开到槛迟。"

二六　瑶英游湖

【原文】

戊戌春，余在杭州。两姬置酒，招女眷游西湖。瑶英以诗辞云："呼女窗前看刺凤，课儿灯下学涂鸦。韶光一刻难虚掷，那有闲看湖上花？"既而，遣人劫之，曰："娘子不来，怕作诗耶？"果飞舆①而至，到湖心亭，书二十八字云："酿花天气雨新晴，一片清光两岸平。最好湖心亭上望，满堤人似水中行。"

【注释】

①舆：车。

【译文】

戊戌年春天，我在杭州。两个侍妾置办了酒席款待，招呼女眷一起游览西湖。张瑶英写诗辞谢说："呼唤女儿到窗前刺绣，教两个儿子在灯下学作画。时间一刻也不能耽误，哪有闲情雅致去西湖看花呢？"过了不久，我派人威迫她，说："娘子不来，是怕当众作诗吗？"她果然坐车前来，到了湖心亭，写了二十八字诗："酿花天气雨新晴，一片清光两岸平。最好湖心亭上望，满堤人似水中行。"

二七　风趣周青原

【原文】

李宏猷秀才，设帐[1]尹制府署中。《咏新竹》云："节已凌云未出头。"未几病重，荐其友周青原入署相代。青原来见，袖中出《西园池上》诗云："目不窥园已浃旬，小池春涨绿鳞鳞。得鱼鸟胜垂纶客，临水花如照镜人。欲扫闲庭苔莫损，偶扳芳树蝶相亲。笑余三月裘还着，只为调停病起身。"末句，余略为酌改，周欣然辞出。良久，闻门外尚有吟哦声，则以肩舆未至，故得意而徐步呻吟也。其风趣如此。后官中书，在京师寄怀云："我如脱衔驹，恣意骋原隰[2]。不读五千卷，辄入崔偏室。又如恬丹鼠，吐肠还自悼。空得成连师，未谙《水仙操》。川虽难学海，磁则曾引针。千秋一瓣香，顶礼优钵[3]林。"

【注释】

①设帐：设馆授徒。②原隰（xí）：广平与低湿之地。也泛指原野。③优钵：佛教用语，指优钵罗，意思是清莲花，是开在极乐世界中的一种十分奇特的莲花。

【译文】

秀才李宏猷，在尹制府署中设馆教授徒弟。他在《咏新竹》一诗中说："节已凌云未出头。"没过多久他病重，推荐他的好友周发春进入府署替他教授。周发春来拜见我，从袖子中拿出《西园池上》一诗："目不窥园已浃旬，小池春涨绿鳞鳞。得鱼鸟胜垂纶客，临水花如照镜人。欲扫闲庭苔莫损，偶扳芳树蝶相亲。笑余三月裘还着，只为调停病起身。"最后一

句，我稍微改动了一下，周发春高兴地向我辞别回去了。过了很长时间，听到门外还有吟诗的声音，原来是周发春的轿子还没有到，所以自己正在得意地散步吟诵着这首诗，他竟然如此风雅有趣。后来他当官做到了中书，在京师写了《寄怀》一诗："我如脱衔驹，恣意骋原隰。不读五千卷，辄入崔偏室。又如恬丹鼠，吐肠还自悼。空得成连师，未谙《水仙操》。川虽难学海，磁则曾引针。千秋一瓣香，顶礼优钵林。"

三〇 误为晚唐人

【原文】

真州郑中翰沄，字晴波，新婚北上；《留别闺中》云："来年春到江南岸，杨柳青青莫上楼。"其同年周舍人发春喜诵之。时有陈庶常濂，与周相善，而未识郑。一日公宴处，周、郑俱在，陈忽语周曰："昨闻有人赠内之句，情韵绝佳，当是晚唐人手笔。"周急叩之。则所称者，即郑诗也。郑闻而愕然。周因指郑示陈曰："此即赋'杨柳青青'之晚唐人矣！"三人大笑。真州程灌夫亦有句云："春风自绿垂杨色，何事羁人怕倚楼①？"

【注释】

①何事羁人怕倚楼：究竟何事让客居在外的人害怕倚靠在楼窗前呢？羁人：旅人，客居在外的人。

【译文】

真州人士郑沄在内阁担任中书一职，字晴波，新婚燕尔之际就北上做官；写了一首《留别闺中》，上面写道："来年春到江南岸，杨柳青青莫上楼。"他的同年周发春舍人喜欢吟诵这句诗。当时有一位叫陈濂的庶常，与周发春关系很好，却不认识郑沄。一天，在陈公的宴席上，周发春和郑沄都在，陈濂突然对周发春说："昨天听到有人送给妻子的一首诗，声情韵律都十分出众，应该是出自晚唐诗人的笔下。"周发春急忙追问是哪首诗。而被陈濂所称赞的正是郑沄的诗。郑沄听后十分惊讶。周发春就指着郑沄对陈濂说："这个人就是写'杨柳青青'的晚唐诗人啊！"三人随即大笑。真州的程灌夫也有诗句说："春风自绿垂杨色，何事羁人怕倚楼？"

三二　凭诗衡人

【原文】

冬友自言："九岁时，侍先大父[①]过淮，舟中人限'吞'字韵为诗，多未稳。予有句云：'横桥风定帆全卸，小艇潮来势欲吞。'大父曰：'此子将来必无患苦。'或问其故。曰：'凡诗押哑韵而能响者，其人必贵；押险韵而能稳者，其人必安。生平以此衡人，百不失一。'大父讳馨，字星标。"

【注释】

①大父：祖父。

【译文】

严长明自己曾说："（我）九岁的时候，陪着祖父过淮河，船上的人限定用'吞'这个字韵来写诗，大多写得都不是十分稳妥。我写了一句是：'横桥风定帆全卸，小艇潮来势欲吞。'祖父说：'这个孩子将来一定没有忧患疾苦。'有人问其中的原因。他说：'只要是诗押哑韵并能够响亮的人，这个人一定会大富大贵；押险韵而能够稳妥的人，这个人一定能一世平安。我向来用这点来衡量人，百不失一。'祖父叫馨，字星标。"

三三　赵文哲诗

【原文】

吴中七子[①]中，赵文哲损之诗笔最健。丁丑召试，与吴竹屿同集随园，爱诵余"无情何必生斯世？有好都能累此身"一联。后从温将军征金川，死难军中。过襄阳时，以《怀诸葛故居》诗四首见寄云："洵美躬耕地，千秋一草庐。勋名微管亚，出处有莘如。巾服渔樵里，川原战阵余。西风渭滨路，尚忆沔南居。""四海占龙卧，萧条一亩宫。泊如明厥志，行矣慎吾躬。变化遭非偶，栖迟道岂穷？可知《出师表》，慷慨本隆中。”“崔、徐二三子，来往定欣然。逸事风尘外，高评月旦[②]前。襟期[③]《梁甫曲》，生计汉阴田。当日如终隐，鸿妻亦最贤。”“宇宙声名大，遗踪锦水长。人歌千尺柏，公念百枝桑。涕尚沾遗老，魂应恋故乡。溪毛[④]如可荐，此地合祠堂。”

【注释】

①吴中七子：是清代七位著名诗人、文学家钱大昕、曹仁虎、王昶、吴泰来、黄文莲、赵文哲、王鸣盛的并称。②月旦：指月旦评，对人物、诗歌、字画等进行品评。③襟期：襟怀，兴趣，志趣。④溪毛：小溪边的野菜。

【译文】

吴中七子里面，赵文哲的诗笔最为强劲有力。丁丑召试的时候，他和吴泰来一起来到随园，喜欢吟诵我“无情何必生斯世？有好都能累此身”这一联。后来跟从温福将军征讨金川，在军中去世。他路过襄阳的时候曾经写了《怀诸葛故居》四首诗寄给我看：“洵美躬耕地，千秋一草庐。勋名微管亚，出处有莘如。巾服渔樵里，川原战阵余。西风渭滨路，尚忆沔南居。”“四海占龙卧，萧条一亩宫。泊如明厥志，行矣慎吾躬。变化遭非偶，栖迟道岂穷？可知《出师表》，慷慨本隆中。”“崔、徐二三子，来往定欣然。逸事风尘外，高评月旦前。襟期《梁甫曲》，生计汉阴田。当日如终隐，鸿妻亦最贤。”“宇宙声名大，遗踪锦水长。人歌千尺柏，公念百枝桑。涕尚沾遗老，魂应恋故乡。溪毛如可荐，此地合祠堂。”

三八　不祥之诗

【原文】

堂妹棠，字秋卿，嫁扬州汪楷亭。家颇温饱，伉俪甚笃。《咏燕》云：“春风燕子今年早，岁岁梁间补旧草。华堂叮嘱主人翁，珍重香泥莫轻扫。吁嗟乎！千年田土尚沧桑，那得雕梁常汝保？”余读之不乐，曰：“诗虽佳，何言之不祥也！”已而竟以娩难亡。又二年，楷亭亦卒。妹《寄二兄香亭》云：“鹏程人与白云齐，君独年年借一枝。闻道故交多及第，更怜归客尚无期。琴书别后遥相忆，雪月窗前寄所思。常对芙蓉染衣镜，堪嗟侬不是男儿。”《于归扬州》云：“不堪回忆武林[①]春，娇养曾为膝下身。未解姑嫜[②]深意处，偏郎爱作远游人。”“绿杨堤畔行游子，红粉楼中冷翠帷。为问秦淮江上月，今宵照得几人归？”亡后，香亭哭以诗云：“最苦高堂念，怀中小女儿。至今传死信，未敢与亲知。书远摹多误，人稠语屡歧。调停两边意，暗泣泪如丝。”

【注释】

①武林：古时候对杭州的别称，因武林山而得名。②姑嫜（zhāng）：古时妻子对丈夫的母亲和父亲的称呼。

【译文】

我的堂妹叫棠，字秋卿，嫁给了扬州的汪楷亭。家里衣食无忧，夫妻二人感情甚笃，相处十分融洽。她作了一首《咏燕》诗说：“春风燕子今年早，岁岁梁间补旧草。华堂叮嘱主人翁，珍重香泥莫轻扫。吁嗟乎！千年田土尚沧桑，那得雕梁常汝保？”我读完之后很不高兴，说：“这首诗虽然写得很好，但是所说的话却不吉利！”后来堂妹就因为难产而去世了。又过了两年，楷亭也过世了。堂妹在《寄二兄香亭》写道：“鹏程人与白云齐，君独年年借一枝。闻道故交多及第，更怜归客尚无期。琴书别后遥相忆，雪月窗前寄所思。常对芙蓉染衣镜，堪嗟侬不是男儿。”在《于归扬州》一诗中写道：“不堪回忆武林春，娇养曾为膝下身。未解姑嫜深意处，偏郎爱作远游人。”“绿杨堤畔行游子，红粉楼中冷翠帷。为问秦淮江上月，今宵照得几人归？”她去世之后，香亭作诗悼念她说：“最苦高堂念，怀中小女儿。至今传死信，未敢与亲知。书远摹多误，人稠语屡歧。调停两边意，暗泣泪如丝。”

三九　四妹之苦

【原文】

余在苏州，四妹《寄怀》云：“长路迢迢江水寒，萧萧梅雨客身单。无言但劝归期速，有泪多从别后弹。新暑乍来应保重，高堂虽老幸平安。青山寂寞烟云里，偶倚阑干忍独看？”余读之凄然。当即买舟还山。四女琴姑，从妹受业。妹赠以诗云：“有女依依唤阿姑，忝[①]为女傅教之无？欲将古典从容说，失却当年记事珠[②]。”妹嫁韩氏，生一儿，名执玉。十四岁咏《夏雨》云：“润回青簟[③]色，凉逼采莲人。”学使[④]窦东皋先生爱之，拔入县学。未一年，得暴疾亡。目将瞑矣，忽坐起问阿母曰：“唐诗‘举头望明月’，下句若何？”曰：“低头思故乡。”叹曰：“果然！”遂点头而仆。故妹哭之云：“伤心欲拍灵床问：儿往何乡是故乡？”

【注释】

①忝（tiǎn）：辱，有愧于，经常用作谦辞。②记事珠：传说中可以帮助人记忆的珠子。③青簟（diàn）：草席，凉席。④学使：古代学官名，掌管教育科举，所以也被称为学台。

【译文】

我在苏州的时候，四妹写了一首《寄怀》诗说：“长路迢迢江水寒，萧萧梅雨客身单。无言但劝归期速，有泪多从别后弹。新暑乍来应保重，高堂虽老幸平安。青山寂寞烟云里，偶倚阑干忍独看？”我读完之后潸然泪下。立刻就雇了船回家。我的四女儿琴姑，跟着我的妹妹学习。妹妹赠诗说：“有女依依唤阿姑，忝为女傅教之无？欲将古典从容说，失却当年记事珠。”后来妹妹嫁给了韩氏，生了一个儿子，名叫执玉。执玉十四岁的时候咏了一首名为《夏雨》的诗说：“润回青簟色，凉逼采莲人。”提学使窦光鼐先生特别喜欢这句诗，提拔他进入了县学。没过一年，执玉患病去世了。眼睛将要闭上的时候，突然坐了起来问他的母亲：“唐诗中的‘举头望明月’，下句是什么？”他的母亲告诉他说：“低头思故乡。”他叹息道：“果然！”于是点头倒下了。因而妹妹哭着说：“伤心欲拍灵床问：儿往何乡是故乡？”

四〇　至真至语

【原文】

诗有情至语，写出活现者。许竹人先生督学广西，《接弟石樹凶问》云：“望书眼欲穿，拆书手欲争，抱书心忽乱，隔纸字忽明。挥手急屏置，忍泪雨暗倾。老亲中庭立，念远心悬旌①。病讯百计匿，矧②可闻哭声？违心方饰貌，哀抑喜且盈。趋言梦弟至，所患行已平。”

【注释】

①悬旌（jīng）：挂在空中随风飘舞的旌旗，这里比喻心神不宁。②矧（shěn）：况。

【译文】

有将诗中至情至真的话写得活灵活现的人。许道基先生督学广西的时候，写了《接弟石榭凶问》一诗说："望书眼欲穿，拆书手欲争，抱书心忽乱，隔纸字忽明。挥手急屏置，忍泪雨暗倾。老亲中庭立，念远心悬旌。病讯百计匿，矧可闻哭声？违心方饰貌，哀抑喜且盈。趋言梦弟至，所患行已平。"

四一　随园之宴

【原文】

随园每至春日，百花齐放。家中内子及诸姬人，轮流置酒，为太夫人寿。太夫人亦尝设席作答。余有句云："高堂戒我无他出，阿母明朝作主人。"盖实事也。香亭《同赏梅》诗云："为爱梅花敞绮筵[①]，合家春聚画堂前。忽怜香气传风外，却喜花开在雨先。人影共分千竹翠，帘光高卷一山烟。知他万片随云去，还赴墒楼宴列仙。"呜呼！自先慈亡后，此席永断；而香亭亦远宦粤中矣。

【注释】

①绮筵：丰盛的宴席。

【译文】

随园每到春天的时候，百花盛放。家里妻子和各位姬妾，会轮流摆酒宴，为太夫人祝寿。太夫人也曾经开设酒宴来作答。我写了一句诗说："高堂戒我无他出，阿母明朝作主人。"讲述的都是当时的情景。香亭在《同赏梅》一诗中说："为爱梅花敞绮筵，合家春聚画堂前。忽怜香气传风外，却喜花开在雨先。人影共分千竹翠，帘光高卷一山烟。知他万片随云去，还赴墒楼宴列仙。"哎！自从太夫人去世之后，这种宴席就中断了；而香亭也远远地跑到粤中去做官了。

四四　赵仁圃公两三事

【原文】

余己未座主[①]，为泰安相国赵公仁圃。公以长垣令有政声，受知世宗，晋秩卿贰[②]。平生爱时文[③]，虽入纶扉[④]，犹手校成、弘诸大家，孜孜不倦。《晚泊小米滩》一绝云："回桡舣艇傍平沙，客路停舟便是家。坐久鸟惊山吐月，话长人喜烛生花。"作令时以勘灾故，足浸水中三日，故病跛。每入朝，许给扶以行。讳国麟，山东人。

【注释】

①座主：明清两朝将负责科举考试的主考官或者裁判官称为"座主"。②卿贰：仅次于卿相的朝中大官，是二品、三品的京官。③时文：流行一时的文体。④纶扉：也就是内阁，明清时将宰辅所在的地方称为"纶扉"。

【译文】

我在己未年参加科举考试，主考官是泰安相国赵国麟。赵公在做长垣县令的时候在政治上取得的成就就声名远播，因此受到了世宗的提拔，晋升为了卿贰。他平时特别喜欢流行于应试体，虽然进了内阁，还是会亲自校对成、弘等大家的作品，乐此不疲。他在《晚泊小米滩》中写道："回桡舣艇傍平沙，客路停舟便是家。坐久鸟惊山吐月，话长人喜烛生花。"赵公做县令的时候因为勘测灾情，脚在水里泡了三天，所以生病瘸了。每次入朝的时候，皇上特别准许有人搀扶他走。赵公讳国麟，山东人士。

四五　邹学士爱猫

【原文】

余习国书[①]，读十二乌朱[②]，受业于邹泰和学士。记其《丁香》一首云："春空烟锁缀星星，两树琼枝占一庭。交网月穿珠络索，小铃风动玉冬丁。傍檐结密人难折，拂座香多酒易醒。只恐天花散无迹，拟将湘管写娉婷。"又，《白云寺》云："飞鸟没边孤塔见，乱山缺处夕阳明。"先生戊戌翰林，和雅谦谨，有爱猫之癖。每宴客，召猫与儿孙侧坐，赐孙肉一片，必赐猫一片，曰："必均，毋相夺也。"督学河南，按临商丘毕，出署失一猫，严檄督县捕寻。令苦其烦，用印文详报云："卑职遣干役[③]四人，挨民家搜捕，至今逾限，宪猫不得。"

【注释】

①国书：满文。②乌朱：满语，指字头。③干役：办事老练的差役。

【译文】

我学习满文，读十二字头，都是跟邹泰和学士学习的。记得先生写了《丁香》一首诗说："春空烟锁缀星星，两树琼枝占一庭。交网月穿珠络索，小铃风动玉冬丁。傍檐结密人难折，拂座香多酒易醒。只恐天花散无迹，拟将湘管写娉婷。"又作过《白云寺》一诗说："飞鸟没边孤塔见，乱山缺处夕阳明。"先生在戊戌年进入翰林，为人谦和谨慎，有喜欢猫的癖好。每次摆宴款待客人，都会把小猫和儿孙召集过来坐在旁边，给孙子一块肉，一定也会给猫一块肉，说："一定是都有份的，不要相互抢夺。"他在河南督学的时候，巡视完商丘之后，出官署时走丢了一只猫，于是便下檄文命令县令去捕寻。县令苦于这件事的繁杂，于是用公文详细汇报说："我派了四个能干的差役，挨家挨户去搜捕，到了现在已经超过了期限，也没有找到邹督宪所说的那只猫。"

四六　同年泛舟

【原文】

陕西薛宁庭太史，与江宁令陆兰村为同年。丙戌到白门相访，偕公子雨庄与其师高东井泛舟秦淮，作诗云：“衣带一条水，兰舟小亦佳。南朝留胜览，北客壮吟怀。绰约虹桥束，参差画槛排。冲炎偶然出，记取始秦淮。”“谁与偕来者？诗人高达夫[①]。看山挥玉麈[②]，忘暑对冰壶。乍可清谈足，宁教佳句无？士龙尹弟子，架笔也珊瑚。”

【注释】

①高达夫：边塞诗代表诗人，也就是高适，字达夫，与岑参并称为“高岑”。②玉麈（zhǔ）：即玉柄麈尾。麈：古书上指的是鹿之类的动物，它的尾巴可以用来做拂尘。

【译文】

陕西薛宁庭太史，和江宁令陆兰村是同年。丙戌年来到白门相互拜访，带着公子雨庄和他的老师高文照一起在秦淮河上游船，写了一首诗说：“衣带一条水，兰舟小亦佳。南朝留胜览，北客壮吟怀。绰约虹桥束，参差画槛排。冲炎偶然出，记取始秦淮。”“谁与偕来者？诗人高达夫。看山挥玉麈，忘暑对冰壶。乍可清谈足，宁教佳句无？士龙尹弟子，架笔也珊瑚。”

四七　诗的流布

【原文】

金陵承恩寺僧行莘，能诗。有句云：“雨晴云有态，风定水无痕。”其师阐乘有五绝云：“香气透窗纱，风轻日未斜。午堂春睡起，双燕下含花。”又有句云：“才展《金刚经》了了，《金刚经》夹小吟笺。”余尝云：“凡诗之传，虽藉诗佳，亦藉其人所居之位份。如女子、青楼，山僧、野道，苟成一首，人皆有味乎其言，较士大夫最易流布[①]。”

【注释】

①流布：流传散布。

【译文】

南京承恩寺的僧人行荦，能写诗。有一首诗中的一句是：“雨晴云有态，风定水无痕。”他的师父阐乘也写过五言绝句一首说：“香气透窗纱，风轻日未斜。午堂春睡起，双燕下含花。”又有诗句说：“才展《金刚经》了了，《金刚经》夹小吟笺。”我曾经说：“诗句之所以能够流传，虽然要靠写得出彩，也需要靠写诗人所处的地位与身份。比如女子、青楼，山僧、野道，只要写出一首诗，人们就会津津乐道想要品出其中的味道，因此要比士大夫的更容易流传开来。”

四八　南耕轶事

【原文】

余改官江南，赋《落花》诗；祁阳中丞[①]内幕程南耕爱而和之。记数联云：“燕垒漫教留粉在，马蹄几度踏香来。”“升沉我已参名理，落莫人还惜异才。”程名嗣章，绵庄先生之弟，中年病聋。每来，则以笔代口，先以一函相订。故余赠句云：“见面预安双管笔，焚香先捧一函书。”

【注释】

①中丞：明清两代将各省的巡抚称为“中丞”。

【译文】

我被改派到江南当官，写了一首《落花》诗。巡抚陈辉祖的幕僚程嗣章特别喜欢这首诗，并写了一首诗与我相和。记得其中的几句是：“燕垒漫教留粉在，马蹄几度踏香来。”“升沉我已参名理，落莫人还惜异才。”程南耕名嗣章，是绵庄先生的弟弟，中年的时候因为生病导致耳聋。每次过来，都是用笔代口，先写一封书函与我相约。所以我写了一句话赠给他：“见面预安双管笔，焚香先捧一函书。”

五〇　王贡南之诗

【原文】

姊夫王贡南，名裕琨；《雨过富春》云："历乱如丝小雨微，相呼舟子授蓑衣。鱼争新水穿萍出，鸟怯寒风贴地飞。宿雾半藏临涧屋，好花多落钓鱼矶[①]。纷纷鱼艇随波散，撒网闲歌何处归？"《寄内》云："好奉慈姑[②]勤菽水[③]，莫同邱嫂[④]戛[⑤]杯羹。"余时年十四，爱而记之。即健庵父也。

【注释】

①钓鱼矶：供钓鱼用的石滩。②慈姑：丈夫的母亲。③菽（shū）水：豆子与水。原用来形容生活贫困，这里指晚辈对长辈的供养。④邱嫂：长嫂。⑤戛：敲。

【译文】

姐夫王贡南，名裕琨；在《雨过富春》一诗中写道："历乱如丝小雨微，相呼舟子授蓑衣。鱼争新水穿萍出，鸟怯寒风贴地飞。宿雾半藏临涧屋，好花多落钓鱼矶。纷纷鱼艇随波散，撒网闲歌何处归？"在《寄内》中写道："好奉慈姑勤菽水，莫同邱嫂戛杯羹。"我当时十四岁，因为喜欢就把这几句记了下来。他就是健庵的父亲。

五一　海宁许惟枚

【原文】

海宁许铁山惟枚，与余同官金陵，一时有"二枚"之称。余已荐牧[①]高邮，而许犹有待，意有所感，和余《河房宴集》诗云："朱帘斜卷晚风前，杨柳萧疏隔岸烟。一样楼台都近水，向南明月得来先。"《园梅》云："腊尽还微雪，春来尚薄寒。迎风飞片易，背日坼[②]苞难。疏蕊明高阁，低枝韵小栏。莫教吹短笛，我正倚阑干。"许性严重，秦淮小集，坐有歌郎，君义形于色，将责其无礼而笞之。余急挥郎去，而调以诗云："恼煞隔帘纱帽客，排衙[3]花底打鸳鸯。"

【注释】

①牧：管理民众的人，指国君或者州郡的长官。②坼（chè）：植物的种子或者花苞绽开。③排衙：主官升座，衙署陈设的一种仪仗，僚属按照次序参谒，分别站在两侧。

【译文】

海宁的许惟枚，字铁山，和我一起在南京当官，一时间人们将我们合称为"二枚"。我已经被推荐管理高邮，而许铁山依然留在原职，他对此有些感慨，和我的《河房宴集》一诗说："朱帘斜卷晚风前，杨柳萧疏隔岸烟。一样楼台都近水，向南明月得来先。"在《园梅》中说："腊尽还微雪，春来尚薄寒。迎风飞片易，背日坼苞难。疏蕊明高阁，低枝韵小栏。莫教吹短笛，我正倚阑干。"许惟枚生性端庄严肃，在秦淮河小聚的时候，看到有歌郎坐在席间，就会勃然大怒，并责怪歌郎无礼，甚至准备用鞭子抽打他。我赶紧让歌郎离开，并作诗调侃说："恼煞隔帘纱帽客，排衙花底打鸳鸯。"

五五　赠高文端公诗扇

【原文】

乙亥年，高文端公[1]为江宁方伯，过访随园。余上诗云："邻翁争羡高轩过，上客偏怜小住佳。"亡何，巡抚皖江，将瞻园牡丹移赠随园。余谢云："忘尊偏爱山林客，赠别还分富贵花。"两诗俱以折扇书之。后戊子年，公总制两江，招饮，席间出二扇，宛然如新。余问："公何藏之久也？"公笑曰："才子之诗，敢不宝护？"余自念平日受人诗扇，不下千百，都已拉杂摧烧；而公独能爱惜如此，不觉感叹，因再作诗献。有句云："旧物尚存怜我老，爱才如此叹公难。"后公薨于黄河工所，口吟云："梦中还有梦，家外岂无家？"

【注释】

①高文端公：也就是高尔俨，字中孚，谥号文端。

【译文】

乙亥年，高尔俨在江宁任布政使的时候，到访随园。我呈上了自己写的一首诗说："邻翁争羡高轩过，上客偏怜小住佳。"没过多久，他就到安徽出任巡抚，把瞻园的牡丹赠送给我种植在随园。我道谢说："忘尊偏爱山林客，赠别还分富贵花。"这两句诗都是抄写在折扇之上。后来到了戊子年，高公担任了两江总督，招我去饮酒，在酒席之上拿出了那两把折扇，像新的一样。我问他："您为什么能够珍藏这么久？"他笑着说："才子的诗，怎么能不好好保管呢？"我想到自己平时接受别人赠送的诗扇，不少于千百把，都已经杂乱损坏或者当成杂物烧掉了，而他却能够如此爱惜，不禁十分感叹，所以又写了一首诗献给他。有句诗是这样的："旧物尚存怜我老，爱才如此叹公难。"后来高尔俨在黄河工所去世，口里念着："梦中还有梦，家外岂无家？"

六〇　方夔之诗

【原文】

余过苏州，许穆堂侍御极夸方大章名夔者之诗；蒙以诗册见投。七古学少陵，颇有奇气；七律似明七子。录其《题内子桃源放舟小照》云："碧桃湾里听鸣榔，水复山重路渺茫。过此便为仙世界，来时还着嫁衣裳。云中鸡犬应同听，月下房栊[①]好对床。愿种秫粳[②]三十亩，画眉窗下话羲皇[③]。"尹文端公有紫骝马，骑三十年矣，怜其老毙，以敝帷瘗[④]之。穆堂吊以诗云："万里云霄空怅望，一生筋力尽驰驱。"又曰："朽骨漫留贤士口，敝帷应念主人恩。"尹公读之泣下。

【注释】

①房栊（lóng）：窗户，也指房屋。②秫粳（shú jīng）：两种农作物。秫是黏高粱，粳是稻的一种。③羲皇：伏羲氏，古代传说里中华民族的人文始祖。④瘗（yì）：埋葬，掩埋。

【译文】

我途经苏州的时候，许宝善侍御对方夔（字大章）的诗极力称赞；承蒙他赠送给我一本诗册。（方夔）的七言古诗学的是杜甫，很有不凡的气势；七律有些神似明七子。上面收录的他的《题内子桃源放舟小照》一诗中就写道："碧桃湾里听鸣榔，水复山重路渺茫。过此便为仙世界，来时还着嫁衣裳。云中鸡犬应同听，月下房栊好对床。愿种秫粳三十亩，画眉窗下话羲皇。"尹继善公有一匹

紫骝马，骑了三十年了，因为怜惜它老死了，所以用旧的帷帐包裹着将它掩埋了。许宝善写了一首诗来凭吊它说：“万里云霄空怅望，一生筋力尽驰驱。”又说：“朽骨漫留贤士口，敝帷应念主人恩。”尹公读完哭了。

六二　张宏勋此人

【原文】

萍望张宏勋名栋，自号看云山人，工诗善画。与余在长安，有车笠之好①。同谱中，如沈椒园、张少仪、曹麟书，俱显贵。庄容可官至大学士；而宏勋终不一第。晚依扬商汪怡士以终。有《看云楼诗集》。《闺怨》云：“镜台寂寂掩芳尘，又换深闺一度春。除却殷勤花上鸟，他乡应少劝归人。”《郊外》云：“春来是处足春游，风转长堤草色柔。客过不须频勒马，花扶人影出墙头。”

【注释】

①车笠之好：指不因为身份的高低贵贱而有所差异的情谊。

【译文】

萍望人士张宏勋名栋，自号看云山人，擅长写诗和作画。和我一起住在长安的时候，是十分亲密的朋友。同辈之中，如沈椒园、张少仪、曹麟书，都十分显达富贵。庄容可当时已经官至大学士，而宏勋一直都没有考上。晚年依附着扬州商人汪怡士直至去世。留有《看云楼诗集》。在《闺怨》一诗中说：“镜台寂寂掩芳尘，又换深闺一度春。除却殷勤花上鸟，他乡应少劝归人。”《郊外》一诗中写道：“春来是处足春游，风转长堤草色柔。客过不须频勒马，花扶人影出墙头。”

六六　重游广西

【原文】

余丙辰到广西，蒙金抚军①荐入都，今五十年矣。因访亲家汪太守，故重至焉。吴树堂中丞垣，引余至署，周历旧游。余席间称金公任藩司②时，作官厅对联云："坐此似同舟，宦情彼此关休戚；须臾参大府，公事何妨共酌商。"用意深厚，有名臣风味。公因诵其乡人徐公士林作臬司[3]题庭柱云："看阶前草绿苔青，无非生意；听墙外鹃啼雀噪，恐有冤魂。"真仁人之言。树堂见和一律，有"洞箫声重三千玉，《铜鼓》词传五十春"之句。所云《铜鼓》者，丙辰余试鸿博赋题也。金公刻入《省志·艺文》类中，今五十载矣。重得披览，恍若前生。

【注释】

①抚军：清朝对巡抚的一种称呼。②藩司：对布政使的一种别称，掌管着一省的财务和民政。③臬（niè）司：主管一省司法的官员。

【译文】

我在丙辰年来到广西，承蒙金鉷巡抚推荐进入京都，到现在已经五十年了。后来因为去拜访亲家汪太守，所以又再次到访广西。吴垣中丞（号树堂）引领我到官署，重新周游了原来的地方。我在酒席的间隙背诵了金鉷在担任藩司时，写在官署厅前的一副对联："坐此似同舟，宦情彼此关休戚；须臾参大府，公事何妨共酌商。"这副对联用意深远厚重，有名臣的味道。吴垣因此咏诵他的同乡徐士林在担任按察使时写在庭柱上的一副对联："看阶前草绿苔青，无非生意；听墙外鹃啼雀噪，恐有冤魂。"真是仁者所说的话啊。吴垣对此有一首律诗相和，有"洞箫声重三千玉，《铜鼓》词传五十春"这样的诗句。所说的《铜鼓》，正是丙辰年我参加博学鸿词科举考试时所写的赋的题目。金鉷收录在了《省志·艺文》类中，如今已经有五十年了。重新翻阅这首诗，仿佛隔世之作。

六八　吴小眉少司马

【原文】

余试鸿词报罢[1]，蒙归安吴小眉少司马最为青盼[2]。五十年来，其家式微[3]。今年游粤东，过飞来寺，见先生题诗半山亭云："西径崎岖上，东峰宛转行。半山山过半，飞鸟一身轻。"读之，如重见老成眉宇。先生讳应棻，弟讳应枚。其封君[4]梦苏眉山兄弟而生，故一字小眉，一字小颖。小眉巡抚湖北，平反麻城冤狱，为海内所称。小颖亦官至礼部侍郎。

【注释】

①报罢：科举考试落榜。②青盼：青睐，被人喜欢或器重。③式微：由兴盛转为衰落。④封君：泛指拥有爵位及封地的人。

【译文】

我参加博学鸿词考试落榜后，承蒙归安吴应棻侍郎的倚重。五十年来，先生的家境已经逐渐败落。今年重新游览了广东东部，途经飞来寺，看到先生在半山亭题的一首诗："西径崎岖上，东峰宛转行。半山山过半，飞鸟一身轻。"读完之后，仿佛又看到了先生严肃老成的样子。先生讳应棻，弟讳应枚。因为是他们的父亲梦见苏轼兄弟后才有的，所以一个字小眉，一个字小颖。吴应棻在湖北担任巡抚，平反了麻城的冤狱，被海内人士所称赞。吴应枚也做官做到了礼部侍郎。

六九 张、贾之韵

【原文】

李怀民[①]与弟宪桥选《唐人主客图》，以张水部、贾长江两派为主，余人为客；遂号所咏为《二客吟》。怀民《赠人盆桂》云："送花如嫁女，相看出门时。手为拂朝露，心愁摇远枝。"《送张明府》云："在县常无事，还家只有身。随行一舟月，出送满城人。"宪桥咏《鹤》云："纵教就平立，总有欲高心。""不辞临水久，只觉近人难。"《历下厅》云："马餐侵皂雪，吏扫过阶风。"《送流人》云："再逢归梦是，数语此生分。"二人果有贾、张风味。

【注释】

①李怀民：也就是李石桐，高密人，清朝初年文士，著有《十桐草堂集》。

【译文】

李石桐与他的弟弟宪桥选编《唐人主客图》，主要是张籍、贾岛两派，其他派别为辅，于是将所咏诵的诗歌称为《二客吟》。李石桐在《赠人盆桂》一诗中说："送花如嫁女，相看出门时。手为拂朝露，心愁摇远枝。"在《送张明府》一诗中说："在县常无事，还家只有身。随行一舟月，出送满城人。"宪桥在《鹤》一诗中说："纵教就平立，总有欲高心。""不辞临水久，只觉近人难。"在《历下厅》一诗中说："马餐侵皂雪，吏扫过阶风。"在《送流人》一诗中说："再逢归梦是，数语此生分。"两个人果然很有贾岛和张籍诗的风格韵味。

七〇 公私分明镜伊

【原文】

余过大庾，邑宰袁镜伊欣然相接，自言倾想者三十年。同游了山，又亲送过梅岭。自诵《雪》诗云："远近枝横千树玉，往来人负一身花。"《赠人》云："雪调静听孤唱远，云程遥望一痕青。"本籍宣化，故有句云："山排云朔从天下，水合桑沩入地无。"皆佳句也。镜伊名锡衡，乙酉孝廉。有勋贵过境，傔从[①]殴伤平民，镜伊缚置狱中，取保辜[②]限状。嗣后过者肃然。

【注释】

①傔（qiàn）从：侍从，奴仆。②保辜：古代刑法中一种保护受害人的制度。

【译文】

我途经大庾的时候，县令袁镜伊高兴地款待我，自言自语说已经钦慕我三十年了。我们一起游了山，他又亲自把我送过了梅岭。自己咏诵了一首《雪》："远近枝横千树玉，往来人负一身花。"《赠人》说："雪调静听孤唱远，云程遥望一痕青。"因为他的祖籍在宣化，所以有诗句说："山排云朔从天下，水合桑沩入地无。"这些都是好句子。镜伊名叫锡衡，是乙酉年的孝廉。曾经有功臣权贵路过他管辖的地方，放纵仆人殴打伤害平民，袁锡衡将他绑在了狱中，按照保辜进行处理。从此以后经过该地的人都对他充满了敬畏（不敢再有过分之事）。

七一　山左朱海客先生

【原文】

山左[①]朱海客先生，名承煦，素无一面。忽遣人投书，署云“上天下大才子某”。余感其意，过京口时，访于海岳书院。先生已七十矣，留饮再四。余因风扬帆，不克小住。未半年，先生竟归道山[②]。又六年，遇其子鎏坡于广州，急索乃翁诗稿，得《示内》二句云：“剪刀声歇栽花后，井臼[③]功余问字初。”

【注释】

①山左：旧时对山东省的别称。这里的山指的是太行山。②归道山：指死亡。归：是。道山：仙山。③井臼（jiù）：汲水舂米，泛指操持家务。

【译文】

山东的朱海客先生，名承煦，从来没有与他见过面。突然派人给我递来书信，上面写着“上天下大才子某”。他的好意让我十分感动，在途经京口的时候，特意去拜访了海岳书院。先生那年已经七十多岁了，多次留我饮酒。我因为赶路匆忙，不能小住。没到半年，先生竟然过世了。又过了六年，在广州遇见了他的儿子鎏坡，急忙索求先生的诗稿，得到了《示内》二句：“剪刀声歇栽花后，井臼功余问字初。”

七二　乐昌令吴世贤

【原文】

余病广州。乐昌令吴公世贤，每公事稍暇，必至床前问讯。余爱其诗笔清丽，可作陈琳之檄。咏《钓竿》云：“淇园簻簻[①]折新枝，人到忘机[②]鸥鹭知。风雪寒江应忆我，英雄末路悔抛伊。”《羽扇》云：“常使指挥天下事，不羞憔悴月明中。”《皮蛋》云：“个中偏蕴云霞彩，味外还余松竹烟。”吴号古心，松江人。

【注释】

①簟簟（tì）：细长的竹竿。②忘机：消除投机取巧之心。

【译文】

我在广州生了病。乐昌令吴世贤，只要公事稍微有些空暇时间，便会跑到床前询问情况。我特别喜欢他写诗时文笔的清丽，能够写出和陈琳檄文一样的好文章。他在咏《钓竿》一诗中写道："淇园簟簟折新枝，人到忘机鸥鹭知。风雪寒江应忆我，英雄末路悔抛伊。"在《羽扇》一诗中写道；"常使指挥天下事，不羞憔悴月明中。"在《皮蛋》一诗中写道："个中偏蕴云霞彩，味外还余松竹烟。"吴世贤号古心，松江人士。

七四　一代宗工鱼门太史

【原文】

鱼门太史于学无所不窥，而一生以诗为最。余寄怀云："平生绝学都参遍，第一诗功海样深。"寄未一月，而鱼门自京师信来，亦云"所学，惟诗自信"，不谋而合，可谓知己自知，心心相印矣。屡托余买屋金陵，为结邻计。不料在广州，孙补山中丞招饮，告以鱼门殁于陕西毕抚军署中。彼此泣下，衔杯无欢。因思毕公一代宗工①，必能收其遗稿；然鱼门所刻《蕺园集》，仅十分之三耳。记其未梓者：《书怀》云："才难问生产，气不识金银。"《题阮吾山行卷》云："无劳叹行役，行役是闲时。"《对雪》云："闹市收声归阒寂②，虚堂敛抱对寒清。"《乞假》云："官书百卷从担去，病牒三行有印钤。"呜呼！此乾隆三十五年，假归寓随园，以近作见示，而余所抄存者也。不意竟成永诀！

【注释】

①一代宗工：指在手艺、学问等方面被一个时代所推崇的人。②阒（qù）寂：静寂无声，死寂。

【译文】

程晋芳对于学问涉猎极广，其中最擅长的就是诗歌了。我在《寄怀》中写道："平生绝学都参遍，第一诗功海样深。"将诗寄出去没有一个月，鱼门从京师也寄来了信，也说"所学，惟诗自信"，我们两个不谋而合，真可以称作知人知己，心心相印了。他多次拜托我在南京买房，想要和我成为邻居。没想到在广州，孙士毅巡抚招我喝酒时，突然告诉我鱼门死在了陕西毕沅巡抚署中的消息。两人不禁哭了起来，喝酒也没有了欢乐的气氛。因为想到毕沅是当世所推崇的贤人，一定能将他的遗稿收集起来；没想到程晋芳所写的《蕺园集》，只剩下了十分之三。此处记下他尚未来得及刊刻的《书怀》一诗："才难问生产，气不识金银。"《题阮吾山行卷》："无劳叹行役，行役是闲时。"《对雪》："闹市收声归阒寂，虚堂敛抱对寒清。"《乞假》："官书百卷从担去，病牒三行有印铃。"哎！这是乾隆三十五年，他放假住在随园的时候，把当时刚写好的诗歌给我看，我所抄下来保存的。没想到竟然成为了永别！

七五　秋闱之友

【原文】

余戊午秋闱[①]，与锡山李君时乘，同寓马姓家，同登秋榜，垂五十年。今岁在粤东，其子邕来见访，出诗见示。录《山居》二首云："一从疏世事，终日把犁锄。村色牛羊外，秋砧水石余。山深迟刈麦，潭冷不生鱼。倘有诗人至，犹堪剪韭蔬。""闲云上小楼，落日林塘幽。溪雨蛙声聚，山风槲[②]叶秋。一囊方朔米[③]，卅载晏婴裘[④]。便欲烟霞外，将身作隐侯。"

【注释】

①秋闱：对科举制度中乡试的叫法。②槲（hú）：常绿小灌木。③方朔米：出自《汉书·东方朔列传》，指极少的俸禄。④晏婴裘：指极为节俭。出自《礼记·檀弓下》，原文是说晏子的一个狐裘穿了三十年。

【译文】

我在戊午参加乡试的时候，与锡山的李时乘，一起住在一个姓马的家里，后来一起考中了乡试，到如今已经快五十年了。今年在广东，他的儿子邕来拜访我，拿出了李时乘的诗给我看，记下了他的《山居》二首："一从疏世事，终日把犁锄。村色牛羊外，秋砧水石余。山深迟刈麦，潭冷不生鱼。倘有诗人至，犹堪剪韭蔬。""闲云上小楼，落日林塘幽。溪雨蛙声聚，山风槲叶秋。一囊方朔米，卅载晏婴裘。便欲烟霞外，将身作隐侯。"

七六　侯君能诗

【原文】

余宰江宁时，侯君学诗苇原，年十四，应童子试。后夏醴谷先生屡称其能诗，终未见也。今宰新会。余往相访，同游圭峰[①]望海。读其诗，长于古风，盖深于杜、韩、苏三家者。佳句云："绿遮人外柳，红落渡前花。""狂药看人频动色，樗蒲[②]到老不知名。"

【注释】

①圭峰：也叫"龟峰"，位于江西省上饶市弋阳县境内。②樗蒱（chū pú）：即樗蒲，出现于汉末，古代十分盛行的一种棋类游戏。

【译文】

我管理江宁的时候，侯君跟着苇原学习写诗，当时他只有十四岁，参加了童子试。后来夏之蓉先生多次称赞他擅长作诗，我却始终没能与他见上一面。现在侯君在新会任官。我前去拜访他，一起游览了圭峰望海。阅读了他的诗，（发现他）擅长古风，应该对杜甫、韩愈、苏轼这三家十分上心。他所写的佳句有："绿遮人外柳，红落渡前花。""狂药看人频动色，樗蒲到老不知名。"

七八　忆年少

【原文】

余幼居杭州葵巷，十七岁而迁居。五十六岁从白下归，重经旧庐。记幼时游跃之场，极为宽展；而此时观之，则湫隘[①]已甚：不知曩者[②]何以居之恬然也。偶读陈处士古渔诗曰："老经旧地都嫌小，昼忆儿时似觉长。"乃实获我心矣。

【注释】

①湫隘（jiǎo ài）：低下狭小。②曩（nǎng）者：过去，从前。

【译文】

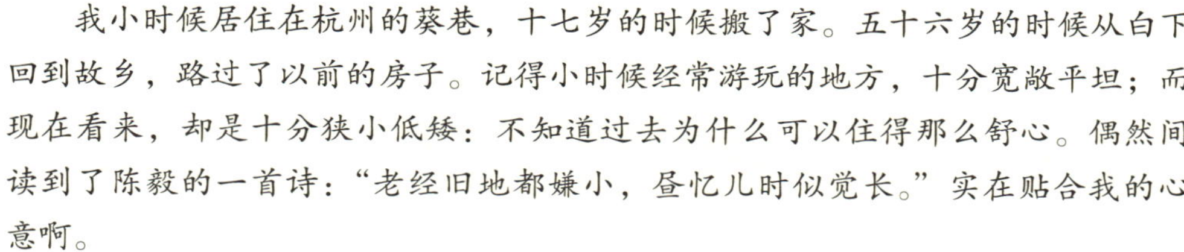

我小时候居住在杭州的葵巷，十七岁的时候搬了家。五十六岁的时候从白下回到故乡，路过了以前的房子。记得小时候经常游玩的地方，十分宽敞平坦；而现在看来，却是十分狭小低矮：不知道过去为什么可以住得那么舒心。偶然间读到了陈毅的一首诗："老经旧地都嫌小，昼忆儿时似觉长。"实在贴合我的心意啊。

八一　作诗得金花

【原文】

桐城马相如、山阴沈可山，少年狂放，路逢亲迎者，不问主人，直造其家，索纸笔。《替新妇催妆》云："江南词客太翩跹[①]，打鼓吹箫薄暮天。应是天孙今夕嫁，碧空飞下雨云仙。""随郎共枕心犹怯，别母牵衣泪未干。玉筋[②]休教褪红粉，金莲烛下有人看。"娶妇家颇解事，读之大喜；饮以玉爵，各赠金花一枝。

【注释】

①翩跹：轻快舞动的样子。②玉筋：用玉做的筷子，这里指新妇的眼泪。

【译文】

桐城人马璞臣、山阴人沈堡，年少轻狂，放荡不羁，在路上遇到迎亲的人，不询问主人的意见，就擅自去人家家中拜访，索要纸笔。写下《替新妇催妆》说："江南词客太翩跹，打鼓吹箫薄暮天。应是天孙今夕嫁，碧空飞下雨云仙。""随郎共枕心犹怯，别母牵衣泪未干。玉筋休教褪红粉，金莲烛下有人看。"迎娶新妇的人家十分明白事理，读完之后大喜，用玉做的酒杯给他们斟酒，并送给他们每人一枝金花。

八五　督学得才

【原文】

朱竹君学士督学皖江，任满，余问所得人才。公手书姓名，分为两种：朴学[①]数人，才华数人。次日，即率黄秀才名戊字左君者来见，美少年也。其《京邸夜归》云："入城灯市散，有客正还家。新仆欲通姓，娇儿不识爷。春光满茅屋，喜气上灯花。乍见翻无语，徘徊月正华。"七言如："小艇自流初住雨，夹衣难受嫩晴风。"殊有风流自赏之意。

【注释】

①朴学：着重在于收集资料、罗列证据，很少有立论阐述，对文采也并不注重的一种学术流派。

【译文】

朱筠学士在皖江督学，任期到了，我问他所得的人才。朱公手里写下了几个人的名字，主要可以分为两类：研究朴学的有数人，才华出众的有数人。第二天，就带着秀才黄戊（字左君）来与我相见，他是一位相貌俊美的少年。他在《京邸夜归》中说："入城灯市散，有客正还家。新仆欲通姓，娇儿不识爷。春光满茅屋，喜气上灯花。乍见翻无语，徘徊月正华。"还有七言古诗说："小艇自流初住雨，夹衣难受嫩晴风。"颇有风流自赏的味道。

八六　厉子大诗才清妙

【原文】

乾隆丙辰，予于李敏达公处，见厉子大[①]先生，时为少司寇[②]。以冢宰[③]文恭公之子，未弱冠即入翰林。诗才清妙。《岁除和韵》云："一年清课为花忙，无事花间倒百觞。日落归鸦喧古木，家贫饥鹤唳空仓。楸枰[④]静设迟棋客，彩笔[⑤]

吟成和省郎。官柳未黄桃已烂，春风早晚亦何尝。”《独酌》云：“萍分云散故人离，尊酒应怜独酌时。夜漏渐沉烧烛短，残书未了引眠迟。罗江春信盆梅报，纸帐宵寒鹤梦知。皎皎庭除余落月，屋梁相照此心期。”

【注释】

①厉子大：励宗万，字滋大，清初著名藏书家。②少司寇：古官职名，掌管司法和刑狱，即清代的刑部侍郎。③冢宰：官职名，乃吏部尚书，掌管着全国官吏的任免、升降、调动等事宜。④楸枰（qiū píng）：指围棋棋盘，也泛指围棋。⑤彩笔：指辞藻华丽的文笔。

【译文】

乾隆丙辰年，我在李卫的家里，看到了励宗万先生，当时他担任刑部侍郎一职。因是吏部尚书励廷仪的儿子，还没满二十岁便进入了翰林。他在《岁除和韵》一诗中写道：“一年清课为花忙，无事花间倒百觞。日落归鸦喧古木，家贫饥鹤唳空仓。楸枰静设迟棋客，彩笔吟成和省郎。官柳未黄桃已烂，春风早晚亦何尝。”在《独酌》一诗中写道：“萍分云散故人离，尊酒应怜独酌时。夜漏渐沉烧烛短，残书未了引眠迟。罗江春信盆梅报，纸帐宵寒鹤梦知。皎皎庭除余落月，屋梁相照此心期。”

八七　刻意为诗

【原文】

金陵曹淡泉、秀才，以“一夕春风暖，吹红上海棠”一联，为予所赏；遂刻意[①]为诗。《赠妹》云：“吾妹何贤淑，能箴[②]女史词。倩人教织素，随嫂学蒸梨。母病翻经早，家贫得婿迟。天然心爱好，常诵阿兄诗。”《伞山道中》云：“南陌草萋萋，新秋插未齐。投村先问路，隔陇但闻鸡。坝断溪声急，山高日影低。夜来经雨过，牛迹满荒堤。”他如：“老牛舐犊沿修埂，雏燕分巢过别家。岁逢闰月春来早，山背朝阳雪化迟。”俱妙。

【注释】

①刻意：潜心致志，花尽心思。②箴：告诫，规谏。

【译文】

南京的秀才曹淡泉，凭借“一夕春风暖，吹红上海棠”一联，为我所赏识，于是开始花尽心思学习作诗。在《赠妹》中写道：“吾妹何贤淑，能箴女史词。倩人教织素，随嫂学蒸梨。母病翻经早，家贫得婿迟。天然心爱好，常诵阿兄诗。”在《伞山道中》写道：“南陌草萋萋，新秋插未齐。投村先问路，隔陇但闻鸡。坝断溪声急，山高日影低。夜来经雨过，牛迹满荒堤。”其他的如：“老牛舐犊沿修埂，雏燕分巢过别家。岁逢闰月春来早，山背朝阳雪化迟。”这些诗句都写得很好。

八八　耕南诗胜文

【原文】

桐城刘大櫆[①]耕南，以古文名家。程鱼门读其全集，告予曰：“耕南诗胜于文也。”《听琴》云：“香台初上日，檐铎[②]受风微。好友不期至，僧庐同叩扉。弹琴向佛坐，余响入云飞。余亦忘言说，乌栖犹未归。”《独宿》云：“江村黄叶飞，犹掩萧斋卧。时有捕鱼人，橹声窗外过。”真清绝也。《哭弟》云：“死别渐欺初日诺，长贫难作托孤人。”

【注释】

①刘大櫆：字才甫，一字耕南，桐城派的代表人物。②铎：风铃，挂在屋檐上的铃铛。

【译文】

桐城人士刘大櫆，字耕南，以写古文而闻名于世。程鱼门读他的全集，对我说：“耕南的诗比他的文更加出彩。”刘大櫆在《听琴》一诗中写道：“香台初上日，檐铎受风微。好友不期至，僧庐同叩扉。弹琴向佛坐，余响入云飞。余亦忘言说，乌栖犹未归。”在《独宿》中写道：“江村黄叶飞，犹掩萧斋卧。时有捕鱼人，橹声窗外过。”这些都是清妙绝伦的佳作啊。在《哭弟》一诗中写道：“死别渐欺初日诺，长贫难作托孤人。”

九〇　弟子元超之作

【原文】

金陵龚秀才元超，字旭开，余诗弟子也。《月夜》云："江水洗江月，荻花[①]寒不飞。林园足烟景，屋宇湛霜辉。戍角宵将半，溪船渔未归。沿堤采芳芷，似胜北山薇。"《送从兄酌泉夜归》云："前番不识路，闻语碧萝丛。此次逢招饮，衔杯红叶中。山深花木好，客妙性情同。归路谁先醉？应扶白发翁。"《渔家》云："轻縠纹[②]生玉溆斜，晚风吹雨湿桃花。红裙双腕急摇橹，前面垂杨是妾家。"

【注释】

①荻（dí）花：多年生草本植物，生在水边，叶子长形，和芦苇相似，秋天开紫花。②縠（hú）纹：皱纹，用来比喻水的波纹。

【译文】

金陵龚秀才元超，字旭开，是跟我学诗的弟子。他在《月夜》中写道："江水洗江月，荻花寒不飞。林园足烟景，屋宇湛霜辉。戍角宵将半，溪船渔未归。沿堤采芳芷，似胜北山薇。"在《送从兄酌泉夜归》中写道："前番不识路，闻语碧萝丛。此次逢招饮，衔杯红叶中。山深花木好，客妙性情同。归路谁先醉？应扶白发翁。"在《渔家》中写道："轻縠纹生玉溆斜，晚风吹雨湿桃花。红裙双腕急摇橹，前面垂杨是妾家。"

九一　吴飞池之诗

【原文】

杭州吴飞池，学诗于樊榭先生。先生爱其"红蓼花[①]深冷葛衣"一句，谓可镌入印章。其《澶州杂诗》云："晨光黯黯树稀微，云带炊烟湿不飞。多少人家秋色里，满天白露漫柴扉。"《过洛阳问牡丹》云："花浓洛下种应真，我却来时不是春。到耳尽夸颜色好，未开先赏断无人。”他如：“林间一鸟过，池面数花欹[②]。”“岸仄疑无路，灯明似有村。”“晓月光微难辨树，西风吹冷不知衣。”皆清脆可喜。

【注释】

①红蓼（liǎo）花：蓼科的一年生草本植物。②欹（qī）：倾斜。

【译文】

杭州人吴飞池，在厉鹗门下学习写诗。先生特别喜欢他的“红蓼花深冷葛衣”一句，说可以将这句刻入印章。他在《澶州杂诗》一诗中写道：“晨光黯黯树稀微，云带炊烟湿不飞。多少人家秋色里，满天白露漫柴扉。”在《过洛阳问牡丹》一诗中写道：“花浓洛下种应真，我却来时不是春。到耳尽夸颜色好，未开先赏断无人。”其他诗句如：“林间一鸟过，池面数花欹。”“岸仄疑无路，灯明似有村。”“晓月光微难辨树，西风吹冷不知衣。”都是清新让人喜欢的。

九二　为图征诗

【原文】

余祖居杭州艮山门内大树巷。邻有隐者桑文侯，鬻[①]粽为业，性至孝：父病膈，文侯合羊脂和粥以进；父死，乃抱铛[②]而哭。人为绘《抱铛图》，征诗。万君光泰诗最佳。其词曰：“羊脂数合米一掬[③]，病父在床惟啖粥。父能啖粥子亦甘，粒米胜于五鼎肉。升屋皋[④]某无归魂，束薪断火铛寡恩。床前呼父铛畔哭，抱铛三日铛犹温。呜呼！恨身不作铛中米，临殁犹能进一匕，谓铛不闻铛有耳。”文侯之子弢甫先生，性孤癖，能步行百里，弃主事官，裹粮游五岳。《留别袁石峰》云：“莫定畸人物外踪，梦魂飞入碧霞重。浮云形似世情幻，秋树色添游兴浓。白练横过天际马，乌藤直上岭头龙。凭将一斗隃糜汁，洒遍天门日观峰。”《过华山》云：“华山门下雨盈盈，玉女秋期会玉京。十万云鬟梳洗罢，漫空盆水一齐倾。”《嵩洛杂诗》云：“铁梁大小石纵横，似步空廊原有声。世外多情一明月，直陪孤影到三更。”非深于游山者不能言。先生名调元。

【注释】

①鬻（yù）：卖。②铛：用于加热的器皿，与锅相似，三足。③掬：量词，

捧。④皋（háo）：呼叫，呼告。

【译文】

我的祖辈一直居住在杭州艮山门内的大树巷中。有一位名叫桑文侯的隐士邻居，靠卖粽子为生，为人十分孝顺：他的父亲生了难以吞咽食物的病，文侯就把羊脂和粥掺和在一起喂给父亲；后来父亲过世了，他就抱着铛大哭。有人为他画了《抱铛图》，征集与画相匹配的诗。（这些诗里）万君光泰写的诗最好。他写的词是："羊脂数合米一掬，病父在床惟啖粥。父能啖粥子亦甘，粒米胜于五鼎肉。升屋皋某无归魂，束薪断火铛寡恩。床前呼父铛畔哭，抱铛三日铛犹温。呜呼！恨身不作铛中米，临殁犹能进一匕，谓铛不闻铛有耳。"桑文侯的儿子弢甫先生，性格孤僻，能够日行百里，放弃了主事官之职，带着粮食游览五岳。作《留别袁石峰》说："莫定畸人物外踪，梦魂飞入碧霞重。浮云形似世情幻，秋树色添游兴浓。白练横过天际马，乌藤直上岭头龙。凭将一斗隃麋汁，洒遍天门日观峰。"作《过华山》说："华山门下雨盈盈，玉女秋期会玉京。十万云鬟梳洗罢，漫空盆水一齐倾。"作《嵩洛杂诗》说："铁梁大小石纵横，似步空廊原有声。世外多情一明月，直陪孤影到三更。"这些诗句若不是痴迷于浏览山川的人是写不出来的。桑弢甫先生的大名是调元。

九三　诗看用笔

【原文】

姬传[①]姚太史云："诗文之道，凡志奇行者易为工，传庸德者难为巧。"理固然也；然亦视其人之用笔何如耳。吾族柳村有侧室韩氏，年逾二十，即守节教子，居竹柏楼十五年而卒。子又恺请旌于朝，又画《楼居图》志痛。一时士大夫咏其事者如云，号《霜哺遗音集》。此庸行也。余独爱少詹[②]钱辛楣七古云："郊居岑蔚竹柏交，秋霜铄[③]物群英凋。小楼一灯青不摇，课儿夜诵声咿咬。柳村岳岳古英豪，山丘华屋如惊泡。淑姬寤言矢终宵，手持刀尺敢惮劳？《离鸾别鹄》哀弦操，可怜茕影风萧萧。熊丸茹苦胜珍肴，湛侃复见良足褒。伫看紫诰庆所遭，乌头绰楔荣光高。何图蕙草谢一朝，楼存人去魂难招！郎君玉立森兰苕，春晖未报心忉忉。音徽追溯倩画描，披图展拜恒号眺。我为歌咏辉风骚。"又，无锡进士顾钰五律第二首云："非拟怀清筑，萧然坐一林。竹森环户翠，柏古落庭阴。画荻慈亲志，登楼孝子心。当年纺绩处，倾听有遗音。"柳村名永涵，苏州人。

【注释】

①姬传：也就是姚鼐，"桐城三祖"之一，乾隆二十八年进士。②少詹：官职名，少詹事职责为教育皇子。③铄（lì）：车轮碾压。

【译文】

姬传姚太史说："写诗作文的方法，记录特殊事迹的就容易写好，传达一般人的德行的就很难写得巧妙。"道理虽然是这样，但是也要看这个人有着怎样的文笔。我的族人柳村有一个侧室韩氏，刚过二十岁，就守节教子，居住在竹柏楼里十五年就离世了。他的儿子又恺请求朝廷表彰母亲的作为，又画了一幅《楼居图》来表达自己的悲痛。一时间士大夫们纷纷歌咏这件事，编成集册《霜哺遗音集》。这是一般人的德行。我只喜欢少詹事钱大昕的七言古诗，是这样写的："郊居岑蔚竹柏交，秋霜铄物群英凋。小楼一灯青不摇，课儿夜诵声咿咬。柳村岳岳古英豪，山丘华屋如惊泡。淑姬寤言矢终宵，手持刀尺敢惮劳？《离鸾别鹄》哀弦操，可怜荻影风萧萧。熊丸茹苦胜珍肴，湛侃复见良足褒。伫看紫诰庆所遭，乌头绰楔荣光高。何图蕙草谢一朝，楼存人去魂难招！郎君玉立森兰苕，春晖未报心忉忉。音徽追溯倩画描，披图展拜恒号咷。我为歌咏辉风骚。"还有无锡进士顾钰五律中的第二首："非拟怀清筑，萧然坐一林。竹森环户翠，柏古落庭阴。画荻慈亲志，登楼孝子心。当年纺绩处，倾听有遗音。"柳村名永涵，是苏州人士。

卷一一

三　吴中诗学

【原文】

吴中诗学，娄东[1]为盛。二百年来，前有凤洲，继有梅村；今继之者，其弇山尚书乎？《过吴祭酒旧邸》诗云："我是娄东吟社客，瓣香[2]私淑不胜情。"其以两公自命可知。然两公仅有文学，而无功勋；则尚书过之远矣！尚书虽拥节钺[3]，勤王事，未尝一日释书不观；手披口诵，刻苦过于诸生。诗编三十二卷，曰《灵岩山人诗集》。灵岩者，尚书早岁读书地也。

【注释】

①娄东：指的是"娄东诗派"，是明末清初的一个诗派。②瓣香：敬仰，师承。③节钺（yuè）：符节和斧钺。古代将这些授予将帅，是权力的标志。

【译文】

吴中的诗学，以娄东诗派的发展最为繁盛。两百年来，前有王世贞，后有吴伟业；现在继承这个诗派的人，应该是毕沅吧？他在《过吴祭酒旧邸》一诗中说："我是娄东吟社客，瓣香私淑不胜情。"这里面可见他以王世贞、吴伟业自比。但是王、吴两公只在文学上有些才华，却没有建功立勋；如此一来毕沅已经远远超过他们了！毕沅虽然掌握着权力，每天勤于处理政治事务，但是从来没有一天不看书；他手披口诵，比众多考生还要刻苦。有诗编三十二卷，名字是《灵岩山人诗集》。所说的灵岩，是尚书早年时读书的地方。

六　尝鼎一脔

【原文】

湖北陈望之方伯，为其年[1]检讨之后人，诗才清妙，绰有家风。官楚时，适与毕、惠两公共事，可谓天与诗人作合也。第方伯诗，余只录见赠佳句入三卷中，此外未窥全豹。忽有松江廖某持《养鹤图》见题，中有方伯一绝云："美人自结岁寒盟，入座云山照眼明。料理鹤粮门尽掩，松花如雨扑帘旌。"清脆绝尘。尝鼎一脔[②]，亦可知味矣。

【注释】

①其年：陈维崧，字其年，号迦陵，康熙年间的翰林院检讨。②尝鼎一脔（luán）：指尝鼎里的一块肉，就能知道整个鼎里面的肉味了，延伸意为根据部分来推出整体。

【译文】

湖北的陈望之方伯，是陈维崧检讨的后代，他的诗才清新妙趣，很有他祖上的风格韵味。他在楚地当官的时候，恰好与毕沅、惠龄两位一起共事，真可以称得上是天公作美，让诗人能够聚在一起。方伯的诗，我只收录了他赠给我的佳句（收于第三卷），之外并没有看到其他作品。忽然有松江一位姓廖的人拿着一幅《养鹤图》来让我题词，这里面有方伯的一首绝句："美人自结岁寒盟，入座云山照眼明。料理鹤粮门尽掩，松花如雨扑帘旌。"这首诗清脆绝尘。可算是尝鼎一脔，也能知道其中的味道了。

一〇 看诗者不可不知典

【原文】

隐僻之典，作诗文者不可用，而看诗文者不可不知。有人诵明季杨维斗先生诗，曰："'吾宫萝卜火，咳唾地榆生。'所用何书？"余按，《北史》："魏昭成皇帝所唾处，地皆生榆。""萝卜火"不知所出。后二十年，阅《洞微志》："齐州有人病狂，梦见红裳女子，引入宫中，歌曰：'五灵楼阁晓玲珑，天府由来是此中。惆怅闷怀言不尽，一丸萝卜火吾宫。'旁一道士云：'君犯大麦毒也。少女心神，小姑脾神，知萝卜制面毒，故曰火吾宫。火者，毁也。'狂者醒而食萝卜，病遂愈。"夏醴谷先生督学楚中，岁试题《象日以杀舜为事》。有一生文云："象不徒杀之以水，而并杀之以火也。不徒杀之于火，而又杀之以酒也。"幕中阅文者大笑，欲批抹[①]而置之劣等。夏公不可，曰："恐有出处，且看作何对法。"其对比云："舜不得于母，而遂不得于父也；舜虽不得于弟，而幸而有得于妹也。"通篇文亦奇警。夏公改置一等；欲召而问之，而其人已远出矣。余按：舜妹敤首[②]与舜相得，载《帝王世纪》。祖君彦檄炀帝云："兰陵公主逼幸[③]告终，不图敤首之贤，反蒙齐襄之耻[④]。"是此典六朝人已用之。惟以酒杀舜，不知何出。又十余年，读马辅《绎史》，方知象饮舜以药酒，见刘向《列女传》。

【注释】

①批抹：审批，判改。②敤（kě）首：传说是舜同父异母的妹妹。③逼幸：指帝王的后妃逼淫在下位的人。④齐襄之耻：指的是齐襄公曾经与自己的妹妹乱伦这件事。

【译文】

隐晦生僻的典故，写诗作文的人最好不要使用，但是查看诗文的人却不能不知道。有人读明朝末年杨廷枢先生的诗，说："'吾宫萝卜火，咳唾地榆生。'这个典故出自哪本书？"我说明一下，在《北史》中有记载："魏昭成皇帝所唾处，地皆生榆。"但是"萝卜火"的典故却不知道出自哪里。过了二十年，我在读《洞微志》的时候，发现里面有："齐州有人病狂，梦见红裳女子，引入宫中，歌曰：'五灵楼阁晓玲珑，天府由来是此中。惆怅闷怀言不尽，一丸萝卜火吾宫。'旁一道士云：'君犯大麦毒也。少女心神，小姑脾神，知萝卜制面毒，故曰火吾宫。火者，毁也。'狂者醒而食萝卜，病遂愈。"夏醴谷先生在楚中督学的时候，当年的考试题目是《象日以杀舜为事》。有一个考生写文说："象不徒杀之以水，而并杀之以火也。不徒杀之于火，而又杀之以酒也。"幕中审阅文章的人看后大笑不止，想要批注判定为劣等。夏公认为不可妄下定论，说："恐怕这句话有出处，我们先看看他是怎么作对的吧。"这个考生对比说："舜不得于母，而遂不得于父也；舜虽不得于弟，而幸而有得于妹也。"整篇文章也是奇绝精辟。夏公将其改判为一等，想要把这个考生召过来问一问，没想到他人已经出远门去了。我说明一下：舜的妹妹敤首和舜的关系很好，在《帝王世纪》中有记载。祖君彦用檄文责备炀帝说："兰陵公主逼幸告终，不图敤首之贤，反蒙齐襄之耻。"说明这个典故六朝人已经在使用了。只是以酒杀舜，这个典故不知道出自哪里。又过了十几年，我在读马辅的《绎史》时，才知道象让舜喝下毒药酒这件事，在刘向的《列女传》中有记载。

一三　胡公之诗

【原文】

唐开元之治，辅之者：宋璟以德，姚崇以才，张说以文，皆称贤相。本朝巡抚苏州者：汤潜庵以德，宋牧仲以文：皆中州人也。近日中州胡云坡司寇秉臬[①]苏州，继二公而起，政简刑清，屡开文宴，一时名士如平瑶海太史、顾星桥进士，时时过从[②]。余至吴门，必招赴会。公领尚书后，都中犹寄怀云："过江名士久推袁，吴下相逢月满轩。鸾掖[③]文章留旧价，仓山著述综群言。平生契合惟元老，半世栖迟为寿萱。我上燕台每南望，最关情处是随园。"后又寄《扈从纪事诗》十二首来，不作颂扬泛语，自出心裁。《从围》云："一望灯光列星斗，始知身在五云边。"想见待漏[④]晨趋，身傍九霄之光景。"策马上山寻别路，忽闻绝壑响松涛。"想见热处冷行，不争冲要之识力。至于"才过残月又新月，几度排班看打围"，则又明写湛露龙光、昼日三接之恩荣焉。有札命余和韵。余以诗贵清真；目所未瞻，身所未到，不敢牙牙学语，婢作夫人：故不敢作也。

【注释】

①臬：刑法，法度。②过从：互相往来，来访。③鸾掖（yè）：尤鸾台，门下省的别称。④待漏：指古代大臣在五更前到朝房等待上朝的这段时间。漏：代指时间。

【译文】

唐朝开元之治，辅佐帝王的人中，宋璟用自己的德行，姚崇用自己的才华，张说用自己的文笔，都可以称得上是贤能的宰相。本朝在苏州当巡抚的人中，汤潜庵有德行，宋牧仲有文笔，都是中州人士。最近中州的胡云坡司寇在苏州执法，继二公而起，政治精简刑法清明，多次开设文宴，一时间诸多名士如平瑶海太史、顾星桥进士，经常相互拜访往来。我到吴门，一定会受到胡公的邀请前去赴会。胡公担任尚书一职之后，还在京城中给我写诗表示怀念说："过江名士久推袁，吴下相逢月满轩。鸾掖文章留旧价，仓山著述综群言。平生契合惟元老，半世栖迟为寿萱。我上燕台每南望，最关情处是随园。"后来又寄了《扈从纪事诗》十二首过来，没有敷衍赞颂的词语，每一句都别出心裁。他在《从围》一诗中说："一望灯光列星斗，始知身在五云边。"由此可以看出他时间一到就去赶赴早朝，深处皇宫的样子。"策马上山寻别路，忽闻绝壑响松涛。"由此可以看出他避开热闹独自前行，不与诗人争抢要道的卓识远见。"才过残月又新月，几度排班看打围"这一句，则明确地写出了皇恩浩荡，白天三次接驾的殊荣。他有来信命我和韵，但是我认为诗贵在真实自然，我并没有看到，也没有身临其境，不敢牙牙学语，作婢女装成夫人的样子，因此不敢写诗相和。

一四　顾牧云奇遇

【原文】

槜李顾牧云流寓[1]襄阳。一日独游隆中，凭吊武侯遗迹，避雨临龙冈；见山腰有茅庵，一叟出迎，风貌奇古。正欲与言，则庵侧蹲一猛虎，顾惊且仆。老翁笑曰："子无惧，此虎已归依我作弟子矣。"且曰："知子能诗，盍题数言见赠？"顾辞以目疾。翁取几上芋与食，命瞑坐一刻，开眼，果察秋毫。顾异之，即题石壁云："一衣一钵一军持[2]，云水天涯任所之。莫笑道人无侣伴，新收猛虎作童儿。""偶向山前咒毒龙，风雷欲拔万株松。须臾明月当空起，归到茅檐打晚钟。"翁留宿庵中。临别，曰："明年正月上寅日，吾开丹炉，与子服一粒，体轻成仙；勿忘此嘱！"次年，及期赴约。行未十里，风雪大作，山无行径，又恐老翁不在，猛虎独存，怅怅而返。后十余年，目渐昏，体渐衰，悔从前向道之心不勇。又赋诗云："老堪嗟，驻颜何处觅丹砂？老堪恼，五官虽具无一好。凋零浑似过时花，憔悴不殊霜后草。手频战，头屡颠，行来蹩躄足不前。自憎容貌改，人恶性情偏。吁嗟乎！我今八十已如此，愁煞蓬莱千岁仙。"

【注释】

①流寓：流落他乡居住。②军持：一种装水果的器皿。

【译文】

槜李的顾牧云流落他乡居住在襄阳。一天，他独自一人到隆中游玩，凭吊诸葛亮的遗迹，在卧龙岗避雨的时候，看到山腰上有一个茅庵，一个老翁出来迎接他，风度样貌奇特而古朴。正想要上前跟他说话，却看到茅庵的旁边蹲着一只猛虎，顾牧云惊慌失措并且扑倒在地。老翁笑着说："你不要害怕，这只老虎已经归顺我当我的弟子了。"还说："我知道你擅长作诗，为什么不写几首送我呢？"顾牧云以眼睛有病作为借口推辞了。老翁拿了茶几上的芋给他吃，让他闭眼静坐一会儿，睁开眼后，竟然能够明察秋毫。顾牧云十分诧异，于是就在石壁上写道："一衣一钵一军持，云水天涯任所之。莫笑道人无侣伴，新收猛虎作童儿。""偶向山前咒毒龙，风雷欲拔万株松。须臾明月当空起，归到茅檐打晚钟。"老翁留他睡在庵中。第二天与他告别的时候说："明年正月上寅日，我要打开炼丹炉，给你服用一颗，便能够羽化成仙，千万不要忘记我的这番叮嘱！”第二年，顾牧云及时赴约。还没走十里路，风雪大作，上山没有了路，又担心老翁不在，只剩下一只老虎，于是就黯然而归了。后来又过了十几年，顾氏的眼睛开始昏花，身体开始衰老，后悔自己以前向道的心不够坚定勇敢。又写诗说：“老堪嗟，驻颜何处觅丹砂？老堪恼，五官虽具无一好。凋零浑似过时花，憔悴不殊霜后草。手频战，头屡颠，行来蹩躄足不前。自憎容貌改，人恶性情偏。吁嗟乎！我今八十已如此，愁煞蓬莱千岁仙。”

一七　赵再白作诗格局

【原文】

虞山赵再白孝廉作诗，如武侯出师，志吞吴、魏，而气力不足。摘其《中秋呈鄂文端公》云：“楼虚贮月光常满，水阔涵星影自稀。”可谓颂扬得体。《真州朝阳楼》云：“万重山去围如海，千里江来折到楼。”《自嘲》云：“名士本来如画饼①，古人原不好真龙。②”又，《渡江》有“水立不动天无容”七字，殊奇。曾为余诵鄂公未遇时句云：“一饭便留客，得钱仍与人。”相公气局之大，早可想见。

【注释】

①画饼：指不存在或者没有的好处和利益，也用来比喻空想。②不好真龙：指的是叶公好龙这件事，比喻口头上说喜欢某件东西，但是事实并不是这样。

【译文】

虞山赵再白孝廉写诗，就像是诸葛亮出师，立志想要吞并吴国和魏国，但是实力却不够。我摘录了他的《中秋呈鄂文端公》一首：“楼虚贮月光常满，水阔涵星影自稀。”这句话可以说是颂扬得体。《真州朝阳楼》写道：“万重山去围如海，千里江来折到楼。”《自嘲》写道：“名士本来如画饼，古人原不好真龙。”另外，《渡江》中有“水立不动天无容”七个字，特别巧妙。曾经为我诵读尚未受到鄂公提携时的诗说：“一饭便留客，得钱仍与人。”赵公的气魄格局之大，早就可以猜到了。

二〇　就任之对

【原文】

金陵太守谢镗，抵任时，索余对联。余赠云："太守风清，江左依然迎谢傅；先生来晚，山中久已卧袁安。"陈省斋先生继其父，署[①]守镇江。余代作对联云："守郡继先人，问江水长流，剩几个当年父老；析薪绵世泽，愿黄堂少住，留一枝此日甘棠。"

【注释】

①署：指官员出缺或者离任，由其他官员代为处理事务。

【译文】

金陵太守谢镗，就任的时候，向我索要对联。我写了一联赠给他："太守风清，江左依然迎谢傅；先生来晚，山中久已卧袁安。"陈肇昌先生接任他的父亲，暂时代任镇江太守。我写了对联说："守郡继先人，问江水长流，剩几个当年父老；析薪绵世泽，愿黄堂少住，留一枝此日甘棠。"

二二　何不恭之有

【原文】

李方膺明府善画梅，性傲岸，而与余交好。殁后，其子某见赠云："记得先君交两友，一子才[①]子一梅花。"殊有风趣。有郭耕礼者，嫌其称父执[②]之字为不恭。余曰："'仲尼祖述尧、舜。'子思且字其祖矣，何不恭之有？"

【注释】

①子才：袁枚的字。②父执：父亲的好友。

【译文】

李方膺知州擅长画梅花，性格高傲不愿随俗，但是和我的关系特别好。

他离世之后，他的儿子有一天拿诗给我说："记得先君交两友，一子才子一梅花。"十分风趣。有一个叫郭耕礼的人，嫌他如此称呼父亲的朋友十分不尊敬。我说："'仲尼祖述尧、舜。'子思尚且称呼自己祖先的字，有什么不恭敬的？"

二四　杨大姑之事

【原文】

予幼时，大母常为予言：大父旦釜公，性豪侠，与沈遹声秀才交好。秀才中表杨大姑，有文君夜奔之事[①]，托先祖为之道地[②]。杨纤足[③]，夜行不能逾沟。先祖助沈，为扶而过之。事发，藏匿余家。大姑纤腰美盼，吐属娴雅。大母亦怜爱之。母家讼于官。太守某恶其越礼，鬻与驻防旗下。大姑佯狂披发，自啖其溺。旗人不能容。沈暗遣人买归，终为夫妇，生一女而亡。后阅《香祖笔记》载此事，称武林女子王倩玉者，盖即杨氏，讳其姓为王也。其寄沈《长相思》一曲云："见时羞，别时愁，百转千回不自由；教奴争罢休！懒梳头，怕凝眸，明月光中上小楼：思君枫叶秋！"

【注释】

①文君夜奔之事：指的是卓文君和司马相如在夜里私奔的事。②道地：代人事先疏通，以确保留有余地。③纤足：古代妇女缠的小脚。

【译文】

我小时候，祖母经常对我说：你的祖父釜公，性情豪爽侠义，与沈遹声秀才交情很深。秀才和表亲杨大姑，曾经发生了私奔的事情，托祖父为他们疏通。杨大姑缠了足，在夜里走的时候不能跨过沟渠。祖父就帮助沈遹声一起扶着杨大姑过去。他们的事情败露之后，（祖父）还让他们藏匿在我家。杨大姑细腰美目，言谈举止十分优雅。祖母也十分疼爱她。她的娘家告了官。太守痛恨她逾越了礼法，把她卖给了驻守的八旗兵。大姑装疯，披头散发，自己喝自己的尿。八旗兵无法容忍。沈秀才就悄悄派人把她买了回来，终于结成了夫妻，生了一个女儿就过世了。后来读《香祖笔记》记载了这件事，里面那个叫王倩玉的武林女子，大概说的就是杨氏，因为避讳，把她的姓改成了王。她寄给沈秀才的《长相思》

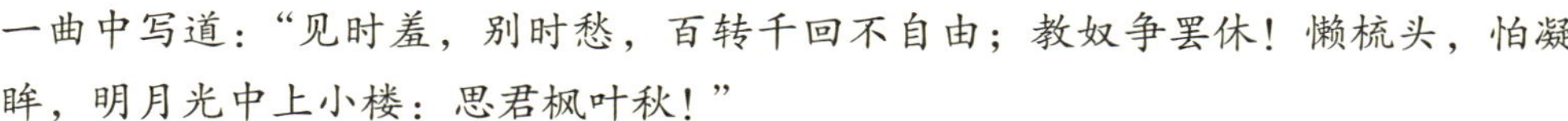

一曲中写道："见时羞，别时愁，百转千回不自由；教奴争罢休！懒梳头，怕凝眸，明月光中上小楼：思君枫叶秋！"

二七　厉太鸿题诗

【原文】

皇甫古尊在金陵市上，得金字扇一柄，乃前朝名妓徐翩翩所书。扇尾署名曰："金陵荡子妇某"。古尊喜甚，求题于厉太鸿①先生；得《卖花声》一阕，云："花月秣陵秋，十四妆楼。青溪回抱板桥头。旧日徐娘无觅处，芳草生愁。金粉一时休，团扇谁留？殢人只有小银钩。句尾可怜书'荡妇'，似诉漂流。"余读之，不觉魂消，亦以《挥扇士女图》索题。先生为填《南乡子》，云："思梦髻慵梳，鹦鹉惊回依井梧。扇影似人人似月，圆初。十六盈盈十五余。并蒂点红蕖，更有关心好句书。不用近前频掩面，生疏。水院云廊见也无？"

【注释】

①厉太鸿：字太鸿，又字雄飞，号樊榭、南湖花隐等，钱塘（今浙江杭州）人，清代文学家，浙西词派中坚人物。

【译文】

皇甫古尊在金陵的市场上，买了一柄金字扇，是明朝名妓徐翩翩所写的。扇尾的地方注着姓名："金陵荡子妇某"。古尊十分欣喜，向厉太鸿先生请求题诗，得到了《卖花声》一阕，是："花月秣陵秋，十四妆楼。青溪回抱板桥头。旧日徐娘无觅处，芳草生愁。金粉一时休，团扇谁留？殢人只有小银钩。句尾可怜书'荡妇'，似诉漂流。"我读后，不由自主地伤心起来，也拿着《挥扇士女图》索要题诗。先生为这幅图填了《南乡子》，写道："思梦髻慵梳，鹦鹉惊回依井梧。扇影似人人似月，圆初。十六盈盈十五余。并蒂点红蕖，更有关心好句书。不用近前频掩面，生疏。水院云廊见也无？"

二九 小星之赠

【原文】

乾隆戊辰，李君宗典，权知[1]甘泉，书来，道女子王姓者，有事在官，可作小星[2]之赠。予买舟扬州，见此女于观音庵；与阿母同居，年十九，风致嫣然，任予平视，挽衣掠鬓，了无忤意[3]。欲娶之，而以肤色稍次，故中止。及解缆，到苏州，重遣人相访，则已为江东小吏所得。余为作《满江红》一阕云："我负卿卿，撑船去、晓风残雪。曾记得庵门初启，婵娟方出。玉手自翻红翠袖，粉香听摸风前颊。问妲娥何事不娇羞，情难说。既已别，还相忆；重访旧，杳无迹。说庐江小吏公然折得。珠落掌中偏不取，花看人采方知惜。笑平生双眼太孤高，嗟何益！"

【注释】

①权知：代理官职。②小星：出自《诗经·小星》，这里代指小妾。③忤（wǔ）意：违背心意。

【译文】

乾隆戊辰年，李宗典君，暂时在甘泉代为担任县尉一职，写了一封信给我，说有一个姓王的女子，因为犯了事被扣押在官署，可以把她送过来给我当小妾。我雇船到了扬州，在观音庵中看到了这个女子。她和自己的母亲一同居住，十九岁，长相标致风情嫣然，任由我打量，拉衣服打理头发，没有一点让我觉得不舒服的地方。我想要娶她，但是因为她的肤色欠佳，所以作罢。等我坐船到了苏州，重新派人去探望，却已经嫁给了江东的小吏。我为她写了《满江红》一阕说："我负卿卿，撑船去、晓风残雪。曾记得庵门初启，婵娟方出。玉手自翻红翠袖，粉香听摸风前颊。问妲娥何事不娇羞，情难说。既已别，还相忆；重访旧，杳无迹。说庐江小吏公然折得。珠落掌中偏不取，花看人采方知惜。笑平生双眼太孤高，嗟何益！"

三一　沈本陛诗

【原文】

舒城沈生本陛，字季堂，年已艾[①]矣。戊申秋，以诗求见，各体俱工。古风如《白石山》、《古柏行》等篇，诗长不能备录。五言如《西施洞》云："香草美人远，春山古洞寒。"《见赠》云："记吟诗句从黄口[②]，得傍门墙已白头。"俱妙。余三首，已采入《续同人集》中。其祖名长祚者，康熙间举鸿博，有《竹香园集》。《过友人草堂》云："春云遮不尽，柳色认君家。到径听微雨，开门见落花。古心微直谅，闲语及桑麻。饭量年来减，村醪莫更赊。"《哭友》云："修[③]短难将理问天，人间福慧应难全。他生好向空王[④]乞，少占才华自永年。"

【注释】

①艾：年老，指五十岁以上的人。②黄口：十岁以下的孩童的泛称。③修：特指修行，指学佛或者学道，积德行善。④空王：佛的别称。

【译文】

舒城的沈本陛，字季堂，年纪已经很大了。戊申年秋，拿着诗来拜访我，他的各类诗体的诗都写得十分工整。古风像《白石山》《古柏行》等篇，诗太长不能全部收录进来。五言如《西施洞》云："香草美人远，春山古洞寒。"赠给我的诗写道："记吟诗句从黄口，得傍门墙已白头。"都写得十分巧妙。我已经将三首收录《续同人集》中。他的祖先名长祚，康熙年举博学鸿词科，有《竹香园集》。在《过友人草堂》中写道："春云遮不尽，柳色认君家。到径听微雨，开门见落花。古心微直谅，闲语及桑麻。饭量年来减，村醪莫更赊。"在《哭友》一诗中写道："修短难将理问天，人间福慧应难全。他生好向空王乞，少占才华自永年。"

三二　以画法垒石

【原文】

张南垣[①]以画法垒石，见者疑为神工。吴梅村、黄梨洲皆为之传，载文集中。太仓蔿賫园，为王麟洲奉常别业；园中假山，南垣遗制。后归弇山尚书，为奉母地，更名静逸园。毕太夫人《秋日闲居诗》题五律云："胜迹留城市，幽居得小园。吾生淡相寄，往事漫追论。人忆乌衣旧，名怜香草存。只今耽静逸，秋景满丘樊。""字摹王内史，诗爱郑都官。石色青书幌，花阴冷画阑。池鱼一二寸，庭竹两三竿。于此端居好，身闲梦亦安。""地迥人稀到，风清暑罢侵。竹帘香细细，桐阁绿愔愔。隐几时看画，安弦静谱琴。夜凉明月上，扫石坐深林。""磴小花枝密，廊深书舍藏。有时翻秘帙，随意坐匡床。诗遇前春稿，炉凝隔夜香。庭前蹲石丈[②]，亲见历沧桑。"

【注释】

①张南垣：名涟，字南垣，明末清初造园家。②石丈：奇石的代称。

【译文】

张涟以绘画叠石，看到的人都怀疑是巧夺天工的神仙所为。吴梅村、黄梨洲都为他写了传记，在文集中有所记载。太仓的蔿賫园，是奉常王世懋的别墅。园中的假山，是张涟生前所造。后来归弇山尚书所有，作为他奉养母亲的地方，改名为静逸园。毕太夫人以《秋日闲居诗》为题写了一首五律说："胜迹留城市，幽居得小园。吾生淡相寄，往事漫追论。人忆乌衣旧，名怜香草存。只今耽静逸，秋景满丘樊。”“字摹王内史，诗爱郑都官。石色青书幌，花阴冷画阑。池鱼一二寸，庭竹两三竿。于此端居好，身闲梦亦安。”“地迥人稀到，风清暑罢侵。竹帘香细细，桐阁绿愔愔。隐几时看画，安弦静谱琴。夜凉明月上，扫石坐深林。”“磴小花枝密，廊深书舍藏。有时翻秘帙，随意坐匡床。诗遇前春稿，炉凝隔夜香。庭前蹲石丈，亲见历沧桑。”

三三　金陵赠诗

【原文】

金陵秋试之年，上下江名士毕集。余止而觞[①]之，各有赠诗，约三千余首。其尤佳者，梓入《续同人集》矣。尚有断句可采者，如虞山王陆禔云：“丛丛著述皆千古，草草功名只十年。”长洲顾星桥云：“渡江名士推前辈，扶辇门生半少年。”王又云：“休夸翁子乘车日，已是悬车十七年。”三押“年”字，俱妙。金陵管松年云：“四海文章经口贵，百年心事问花知。”无锡徐焉云：“姓氏直疑前代客，语言妙是一家诗。”青阳程蔚云：“一将治绩乘时著，便把尘缘当梦看。”

【注释】

①觞（shāng）：欢饮，进酒。

【译文】

金陵秋试的时候，长江上下游的名士就会全部聚集到这里。我也在这里逗留和他们一起饮酒作乐，相互赠诗，有三千多首。其中特别好的，我收入《续同人集》之中。尚有断句可以采纳的，比如，虞山王陆禔的：“丛丛著述皆千古，草草功名只十年。”长洲顾星桥所写的：“渡江名士推前辈，扶辇门生半少年。”王氏写的又一首：“休夸翁子乘车日，已是悬车十七年。”三句都押了“年”字，都十分巧妙。金陵的管松年所写的：“四海文章经口贵，百年心事问花知。”无锡徐焉所写的：“姓氏直疑前代客，语言妙是一家诗。”青阳程蔚所写的：“一将治绩乘时著，便把尘缘当梦看。”

三五　以王嫱见戏

【原文】

壬戌年，余改官外出，客送诗者，动以王嫱[①]见戏。余因口号[②]云："琵琶一曲靖边尘，欲报君恩屡顾身。只是内家妆束改，回头羞见汉宫人。"后十年，再入朝，则凤池诸客，都非旧人。又戏吟云："晓日曈胧玉殿开，春风回首认蓬莱。三千宫女如花貌，都是明妃去后来。"

【注释】

①王嫱：也就是王昭君。②口号：随口吟成，与"口占"类似。

【译文】

壬戌年，我被改派到外地当官，送行赠诗的人，都用昭君出塞来戏笑我。我因此随口吟了一首小诗说："琵琶一曲靖边尘，欲报君恩屡顾身。只是内家妆束改，回头羞见汉宫人。"过了十年，再次入朝，朝中的大臣，都已经不再是原来的那批人了。又调侃吟了一首诗："晓日曈胧玉殿开，春风回首认蓬莱。三千宫女如花貌，都是明妃去后来。"

三六　南华之才

【原文】

张文敏公同南华先生上朝，值春雪初霁。南华见午门外檐下冰柱，赋七律一章。文敏公疑为宿构[①]。南华请面试。文敏出所佩小玉羊为题。南华应声云："宛尔成形质，居然或寝讹。"方欲续下，而皇上有旨，命和《汤圆》诗。南华在朝房，立进二十四韵。警句云："甘白俱能受，升沉总不惊。"文敏叹服曰："不料仓卒间，先生犹能自见身份也。"为序其集云："春雨着物，万花怒开；神工鬼斧，不可思议。似之者病，学之者死。"

【注释】

①宿构：泛指由于对作文的积累不够而对文章进行‘模板’式‘套作’的行文方式。

【译文】

张照与张鹏翀一起上朝，当时正是春雪刚停天气初晴的时候。张鹏翀看到午门外檐下的冰柱，写了七律一章。张照怀疑是以前就想好的。张鹏翀请他当面出题测试。张照拿出自己身上所佩戴的小玉羊作为题目。张鹏翀回应说："宛尔成形质，居然或寝讹。"刚想继续下去，皇上突然传下圣旨，命他写首诗与《汤圆》相和。张鹏翀在朝房，站立之间便写出了二十四韵。里面有警句说："甘白俱能受，升沉总不惊。"张照十分惊讶佩服说："没想到在匆忙之间，先生依然能够证明自己的实力啊。"后来为张鹏翀的诗集作序说："春雨着物，万花怒开；神工鬼斧，不可思议。似之者病，学之者死。"

三七　秋帆金华殿上语

【原文】

秋帆尚书抚陕时，有《上元灯词》十首，庄重高华，是金华殿上语[①]。一时幕中学士文人，俱不能和。为录四章云："碧榭红阑万点明，戟门莲漏转三更。交春便抱祈年意，不听歌声听雨声。""鼓钲殷地走轻雷，宝焰千枝百戏开。瞥见广场波浪直，双龙争挟火珠来。""仙馆明辉丽绛霄，铜驼四角缀琼翘。夜长桦烛添寒焰，春晓终南雪未消。""十年持节驻秦关，梦断蓬瀛供奉班。记得披香频侍宴，红云万朵驾鳌山。"

【注释】

①金华殿上语：指的是华丽的诗句，金华殿据说位于未央宫内，是汉成帝听郑宽等人讲学的地方。

【译文】

毕沅任陕西巡抚的时候，写了《上元灯词》十首，写得庄重华美，是金华殿上语。一时间幕中的文人学子，都不能与之相和。我因此收录了四章："碧榭红阑万点明，戟门莲漏转三更。交春便抱祈年意，不听歌声听雨声。""鼓钲般地走轻雷，宝焰千枝百戏开。瞥见广场波浪直，双龙争挟火珠来。”“仙馆明辉丽绛霄，铜驼四角缀琼翘。夜长桦烛添寒焰，春晓终南雪未消。”“十年持节驻秦关，梦断蓬瀛供奉班。记得披香频侍宴，红云万朵驾鳌山。”

三八　裴二知举家之趣

【原文】

裴二知中丞，巡抚皖江，每至随园，依依不去。举家工琴，闺阁中淡如儒素①。其子妇沈岫云能诗，著有《双清阁集》。《途中日暮》云：“薄暮行人倦，长途景尚赊。条峰疏夕照，汾水散冰花。春暖香迎蝶，天空阵起鸦。此身图画里，便拟问仙家。”《在滇中送中丞柩归》云：“丹旐②秋风返故乡，长途凄恻断人肠。朝行野雾笼残月，暮宿寒云掩夕阳。蝴蝶纸钱飘万里，杜鹃血泪落千行。军民沿路还私祭，岂独儿孙意惨伤？”读之，不特诗笔清新，而中丞之惠政在滇，亦可想见。余方采闺秀诗，公子取其诗见寄，而夫人不欲以文翰自矜。公子戏题云：“偷寄香闺诗册子，妆台佯问目稍嗔。”亦佳话也。中丞名宗锡，山西人。公子字端斋。

【注释】

①儒素：泛指儒士。②旐（zhào）：古代旗子的一种，上面画着蛇、龟，出丧时为灵柩引路。

【译文】

中丞裴宗锡，在皖江地区做巡抚的时候，每次来随园，在离去时都会依依不舍。他们全家都擅长弹琴，女眷都像儒士一般淡雅。他的儿媳妇沈岫云擅长作诗，著有《双清阁集》。在《途中日暮》中写道：“薄暮行人倦，长途景尚赊。条峰疏夕照，汾水散冰花。春暖香迎蝶，天空阵起鸦。此身图画里，便拟问仙家。”在《在滇中送中丞柩归》中写道：“丹旐秋风返故乡，长途凄恻断人肠。朝行野雾笼残月，暮宿寒云掩夕阳。蝴蝶纸钱飘万里，杜鹃血泪落千行。军民沿路还私祭，岂独儿孙意惨伤？”读的时候，不只觉得诗笔清新脱俗，而中丞在云南的好政绩，也可以从此看出。我正好在收录闺秀的诗作，公子拿了沈岫云的诗寄给我，而夫人不想以文章来自夸。公子调笑妻子写了一首：“偷寄香闺诗册子，妆台佯问目稍嗔。”也是好的诗句。中丞名宗锡，山西人。公子字端斋。

三九　不营求而自得

【原文】

韩慕庐尚书，虽为徐健庵司寇所识拔，而在朝中立不倚，于牛、李之党[1]，两无所附；然官爵崇隆，终身平善：可知仕途之不须奔竞也。近今张警堂先生，以县令起家，官至监司；皆委怀任运，不营求而自得。诗才清妙。《过卢生庙》云：“快马冲风急，添衣御晓寒。平生无好梦，醒眼过邯郸。”其襟怀之淡，定可知矣！又，《宣城夜行》云：“夜半张灯起，披衣上马鞍。月明如欲曙，风敛不知寒。此景人谁见？长途心转安。襄阳旧游处，明日且盘桓。”刘霞裳秀才出公门下，仿其意作《铅山夜行》云：“车比龛尤仄，心闲坐颇安。清冰明似镜，冻月小于丸。灯远知村到，更深唤渡难。渐看浮草白，霜重夜将阑。”可谓工于窃比者矣。先生又过铜雀台云：“可怜肠断分香日，输与开门放婢人。”使老瞒在九原，为之汗下。先生名铭，江西己卯孝廉。

【注释】

①牛、李之党：唐朝后期的朋党之争。牛党以牛僧孺为首，李党以李德裕为首，就是历史上著名的“牛李党争”。这里代指朋党之争。

【译文】

韩菼尚书，虽然是被徐乾学尚书所赏识提拔的，但是在朝中处于中立，不偏不倚，在朋党之间不偏附于任何一方。不过他的官爵很高，备受皇恩，一生都十分平顺：由此可知仕途并不需要奔走竞争。近代的张铭先生，从县令起步，做官做到了监司，都顺其自然听从天命，不刻意谋求钻营就自然而然地得到了。他的诗才清新巧妙。在《过卢生庙》一诗中写道：“快马冲风急，添衣御晓寒。平生无好梦，醒眼过邯郸。”他胸怀的淡泊，从这里一定能够了解到！又，在《宣城夜行》中写道：“夜半张灯起，披衣上马鞍。月明如欲曙，风敛不知寒。此景人谁见？长途心转安。襄阳旧游处，明日且盘桓。”刘霞裳秀才出自韩公门下，仿照着他的诗意写了一首《铅山夜行》：“车比龛尤仄，心闲坐颇安。清冰明似镜，冻月小于丸。灯远知村到，更深唤渡难。渐看浮草白，霜重夜将阑。”可以说是擅长模仿的人。先生又在《过铜雀台》中写道："可怜肠断分香日，输与开门放婢人。"如果曹操在九泉之下听到，也会感到惭愧。先生名铭，是江西己卯年的孝廉。

四〇　金陵张止原居士

【原文】

金陵张止原居士，立身端谨①，为秋帆尚书所重，以家政托之。尝腊底冒雨招余游灵岩山馆，其襟怀可想。舟中诵其《春暮书事》云："山苑浓阴覆绿苔，意行敷坐自徘徊。池边柳弱莺难驻，庭畔花残蝶未回。酒盏怕空先料理，柴门喜静且长开。人生得丧何须计？一任浮云过眼来。"《步尚书青门柳枝韵》云："绿烟漠漠袅晴岚，紫陌轻阴月正三。怕上乐游原上望，引人离恨到江南。"居士名复纯，兼通医理，工赏鉴。

【注释】

①端谨：端正谨饬。

【译文】

南京的张止原居士，为人端正严谨，被毕沅尚书所倚重，将家中的事务交付给他处理。曾经在腊月底冒着雨约我去游览灵岩山馆，他的胸怀由此可以看出。在船上读他的《春暮书事》："山苑浓阴覆绿苔，意行敷坐自徘徊。池边柳弱莺难驻，庭畔花残蝶未回。酒盏怕空先料理，柴门喜静且长开。人生得丧何须计？一任浮云过眼来。"《步尚书青门柳枝韵》："绿烟漠漠袅晴岚，紫陌轻阴月正三。怕上乐游原上望，引人离恨到江南。"居士名复纯，还精通医理，善于赏鉴。

卷一二

二　共有之意，共见之景

【原文】

人人共有之意，共见之景，一经说出，便妙。盛复初《独寐》云："灯尽见窗影，酒醒闻笛声。"符之恒《湖上》云："漏日松阴薄，摇风花影移。"女子张瑶英《偶成》云："短垣延月早，病叶得秋先。"郑玑尺《雪后游吴山》云："人来饥鸟散，日出冻云升。"顾文炜《立夏》云："病骨先愁暑，残花尚恋春。"女子孙云凤《巫峡道中》云："烟瘴[①]寒云起，滩声骤雨来。"沈大成《登净慈寺》云："花气随双屐，湖光纳一窗。"姜西溟《野行》云："桥欹眠折苇，槛倒坐双凫。"

【注释】

①瘴：通"障"，指遮蔽，遮挡。

【译文】

每个人都能产生的感情，一起看到的风景，一通过诗人说出来，便觉得十分奇妙。盛复初的《独寐》写道："灯尽见窗影，酒醒闻笛声。"符之恒的《湖上》写道："漏日松阴薄，摇风花影移。"女子张瑶英在《偶成》中写道："短垣延月早，病叶得秋先。"郑玑尺在《雪后游吴山》中写道："人来饥鸟散，日出冻云升。"顾文炜在《立夏》中写道："病骨先愁暑，残花尚恋春。"女子孙云凤在《巫峡道中》中写道："烟瘴寒云起，滩声骤雨来。"沈大成在《登净慈寺》中写道："花气随双屐，湖光纳一窗。"姜西溟在《野行》中写道："桥欹眠折苇，槛倒坐双凫。"

五　无心之雷同而俱妙

【原文】

咏云者：吴尺凫焯[①]有句云："芦花摇雪碍船过，云叶随风逐雁飞。"陈心田寅有句云："一雁披霜千树冷，片云移日半山阴。"嫌饭迟者：刘悔庵云："冷早秋衣薄，天阴午饭迟。”顾牧云云：“衣轻晓寒逼，薪湿午炊迟。”咏新仆者：汪舟次云：“见事先人往，应门答语轻。”吴野人云：“长者尊难近，新名答尚疑。”四人皆无心之雷同而俱妙。又张哲士咏《老仆》云：“旷职身常病，应门语每讹[2]。”亦趣。

【注释】

①吴焯（zhuō）：字尺凫，晚号秀谷老人。②讹：错误的。

【译文】

吟咏云彩的诗：吴焯有句诗说：“芦花摇雪碍船过，云叶随风逐雁飞。”陈寅有诗句说：“一雁披霜千树冷，片云移日半山阴。”嫌饭迟的有：刘悔庵说：“冷早秋衣薄，天阴午饭迟。”顾牧云说：“衣轻晓寒逼，薪湿午炊迟。”咏新仆的诗：汪舟次说：“见事先人往，应门答语轻。”吴野人说：“长者尊难近，新名答尚疑。”这四个人都是无心却写出了相似的诗句，真是奇妙。还有张哲士的《老仆》：“旷职身常病，应门语每讹。”也十分有趣。

六　葛筠亭作诗

【原文】

六合彭厚村，家资百万，慷慨好施，年六十，而家资罄矣。不得已，辞家远出，卒于乃弟孝丰署中。葛筠亭哭以诗云：“头盈白发翻[1]为客，手散黄金可筑台。”又曰：“侠传众口难为富，患在无钱不认贫。”真厚村小传。其弟迪庵，葛弟子也。葛往访之，赠诗云：“笑随童叟来听政，要借云山去赋诗。”《在西湖夜望》云：“月光山色静窗扉，夜景空明水四围。多少渔灯风不定，满湖心里作萤飞。”葛诗笔绝佳，半生为时文所累；然高达夫[2]五十吟诗，故未迟也。

【注释】

①翻：反而，变换位置。②高达夫：高适，五十岁时才开始作诗。

【译文】

六合的彭厚村，有百万家财，为人乐善好施，六十岁的时候，家产基本已经被花光了。不得已之下只能离家出走，在弟弟孝丰的官署中离世。葛筠亭写诗哭他说：“头盈白发翻为客，手散黄金可筑台。”又说：“侠传众口难为富，患在无钱不认贫。”这可谓是真厚村的小传了。他的弟弟迪庵，是葛筠亭的弟子。葛前去拜访他，并赠诗说："笑随童叟来听政，要借云山去赋诗。"在《在西湖夜望》中说："月光山色静窗扉，夜景空明水四围。多少渔灯风不定，满湖心里作萤飞。"葛筠亭的文笔特别好，可惜半生都被应试文所连累；不过达夫五十岁才开始吟诗，所以也不算迟了。

一〇 梦中女郎

【原文】

张麟圃计偕[①]入都，与某同寓。梦至大海，四望皆五色牡丹，鸾麟翔跃；有女郎容貌绝世，袖中出碧玉版[②]，如桐圭[③]，曰："此'女娲笺'也，求郎题诗。"张题一绝。女曰："郎诗固佳，未慊妾意。须倩某郎为之。"所云某者，即其同寓友也。次早起行，述所梦相同。是科张竟落第，而某捷南宫矣。某所题仅记二句云："泪花逗雨鲛珠死，画屏几叠扶桑紫。"

【注释】

①计偕：举人赴京会试。②版：用玉、象牙或者竹子做成的用来记事或者画画的长板。③圭：古时帝王诸侯举办朝聘、祭祀等重要仪式的时候要用到的玉制的礼器，长方形，上尖下方。

【译文】

张麟圃到京城去考试，与另一个人住在一起。（晚上）梦到自己来到了大海边，四下观望看到的都是五色的牡丹，还见到鸾鸟在空中飞翔；有一个女郎，拥有绝世的容颜，从衣袖中拿出碧玉版，像桐叶形状的圭，说："这是'女娲笺'，请您在上面题诗。"张题了一首绝句。女郎说："您的诗虽然好，但是并没有符合我的意思。请某君再写一首。"所说的某君，正是与张同住的那个人。第二天一早两人一起起身前往考场，在途中说起了昨天做的梦，竟然相同。这次科举考试张落榜了，而那个人却高中了。这个人所写的诗，我只记住了两句："泪花逗雨鲛珠死，画屏几叠扶桑紫。"

一六　题画诗

【原文】

题画诗最妙者：徐文长[1]《画牡丹》云："毫端顷刻百花开，万事惟凭酒一杯。茅屋半间无住处，牡丹犹自起楼台。"唐六如《画山水》云："领解[2]皇都第一名，猖披[3]归卧旧茅衡。立锥莫笑无余地，万里江山笔下生。"余之扫墓杭州也，苏州陆生鼎画扇赠云："一枝兰桨鸭头波，两个渔翁载酒过。好看旧山似新妇，迎门先为扫双蛾。"

【注释】

①徐文长：明朝的徐渭，字文长。②领解：辩正，辩难。③猖披：衣不系带，散乱而不整洁的样子。

【译文】

给画作题诗最好的：徐渭在《画牡丹》中写道："毫端顷刻百花开，万事惟凭酒一杯。茅屋半间无住处，牡丹犹自起楼台。"唐六如在《画山水》中写道："领解皇都第一名，猖披归卧旧茅衡。立锥莫笑无余地，万里江山笔下生。"我在杭州扫墓的时候，苏州的陆生鼎画扇赠给我说："一枝兰桨鸭头波，两个渔翁载酒过。好看旧山似新妇，迎门先为扫双蛾。"

二〇　诗改一字，界判人天

【原文】

诗改一字，界判人天，非个中人[1]不解。齐己《早梅》云："前村深雪里，昨夜几枝开。"郑谷曰："改'几'字为'一'字，方是早梅。"齐乃下拜[2]。某作《御沟》诗曰："此波涵帝泽，无处濯尘缨。"以示皎然。皎然曰："'波'字不佳。"某怒而去。皎然暗书一"中"字在手心待之。须臾，其人狂奔而来，曰："已改'波'字为'中'字矣。"皎然出手心示之，相与大笑。

【注释】

①个中人：身临其境或者明白其中情理的人。②下拜：跪下而拜。

【译文】

诗句改动一个字，就能让意境有着天上人间一般的差距，不是作诗的人很难理解其中的奥妙。齐己在《早梅》中写道："前村深雪里，昨夜几枝开。"郑谷说："把'几'字改成'一'字，才是早梅。"齐己听后跪下而拜。某人写了《御沟》一诗说："此波涵帝泽，无处濯尘缨。"拿给皎然看。皎然说："'波'这个字用得不好。"某人生气离去。皎然悄悄写了一个"中"字在手心等着那个人归来。不一会儿，那个人疯狂地跑回来，说："已经把'波'字改成'中'字了。"皎然亮出手心给他看，双方相视而笑。

二三　数之不可挽

【原文】

已卯秋，陈竹香从都门来，替余长女成姑议婚。所议者曹来殷舍人也。诵其句云："水连铁瓮无边白，山到金陵不断青。"余极赏之。陈以书寄曹。曹欣然允诺。两家已有成说矣，适苏州故人蒋诵先剔嬲[1]不已，遂定蒋而辞曹。嫁未半年，女与婿俱亡。数之不可挽也如是！曹旋入词林。

【注释】

①剔嬲（niǎo）：纠缠的意思。

【译文】

己卯年秋，陈存懋从京城赶来，为我的长女成姑讨论婚姻大事。所讨论的对象是曹仁虎舍人。读他的诗句："水连铁瓮无边白，山到金陵不断青。"我特别欣赏。陈存懋就写信给曹。曹十分欣喜地同意了。两家结成亲家已经成为定论，却没想到苏州故人蒋诵先纠缠不已，于是只能定下蒋家退了曹家。没想到大女儿嫁过去没半年，女儿和女婿双双辞世。人的命数不能扭转就像这样吧！曹仁虎后来则转而进入了翰林院。

二九　熊学骥观察

【原文】

熊观察学骥，字蔗泉，自楚中[1]归，两目盲矣。其晋接周旋，较胜有目者。居秦淮水阁，与余晨夕过从，死前半月，赋《秦淮杂咏》，云："秦淮三月画帘开，便有游人打桨来。燕子不归春又暮，几家闲煞好楼台。""笑语勾留画舫停，红妆绿鬓影娉婷。帘前灯映楼头月，十里人家一画屏。"亡后，余哭之哀，作挽联云："生祭有祠，楚国至今歌善政；风骚无主，秦淮那可丧斯人！"

【注释】

①楚中：约是现在的湖南、湖北一带。

【译文】

熊学骥观察，字蔗泉，从楚中回来的时候，两眼就已经瞎了。但是他接待客人十分周到，要远远超过那些眼睛看得见的人。他住在秦淮水阁，和我早晚都能见面。他在过世前半月的时候，写《秦淮杂咏》道："秦淮三月画帘开，便有游人打桨来。燕子不归春又暮，几家闲煞好楼台。""笑语勾留画舫停，红妆绿鬓影娉婷。帘前灯映楼头月，十里人家一画屏。"他过世之后，我哭得十分伤心，写了一副挽联道："生祭有祠，楚国至今歌善政；风骚无主，秦淮那可丧斯人！"

三二　陶镛之亲

【原文】

壬戌，余与陶西圃镛[1]，俱以翰林改官。陶先乞病。庚午，余亦解组[2]随园。陶与余同踏月，云："偷得闲身是此宵，白门何处不琼瑶？芒鞋醉踏三更月，犹认霜华共早朝。"壬申，余从陕西归。陶方起病赴都，见赠云："草草销魂过白门，故人招我住随园。同看昨岁此时雪，仍倒空山累夕尊。竹压千竿青失影，峰铺四面白无痕。君行万里诗奇绝，何意重逢一快论！”余置酒，出路上诗相示。陶读至《扁鹊墓》云：“一坏尚起膏肓疾，九死难医嫉妒心。”不觉泪下。询其故，为一爱姬被夫人见逐故也。余欲安其意，适家婢招儿，年将笄矣，问：“肯事陶官人否？”笑曰：“诺。”遂以赠之。正月七日，方毓川掌科、王孟亭太守、朱草衣布衣、吕星垣进士，添箱[3]赠枕，各赋《催妆》。陶有诗云：“脱赠临歧感故人，相携风雪不嫌贫。当他意处无多少，未老年华欲仕身。”余和云：“故人临别最销魂，万里携囊襆被身。欲折长条无别物，自家山里一枝春。”十余年后，陶从山右迁楚中司马，挈招儿再过随园，则子女成行矣。子时行，小名佛保，亦能诗。《听雨》云：“连朝三日碧苔生，疏馆萧条夜气清。红烛当筵花拂帽，爱听春雨到天明。”《雨窗》云：“照眼花枝亚短墙，晓看风雨太颠狂。生憎帘卷危檐近，点点飘来溅笔床。”佛保入泮后，年二十，以瘵疾亡。

【注释】

①陶西圃镛：字徐东，号西圃，乾隆四年己未科进士。②解组：解下印绶，辞去官职。③添箱：女方婚前宴请亲友，亲友馈赠的礼物或者礼金。

【译文】

壬戌年，我和陶镛（字西圃），两人都是从翰林院被改派到地方当官。陶镛因生病先请求辞官。庚午年，我也辞去官职回到随园。陶镛和我一起在月下散步，说：“偷得闲身是此宵，白门何处不琼瑶？芒鞋醉踏三更月，犹认霜华共早朝。”壬申年，我从陕西归来，陶镛才病好回到京都，赠给我一首诗说：“草草销魂过白门，故人招我住随园。同看昨岁此时雪，仍倒空山累夕尊。竹压千竿青失影，峰铺四面白无痕。君行万里诗奇绝，何意重逢一快论！”我置办了酒席，拿出途中写的诗给他看。陶镛读到《扁鹊墓》说：“一坏尚起膏肓疾，九死难医嫉妒心。”不由流泪不已。我询问他缘由，原来是他的一位爱妾被夫人赶出了家门。我正打算安慰他，想到刚好家中的婢女招儿快要到十五岁了，于是询问她说：“愿意侍奉陶官人吗？”她笑着回答：“好。”于是我就把招儿送给了陶镛。正月初七，方毓川掌科、王孟亭太守、朱草衣布衣、吕星垣进士，添箱赠枕，各自写了《催妆》一首。陶镛写了一首诗说：“脱赠临歧感故人，相携风雪不嫌贫。当他意处无多少，未老年华欲仕身。”我和诗说：“故人临别最销魂，万里携囊襆被身。欲折长条无别物，自家山里一枝春。”十多年之后，陶从山西晋升到楚中担任司马一职，带着招儿来到随园，那时他们已经儿女双全了。儿子叫时行，小名叫佛保，也能写诗。在《听雨》中说：“连朝三日碧苔生，疏馆萧条夜气清。红烛当筵花拂帽，爱听春雨到天明。”《雨窗》中说：“照眼花枝亚短墙，晓看风雨太颠狂。生憎帘卷危檐近，点点飘来溅笔床。”佛保入学之后，才满二十岁，就因为患有痨疾去世了。

三三　山东南村

【原文】

山东曾南村尚增，风貌伟然[1]，以庶常改知芜湖。尝诗戏西圃云：“几载柴桑为刺史，当年元亮[2]是州民。”因西圃居芜湖故也。同舟访余白下，一路唱和，云：“潮通燕子趋京口，帆带蛾眉认小姑。”“风微渔火重生焰，寺僻钟声半代更。”皆佳句也。后刺郴州，署中不戒于火，女以救母故，与母俱焚。郴人为立孝女祠，南村亦以悸卒。

【注释】

①伟然：卓异超群的样子。②元亮：即陶渊明，字元亮，号五柳先生。

【译文】

山东的曾尚增，字南村，相貌翩翩，从庶常改派到芜湖做知县。他曾经写诗戏弄西圃说：“几载柴桑为刺史，当年元亮是州民。”因为西圃也居住在芜湖。两个人一起坐船到南京来看望我，一路唱和着，说：“潮通燕子趋京口，帆带蛾眉认小姑。”“风微渔火重生焰，寺僻钟声半代更。”这些都是好句子。后来他在郴州做刺史，官署里因为疏忽着了火，女儿因为救母亲，和母亲一同被烧死了。郴州人为他的女儿建立了孝女祠，南村也因为心悸而过世了。

三四　杨清恪诗才

【原文】

漕帅杨清恪公锡绂，德望[1]冠时，而诗才清妙。《夜行》云：“好风潜入夜，明月正当头。宇碧兼空阔，舟轻足泳游。微凉双袖薄，小照一萤流。此意凭谁识？前矶有钓钩。”《杨村》云：“微云不成雨，片月复宵明。柳外烟无际，河边市有声。飞流缘涨急，气肃为秋清。咫尺杨村近，吾宗有送迎。”《泊北夏口》云：“舟维凉雨后，人坐晚灯初。叶湿全低柳，波寒不上鱼。揽衣嫌葛细，得酒爱更余。亦有耽吟客，瑶篇孰起予？”《夕阳》云：“一棹秋风里，行行又夕阳。飞还鸦影乱，舞罢柳丝黄。客意衔山急，帆阴卧水凉。何人方独立？觅句向苍茫。”

【注释】

①德望：道德行为，声誉名望。

【译文】

漕运总督杨清恪公，名锡绂，德行和声望都名冠当时，而他的诗才清新绝妙。在《夜行》中写道：“好风潜入夜，明月正当头。宇碧兼空阔，舟轻足泳游。微凉双袖薄，小照一萤流。此意凭谁识？前矶有钓钩。”在《杨村》中写道：“微云不成雨，片月复宵明。柳外烟无际，河边市有声。飞流缘涨急，气肃为秋清。咫尺杨村近，吾宗有送迎。”在《泊北夏口》中写道：“舟维凉雨后，人坐晚灯初。叶湿全低柳，波寒不上鱼。揽衣嫌葛细，得酒爱更余。亦有耽吟客，瑶篇孰起予？”在《夕阳》中写道：“一棹秋风里，行行又夕阳。飞还鸦影乱，舞罢柳丝黄。客意衔山急，帆阴卧水凉。何人方独立？觅句向苍茫。”

三六　卢雅雨先生

【原文】

卢雅雨先生转运扬州，以渔洋山人自命，尝赋《红桥修禊》四章；一时和者千余人。余俱未见。而先生原唱，余亦不甚爱诵也。及其致仕[①]，《留别扬州》诗，竟成绝调：真所谓欢愉之词难工，感怆之言多妙耶？其词曰：“脱却银黄[②]敢自怜？不才久任受恩偏。齿加孙冕余三岁，归后欧公又九年。犬马有情仍恋主，参苓无效也凭天。养疴得请悬车[③]日，五福谁云尚未全？”“平山回望更关愁，标胜家家醉墨留。十里亭台通画舫，一年箫鼓到深秋。每看绛雪迎朱旆，转似青山恋白头。为报先畴墓田在，人生未合死扬州。”“长河一曲绕柴门，荒径遥怜松菊存。从此风波消宦海，始知烟月足家园。岁时社集牛歌好，乡里筵开鹤发尊。

痴愿无多应易遂，杖朝还有引年恩。”呜呼！后公果将杖朝矣，乃竟不得考终。余吊之曰：“潘岳闲居竟不终，褚渊高寿真非福。”《列子》云：“当生而生，福也；当死而死，福也。”其信然欤！

【注释】

①致仕：官员正常退休。②银黄：银印和金印或者银印黄绶，代指官位很高。③悬车：指退休，古代一般七十岁辞官回家，废弃上朝坐的车不用。

【译文】

卢见曾先生在扬州做转运使的时候，以王士禛自诩，曾经写了《红桥修禊》四章，一时间有上千人来唱和。(他们所作的那些诗)我都没有见过。而先生的原作，我也不是特别喜欢读。等到他退休之后，写的《留别扬州》一诗，竟然变成了绝调：难道表现欢乐喜庆的文章真的不好写，而感慨叹息忧苦的诗文更容易写好吗？他的词说：“脱却银黄敢自怜？不才久任受恩偏。齿加孙冕余三岁，归后欧公又九年。犬马有情仍恋主，参苓无效也凭天。养疴得请悬车日，五福谁云尚未全？”“平山回望更关愁，标胜家家醉墨留。十里亭台通画舫，一年箫鼓到深秋。每看绛雪迎朱旆，转似青山恋白头。为报先畴墓田在，人生未合死扬州。”“长河一曲绕柴门，荒径遥怜松菊存。从此风波消宦海，始知烟月足家园。岁时社集牛歌好，乡里筵开鹤发尊。痴愿无多应易遂，杖朝还有引年恩。”哎！后来卢公果然要到八十岁了，却不能得以善终啊。我凭吊他说：“潘岳闲居竟不终，褚渊高寿真非福。”《列子》中说：“当生而生，福也；当死而死，福也。”我算是相信了！

四〇　通韵

【原文】

余祝彭尚书寿诗，“七虞”内误用“余”字，意欲改之。后考唐人律诗，通韵极多，因而中止。刘长卿《登思禅寺》五律，“东”韵也，而用“松”字。杜少陵《崔氏东山草堂》七律，“真”韵也，而用“芹”字。苏颋《出塞》五律，“微”韵也，而用“麾”字。明皇《饯王晙巡边》长律，“鱼”韵也，而用“符”字。李义山属对最工，而押韵颇宽，如“东、冬”“萧、肴”之类，律诗中竟时时通用。唐人不以为嫌[①]也。

【注释】

①嫌：出韵，指格律诗中应该押韵的字越出了规定的韵部。

【译文】

我给彭尚书写的祝寿诗，“七虞”内错用了“余”这个字，打算把它改正过来。后来考证唐人的律诗，发现通韵特别多，因而作罢。刘长卿在五律诗《登思禅寺》中，“东”字韵，而用了“松”字。杜甫在七律诗《崔氏东山草堂》中，“真”字韵，而用了“芹”字。苏颋在五律《出塞》中，“微”字韵，而用了“麾”字。唐玄宗所作的长律《饯王晙巡边》，“鱼”韵，而用“符”字。李商隐对仗最为工整，而押韵却十分宽松，如“东、冬”、“萧、肴”之类，律诗中竟然常常会通用。唐朝的人也不认为是出韵。

四一　嘲讽诗

【原文】

沈总宪[①]近思，在都无眷属。项霜泉嘲之，云：“三间无佛殿，一个有毛僧。”鲁观察之裕，性粗豪而屋小，署门曰：“两间东倒西歪屋；一个南腔北调人。”薛征士雪善医而性傲，署门曰：“且喜无人为狗监[②]；不妨唤我作牛医[③]。”

【注释】

①总宪：官名，即都察院左都御史。②狗监：汉代内官名，主要管理皇上的猎犬。司马相如就因为狗监荐引而扬名。③牛医：身份卑微但是声名很高的人。

【译文】

沈近思总宪，在都城中没有家眷。项霜泉因此而笑话他，说：“三间无佛殿，一个有毛僧。”鲁之裕观察，性格粗犷豪迈，但是居住的房子却很小，于是在门前写了一副对联道：“两间东倒西歪屋；一个南腔北调人。”薛雪征士擅长医术但是性情孤傲，于是在门上写副对联说：“且喜无人为狗监；不妨唤我作牛医。”

四四　姑母沈氏

【原文】

姑母嫁沈氏，年三十而寡，守志[①]母家。余幼时，即蒙抚养。凡浣衣盥面，事皆依赖于姑。姑通文史。余读《盘庚》、《大诰》，苦聱牙[②]，姑为同读，以助其声。尝论古人，不喜郭巨，有诗责之云："孝子虚传郭巨名，承欢不辨重和轻。无端枉杀娇儿命，有食徒伤老母情。伯道沉宗因缚树，乐羊罢相为尝羹。忍心自古遭严谴，天赐黄金事不平。"余集中有《郭巨埋儿论》，年十四时所作；秉姑训也。

【注释】

①守志：女子不改嫁。②聱牙：拗嘴，不顺口。形容文字艰涩生僻、拗口难懂。

【译文】

姑母嫁给了沈氏，三十岁的时候就守寡，从此回了娘家，决定不再改嫁。我小时候，蒙受姑母的抚养。只要是洗衣洗脸，这些事都要依赖姑母。姑母通晓文史。我在诵读《盘庚》《大诰》的时候，因为文辞晦涩读起来十分困难，姑母于是就和我一起读，来帮助我纠正读音。曾经在谈论古人的时候，不喜欢郭巨，便写诗责备说："孝子虚传郭巨名，承欢不辨重和轻。无端枉杀娇儿命，有食徒伤老母情。伯道沉宗因缚树，乐羊罢相为尝羹。忍心自古遭严谴，天赐黄金事不平。"我的集册中有《郭巨埋儿论》，是十四岁的时候写的，正是承蒙了姑母的教诲而写出来的。

四五　先辈矜宠

【原文】

江西帅兰皋先生，名念祖，督学浙江，一时名宿，都入网罗；半皆苏耕余广文为之先容①。苏故癸巳进士，长于月旦：吾乡名士，多出其门。惟余年幼未往。帅公来时，余年十九，考古学，赋《秋水》云："映河汉而万象皆虚，望远山而寒烟不起。"公加叹赏。又问："'国马''公马'，何解？"余对云："出自《国语》，注自韦昭。至作何解，枚实不知。"缴卷时，公阅之，曰："汝轻年，能知二马出处足矣；何必再解说乎？"曰："'国马''公马'之外，尚有'父马'，汝知之乎？"曰："出《史记·平准书》。"曰："汝能对乎？"曰："可对'母牛'。出《易经·说卦传》。"公大喜，拔置高等②。苏先生闻之，招往矜宠，以不早识面为恨。先辈之爱才如此。后帅公为陕西布政使，窜死台上。余赋五古哭之，末四句曰："青蝇宦海飞，白骨沙场抛。何当抱孤琴，塞外将魂招？"

【注释】

①先容：本指先加修饰，后来引申为事先为人介绍或推荐。②高等：古代举官选试，征集学业或者成绩优异的人。

【译文】

江西人帅兰皋先生，名念祖，在浙江督学，一时间所有有名望的人，都被他召集了过来；有一半人都是苏耕余先生推荐过去的。苏耕余先生，是癸巳年的进士，擅长月旦评：我家乡十分有名望的人，大部分都出自他的门下。只是我年纪小没有过去拜访过。帅公来的时候，我十九岁，正在研究古学，写了一首《秋水》说："映河汉而万象皆虚，望远山而寒烟不起。"帅公大为赞赏。又问我说："'国马'、'公马'，如何解释？"我回答说："出自《国语》，注是韦昭所作。至于如何解释，我实在也不知道。"交卷的时候，帅公阅览了一下，说："你年纪还小，能够知道二马的出处已经足够了，没必要再解说了。"又说："'国马'、'公马'之外，还有'父马'，你可知道？"我说："出自《史记·平准书》。"帅公说："你能够对吗？"我回答说："可以用'母牛'作对。出自《易经·说卦传》。"帅公十分高兴，将我判成了高等。苏先生听说之后，将我招了过去，以没能及早认识我而感到遗憾。先辈们竟然如此爱才。后来帅公在当陕西布政使的时候，忽然在位上去世了。我写了五古悼念他，最后的四句话是："青蝇宦海飞，白骨沙场抛。何当抱孤琴，塞外将魂招？"

四六　似是而非之语

【原文】

诗有正喻夹写，似是而非之语，最妙。王介祉咏《铁马》云："依人檐宇下，底作不平鸣？"香亭《阻风》云："想通天上银河易，力挽人间风气难。"周之桂咏《秋暑》云："傍晓灯偏光焰大，罢官人更热中多。"董曲江太史《过十八滩》云："漫夸利涉[①]乘风便，始信中流立脚难。"周诗成时，适有罢官者冒酷暑入都，读者愈觉其佳。

【注释】

①利涉：出自《易经》，指顺利渡河。

【译文】

诗中有将正写、比喻相互夹杂而写，看上去似是而非的句子，最为巧妙。王介祉在《铁马》中写道："依人檐宇下，底作不平鸣？"香亭在《阻风》中写道："想通天上银河易，力挽人间风气难。"周之桂在《秋暑》中写道："傍晓灯偏光焰大，罢官人更热中多。"董曲江太史的《过十八滩》说："漫夸利涉乘风便，始信中流立脚难。"周之桂的诗写完的时候，正好有辞官的人冒着酷暑赶往京城，读这首诗的时候更是觉得写得特别好。

四八　至友卿华

【原文】

余弱冠时，与王复旦卿华为至交。其父星望公官御史。丙辰春，余从广西入都。卿华举浙江乡试。漏尽[①]，作家信，报其尊人[②]，犹再三道余不置[③]。已而同到京师，彼此失意，往来更密。其大父子坚先生，亦以国士④相待。次年八月，卿华归娶，同骑马至彰仪门外，两人泣别。戊午秋，星望公病笃，犹读余闱墨，许为第一。初十日，榜发，余获隽⑤，而先生即于是日委化。余感生平知己之恩，往视含殓，颜色惨凄。其戚唐某疑余落第，再三道屈，坐客无不掩口而笑。卿华赠余改官云："朝士尽将韩愈惜，都人争作李邕看。"又数年，闻其再落第，缢死长安。余哭以七古一章，载集中。己亥春，余归杭州，访其墓，则四至埏道，被势家侵占；为告之官，而断还其后人。

【注释】

①漏尽：指深夜或者天快要亮的时候。②尊人：对自己父母或者他人的尊称。③不置：不舍，不止。④国士：一国之中才华最为出众的人。⑤隽：科举考试时代考中的一种喻称。

【译文】

我二十岁的时候，与王复旦（字卿华）是关系最密切的好友。他的父亲星望公是御史。丙辰年春天，我从广西进入都城。卿华正在浙江参加乡试。深夜，给他父亲写信，还再三问候我。不久，我们一起来到京师，两个人都不得志，因此往来更加亲密。他的祖父子坚先生，也以国士的礼遇来接待我。第二年八月，卿华回去娶亲，一起骑马到彰仪门外，两个人流着泪告别。戊午年秋，星望公病重的时候，还在读我的文章，赞许我是第一等。初十那一天，公布榜单，我名列前茅，而先生却在那一天去世了。我感念他平生对我的知遇之恩，前往参加葬礼悼念，看到先生的遗容后十分悲伤。他的亲戚唐某以为我落榜了，再三为我叫屈，在座的客人没有不掩口而笑的。卿华为我的晋升赠诗说："朝士尽将韩愈惜，都人争作李邕看。"又过了几年，我听说他再次落榜，在长安上吊去世了。我用七古一章来悼念他，载在集中。己亥年春，我回到杭州，前去拜访他的墓地，没想到四面的埏道，都被有权势的人家给侵占了。我为了这件事去告了官，最后判还给了他的后人。

五〇 权奇徐灵胎

【原文】

余弱冠在都，即闻吴江布衣徐灵胎有权奇[①]倜傥之名，终不得一见。庚寅七月，患臂痛，乃买舟访之，一见欢然。年将八十矣，犹谈论生风，留余小饮，赠以良药。门邻太湖，七十二峰，招之可到。有佳句云："一生那有真闲日？百岁仍多未了缘。"《自题墓门》云："满山灵草仙人药，一径松风处士坟。"灵胎有《戒赌》、《戒酒》、《劝世道情》，语虽俚，恰有意义。《刺时文》云："读书人，最不齐；烂时文，烂如泥。国家本为求才计，谁知道，变做了欺人技。三句承题，两句破题，摆尾摇头，便道是圣门高弟。可知道'三通'、'四史'，是何等文章？汉祖、唐宗，是那一朝皇帝？案头放高头讲章[②]，店里买新科利器[③]：读得来肩背高低，口角嘘唏，甘蔗渣儿嚼了又嚼，有何滋味？孤负光阴，白白昏迷一世。就教他骗得高官，也是百姓朝廷的晦气！"

【注释】

①权奇：出众的智谋。②高头讲章：经书正文上面留有比较多的空白，用来刊印讲解文字，这些文字被称为高头讲章，后来泛指这种类型的经书。③新科利器：科举考试帮助合格的宝物。

【译文】

我二十岁在京城的时候，就听闻了吴江布衣徐大椿有出众的智谋，风流倜傥的美名，却一直没有见上一面。庚寅年七月，我手臂疼痛，于是雇船拜访他，刚一见面便十分欢喜。他那时已经快八十岁了，还能谈笑风生，留我小酌几杯，送给我几副良药。他所住的地方与太湖、七十二峰相邻，招手即到。有佳句说："一生那有真闲日？百岁仍多未了缘。"《自题墓门》说："满山灵草仙人药，一径松风处士坟。"徐大椿著有《戒赌》《戒酒》《劝世道情》，其中的诗句虽然通俗，当时却恰如其分，很有意义。《刺时文》说："读书人，最不齐；烂时文，烂如泥。国家本为求才计，谁知道，变做了欺人技。三句承题，两句破题，摆尾摇头，便道是圣门高弟。可知道'三通'、'四史'，是何等文章？汉祖、唐宗，是那一朝皇帝？案头放高头讲章，店里买新科利器：读得来肩背高低，口角嘘唏，甘蔗渣儿嚼了又嚼，有何滋味？孤负光阴，白白昏迷一世。就教他骗得高官，也是百姓朝廷的晦气！"

五六　青楼

【原文】

齐武帝于兴光楼上施青漆，谓之"青楼"；是青楼乃帝王之居。故曹植诗"青楼临大路"；骆宾王诗"大道青楼十二重"：言其华也。今以妓为青楼，误矣。梁刘邈诗曰："倡女不胜愁，结束下青楼。"殆[①]称妓居之始。

【注释】

①殆：大概，可能。

【译文】

齐武帝派人把兴光楼涂上青色的漆，称这个楼为"青楼"，说明青楼原本是帝王居住的地方。因此曹植诗中的"青楼临大路"，骆宾王诗中的"大道青楼十二重"：都不过是在称赞青楼的奢华。如今将妓院称为青楼，是错误的。梁代的刘邈在诗中写道："倡女不胜愁，结束下青楼。"青楼大概是从这时才开始代称妓院的吧。

五八 陶渊明自题记甲子

【原文】

宋潜溪曰："人皆云：'陶渊明不肯用刘宋[①]年号，故编诗但书甲子。'此误也。陶诗中凡十题甲子，皆是晋未亡时，最后丙辰，安帝尚存，琅琊王未立；安得弃晋家年号乎？其自题甲子者，犹之今人编年纂诗，初无意见。"

【注释】

①刘宋：南朝宋（420—479年），中国南北朝时南朝的第一个朝代，也是南朝版图最大的朝代。

【译文】

宋潜溪说："人们都说：'陶渊明不愿意使用刘宋的年号，所以在他所编写的诗中年号都只写了甲子。'这是错误的。陶渊明的诗中共有十处诗题使用了甲子，都是晋朝尚未灭亡的时候，最后丙辰，安帝还在位，琅琊王也还没有被拥立，那时候怎么可能舍弃晋朝的年号呢？他自题甲子，就像是现在的人使用年月编诗，最开始并没有什么特殊的用意。"

六五 与顾驹之缘

【原文】

己卯冬，余在扬州，见门生刘伊有《游平山诗册》；作者十余人，俱押"卮"韵。余独赏如皋[①]顾秀才驹"清响忽传楼外笛，严寒争避手中卮"之句。后官湖北归，卜筑[②]于如皋百步。余过其居，主人感二十年前知己，欣然款接，宴饮水窗，出新诗相示。《西湖》云："白沙堤外荡舟行，烟雨空濛画不成。忽见斜阳照西岭，半峰阴间半峰晴。""花坞斜连花港遥，夹堤水色淡轻绡。外湖艇子里湖去，穿过湖西十二桥。"《虎丘》云："片石尚留金虎迹，千花都是玉人魂。"

【注释】

①如皋：地名，位于江苏省的东南部。②卜筑：建造宅院，也是定居的泛称。

【译文】

己卯年冬，我在扬州，看到门生刘伊著有《游平山诗册》。作者有十多个人，都押了“卮”的韵。我只欣赏如皋顾驹秀才的“清响忽传楼外笛，严寒争避手中卮”这句。后来，从湖北做官回来，在距离如皋只有百步的地方定居。我路过他的居所，主人感念我二十年前对他的欣赏，高兴地款待了我，在挨着水的窗口前宴饮，取出新作的诗给我看。《西湖》中说：“白沙堤外荡舟行，烟雨空濛画不成。忽见斜阳照西岭，半峰阴间半峰晴。”“花坞斜连花港遥，夹堤水色淡轻绡。外湖艇子里湖去，穿过湖西十二桥。”《虎丘》中说：“片石尚留金虎迹，千花都是玉人魂。”

六七　风情独绝何春巢

【原文】

杭州何春巢年少耳聋，而风情独绝。有《秦淮竹枝》云：“猩红一点着樱唇，淡抹春山黛色匀。压鬓素馨三百朵，风来香扑隔河人。”“远近听来笑语声，板桥西畔泛舟行。寻常一柄芭蕉扇，摇动春葱便有情。”“兰桡[①]最是晚来多，万点红灯映碧波。我已三更鸳梦醒，犹闻帘外有笙歌。”“夕阳两岸画楼台，红藕香中一棹回。别有芳心卿不解，扁舟岂为纳凉来？”

【注释】

①兰桡：小船的意思。

【译文】

杭州的何春巢在年少的时候便失聪了，但是他却风情卓绝。写有《秦淮竹枝》说：“猩红一点着樱唇，淡抹春山黛色匀。压鬓素馨三百朵，风来香扑隔河人。”“远近听来笑语声，板桥西畔泛舟行。寻常一柄芭蕉扇，摇动春葱便有情。”“兰桡最是晚来多，万点红灯映碧波。我已三更鸳梦醒，犹闻帘外有笙歌。”“夕阳两岸画楼台，红藕香中一棹回。别有芳心卿不解，扁舟岂为纳凉来？”

七一 风浪不为灾

【原文】

霞裳与其父役[1]于慈湖，舟覆江中。时当腊月，两人赖衣裘，故浮水不沉。有救船至，父曰："我老矣，速救我儿！"儿曰："不救吾父，我不受救！"父子推让，适又有船来，遂得两全。陶景山明府赠以诗曰："本是龙门客，龙宫今到来。孝慈应默佑，风浪不为灾。"其孙涣悦亦赠云："从今吸尽西江水，吐属文章更不同。"

【注释】

①役：服役。

【译文】

霞裳和他的父亲在慈湖服役，船在江中翻了。当时正值寒冬腊月，两个人多亏了身上的皮衣，才能浮在水面上没有沉下去。有救人的船过来的时候，父亲说："我老了，赶紧救我的儿子！"儿子说："如果不救我的父亲，我也不让人救！"父子相互推让，幸好又有一条船过来，终于得到了两全。陶景山知府写诗赠给他们说："本是龙门客，龙宫今到来。孝慈应默佑，风浪不为灾。"他的孙子涣悦也赠诗说："从今吸尽西江水，吐属文章更不同。"

七二 《覆舟》诗原稿

【原文】

程鱼门《覆舟》诗原稿，写眼前惊悸情景最真。后改本有意修饰，转不如前。今特录其原作云："扬州西去一宵程，小艇无端夜忽倾。制命[1]不烦沧海润，澡身先试暮流清。诗书失后无余本，戚友来时话再生。莫叹遭逢磨蝎[2]重，世间风浪几曾平？""客舟猛疾势如风，南北相持力不同。绝叫已惊身在水，举头犹见月如弓。慈航倏至关天幸，只履飘然悟大空。时失去一履。揽芷搴裳[3]平日愿，险随骚魄[4]葬珠宫。”余赋诗调之云：“《水经》注疏河渠考，此后输君阅历深。”

【注释】

①制命：也就是敕命，是明清时期赠封六品以下官职的命令。②磨蝎：星宿名。“磨蝎宫”的省称。古时候迷信星象的人，将生平遇到挫折称为遭逢磨蝎。③揽芷搴（qiān）裳：采摘白芷，撩起衣裳。④骚魄：指屈原。

【译文】

程晋芳《覆舟》一诗的原稿，将眼前惊悸的场景描写得最为真实。后来修改的版本有意进行修饰，但是效果却大不如从前。现在特别收录了他的原作：“扬州西去一宵程，小艇无端夜忽倾。制命不烦沧海阔，澡身先试暮流清。诗书失后无余本，戚友来时话再生。莫叹遭逢磨蝎重，世间风浪几曾平？”“客舟猛疾势如风，南北相持力不同。绝叫已惊身在水，举头犹见月如弓。慈航倏至关天幸，只履飘然悟大空。时失去一履。揽芷搴裳平日愿，险随骚魄葬珠宫。”我写了诗和他开玩笑说：“《水经》注疏河渠考，此后输君阅历深。”

七三　风水之险

【原文】

善写风水之险者，吾乡粮道程公光钜有《华阳行》云：“滔滔汩汩[1]长江水，扁舟一叶天涯子。船头船尾白浪高，片云黑处狂风起。舟子喧呼语未终，布帆半曳浪浇篷。桅竿百尺横斜立，欲卧不卧奔涛中。涛涌如山高莫比，青山头落江心里。一倾一仄[2]强撑风，欲上船舷见船底。小儿无知向母啼，大儿解事欲登堤。面面相看心胆折，男号女哭一齐歇。翻身挣立唤邻舟，邻舟早向潮头没。须臾岸回风势顺，回首惊魂才一瞬。电掣雷轰万马驱，举头已到华阳镇。华阳已到惊未平，老妻尚有念佛声。”

【注释】

①汩汩：象声词，形容水流或者其他液体流动的声音。②仄：偏斜，倾斜。

【译文】

擅长描写风水险情的，我的老乡程光钜粮道写有《华阳行》一诗说：“滔滔汩汩长江水，扁舟一叶天涯子。船头船尾白浪高，片云黑处狂风起。舟子喧呼语未终，布帆半曳浪浇篷。桅竿百尺横斜立，欲卧不卧奔涛中。涛涌如山高莫比，青山头落江心里。一倾一仄强撑风，欲上船舷见船底。小儿无知向母啼，大儿解事欲登堤。面面相看心胆折，男号女哭一齐歇。翻身挣立唤邻舟，邻舟早向潮头没。须臾岸回风势顺，回首惊魂才一瞬。电掣雷轰万马驱，举头已到华阳镇。华阳已到惊未平，老妻尚有念佛声。”

七四　不识眼前人

【原文】

金陵张秀才培饶有风貌。正月间，与画师邹若泉来。余心识之。亡何，又与常君得禄来。余转问：“可认张某乎？”已而知即前人，自惭老眼之昏。乃诵刘悔庵诗曰：“闲行那可忘携杖，欲揖[①]还愁错认人。”

【注释】

①揖：作揖。

【译文】

金陵秀才张培风度翩翩，样貌出众。正月的时候，和画师邹若泉一起前来。我有心想要与他结识。没过多久，又与常得禄一同前来。我就问他：“你可认识张某？”后来才知道就是眼前的人，对于自己的老眼昏花感到十分惭愧。于是就诵读了刘悔庵的诗说：“闲行那可忘携杖，欲揖还愁错认人。”

七六　起句和结句

【原文】

近人起句[①]之妙者：新安张节《夜坐》云："雨霁月忽满，墙阴树影摇。"陈月泉《舟中》云："独起对江月，满船闻睡声。"某《春早》云："不待清明近，莺花已自忙。"三起俱超。结句[②]之妙者："月中无事立，草上一萤飞。""殷勤语江岭，归梦莫相妨。""远山深树里，钟断有余声。"三结俱超。惜忘题目及作者姓名。

【注释】

①起句：诗文的首句。②结句：诗文的结尾句子。

【译文】

现在作诗的人第一句十分绝妙的有：新安人张节的《夜坐》："雨霁月忽满，墙阴树影摇。"陈月泉的《舟中》："独起对江月，满船闻睡声。"某人的《春早》："不待清明近，莺花已自忙。"这三首诗的首句都十分高超。最后一句十分绝妙的有："月中无事立，草上一萤飞。""殷勤语江岭，归梦莫相妨。""远山深树里，钟断有余声。"这三首诗的最后一句都十分高超。可惜忘记了题目和作者的姓名。

七七　夜泊偶遇

【原文】

丁未，余游武夷，夜泊江山，闻邻舟有客说鬼，口杭音。余喜语怪，乃揖而进之。其人姓陆，名梦熊，字莹若，乃吾乡诗人也。别后蒙寄《晚香堂诗》二十余卷。《晓起见雪》云："夜静无风冷莫支，檐前冻雀早应知。关心喜见头番雪，扫径先扶竹树枝。红友[①]有情还爱我，绿梅无梦亦相思。断桥久废冲泥屐，欲踏琼瑶[2]访莫迟。"《鹅湖寺》云："地寒花未放，僧朴语无多。"皆妙。

【注释】

①红友：酒的别称。②琼瑶：代指雪。

【译文】

丁未年，我游览武夷山，夜晚将船停靠在江山，听到与我相邻的船上有客人在讲鬼故事，是杭州口音。我特别喜欢谈论一些灵异的事情，于是就作揖走了进去。那个人姓陆，名梦熊，字莹若，是我同乡的诗人。离别之后承蒙他寄过来《晚香堂诗》二十多卷。在《晓起见雪》中说："夜静无风冷莫支，檐前冻雀早应知。关心喜见头番雪，扫径先扶竹树枝。红友有情还爱我，绿梅无梦亦相思。断桥久废冲泥屐，欲踏琼瑶访莫迟。"在《鹅湖寺》中写道："地寒花未放，僧朴语无多。"这些都写得很好。

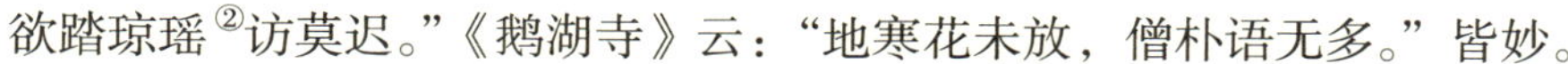

七八　读诗要读史

【原文】

读诗不读史，便不知作者事何所指。李焘《长编》载：宋真宗为李沆还债三十万。故宋人诗云："新祠民祭祀，旧债帝偿还。"《唐书》载：王毛仲奏明皇：愿得宋璟为客。帝许之。故徐骑省《赠陈侍郎花烛》云："坐客亦从天子赐，更筹[1]须为主人留。"

【注释】

①更筹：古代的时候夜里报更用的计时的竹签。

【译文】

读诗而不读史，便不知道作者所说的事情是哪件事。李焘在《长编》中记载：宋真宗为李沆还了三十万元的债款。因此宋朝有人作诗说："新祠民祭祀，旧债帝偿还。"在《唐书》中记载：王毛仲向明皇启奏说：想要将宋璟收为门客。明皇准许了。因此徐骑省在《赠陈侍郎花烛》中说："坐客亦从天子赐，更筹须为主人留。"

八〇　雅谑

【原文】

雅谑[1]自佳。或以诗示仲小海。仲曰："诗佳矣，可惜太甜。"其人愕然问故。曰："有唐气，焉得不甜？"蔡芷衫好自称"蔡子"，以诗示汪用敷。汪曰："打油诗也。"蔡怒曰："此《文选》正体，何名打油？"曰："菜子不打油，何物打油？"

【注释】

①雅谑：趣味高雅的戏谑。

【译文】

趣味高雅的戏谑最好。有人拿诗给仲小海看。仲小海说："这个诗不错，就是太甜了。"那个人十分吃惊问他原因。回答说："有唐（糖）味，哪能不甜呢？"蔡元春喜欢称呼自己为"蔡子"，拿着诗给汪用敷看。汪说："是打油诗啊。"蔡元春生气地说："这是《文选》正体，怎么能是打油诗呢？"汪说："菜（蔡）籽不打油，那用什么东西打油啊？"

八五　禁体咏梅

【原文】

海宁陈心田寅，与诸友以禁体[1]《咏梅》云："已看无不忆，未见必先探。"汪秋白云："一枝怀故宅，几度忆前生。"陈谷湖云："交枝香不断，一白树难分。"顾竹坡咏《绿梅》云："窥春自怯荷衣薄，倚竹谁怜翠袖寒？"俱妙。又有梅花宜[2]称诸咏：《夕阳》云："残香漠漠山家暝，犹作宫人半额黄。"《疏篱》云："有客来探门未启，先从麂眼[3]认琼枝。"《微雪》云："料峭寒凝天半黄，霏烟漠漠集池塘。是梅是雪两三点，飞絮因风想谢娘。"《枰下》云："花底消闲对

弈时，棱棱石角拥寒枝。微风吹堕两三朵，绝似山人落子时。”

【注释】

①禁体：指的是禁体诗，是一种遵照特定的禁例所写的诗。②宜：适当，恰当。③麂（jǐ）眼：竹篱。篱格斜方像麂眼一样，因此而得名。

【译文】

海宁的陈寅，字心田，和诸多好友一起用禁体写《咏梅》说：“已看无不忆，未见必先探。”汪秋白说：“一枝怀故宅，几度忆前生。”陈谷湖说：“交枝香不断，一白树难分。”顾竹坡咏《绿梅》说：“窥春自怯荷衣薄，倚竹谁怜翠袖寒？”这些都写得很好。又有适当点出梅花的几首：《夕阳》中说：“残香漠漠山家暝，犹作宫人半额黄。”《疏篱》中说：“有客来探门未启，先从麂眼认琼枝。”《微雪》中说：“料峭寒凝天半黄，霏烟漠漠集池塘。是梅是雪两三点，飞絮因风想谢娘。”《枰下》中说：“花底消闲对弈时，棱棱石角拥寒枝。微风吹堕两三朵，绝似山人落子时。”

八六　寺壁小诗

【原文】

戊寅二月，过僧寺，见壁上小幅诗云：“花下人归喧女儿，老妻买酒索题诗。为言昨日花才放，又比去年多几枝。夜里香光如更好，晓来风雨可能支？巾车归若先三日，饱看还从欲吐时。”诗尾但书“与内子看牡丹”；不书名姓。或笑其浅率。余曰：“一片性灵，恐是名手。”乃录稿问人；无知者。后二年，王孟亭太守来看牡丹，谈及此诗，方知是国初逸老①顾与治所作。余自负赏识之不误。王因云："国初前辈，不登仕途，与老妻相对，往往有此清妙之作。"因诵吴野人《寿内》云："潦倒丘园二十秋，亲炊葵藿[2]慰余愁。绝无暇日临青镜，频过荒年到白头。海气荒凉门有燕，溪光摇荡屋如舟。不能沽[3]酒持相祝，依旧归来向尔谋。"觉风趣更出顾诗之上。

【注释】

①逸老：逃离世事隐居的老人。②葵藿：指的是葵与藿，都是蔬菜的名字。③沽：买。

【译文】

戊寅年二月，途经僧寺，看到墙壁上题诗说："花下人归喧女儿，老妻买酒索题诗。为言昨日花才放，又比去年多几枝。夜里香光如更好，晓来风雨可能支？巾车归若先三日，饱看还从欲吐时。"诗的结尾写着"与内子看牡丹"，并没有写姓名。有人嘲笑这首诗浅显粗率。我说："诗中充满了灵气，恐怕是名人大家所写的。"于是抄下了这首诗向人打听，没有知道的。过了两年，王箴舆太守来观赏牡丹，谈到这首诗，才知道是开国之初的逸老顾梦游所写。我自认为自己品鉴不差。王箴舆说："国初前辈，没有做官，和他的老夫人每天在一起，经常会有一些清雅绝妙的诗句。"又诵读了吴嘉纪的《寿内》说："潦倒丘园二十秋，亲炊葵藿慰余愁。绝无暇日临青镜，频过荒年到白头。海气荒凉门有燕，溪光摇荡屋如舟。不能沽酒持相祝，依旧归来向尔谋。"觉得情趣风格更在顾与治的诗之上。

八七　心善方能诗佳

【原文】

尹文端公曰："言者，心之声也。古今来未有心不善而诗能佳者。《三百篇》，大半贤人君子之作。溯自西汉苏、李五言，下至魏、晋、六朝、唐、宋、元、明，所谓大家、名家者，不一而足[1]。何一非有心胸、有性情之君子哉？即其人稍涉诡激，亦不过不矜细行，自损名位而已。从未有阴贼险狠，妨民病国之人。至若唐之苏涣作贼，刘叉攫金，罗虬杀妓：须知此种无赖，诗本不佳，不过附他人以传耳。圣人教人学诗，其效可睹矣。"余笑问："曹操何如？"公曰："使操生治世，原是能臣。观其祭乔太尉，赎文姬，颇有性情：宜其诗之佳也。”

【注释】

①不一而足：原指不是一事一物能够满足的。这里指同类事物有很多，就不一一列举了。

【译文】

尹继善说：“语言，是心灵的声音。古往今来没有心不善而写诗却特别好的人。《三百篇》（中的诗），大部分都是贤人君子所写的。追溯到西汉苏武、李陵的五言诗，下到魏、晋、六朝、唐、宋、元、明，所谓的大家、名家，都是这样，就不一一列举了。哪一个不是心胸宽广，真性情的君子？即便有的人行事诡异偏激了一些，也不过是不够注重细节，自己损害了自己的名声地位而已。从来没有阴狠毒辣、祸国殃民的人。至于像唐朝的苏涣做贼，刘叉攫金，罗虬杀妓：要知道这些人都是无赖，所写的诗本来就不好，不过是因为别人的附和吹捧才得以传播罢了。圣人教人学作诗，这效果都是可以看到的。”我笑着问：“曹操怎么样呢？”公回答说：“曹操如果能够生活在和平盛世，原本应该是个能臣。看他祭奠乔太尉、将蔡文姬从妓院中赎回，很有性情，所以他写的诗不错。”

八八　重赴鹿鸣

【原文】

余以雍正丁未年入泮。今又丁未矣，戏仿重赴鹿鸣[①]故事，作《重赴泮宫诗》，云：“记得垂髫泮水游，一时佳话遍杭州。青衿乍著心虽喜，红粉争看脸尚羞。梦里荣华如顷刻，人间花甲已重周。诸公可当同年看，替采芹香插白头。”杭州同入学者，只钱玙沙方伯一人。和云：“岁岁黉门[②]文运开，刘郎老去又重来。壶中日转前丁未，册上名存旧秀才。两领青衫真法物，一头白发笑于意。平生几枕邯郸梦，屈指黄粱第一回。”此外，和者百余人。如毛俟园广文云：“久于馆阁推前辈，又向宫墙领后生。”梅衷源云：“锦袍笑赴青衿会，似把灵光照泮宫。”卢元珩云：“子衿一赋年周甲，圣阙重来岁又丁。”

【注释】

①重赴鹿鸣：清朝的一种制度，举人在乡试考中六十年的时候，恰好又遇到原科开考，经过奏准，可以与新科举人一起赶赴鹿鸣赴宴。②黉（hóng）门：古代学校的门，借指学校。

【译文】

我在雍正丁未年进入学堂。如今又到了丁未年，与新科举人一起赶赴鹿鸣盛宴，写了《重赴泮宫诗》，说："记得垂髫泮水游，一时佳话遍杭州。青衿乍著心虽喜，红粉争看脸尚羞。梦里荣华如顷刻，人间花甲已重周。诸公可当同年看，替采芹香插白头。"杭州一起和我入学的人，只有钱琦布政使一个人，他和诗说："岁岁黉门文运开，刘郎老去又重来。壶中日转前丁未，册上名存旧秀才。两领青衫真法物，一头白发笑于意。平生几枕邯郸梦，屈指黄粱第一回。"除此之外，还有一百多人和诗。如毛广文说："久于馆阁推前辈，又向宫墙领后生。"梅衷源说："锦袍笑赴青衿会，似把灵光照泮宫。"卢元珩说："子衿一赋年周甲，圣阙重来岁又丁。"

八九　得时文之力

【原文】

余不喜时文，而平生颇得其力。壬寅游天台，渡钱塘江，到客店，无舟可雇；遇查广文耕经有赴任船，用名纸借之，欣然来见，曰："向读先生文登第，让船所以报也。"余赠诗云："一只孝廉船肯让，期君还作后来人。"到新昌，邑令苏公曜，素不相识，遣车远迎，供张[①]甚饰。余骇然，询其故，如查所语。余赠诗云："羁旅忽逢倾盖客，文章曾是受知人。"苏宣化孝廉，作官有惠政，解饷[②]入都，后任反其所为，民苦之。余到时，适苏回任，邑人争迎，上匾云"还我使君"，对联云："三春花雨重携鹤；百里笙歌早入云。"不料新昌僻县，竟有文人颂扬甚雅。

【注释】

①供张：同"供帐"，陈设供宴会所用的帷帐、用具等，这里指举办宴会。②解饷：运送银两和粮食。

【译文】

我不喜欢应试文章，但是平生却很是受它帮助。壬寅年游览天台山，渡钱塘江，到客店之后，发现没有船可以雇。恰巧碰到了查耕经（字广文）的赴任船，拿着名纸去借船，查耕经高兴地来与我见面，说："（我）曾经因为读了先生的文章而登第，现在将船让给您当作报答吧。"我赠了一首诗给他："一只孝廉船肯让，期君还作后来人。"到了新昌，邑令苏曜公，（我）从未与他见过面，（他）竟然派车远远地来迎接我，并精心地安排了宴会。我十分吃惊，询问他什么原因，像查耕经说的话一样。我赠诗说："羁旅忽逢倾盖客，文章曾是受知人。"苏宣化孝廉，当官的时候有好的政绩，他运钱粮到都城，后来上任的官员与他相反，百姓深受其害。我到达的时候，正好碰到苏宣化又回到任上，县里的人争先恐后地来迎接他，给他送上匾额，写着"还我使君"，对联上写着："三春花雨重携鹤；百里笙歌早入云。"没想到新昌这个偏僻的县城，竟然有文人能够作出文雅的颂扬之词。

九〇　处州巧遇

【原文】

余过处州①，想游仙都峰，以路远中止。出县城，到黄碧塘，将止宿矣；望前村瓦屋睾②如，随缓步焉。与主人虞姓者，略通数语，即还寓；将弛衣眠，闻户外人声嗷嗷；询之，则虞氏见余名纸，兄弟六七人来问："先生可即袁太史耶？"曰："然。"乃手烛上下照，诧曰："我辈读《太史稿》，以为国初人。今年仅花甲，是古人复生矣，岂容遽去？愿作地主，陪游仙都。"于是少者解帐，长者卷席，诸奴肩行李，相与舁③至其家。余留诗谢云："我是渔郎无介绍，公然三夜宿桃源。"

【注释】

①处州：地名，现在的浙江省丽水市。②睾（gāo）：高地。③舁（yú）：抬。

【译文】

我在途经处州的时候，想要游览仙都峰，因为路途太远而放弃了。出了县城，来到黄碧塘，准备停下来过夜；看到前面的村庄瓦屋高大，便放慢脚步走了过去。和主人虞氏说了几句话，就回到了住处；将要脱衣服睡觉的时候，听到门外人声喧闹；询问，原来是虞氏看到我的名纸后，兄弟六七人来问："先生可是袁太史？"我回答说："是。"于是他们手拿着蜡烛上下打量，诧异地说："我辈在读《太史稿》，以为是开国初年的人所作。（没想到您）今年只是花甲之年，仿佛是古人复生，怎么能让您这么快就离开呢？愿尽地主之谊，陪您游览仙都峰。"于是年轻的解帐，年纪大的卷席，众仆人肩扛着行李，一起抬到了他们家。我写诗道谢说："我是渔郎无介绍，公然三夜宿桃源。"

九一　游仙之梦

【原文】

游仙之梦，斑竹最佳。离天台五十里，四面高山乱滩，青楼二十余家，压山而建。中多女郎，簪山花，浣衣①溪口，坐溪石上。与语，了无惊猜，亦不作态，楚楚可人；钗钏之色，耀入烟云，雅有仙意。霞裳悦蒋校书，为留一宿。次日，天未明，披衣而至，云："被四面滩声惊醒。"余赋诗云："茅屋背山起，山峰枕上看。饭香人弛担，梦醒客闻澜。花野得真意，竹多生暮寒。青溪蒋家妹，欢喜遇刘安。"

【注释】

①浣衣：洗衣服。

【译文】

要实现游览仙境的愿望，斑竹这个地方景色最佳。距离天台山五十里的地方，四面高山险滩，有二十多家青楼，依山而建。青楼有很多女郎，都头戴山花，在溪口洗衣服，坐溪石上。和她们说话，毫无惊恐的样子，也不故作姿态，姿容清秀让人怜爱；钗钏的色泽，闪耀在烟云之间，风雅且富有仙意。霞裳喜欢蒋校书，为此留下来住了一夜。第二天，天还没亮，就披着衣服过来说："被四面险滩的水声惊醒了。"我赋诗说："茅屋背山起，山峰枕上看。饭香人弛担，梦醒客闻澜。花野得真意，竹多生暮寒。青溪蒋家妹，欢喜遇刘安。"

九二　赠诗戏女

【原文】

温州虽多佳丽，而言语不通。有织藤盘者，甚明媚[①]；彼此寒暄，了不通晓。余戏赠云："安得巫山置重译，替郎通梦到阳台？"

【注释】

①明媚：明艳妩媚。

【译文】

温州虽然有很多佳丽，但是语言不通。有一个编织藤盘的女子，特别明媚动人；我和她说了几句话问候了一下，无法明白她的意思。我便开着玩笑赠诗给她："安得巫山置重译，替郎通梦到阳台？"

九三　温州风俗

【原文】

温州风俗：新婚有坐筵之礼。余久闻其说。壬寅四月，到永嘉。次日，有王氏娶妇，余往观焉。新妇南面坐，旁设四席，珠翠[①]照耀，分已嫁、未嫁为东西班。重门洞开，虽素不识面者，听人平视，了无嫌猜。心羡其美，则直前劝酒。女亦答礼。饮毕，回敬来客。其时向西坐第三位者，貌最佳。余不能饮，不敢前。霞裳欣然揖而釂焉。女起立侠拜，饮毕，斟酒回敬霞裳；一时忘却，将酒自饮。傧相呼曰："此敬客酒也！"女大惭，嫣然而笑，即手授霞裳。霞裳得沾美人余沥以为荣。大抵所延，皆乡城粲者[②]，不美不请；请亦不肯来也。太守郑公以为非礼，将出示禁之。余曰："礼从宜，事从俗：此亦亡于礼者之礼也。"乃赋《竹枝词》六章，有句云："不是月宫无界限，嫦娥原许万人看。"太守笑曰："且留此陋俗，作先生诗料可也。"诗载集中。

【注释】

①珠翠：珍珠、翡翠，这里指盛装出席的女子。②粲者：美好的事物，这里指的是美女。

【译文】

温州有风俗：新婚夫妇坐筵的礼节。我很久以前就听过这种说法。壬寅年四月，我来到永嘉。第二天，有一个姓王的人娶妻，我前往观看典礼。新妇面向南而坐，旁边设立了四个席位，穿戴着珠宝的女子光彩耀人，按照已嫁和未嫁分为东西两边坐着。一道道门打开，虽然都是从没见过的人，但是任凭他人打量，毫无猜忌之心。客人如果倾心于她们的美貌，可以直接上前劝酒。女子们也可以回礼。喝完之后，回敬给来客。当时面向西而坐的第三位女子，相貌最好看。我不会喝酒，没敢上前劝酒。霞裳高兴地上前作揖，将杯中酒敬上。女子起立施礼，喝完之后，斟酒回敬霞裳。没想到她一时忘情，竟然自己喝了那杯酒。傧相连忙大呼说："这个是敬给客人的酒！"女子十分惭愧，嫣然一笑，马上把杯子还给了霞裳。霞裳得到了沾着美人残酒的酒杯而感到十分光荣。主人所邀请的大多都是乡城中的美女，不漂亮不邀请，请也不会来。太守郑公认为这种风俗有违礼节，请求颁布公告禁止。

我说："礼节要跟从适宜，事情要追随风俗：这也是消亡于礼节的礼节。"于是写了《竹枝词》六章，上面有诗句说："不是月宫无界限，嫦娥原许万人看。"太守笑着说："暂且留下这种陋俗，权当是给先生的诗文做素材吧。"这首诗收录到了集子中。

九四　雁宕观音洞

【原文】

雁宕[①]观音洞最高敞，可容千人；石坡共三百七十七级，余贾勇[②]登焉。相传：嘉靖三十年，按察使刘允升偕二女，成仙于此。塑像甚美。余低徊久之，下坡留恋，《口号》云："垂老出仙洞，一步一踌躇。自知去路有，断然来时无。"

【注释】

①雁宕（dàng）：也就是雁荡山，位于浙江省温州市乐清境内。②贾勇：鼓起勇气。

【译文】

雁荡山观音洞的空间最是高大、开阔，可以容纳上千人；石坡共有三百七十七级台阶，我鼓起勇气登了上去。相传：嘉靖三十年，按察使刘允升带着两个女儿，在这里成仙。塑像特别漂亮。我低头看了很久，下坡的时候恋恋不舍，写《口号》说："垂老出仙洞，一步一踌躇。自知去路有，断然来时无。"

九五　游览得佳句

【原文】

余游览久，得人佳句，必手录之。过安庆，见司狱许健庵扇上自题云："权支薄俸初成阁，自爱闲曹[①]好种花。"到黄公垆杏花村，见陈省斋太守有对云："至今村酿黄公酒，依旧花开杜牧诗。"庐山开先寺见程巨山有对云："树里月光才露影，山中云气不分层。”小姑山有俞楚江对句云：“入寺恍疑雨，终宵只觉寒。”（巨山姓程名岩，余己巳同年，官至少宰。）

【注释】

①闲曹：闲散的官职。

【译文】

我游览时间长了，得到别人的佳句，一定会亲手抄录下来。途经安庆的时候，看到司狱许健庵扇上有一首自题的诗说：“权支薄俸初成阁，自爱闲曹好种花。”到了黄公垆的杏花村，看到陈肇昌太守写了一副对联说：“至今村酿黄公酒，依旧花开杜牧诗。”在庐山开先寺看到程巨山有对联说：“树里月光才露影，山中云气不分层。”小姑山有俞瀚对句说：“入寺恍疑雨，终宵只觉寒。”（巨山，姓程名岩，是我己巳年的同年，做官做到了少宰。）

卷一三

三　凌云之诗

【原文】

乌程凌云，字香坪，少有《吴门纪事》诗，极酒场花径之乐。晚年就馆李参戎家，郁郁不得志而卒。《胥门感旧》云：“金阊[①]曾度五清明，选胜携朋取次行。杨柳堤边调细马，杏花村里听娇莺。春风久负青山约，旧雨难寻白鹭盟。今日胥江重舣棹，斜阳芳草不胜情。”《过分水龙王庙》云：“汶河西注水汪洋，南北中分界两行。从此空弹游子泪，随波流不到家乡。”他如：“雨积山多瀑，烟收树满村。”“鱼跳惊烛影，鸡唱乱筝音。”俱有风味。

【注释】

①金阊（chāng）：苏州有金门、阊门两个城门，所以用金阊来代指苏州。

【译文】

乌程的凌云，字香坪，少年时曾经写下了《吴门纪事》一诗，把酒场花径之乐写得淋漓尽致。晚年寄居在李参戎家中，郁郁不得志而去世了。在《胥门感旧》写过：“金阊曾度五清明，选胜携朋取次行。杨柳堤边调细马，杏花村里听娇莺。春风久负青山约，旧雨难寻白鹭盟。今日胥江重舣棹，斜阳芳草不胜情。”《过分水龙王庙》中写道：“汶河西注水汪洋，南北中分界两行。从此空弹游子泪，随波流不到家乡。”其他的还有如：“雨积山多瀑，烟收树满村。”“鱼跳惊烛影，鸡唱乱筝音。”这些诗句都别有一番风味。

四　章艧斋之诗

【原文】

表弟章艧斋秀才，名袁梓，性迂碎，有洁癖，好神仙吐纳之术；自谓可长生，而卒不验。《睢阳客兴》云：“几度飘蓬[①]动客嗟，况逢迟日感韶华。阶前杖响谁看竹，月下烟飞自煮茶。游骑踏残零露草，幽禽含过隔墙花。寻芳孺子知时节，也着新衣到酒家。"《对雪》云："素光灿烂映檐楹，未许疏狂叹独清。隔夜江山都改色，连朝猿鸟并无声。风飘堕瓦寒冰响，鼠灭残灯外户明。画帐香茵初睡起，举头错认是天晴。"其他佳句云："有梅人坐静，踏雪鹤行徐。""风枝挑瓦堕，石笋引藤缠。""宵柝[2]暗惊孤客梦，寒鸡时作故乡声。""蜂能负子应知老，燕屡升堂若贺贫。""花香夹路人归缓，水影摇天月上迟。""投杖惊逃穿屋鼠，围棋引进过门人。"俱妙。

【注释】

①飘蓬：比喻四处漂泊，居无定所。②宵柝：巡夜的梆声。

【译文】

表弟章艧斋秀才，名袁梓，性情古板喜欢啰唆，有洁癖，喜好神仙吐纳之术；自称可以长生不老，而最终没有验证。有《睢阳客兴》一诗说："几度飘蓬动客嗟，况逢迟日感韶华。阶前杖响谁看竹，月下烟飞自煮茶。游骑踏残零露草，幽禽含过隔墙花。寻芳孺子知时节，也着新衣到酒家。"《对雪》一诗说："素光灿烂映檐楹，未许疏狂叹独清。隔夜江山都改色，连朝猿鸟并无声。风飘堕瓦寒冰响，鼠灭残灯外户明。画帐香茵初睡起，举头错认是天晴。"还有其他佳句如："有梅人坐静，踏雪鹤行徐。""风枝挑瓦堕，石笋引藤缠。""宵柝暗惊孤客梦，寒鸡时作故乡声。""蜂能负子应知老，燕屡升堂若贺贫。""花香夹路人归缓，水影摇天月上迟。""投杖惊逃穿屋鼠，围棋引进过门人。"这些句子都特别妙。

五　高文照赠诗

【原文】

高文照字东井，少年韶秀，嶷嶷[1]自立。父植，宰德化，有贤声。所得俸，尽为东井买书。年未二十，诗已千首。目空一世，于前辈中所心折者，随园与心余而已。举甲午乡试，后卒于京师。诗稿不知流落何处。见赠云："万壑千峰裹一门，仙家住老百花村。重开朱户楼台出，未改青山面目存。执手各探新得句，惊心难定旧离魂。怜才谁似先生切，替拭襟前积泪痕。""宏奖何人得到斯，文章风义一身持。眼无后起偏怜我，座有先生敢论诗？转柁风看收柁候，在山泉话出山时。才名官职谁多少？未要区区世上知。”“此身几肯受人怜？低首为公拜榻前。不朽文章传郭泰，得闻丝竹许彭宣。女媭[②]詈予申申日，邓禹嗤人寂寂年。想到平生知己报，商量只有祖生鞭[③]。”其他佳句如：《过衢州》云：“水回双碓[④]落，滩急一篙争。”《寿山庵》云：“一磬隔花出，片幡当殿阴。”《送人》云：“且将一点思乡泪，洒向君衣好寄归。”《赠方子云》云：“门外市声三日雨，帘前风色一床书。”《过阮怀宁故宅》云：“鸟语尚疑偷法曲，池波无复照明妆。”

【注释】

①嶷嶷（nì）：从小就十分聪慧的样子。②女媭（xū）：传说中屈原的姐姐。③祖生鞭：典出《晋书·刘琨列传》，指鼓励人要努力进取。④碓：木石做成的捣米的工具。

【译文】

高文照字东井，年轻的时候相貌俊秀，自小便十分聪慧。他的父亲高植，管理德化，有贤良的声誉。所得到的俸禄，全都为高文照买了书。还不到二十岁的时候，他已经作诗千首。他什么都不放在眼里，所敬佩的前辈，只有随园和心余。

甲午年考中乡试，后来在京师去世。诗稿不知道散落到哪里。他曾经赠诗给我说：“万壑千峰裹一门，仙家住老百花村。重开朱户楼台出，未改青山面目存。执手各探新得句，惊心难定旧离魂。怜才谁似先生切，替拭襟前积泪痕。”“宏奖何人得到斯，文章风义一身持。眼无后起偏怜我，座有先生敢论诗？转柁风看收柁候，在山泉话出山时。才名官职谁多少？未要区区世上知。”“此身几肯受人怜？低首为公拜榻前。不朽文章传郭泰，得闻丝竹许彭宣。女媭詈予申申日，邓禹嗤人寂寂年。想到平生知己报，商量只有祖生鞭。”还有其他佳句如《过衢州》说：“水回双碓落，滩急一篙争。”《寿山庵》说：“一磬隔花出，片幡当殿阴。”《送人》说：“且将一点思乡泪，洒向君衣好寄归。”《赠方子云》说：“门外市声三日雨，帘前风色一床书。”《过阮怀宁故宅》说：“鸟语尚疑偷法曲，池波无复照明妆。”

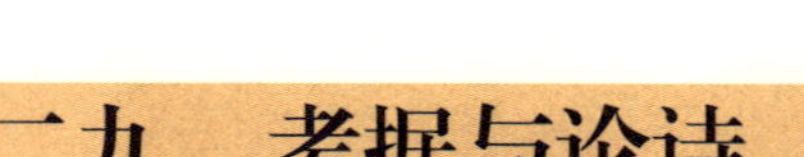

二九　考据与论诗

【原文】

考据家不可与论诗。或訾[①]余《马嵬》诗，曰：“‘石壕村里夫妻别，泪比长生殿上多。’当日贵妃不死于长生殿。”余笑曰：“白香山《长恨歌》‘峨嵋山下少人行’，明皇幸[②]蜀，何曾路过峨嵋耶？”其人语塞。然太不知考据者，亦不可与论诗。余《钱塘江怀古》云：“劝王妙选三千弩，不射江潮射汴河。”或訾之曰：“宋室都汴，不可射也。”余笑曰：“钱谬射潮时，宋太祖未知生否。其时都汴者何人，何不一考？”

【注释】

①訾（zǐ）：毁谤，非议。②幸：皇帝亲临。

【译文】

不能与考据家探讨诗歌。有人毁谤我的《马嵬》一诗，说：“‘石壕村里夫妻别，泪比长生殿上多。’当年杨贵妃并非死在长生殿。”我笑着说：“白香山的《长恨歌》中‘峨嵋山下少人行’这一句，唐明皇亲临蜀地，什么时候路过峨嵋了？”那个人无言以对。然而太不知道考据的人，也不能跟他讨论诗歌。我在《钱塘江怀古》中写道：“劝王妙选三千弩，不射江潮射汴河。”有人反驳我说：“宋朝的都城是汴京，不能射啊。”我笑着说：“钱谬射潮的时候，宋太祖还没有出生。当时以汴京作为都城的是什么人，为什么不去考证一下呢？”

三七　顾斗光佳作

【原文】

杨蓉裳金陵乡试，偕舅氏顾公斗光来。顾长不满四尺，而诗笔特佳。仿铁崖《咏史乐府》,《伏生女》云：“坑不得阃内儒[①]，烧不得腹中书。伏生父女皆口授，典谟训诰[②]如其初。吁嗟伏生女！强记人不如。”《漂母》[③]云：“哀王孙，在淮阴，一饭之恩如海深。哀王孙，不求报，千金之赠不可少。千金容易一饭难，沛公家有轹釜嫂[4]。”

【注释】

①阃（kǔn）内儒：指晁错。阃：城门里的门槛。②典谟训诰：代指《尚书》。《尚书》中有典、谟、训、诰、誓、命这六种体例。③漂母：出自《史记·淮阴侯列传》中的典故“漂母饭信”。④轹（lì）釜嫂：汉高祖刘邦的妻子。

【译文】

杨芳灿参加金陵乡试，与舅舅顾斗光一起前来看望我。顾斗光身高不足四尺，但是诗歌的文笔却特别好。效仿杨维桢的《咏史乐府》，写了《伏生女》一诗说：“坑不得阃内儒，烧不得腹中书。伏生父女皆口授，典谟训诰如其初。吁嗟伏生女！强记人不如。”《漂母》中说：“哀王孙，在淮阴，一饭之恩如海深。哀王孙，不求报，千金之赠不可少。千金容易一饭难，沛公家有轹釜嫂。”

四四　诗人有后

【原文】

余知江宁，过观象台，见有题壁者云：“草色荒台过雨迟，短墙古柏暮云垂。桃花红引游人去，独自斜阳读断碑。”问之僧人，乃嘉兴夏培叔名复森者所题。因聘修志书。耳聋兴豪。一日，从嘉兴还金陵，告余曰：“家中手植老梅一本，去冬为僮所伐，乃吊之云：‘老梅移种廿余载，客里归看已作薪。无复横斜旧时影，负他多少后来春。’”《秦淮夏集》云：“傍晚纷纷载酒卮，有筝琶处过船迟。一河风月无人管，都付桥南杨柳枝。”亡何，归里卒。相隔三十余年，闻其子鼎，中庚子副车[1]。余感诗人有后，为之狂喜。

【注释】

①副车：清朝将乡试副榜的贡生称为副车。

【译文】

我到江宁做知县，经过观象台的时候，看到上面有题壁诗说：“草色荒台过雨迟，短墙古柏暮云垂。桃花红引游人去，独自斜阳读断碑。”向僧人询问，原来是嘉兴夏复森（字培叔）的人所写的。我因此聘请他编修县志。这个人的耳朵有点聋，但是性情十分豪爽。一天，他从嘉兴回到金陵，告诉我说："在家里亲手种了一株老梅树，去年冬天被仆人给砍了，于是作诗凭吊说：'老梅移种廿余载，客里归看已作薪。无复横斜旧时影，负他多少后来春。'"《秦淮夏集》中说："傍晚纷纷载酒卮，有筝琶处过船迟。一河风月无人管，都付桥南杨柳枝。"没过多久，他在回家后便过世了。相隔三十多年后，听说他的儿子夏鼎，考中了庚子年的副车。我感慨诗人有后，因此感觉十分欣慰。

四八　诗中之惑

【原文】

《古乐府》："碧玉破瓜时。"或解以为月事初来，如瓜破则见红潮者，非也。盖将瓜纵横破之，成二"八"字，作十六岁解也。段成式诗："犹怜最小分瓜日。"李群玉诗："碧玉初分瓜字年。"此其证矣。又诗中用"所由"者，盖本《南史·沈炯传》文帝留炯曰："当敕所由，相迎尊累[①]。"一解以为州县官，一解以为里保。又，和凝诗："蝤蛴领[②]上诃梨子。"人多不解。朱竹垞曰："诃梨，妇女之云肩[①]也。"吕种玉《言鲭》云："禄山爪伤杨妃乳，乃为金诃子以掩之。或云即今之抹胸。"

【注释】

①尊累：对他人家属的一种尊称。②蝤蛴（qiú qí）领：指女子洁白丰润的颈部，出自《诗经·硕人》。③云肩：披肩。

【译文】

《古乐府》中的"碧玉破瓜时"，有人解释说是月事刚来的时候，就像是瓜破就会看到红瓤一样，这是错的。应该是把瓜纵横划开，成两个"八"字，解释为十六岁。段成式写诗说："犹怜最小分瓜日。"李群玉诗说："碧玉初分瓜字年。"这些便是依据。另外，诗中使用了"所由"，应当是出自《南史·沈炯传》。文帝在留住沈炯时说："当敕所由，相迎尊累。"一个解释认为指的是州县官，一个解释认为指的是里保。此外，和凝诗中说："蝤蛴领上诃梨子。"很多人对此十分不解。朱彝尊说："诃梨，就是妇女的披肩。"吕种玉的《言鲭》说："安禄山抓伤了杨贵妃的乳房，于是用金诃子掩盖伤痕。金诃子应该就是今天所说的抹胸。"

五五　江鹤亭妙诗

【原文】

凡咏险峻山川，不宜近体。余游黄山，携曹震亭、江鹤亭两诗本作印证。以为江乃巨商，曹故宿学[①]；以故置江而观曹。读之，不甚慊意，乃撷江诗，大为叹赏。如：《雨行许村》云："昨朝方戒途，雨阻欲无路。今晨思启行，开门满晴煦。雨若拒客来，晴若招客赴。山灵本无心，招拒讵[②]有故？"又曰："非是山行刚遇雨，实因自入雨中来。"皆有妙境。《云海》云："白云倒海忽平铺，三十六峰遭吞屠。风帆烟艇虽不见，点点螺髻时有无。一笑看[③]尘中，局缩辕下驹，曷不来此登斯须？垣遮瓦压胡为乎？"《云谷》云："领妙如悟禅，搜秘等居雠。看山得是法，善刃无全牛。"其心胸笔力，迥异寻常。宜其隐于禺荚[④]，而能势倾公侯，晋爵方伯也。卒无子，年逾六十而终。呜呼！非余与交四十年，又谁知其能诗哉？

【注释】

①宿学：指学识渊博，很有修养的人。②讵：难道。③看：这个字是根据民国本添加的。④禺荚：也就是榆荚，是榆树的种子，因为看起来特别像古代的铜钱，所以也叫榆钱。这里指财富。

【译文】

只要是吟咏险峻山川的，都不适合使用近体。我在游览黄山的时候，带着曹以南、江春两人的诗册来做印证。认为江春是大商人，曹以南是学识渊博的人，因此放弃了江春的诗而选择看曹以南的诗。读完之后，觉得不是很满意，于是又拿来江春的诗一读，十分惊叹赞赏。比如：《雨行许村》中说："昨朝方戒途，雨阻欲无路。今晨思启行，开门满晴煦。雨若拒客来，晴若招客赴。山灵本无心，招拒讵有故？"又说："非是山行刚遇雨，实因自入雨中来。"这些描写都十分巧妙。《云海》中说："白云倒海忽平铺，三十六峰遭吞屠。风帆烟艇虽不见，点点螺髻时有无。一笑看尘中，局缩辕下驹，曷不来此登斯须？垣遮瓦压胡为乎？"《云谷》中说："领妙如悟禅，搜秘等居雠。看山得是法，善刃无全牛。"他的心胸笔力，都和寻常人不一样。难怪他隐藏在财富里，而能够势倾公侯，晋升方伯

啊。他没有儿子，60 岁就去世了。哎！要不是我和他有四十年的交情，谁又能知道他擅长写诗呢？

五八　合肥才女许燕珍

【原文】

合肥才女许燕珍《元夜竹枝》云："鳌山[①]烟火照楼台，都把临街格子开。椒眼[②]竹篮呼卖藕，金钱抛出绣帘来。"题余三妹素文遗稿云："彩凤随鸦已自惭，终风且暴更何堪？不须更道参军好，得嫁王郎[③]死亦甘。"呜呼！班氏《人物表》，原有九等。王凝之不过庸才中下之资，若妹所适高某者，真下下也。燕珍此诗，可谓"实获我心"。

【注释】

①鳌山：位于秦岭西段宝鸡太白县境内，属于秦岭的主脉。②椒眼：像椒实一样大小的洞孔。③王郎：这里指的是王羲之的次子王凝之。

【译文】

合肥的才女许燕珍在《元夜竹枝》中写道："鳌山烟火照楼台，都把临街格子开。椒眼竹篮呼卖藕，金钱抛出绣帘来。"给我三妹素文的遗稿题诗说："彩凤随鸦已自惭，终风且暴更何堪？不须更道参军好，得嫁王郎死亦甘。"哎！班固的《人物表》，原来将人分为九等。王凝之不过是个庸才，中下等的资质，就像我妹妹所嫁给的高某人，真的是下下等啊。燕珍这首诗，说到我的心里去了。

五九　妇人之才

【原文】

同年钱文敏公维城，在都时所居绿云书屋，陈乾斋相国之故宅也。公女浣青，有诗才，与婿崔君龙见、弟维乔、戚里庄君炘、管君世铭五人倡和。宅有古桑，绿阴毵毵[①]，映一亩许；视其影将逾屋，则公必退朝。各呈诗请政，公欣然为甲乙之。有《鸣秋合籁集》两卷，真公卿佳话也。余尝戏之曰：“唐、虞之际，于斯为盛；有妇人焉，四人而已。”诸君诗不能备录，惟摘浣青《通天台》云：“当涂代汉逾百年，铜人之泪流作铅。移经灞水亦伤别，回头立尽东关烟。”《华清宫故址》云：“新台之水古所耻，老奴遂为良娣死。盛衰转眼五十年，始知李峤真才子。”

【注释】

①毵（sān）毵：枝条等细长垂拂、纷披散乱的样子。

【译文】

同年钱文敏公，名维城，在京城的时候居住在绿云书屋，那是陈元龙相国的老宅子。他的女儿浣青，很有诗才，与女婿崔龙见、弟弟维乔、邻居庄炘、管世铭五个人作诗唱和。宅院里有一棵古桑树，绿荫低垂，将周围约一亩地的地方都笼罩了起来。如果看到树影将要盖过屋去，那么一定是钱维城将要退朝的时候了。每个人都呈上自己的诗请钱维城批改修正，钱维城也高兴地评判出甲乙等。有《鸣秋合籁集》两卷，真的是公卿佳话。我曾经戏弄她说：“唐尧、虞舜的时候，可以称为是盛世；有一位妇人十分有才能，而男子中只有四个才子罢了。”他们的诗歌不能完全收录，只摘抄了浣青的《通天台》：“当涂代汉逾百年，铜人之泪流作铅。移经灞水亦伤别，回头立尽东关烟。”《华清宫故址》：“新台之水古所耻，老奴遂为良娣死。盛衰转眼五十年，始知李峤真才子。”

六一　徐园

【原文】

徐园[①]高会[②]时，余首唱一绝，诸生和者十九人。龚孙枝绘图以记其胜。挂冠[③]后，诗画俱遗失，园亦荒圮。越四十年，有邢秀才作主人，葺而新之，求亭上对联。余题曰：“旧地怕重经，记当年丝竹宴诸生，回头似梦；名园须得主，看此日楼台逢哲匠，着手成春。”

【注释】

①徐园：清初园林，在今扬州瘦西湖公园内。②高会：盛会。③挂

冠：辞官。

【译文】

在徐园参加宴会的时候，我率先作了一首绝句，在座的人中有十九人相和。龚孙枝画了一幅图来记录当时的盛况。辞官之后，这些诗作和画都丢失了，徐园也荒废了。过了四十年，有一位姓邢的秀才做了园子的主人，重新修葺和翻新了园子，向我请题亭上对联。我题说："旧地怕重经，记当年丝竹宴诸生，回头似梦；名园须得主，看此日楼台逢哲匠，着手成春。"

六二　梁仙来太史

【原文】

庚申在京，余与裘叔度同年同车遇雨。裘诵其师梁仙来太史一联云："飞雨不到地，轻烟吹若尘。"太史名机，雍正癸卯翰林，外出为令；高安相公荐鸿博，入都，与余相遇于琉璃厂书肆中。咏《桃花》云："浑疑人面隐，下马误题门。"《赠妓》云："欲作歌声畏花落，选词先唱《锁南枝》。"《甓箓》云："老去还嗟耳力退，自吹羌管不闻声。"《沙丘》云："荆卿匕首渐离筑[①]，可惜不逢祖龙三十六。"

【注释】

①荆卿匕首渐离筑：指的是荆轲刺秦王一事。荆卿匕首：荆轲将匕首藏在了地图中。渐离筑：指高渐离用铅置入筑中，对秦王行刺一事。

【译文】

庚申年在京城的时候，我和同年裘叔度同乘坐一辆马车遭遇了大雨。裘叔度吟诵了他的老师梁机太史的一副对联说："飞雨不到地，轻烟吹若尘。"太史名机，是雍正癸卯年的翰林，到外地做县令；朱轼推荐他参加博学鸿词科，回到京城之后，和我在琉璃厂书肆中相遇。咏了一首《桃花》说："浑疑人面隐，下马误题门。"《赠妓》中说："欲作歌声畏花落，选词先唱《锁南枝》。"《甓箓》说："老去还嗟耳力退，自吹羌管不闻声。"《沙丘》说："荆卿匕首渐离筑，可惜不逢祖龙三十六。"

七二　胸中之书

【原文】

余尝谓鱼门云："世人所以不如古人者，为其胸中书太少。我辈所以不如古人者，为其胸中书太多。昌黎云：'非三代、两汉之书不敢观。'亦即此意。东坡云：'孟襄阳诗非不佳，可惜作料少。'施愚山驳之云：'东坡诗非不佳，可惜作料多。诗如人之眸子，一道灵光，此中着不得金屑；作料岂可在诗中求乎？'予颇是其言。或问：'诗不贵典，何以少陵有读破万卷之说？'不知'破'字与'有神'三字，全是教人读书作文之法。盖破其卷，取其神；非囫囵用其糟粕也。蚕食桑而所吐者丝，非桑也；蜂采花而所酿者蜜，非花也。读书如吃饭，善吃者长精神，不善吃者生痰瘤①。"

【注释】

①痰瘤：病名。指的是生于腮下或肋腹等处的脂肪瘤。

【译文】

我曾经对程晋芳说："现在的人之所以比不上古人，是因为胸中书太少。我们这些人之所以不如古人，是因为胸中书太多。韩愈说：'不是夏商周三代和两汉的书不敢去看。'说的也是这个意思。苏东坡说：'孟浩然的诗并不是不好，而是作料太少。'施闰章反驳他说：'苏东坡的诗不是不好，可惜作料太多。诗就像是人的眼睛，一道灵光，这里面掺杂不了金屑；作料又怎么能够从诗中寻找呢？'我十分认可他的话。有人问：'诗歌并不是用典就好，为什么杜甫会有读破万卷的说法？'殊不知'破'字和'有神'这三个字，都是教人读书作文的方法。大概是说读透了书卷，汲取其中精髓的部分，并不是囫囵吞枣一般使用其中的糟粕。蚕吃了桑叶而吐出的是丝，而不是桑叶；蜜蜂采集花蜜而所酿的是蜜，而不是花。读书就像是吃饭，会吃的人长精神，不会吃的人生痰瘤。"

卷一四

二七　句与意

【原文】

写景有句同而意不同者：元人云："石压笋斜出。"宋人云："断桥斜取路。"近人刘春池云："鸟喧晴树乐于人。"鲁星村云："炎天几席热于人。"啸村云："雪中无陋巷。"星村云："远岸无高树。"皆句同而意不同也。亦有句不同而意同者，如"岸阔树难高"、"远树浪头生"，与"远岸无高树"意思相同，皆不害[①]其为佳也。

【注释】

①害：妨碍。

【译文】

描写景物有句式相同但是意境却不相同的，元朝人说："石压笋斜出。"宋朝人说："断桥斜取路。"近时人刘芳说："鸟喧晴树乐于人。"鲁星村说："炎天几席热于人。"啸村说："雪中无陋巷。"星村说："远岸无高树。"这些都是句式相同但是意境却全然不同的。也有句式不同但是意境相同的，如"岸阔树难高""远树浪头生"，与"远岸无高树"的意思就相同，却不妨碍它们都是佳作。

三九　近人怀古诗

【原文】

近人怀古诗，有绝佳者，不能全录。如光禄沈子大《赤壁》云："漫讶[①]东风烧北岸，可知赤帝[②]在南军？"太史杜紫纶《戏马台》云："尽教宿土归刘氏，剩有斯台与项王。"王麟照侍郎《平原村》云："八王兵甲无臣主，两晋文章有弟兄。晚节不堪思鹤唳，旧交闻已赋莼羹[③]。"姜西溟《乌江诗》云："《虞歌》曲尽怨天亡，潮落沙平旧战场。千里江东羞不渡，六朝曾此作金汤。"

【注释】

①讶：迎接。②赤帝：火神祝融。③莼（chún）羹：典出《晋书·陆机传》，里面记载“尝诣侍中王济，济指羊酪谓机曰：‘卿吴中何以敌此？’答曰：‘千里莼羹，未下盐豉。’”

【译文】

近代人所写的怀古诗，有十分巧妙的佳作，不能全部收录。比如光禄寺卿沈起元的《赤壁》说：“漫讶东风烧北岸，可知赤帝在南军？”太史杜诏的《戏马台》：“尽教宿土归刘氏，剩有斯台与项王。”王麟照侍郎的《平原村》：“八王兵甲无臣主，两晋文章有弟兄。晚节不堪思鹤唳，旧交闻已赋莼羹。”姜西溟的《乌江诗》：“《虞歌》曲尽怨天亡，潮落沙平旧战场。千里江东羞不渡，六朝曾此作金汤。”

四八　作诗有先后

【原文】

余常劝作诗者，莫轻作七古。何也？恐力小而任重，如秦武王举鼎，有绝膑之患故也。七古中，长短句尤不可轻作。何也？古乐府音节无定而恰有定，恐康昆仑弹琴，三分琵琶，七分筝弦，全无琴韵故也。初学诗，当先学古风，次学近体，则其势易。倘先学近体，再学古风，则其势难。犹之学字者，先学楷书，后学行草，亦是一定之法。杭堇浦先生教人多作五排，曰：“五排要对仗，不得不用心思。要典雅，不得不观书史。但专作五言八韵之赋得体[①]，则终身无进境矣。”

【注释】

①赋得体：一种按照来源进行分类的诗体，只要摘取古人成句作为标题的诗，诗首大多都冠有“赋得”两个字。

【译文】

我常常劝说那些作诗的人，不要随便去写七言古诗。为什么会这样说呢？是担心能力不足而难度太大，就像秦武王举鼎，有折断胫骨的隐患的缘故。七言古诗中，长短句尤其不能轻易写。为什么呢？古乐府看似音节没有规律但是恰恰有一定的规律，轻易去写就像康昆仑弹琴，三分像琵琶，七分像筝弦，全都没有琴韵。初学写诗的人，应该先学习古风，再学习近体诗，这样学起来会比较容易。如果先学习近体诗，再学习古风，那么学起来就会比较难。就像是学习写字的人，先学习楷书，再学习行草，也是有一定的法则。杭世骏先生教人多写五言排律，说："五言排律要对仗，因此不得不花费心思。要典雅，因此不得不学习书史。但是专作五言八韵这样的赋得体，那么终身都不会有长进了。"

五一　王次回诗

【原文】

王次回[①]诗，往往入人心脾。余年衰无子，宾朋来者，动以此事相询，貌为关切。余深厌之，有诗云："厌听人询得子无，些些小事不关渠。逍遥公有儿孙累，未必云烟得自如。"后见次回句云："最是厌人当面问：凤凰何日却将雏？"余评女以肤如凝脂[②]为主。次回亦有句曰："从来国色玉光寒，昼视常疑月下看。"

【注释】

①王次回：王彦泓，字次回，明朝末年诗人。②肤如凝脂：肌肤像凝固的油脂一般，形容肌肤白嫩，出自《诗经·硕人》。

【译文】

王彦泓的诗，常常能够沁人心脾，打动人心。我年老没有子嗣，来访的亲朋，常常会询问这件事，看上去十分关心。但是我特别厌烦这样，于是写诗说："厌听人询得子无，些些小事不关渠。逍遥公有儿孙累，未必云烟得自如。"后来王彦泓看到这首诗回句说："最是厌人当面问：凤凰何日却将雏？"我评判女子，主要看她是否肤如凝脂。王彦泓也有句说："从来国色玉光寒，昼视常疑月下看。"

五四　七易其稿

【原文】

作诗能速不能迟，亦是才人一病。心馀《贺熊涤斋重赴琼林》云："昔着官袍夸美秀，今披鹤氅①见精神。"余曰："熊公美秀时，君未生，何由知之？赴琼林不披鹤氅也。"心馀曰："我明知率笔，然不能再构思。先生何不作以示我？"余唯唯。迟半月，成七绝句，心馀以为佳。余乃出簏②中废纸示之，曰："已七易稿矣。"心馀叹曰："吾今日方知先生吟诗刻苦如是；果然第七回稿胜五六次之稿也。"余因有句云："事从知悔方征学，诗到能迟转是才。"

【注释】

①鹤氅：斗篷、披风之类能够抵御严寒的长外衣。②簏（lù）：用竹篾编的用来盛放零碎东西的小篓。

【译文】

作诗能够快却不能慢，这也是有才人的一个毛病。蒋士铨的《贺熊涤斋重赴琼林》中说："昔着官袍夸美秀，今披鹤氅见精神。"我说："熊公美秀的时候，你还没有出生，是如何知道？赶赴琼林宴不用披鹤氅的。"蒋士铨说："我明知道自己下笔太过草率，却不能再构思。先生为什么不写首诗来给我看一下？"我应声答应了下来。过了半个月，写成了一首七言绝句，蒋士铨认为写得很好。我把竹筐中的废纸拿出给他看，说："这已经是第七次改动诗稿了。"蒋士铨感叹地说："我今天才知道先生吟诗竟然这般刻苦，果然第七次改动的稿件要比第五六次的诗稿好很多。"我因此写了一句说："事从知悔方征学，诗到能迟转是才。"

八四　诗以进一步为佳

【原文】

诗以进一步为佳：杜门[①]悬车，高尚也；而张宝臣《致仕》云："门为看山宁用杜？车还驾鹿不须悬。"别离，苦事也；而黄石牧《送别册子》云："一度送行传一画，人生那厌别离多。"《寄衣》，古曲也；而盛青嵝《出门》云："检点箧中裘葛具，早知别后寄衣难。""打起黄莺儿"，惧惊梦也；而朱受新《春莺》云："任尔楼头啼晓雨，美人梦已到渔阳。"

【注释】

①杜门：关门。

【译文】

诗以能够更加深入地理解为好：辞官归隐，原本是高尚的行为，而张廷璐在《致仕》中说："门为看山宁用杜？车还驾鹿不须悬。"离别，原本是一件痛苦的事情，而黄之隽在《送别册子》中说；"一度送行传一画，人生那厌别离多。"《寄衣》，是古曲，而盛锦《出门》中说："检点箧中裘葛具，早知别后寄衣难。""打起黄莺儿"，是担心惊醒美梦，而朱受新在《春莺》中说："任尔楼头啼晓雨，美人梦已到渔阳。"

卷一五

一〇　莺迁

【原文】

今称人还官曰“莺迁”，本《诗经》“迁于乔木”之义。按《伐木》章：“鸟鸣嘤嘤，出自幽谷，迁于乔木。”是“嘤”字不是“莺”字。“嘤”乃鸟之鸣声耳。“绵蛮黄鸟”，当是莺，而又无“迁乔”字样。然唐人有《莺出谷》诗题，《卢正道碑》有“鸿渐于磐[①]，莺迁于木”之文：则以“嘤”为“莺”，自唐已然。

【注释】

①磐：大石头，纡回层叠的山石。

【译文】

现在的人将升官称为“莺迁”，出自《诗经》中的“迁于乔木”之义。查看《伐木》中的章说：“鸟鸣嘤嘤，出自幽谷，迁于乔木。”是“嘤”字而不是“莺”字。“嘤”是鸟叫声。“绵蛮黄鸟”，应该是莺，而并没有“迁乔”的字样。然而唐朝人有《莺出谷》作为诗题，《卢正道碑》有“鸿渐于磐，莺迁于木”这样的句子：都以“嘤”为“莺”，从唐朝开始已经这样了。

一二　萱草之误

【原文】

《珍珠船》言：“萱草，妓女也。人以比母，误矣。”此说盖本魏人吴普《本草》。按《毛诗》：“焉得萱草，言树之背。”注云：“背，北堂也。”人盖因“北堂”而傅会于母也。《风土记》云：“妇人有妊，佩萱则生男。故谓之宜男草。”《西溪丛语》言：“今人多用‘北堂萱堂’于鳏居[①]之人，以其花未尝双开故也。”似与比母之义尚远。

【注释】

①鳏居：独身无妻室。

【译文】

《珍珠船》说："萱草，指的是妓女。人们用来比喻母亲，是错误的。"这种说法大概是源于魏人吴普的《本草》。查看《毛诗》："焉得萱草，言树之背。"注解说："背，指的是北堂。"人们大概因为"北堂"而附会以为是母亲。《风土记》说："妇人怀了孕，佩戴萱草认为就可以生男孩。所以将萱草称为宜男草。"《西溪丛语》中说："现在的人大部分使用'北堂萱堂'来称呼鳏居的人，是萱草的花从来没有双开的原因。"这似乎跟母亲的含义相差甚远。

一六　花旦之误

【原文】

今人称伶人[①]女妆者为"花旦"，误也。黄雪槎《青楼集》曰："凡妓以墨点面者号花旦。"盖是女妓之名，非今之伶人也。《盐铁论》有"胡虫奇妲"之语。方密之以"奇妲"为小旦。余按：《汉郊祀志》："乐人有饰女妓者。"此乃今之小旦、花旦。"奇妲"二字，亦未必作小旦解。

【注释】

①伶人：指具有身段本领突出的艺人。

【译文】

现在人们把化女妆的伶人称为"花旦"，是错误的。黄雪槎在《青楼集》中写道："只要是用墨点面的妓女都称为花旦。"那么花旦应该是用来称呼妓女的，而不是现在的伶人。《盐铁论》有"胡虫奇妲"这样的话。方密之认为"奇妲"指的是小旦。我查了一下：《汉郊祀志》中记载："乐人有饰女妓者。"这才是现在的小旦、花旦。"奇妲"这两个字，也并不是小旦的解释。

一九 “结发”“敛衽”之误

【原文】

今称夫妻为“结发”，女拜曰“敛衽[①]”，皆误也。按《李广传》：“广自结发与匈奴战。”苏武诗：“结发为夫妻。”泛称自幼束发之意，非指称结两人之发也。成婚之夕，男左女右，合其髻曰“结发”，始于刘岳《书仪》。《战国策》：“江乙谓安陵君曰：‘国人见君，莫不敛衽而拜。’”《留侯世家》曰：“陛下南面称霸，楚君必敛衽而朝。”皆指男子也。今称女拜为“敛衽”，不知始于何时。

【注释】

①敛衽（liǎn rèn）：指整理衣襟，表示恭敬。

【译文】

现在称呼夫妻为“结发”，女子行礼称为“敛衽”，这些都是错误的。查阅《李广传》：“广自结发，与匈奴战。”苏武有诗说：“结发为夫妻。”这里都是对从小时候开始束发的泛称，并不是指将两人的头发相结的意思。成婚的那天晚上，男左女右，将两个人的发髻束在一起称为“结发”，开始于刘岳的《书仪》。《战国策》中记载：“江乙对安陵君说：‘国人看到您，没有不行礼而拜的。’”《留侯世家》中说：“陛下在南面称霸，楚君一定会敛衽而朝。”这些指的都是男子。现在将女子行礼称为“敛衽”，不知道从什么时候开始的。

二三 夫人截衫袖

【原文】

江南俗例：登科报捷者，例用红绫书喜帖。方近雯方伯家本寒素，举京兆，报[①]到，夫人仓猝无力买绫，不得已，截衫袖付之。家婢戏云：“留取一半，待明年中进士作赏。”先生闻之，在长安寄诗云：“朔风寒到柔荑手，忆杀麟衫两袖红。”次年，果宴琼林[②]。先生又寄诗云：“榜下忆来常欲泣，朝中说去半能知。”

【注释】

①报：报子，专门给得官、升官、考试得中的人家汇报喜讯的人。②宴琼林：指高中进士。琼林、指的是琼林苑，传说是宋太祖宴请科考进士的地方。

【译文】

江南风俗：登科报捷的人，要用红绫写喜帖。方觐布政使家中贫寒，在京兆考中了举人，报捷的人到了，夫人在匆忙间竟然没钱来买绫，不得已，剪了衫袖来用。家中的婢女调侃说：“留取一半，等到明年考中进士的时候作为奖赏。”先生听后，在长安寄诗说：“朔风寒到柔荑手，忆杀麟衫两袖红。”第二年，果然高中进士。先生又寄诗说：“榜下忆来常欲泣，朝中说去半能知。”

三九　诗能令人笑者必佳

【原文】

诗能令人笑者必佳。云松《咏眼镜》云：“长绳双目系，横桥一鼻跨。”古渔《客邸》云：“近来翻厌梦，夜夜到家乡。”张文端公云：“姑作欺人语，报国在文章。”尹似村《咏贫》云：“笥[①]能有几衣频典，钱值无多画幸存。”刘春池《立春》云：“门前久已无车马，尚有人来送土牛。”古渔《哭陈楚筠》云：“才可闭门身便死，书生强健要饥寒。”蒋心馀咏《京师鸡毛炕》云：“天明出街寒虫号，自恨不如鸡有毛。”香亭和余咏《帐》云：“垂处便宜人语细。”余乍读便笑。香亭问故。余曰：“纵粗豪客，断无在帐中喊叫之理。”又咏《杖》曰：“隔户声先步履来。”皆真得妙。

【注释】

①笥（sì）：盛饭或衣物的方形竹器。

【译文】

诗能够让人发笑的一定是好诗。赵翼在《咏眼镜》中说：“长绳双目系，横桥一鼻跨。”陈毅在《客邸》中说：“近来翻厌梦，夜夜到家乡。”张英说：“姑作欺人语，报国在文章。”尹庆兰在《咏贫》中说：“笥能有几衣频典，钱值无多画幸存。”刘芳在《立春》中说：“门前久已无车马，尚有人来送土牛。”陈毅在《哭陈楚筠》中说："才可闭门身便死，书生强健要饥寒。"蒋士铨咏《京师鸡毛炕》说："天明出街寒虫号，自恨不如鸡有毛。"香亭和我咏《帐》云："垂处便宜人语细。"我刚读完就笑了。香亭问原因。我说："即便是粗狂豪迈的人，也绝无在帐内大喊大叫的道理。"又咏《杖》说："隔户声先步履来。"这些都写得很好。

五三　进士

【原文】

唐人争取新进士衣裳以为吉利。张文昌诗曰："归去惟将新诰命，后来争取旧衣裳。"唐宣宗自称"乡贡进士李道隆"。进士之荣，至于天子慕之。宋时尤重出身；无出身者，不得入相。故欲相此人，必先赐同进士出身[①]，而后许其入相。其重如此。然亦有时而贱。李赞皇不中进士，故不喜科目，曰："好骡马不入行。"金卫绍王喜吏员，不喜进士，曰："高廷玉人才非不佳，可惜出身不正。"嫌其中进士故也。

【注释】

①同进士出身：科举时代按照考中的等第赏赐的一种资历称号。

【译文】

唐朝人都将争抢索要新进士的衣裳作为吉利的象征。张籍作诗说："归去惟将新诰命，后来争取旧衣裳。"唐宣宗将自己称为"乡贡进士李道隆"。进士的荣耀，连天子都十分羡慕。宋朝的时候特别注重出身，没有进士出身的人，不能当宰相。所以想要让某人当宰相，首先要赐给他"同进士出身"，然后才准许他入朝当宰相。进士的出身就是这么重要。不过有时候也很轻贱。李德裕没有考中进士，所以不喜欢科考，说："好骡马不入行。"完颜永济喜吏员，不喜欢进士，说："高廷玉的资质并不是不好，只可惜是出身不好。"这是嫌弃他中进士的缘故。

卷一六

六 丹阳鲍氏女

【原文】

丹阳鲍氏女自称闻一道人，遭难流离，嫁竟陵陆蓑云，年二十四而夭。《咏溪钟》云："溪外声徐疾，心中意断连。是声来枕畔，抑耳到声边？"颇近禅理。昔朱子在南安闻钟声，矍然[①]曰："便觉此心把握不住。"即此意也。

【注释】

①矍（jué）然：吃惊的样子。

【译文】

丹阳的鲍氏女自称为闻一道人，因为遭受灾难而流离失所，嫁给了竟陵的陆蓑云，二十四岁的时候就去世了。她写的《咏溪钟》说："溪外声徐疾，心中意断连。是声来枕畔，抑耳到声边？"听起来颇有禅意。当年朱熹在南安听到了钟声，吃惊地说："我感觉自己把握不了自己的内心了。"说的就是这个意思。

一八 张瘦铜与蒋心馀

【原文】

吴门张瘦铜中翰，少与蒋心馀余齐名。蒋以排奡[①]胜，张以清峭胜；家数绝不相同，而二人相得。心馀赠云："道人有邻道不孤，友君无异黄友苏。"其心折可想。《过比干墓》云："只因血脉同先祖，真以心肝奉独夫。"《新丰》云："运至能为天下养，时衰拼作一杯羹。"读之，令人解颐[②]。瘦铜自言，吟时刻苦，为钟、谭家数所累。又工于词，故诗境琐碎，不入大家。然其新颖处，不可磨灭。《咏风筝美人》云："只想为云应怕雨，不教到地便升天。"《借书》云："事无可奈仍归赵，人恐相沿又发棠。"真巧绝也。至于"酒瓶在手六国印，花露上身一品衣"，则失之雕刻，无游行自在之意。

【注释】

①排奡（ào）：形容文笔刚劲有力。②解颐：开怀大笑，说有趣的话逗人发笑。

【译文】

吴门的张埙内阁中书，年少时与蒋士铨名望相当。蒋士铨在诗文文笔刚劲有力方面更胜一筹，张埙则在诗文清丽冷峻方面更胜一筹。两个人的诗文渊源与路数都不相同，不过两个人却交情甚好。蒋士铨赠诗给他说："道人有邻道不孤，友君无异黄友苏。"他对张埙的佩服可想而知。在《过比干墓》中说："只因血脉同先祖，真以心肝奉独夫。"在《新丰》中说："运至能为天下养，时衰拼作一杯羹。"读完之后，让人不由开怀大笑。张埙自己说，他作诗的时候十分刻苦，受到钟惺、谭献两家文风的束缚。又致力于写词，所以诗的意境都比较琐碎，进不了诗文大家的范围。不过他新颖的地方，也是不可磨灭的。咏《风筝美人》中说："只想为云应怕雨，不教到地便升天。"《借书》中说："事无可奈仍归赵，人恐相沿又发棠。"真是写得巧妙绝伦。至于"酒瓶在手六国印，花露上身一品衣"这句诗，则过于精雕细琢，没有在诗文中自在游走的自由之感。

二三　李成样谪戍

【原文】

山左[①]李呈祥少詹谪戍时，有李现田者赠云："洗耳自同高士洁，披襟不让大王雄。"及到辽东，押解者姓高名士洁。抵戍所，后至者为侍郎王舜，舜初名雄。归后偶话其事。尤展成曰："二句是余戏作'浴乎沂，风乎舞雩'诗也。

【注释】

①山左：山东省旧时的一种别称。

【译文】

山东的李呈祥少詹被发配戍边的时候，有一个叫李现田的人赠诗说："洗耳自同高士洁，披襟不让大王雄。"到了辽东，押解的人姓高名士洁。到达边防哨所之后，后来押来了一个叫王舜的侍郎，王舜开始的名字叫王雄。李成样归来后偶然谈起这件事。尤展成说："这两句诗是我开玩笑做出的'浴乎沂，风乎舞雩'的诗。

三二　徐士林公

【原文】

徐公士林，巡抚苏州，凡谳决[①]，先摘定案大略，牌示于外，而后发缮文册，所以杜书吏之影射也。世宗谓曰："尔风格凝重，当为名臣。"程中丞元章荐三人：一公，一卢雅雨，一陈文恭公也。后皆称职。卢赠云："贤名久讶龙图近，异相应从麟阁看。"

【注释】

①谳（yàn）决：判决，判定。

【译文】

徐士林先生，在江苏担任巡抚的时候，只要是断案定罪，都要先把案情的大概情况简要记录下来，写在牌子上对外公布，然后才开始写文书，以此来杜绝书吏们影射舞弊。世宗对他说："您的作风沉稳凝重，应该能够成为一代名臣。"程元章巡抚推荐了三个人：一个是徐士林，一个是卢见曾，一个是陈宏谋。后来都十分称职。卢见曾说："贤名久讶龙图近，异相应从麟阁看。"

三七　报恩

【原文】

孙子未先生尝于其师秀水徐华隐座中，见一贫客，乃徐年家子也。先生仰体[①]师意，留养家中，待之甚厚。忽谓孙公曰："受恩未报，明年当生公家。"未几，卒，公果生女。六岁时，戏抱之谓家人曰："此华隐师客也，说来报恩。乃是女儿，恐报恩之说虚矣。"女勃然曰："爷憎我女耶？当再生为男。"逾十日，以痘殇。明年，公果举子，顶有痘瘢，名于盘，字庄天，雍正乙卯举人。有《织锦词》一首，载《山左诗钞》；诗不佳，故不录。

【注释】

①仰体：体察上情。

【译文】

孙子未先生曾经在他的老师徐华隐的座上客人里，看到一个清贫的人，这个人是徐华隐的年家子。先生体会到老师的用意，将他留养在自己家中，对待他十分周到。忽然有一天，那人对孙公说："我承蒙您的照顾却没有报答，明年我当降生在您的家里。"没过多久，就去世了。孙子未后来果然生了一个女儿。女儿六岁的时候，孙子未先生抱着她玩耍，对家人说："这个是华隐老师的座上之客，说是来报恩的。没想到竟然是个女儿，恐怕报恩的说法不过是虚谈罢了。"女儿生气地说："爹爹是嫌弃我是个女儿吗？那我就转世当个男的好了。"过了十几天，她就因为得天花去世了。第二年，孙子未果然得了个儿子，头顶上有痘痕，名于盘，字庄天，在雍正乙卯年中了举。有《织锦词》一首，记载在《山左诗钞》中。诗写得并不好，因此没有收录。

四八　读钱注杜诗

【原文】

余读钱注杜诗，而知钱之为小人也。少陵“鄜州月”一首，所云“儿女”者，自己之儿女也。钱以为指肃宗与张后而言，则不特心术不端，而且与下文“双照泪痕干”之句，亦不连贯。善乎黄山谷之言曰：“少陵之诗，所以独绝千古者，为其即景言情，存心忠厚故也。若寸寸节节，皆以为有所刺，则少陵之诗扫地矣！”

【注释】

①鄜（fū）州月：出自杜甫的诗《月夜》：“今夜鄜州月，闺中只独看。遥怜小儿女，未解忆长安。香雾云鬟湿，清辉玉臂寒。何时倚虚幌，双照泪痕干。”

【译文】

我读钱谦益给杜甫的诗作的注解，才知道钱谦益是个小人。杜甫有一首叫作“鄜州月”的诗，其中所说的“儿女”，指的是自己的儿女。钱谦益却以为指的是肃宗与张后，这样说，不但显示出他心术不正，更与下文的“双照泪痕干”这句不连贯。黄庭坚说得好：“杜甫的诗，之所以能够千古独绝，是他能够根据眼前的景物表达自己的感情，心存忠厚的缘由。如果每字每句都以为是有所嘲讽，那么杜甫的诗早就毫无价值了！”

六三　珠娘之丽

【原文】

久闻广东珠娘[1]之丽。余至广州，诸戚友招饮花船，所见绝无佳者，故有“青唇吹火拖鞋出，难近多如鬼手馨”之句。相传潮州六篷船人物殊胜，犹未信也。后见毗陵太守李宁圃《程江竹枝词》云：“程江几曲接韩江，水腻风微荡小艭[2]。为恐晨曦惊晓梦，四围黄篾[3]悄无窗。”“江上萧萧暮雨时，家家篷底理哀丝。怪他楚调兼潮调，半唱消魂绝妙词。”读之，方悔潮阳之未到也。太守尤多佳句：《潞河舟行》云：“远能招客汀洲树，艳不求名野径花。”《姑苏怀古》云：“松柏才封埋剑地，河山已付浣纱人。”皆古人所未有也。又《弋阳苦雨》云：“水驿萧骚百感生，维舟野戍听鸡鸣。愁时最怯芭蕉雨，夜夜孤篷作此声。”《珠梅闸竹枝词》云：“野花和露上钗头，贫女临风亦识愁。欲向舵楼行复止，似闻夫婿在邻舟。”

【注释】

①珠娘：广东一带对妓女的称呼。②小艭（shuāng）：小船。③黄篾（miè）：也就是黄篾舫，是船的一种。

【译文】

早就听闻广东珠娘容貌俏丽。我来到广州，诸多亲戚好友招呼我到花船去喝酒，所看到的竟然没有漂亮的，所以有了“青唇吹火拖鞋出，难近多如鬼手馨”这样的句子。相传潮州六篷船上的女子容貌都挺漂亮，我并没有相信。后来看到毗陵太守李宁圃在《程江竹枝词》中说：“程江几曲接韩江，水腻风微荡小艭。为恐晨曦惊晓梦，四围黄篾悄无窗。”“江上萧萧暮雨时，家家篷底理哀丝。怪他楚调兼潮调，半唱消魂绝妙词。”读完之后，才后悔自己没有去潮阳。太守写了很多佳句：《潞河舟行》中说：“远能招客汀洲树，艳不求名野径花。”《姑苏怀古》中说：“松柏才封埋剑地，河山已付浣纱人。”这些都是古人没有的。另外，在《弋阳苦雨》中有：“水驿萧骚百感生，维舟野戍听鸡鸣。愁时最怯芭蕉雨，夜夜孤篷作此声。”《珠梅闸竹枝词》中有：“野花和露上钗头，贫女临风亦识愁。欲向舵楼行复止，似闻夫婿在邻舟。”

参考文献

[1] 袁枚. 随园诗话 [M]. 杭州：浙江古籍出版社，2014.

[2] 唐婷，译注. 随园诗话译注 [M]. 上海：上海三联书店，2014.

[3] 王英志，批注. 随园诗话 [M]. 南京：凤凰出版社，2010.

[4] 马博. 随园诗话 [M]. 北京：线装书局，2014.

[5] 雷芳，译注. 随园诗话 [M]. 武汉：崇文书局，2017.

[6] 袁枚. 随园诗话 [M]. 长春：吉林大学出版社，2011.